MITTELACHER / PÜSCHEL

TOTEN MOOR
ICH SEHE DICH

MITTELACHER / PÜSCHEL

TOTEN MOOR
ICH SEHE DICH

THRILLER

GMEINER

Die automatisierte Analyse des Werkes, um daraus Informationen insbesondere über Muster, Trends und Korrelationen gemäß § 44b UrhG (»Text und Data Mining«) zu gewinnen, ist untersagt.

Immer informiert

Spannung pur – mit unserem Newsletter informieren wir Sie regelmäßig über Wissenswertes aus unserer Bücherwelt.

Gefällt mir!

Facebook: @Gmeiner.Verlag
Instagram: @gmeinerverlag

Besuchen Sie uns im Internet:
www.gmeiner-verlag.de

© 2024 – Gmeiner-Verlag GmbH
Im Ehnried 5, 88605 Meßkirch
Telefon 07575 / 2095 - 0
info@gmeiner-verlag.de
Alle Rechte vorbehalten
1. Auflage 2024

Herstellung: Mirjam Hecht
Umschlaggestaltung: U.O.R.G. Lutz Eberle, Stuttgart
unter Verwendung eines Fotos von: © Anja / Pixabay
Druck: GGP Media GmbH, Pößneck
Printed in Germany
ISBN 978-3-8392-0736-9

Personen und Handlung sind frei erfunden.
Ähnlichkeiten mit lebenden oder toten Personen
sind rein zufällig und nicht beabsichtigt.

PROLOG

September 1999

Sein Atem ist nur noch ein Keuchen. Die kühlen Temperaturen machen ihm zu schaffen, dazu die Dunkelheit. Der beständige Regen, der ihm in den Nacken rinnt, hat seine Kleidung längst durchweicht. Doch am meisten lähmt ihn eine innere Kälte, die sich anfühlt wie eine eisige Hand, die sich um sein Herz krallt.

Das Grauen, das er gerade erlebt hat, kommt ihm vor wie ein Albtraum.

Lieber Gott, lass es nicht wahr sein!

Doch seine flehenden Gedanken werden nicht erhört. Dieser Gang hier ins finstere Moor ist die erbarmungslose Realität. Mit gesenktem Kopf stolpert Sven zusammen mit seinen Freunden einen Pfad entlang, der immer tiefer in die verwunschene Landschaft führt. Irgendwo in diesem Nirgendwo wird sich ein Versteck finden für die beiden schlaffen Gestalten, die sie mit sich schleifen.

Ein feuchtes Grab, das niemand jemals finden soll.

Das helle Licht ihrer Taschenlampe, das wie ein Suchscheinwerfer die Dunkelheit zerschneidet, weist ihnen den Weg. Svens Schritte werden immer mühsamer, begleitet von einem saugenden Geräusch, wenn er den Fuß aus dem sumpfigen Boden löst, um ihn erneut aufzusetzen, ein vorsichtiges Tasten. Ein rauer Schrei lässt ihn zusammenzucken. Dann erkennt er, dass es der Ruf eines Käuzchens ist.

Für ihn klingt es, als käme der klagende Laut tief aus dem Rachen jenes Menschen, den er gepackt hat, um mitzuhelfen, ihn im Dunkel zu versenken.

Niemand darf erfahren, was sie angerichtet haben. Nach und nach haben sie dieser Abmachung zugestimmt und haben ihren Beschluss mit einem stillen Schwur besiegelt. Ein Quintett der Verdammten. Svens Magen hat sich dabei zusammengekrampft, und bittere Galle ist bis in seinen Rachen emporgestiegen. Er will das nicht. Aber er muss sich mit den anderen solidarisieren.

Wohl oder übel.

Widerwillig zerrt er an dem Körper und hilft, ihn weiter in die morastige Ödnis zu schleppen. Er hätte nie gedacht, dass ein so zartes Wesen so schwer sein könnte. Doch jetzt kommt die Frau ihm vor wie eine Drei-Zentner-Last. Das Gewicht scheint sich zu addieren mit der Bürde der Schuld, die er empfindet.

Am Rande eines von Pflanzen eroberten Teichufers bleiben sie stehen. »Das ist der richtige Ort«, sagt der Wortführer der Gruppe. »Hier findet sie niemand.« Gemeinsam senken sie einen der regungslosen Körper in die sumpfige Landschaft. Anschließend vollziehen sie das gleiche finstere Werk mit der anderen Frau. Einen Augenblick schauen sie zu, wie die Gestalten langsam in die Tiefe gleiten. Dann wenden sie sich ab und schlagen den Weg zurück zum Auto ein. Sven stolpert hinterher, eine traurige Nachhut mit schleppendem Gang.

Als er einige Schritte getan hat, dreht er sich noch mal um. Im fahlen Licht der einsetzenden Dämmerung hat er den Eindruck, als winke ihm die Hand, die als Letztes im Tümpel verschwindet, zu. Das muss ein Irrtum sein. Bestimmt spielt ihm seine Fantasie einen üblen Streich. Er muss schnell weg von hier. Fort von diesem verfluchten Ort.

KAPITEL 1

Dezember 2023

»Ich glaube wirklich, dass ich heute einen spektakulären Fund mache.« Jonas Spanker hält sich sein Handy dichter vors Gesicht. Die Verbindung ist nicht die beste, aber er mag nicht lauter sprechen. Nicht hier, in dieser wunderbaren Stille im Moor. Zwei Stunden mindestens möchte er dieses Idyll weiter für sich auskosten. Und Marianne, seine Frau, hat glücklicherweise für seine Bedürfnisse Verständnis, ohne dass er länger mit ihr diskutieren muss.

»Na klar. Bleib ruhig noch eine Weile«, hört er sie antworten. »Es wird dir guttun.«

Bestimmt wird es das. So sehr Spanker in seinem Beruf als Hamburger Immobilienmakler den Trubel schätzt, die schnellen Entscheidungen und das Adrenalin, so sehr liebt er es, hin und wieder in die Einsamkeit einzutauchen. Allein mit sich und der Natur.

Langsam schreitet der 53-Jährige voran im Bemühen, nichts und niemanden zu stören. Zu sensibel und schreckhaft sind die Wesen, zu denen er unterwegs ist. Auf keinen Fall will er sie verscheuchen.

Er hofft, einen Stieglitz ausfindig zu machen oder einen Sperber. Und am liebsten einen Silberreiher, dieses grazile Wesen mit dem schneeweißen Federkleid. Seit Langem versucht er, diesen in Norddeutschland seltenen Vogel vor die Kamera zu bekommen. Und diesmal soll es gelingen. Er hat sich ein gut geeignetes Terrain ausgesucht, bestens beschaffen für sein Vorhaben – und wunderschön dazu. Moore haben schon immer eine besondere Anziehungskraft auf ihn ausgeübt. Diese uralten Landschaften: geheimnisvoll, unergründlich, scheinbar unverändert und doch ständig im Wandel, mit geradezu magischem Licht.

Ein leichter Schneefall hat an diesem Tag vor Heiligabend eine hauchzarte, durchbrochene Schicht – ähnlich einer Häkeldecke – über die Landschaft im Rissener Schnaakenmoor gebreitet. Die Temperaturen liegen knapp unter null Grad, und ein böiger Wind fährt durch die Sträucher, die kahlen Birken und das abgestorbene Heidekraut. Spanker schließt auch den obersten Knopf seines gefütterten Parkas und wickelt seinen Schal ein weiteres Mal um seinen Hals, um die Schutzschicht gegen die Kälte zu verdichten. Er verstaut seine Kamera in seiner Umhängetasche und schultert sein Spektiv. Dann setzt er seine Tour in die Wildnis ein Stück abseits des Wanderwegs fort. Die Landschaft um ihn herum liegt in dem fahlen Winterlicht da wie in einem Gemälde von Pissarro.

Rechter Hand hat sich die Feuchtigkeit des Schnaakenmoors zu einem kleinen See verdichtet. Das Wasser steht jetzt im Winter höher als sonst und umspült die Gräser und die Sträucher, die an seinem Ufer wuchern. Dieses Feuchtgebiet könnte der ideale Platz sein, um seltene Vögel zu beobachten. Der Hobby-Ornithologe tritt an die Uferkante und lässt den Blick über den Teich schweifen, auf dessen größter Fläche eine hauchdünne Eisschicht liegt, hier und da durchbrochen, wo überspülte Gewächse aus dem Wasser ragen. Ja, dieser Minisee mit seiner Uferregion ist der richtige Platz für seine Beobachtungen. Mit etwas Glück gelingt es ihm heute, seiner Sammlung beeindruckende Bilder hinzuzufügen. Jetzt muss Spanker sich nur noch ein

Versteck suchen, am besten hinter einem Gebüsch, und Geduld haben.

Auf dem Absatz macht er kehrt und spürt sofort, dass er mit dem linken Fuß den Halt verliert und in dem matschigen Untergrund ausrutscht. Mit rudernden Armen versucht er, das Gleichgewicht wiederzuerlangen, doch vergebens. Mit dem Spektiv auf seiner Schulter ist seine Bewegungsfreiheit eingeschränkt. Wie in Zeitlupe kippt er zur Seite und rutscht in den Teich, der tiefer ist, als er geglaubt hatte. Das eisige Wasser fühlt sich an wie Millionen spitzer Nadeln, die in seine Haut eindringen. Die Kälte raubt ihm für einen Moment den Atem. Mühsam bringt sich Spanker in eine aufrechte Position. Er weiß, dass es bei diesen Temperaturen lebenswichtig ist, schnell ins Trockene zu kommen.

Das Ufer neben ihm wirkt geradezu feindselig, zu steil und zu glitschig und ohne Möglichkeiten, irgendwo Halt zu finden. Er entschließt sich, zur gegenüberliegenden Seite zu gelangen, schwimmend oder watend, um sich aus dem gefährlich frostigen Nass zu retten. Das Wasser steht ihm bis zum Bauchnabel, als er die ersten Schritte macht. Der Untergrund fühlt sich an wie ein schlammiger Brei.

Nach wenigen Metern stößt er gegen einen festen Gegenstand, dann gegen einen weiteren. Es mag ein dicker Ast sein, der ihm da den Weg versperrt. Er greift nach dem länglichen Gebilde und zieht kräftig daran. Es ist viel schwerer, als er erwartet hat. Spanker forciert seine Anstrengungen, bis es ihm gelingt, das Hindernis an die Oberfläche zu zerren. Er erstarrt. Einen Augenblick lang scheint sich sein Gehirn zu weigern, das Grauen zu realisieren. Als er erkennt, was da aus dem Wasser auftaucht, stößt er vor Entsetzen einen heiseren Schrei aus.

In den Händen hält er ein Bein. Und an diesem Bein hängt ein Bündel, wahrscheinlich ein ganzer Mensch. Irgendwo in der Nähe hört Spanker ein Rascheln und ein Flügelschlagen. Sein panischer Ausruf hat offenbar einen Vogel aufgescheucht. Was es wohl für einer war? Das interessiert ihn jetzt nicht mehr.

Mit Grausen schießt ihm durch den Kopf, was er erst vor wenigen Minuten zu seiner Frau gesagt hat: dass er wohl »einen spektakulären Fund machen« werde. Seine eigenen Worte klingen für ihn nun wie Hohn. Er will nur noch weg. Das ist eindeutig ein Fall für die Polizei.

KAPITEL 2

Schwere, nasse Flocken segeln aus dem Himmel herab. Längst hat sich die Dunkelheit über das Moor gesenkt. Der Mond steht als fahle Sichel am Himmel, immer wieder halb verdeckt von dunklen Wolken, die der stetige Wind vor sich hertreibt. Kahle Birken und andere Bäume, auf denen Spuren von Frost ruhen, recken ihre Äste empor und wirken wie bizarre Gerippe. Hier und da hat eine dünne Schneeschicht die Landschaft zugedeckt. Wie störrische, dunkle Haarbüschel ragen Flecken von abgestorbener Heide oder Gräsern aus den weißen Flächen.

Nur wenige Kilometer von der mächtigen Elbe und vom mondänen Blankenese entfernt wirkt das Schnaakenmoor am westlichen Rand von Hamburg wie eine urzeitliche, verwunschene Landschaft. Sie nimmt dich in sich auf, sie umarmt dich. Mit jedem Meter, den der Besucher in diese Region vordringt, entfernt er sich von dem Trubel der Metropole und erlebt ein kostbares, empfindliches Idyll. Büsche, Heide, Bäume, Moose und Flechten haben vor Tausenden von Jahren das Terrain erobert. Und mit ihnen die Sümpfe und Moorregionen, mit all ihren Geheimnissen und Mythen.

»Immer wenn ich hier in dieser Gegend bin, habe ich das Gefühl, in die Vergangenheit einzutauchen. Die Landschaft fasziniert mich jedes Mal aufs Neue. Geheimnisvoll und schattenhaft.« Emma Claasen starrt in den ellipsenförmigen Ausschnitt, den die Scheinwerfer ihres Autos aus der Finsternis des Schnaakenmoors in Hamburg-Rissen herauslösen. Die Kriminalhauptkommissarin hat mehr vor sich hin gesprochen, doch sie weiß, dass der Mann neben ihr auf dem Beifahrersitz aufmerksam zuhört. Sie spürt, wie Kai Plathe sie mustert, den prüfenden Blick aus seinen mokkafarbenen Augen auf ihr Profil gerichtet. Der Rechtsmediziner ist ein besonnener Begleiter, jemand, dem kaum etwas entgeht. Er scheint äußerst feine Antennen für Stimmungen zu haben, für das Ungesagte.

»Ich bin auch jedes Mal aufs Neue fasziniert vom Moor. Ich habe ganze Regale voller Bücher darüber, wissenschaftliche und fantasievolle.« Der 48-Jährige streicht sich über seinen Dreitagebart. »Es gibt Unmengen von Geschichten, die davon erzählen, dass die gefährlichen Sümpfe die Unbedachten in ihren Schlund ziehen und auf ewig verborgen halten. Viele davon haben sicher einen wahren Kern. Schon seit Menschengedenken sind diese besonderen Lebensräume dazu missbraucht worden, um sich anderer Personen zu entledigen – für lange Zeit, vielleicht sogar für immer. Wer das Böse will, findet in den Mooren schweigsame Verbündete.« Kai Plathe macht eine bedeutungsschwere Pause. »Aber manchmal taucht eben doch ein Verstorbener wieder aus den Tiefen auf.«

»Und heute, zwei Tage nach der der längsten Nacht des Jahres, ist offenbar genau so ein Moment.« Emma deutet nach vorn, wo sich der Weg schon nach wenigen Metern im düsteren Nirgendwo zu verlieren scheint. »Jetzt im Winter und so spät am Abend sieht es hier wirklich gespenstisch aus. Ganz anders als sonst.« Plathe wirft ihr einen fragenden Blick zu. »Ich wohne ja nicht weit entfernt, in Sülldorf«, erklärt die 37-Jährige. »Und deshalb bin ich häufiger in dieser Gegend unterwegs, zum Joggen, Spazierengehen oder wenn ich eine Tour mit dem Mountainbike mache. Die Landschaft bietet so viele Möglichkeiten zum Abschalten – für den Körper und für die Seele. Im Moment kann von Entspannung allerdings keine Rede sein!« Sie streicht sich ungeduldig eine Strähne ihrer schwarzbraunen Haare aus dem Gesicht. »Noch wenige Minuten Fahrt, und wir müssten am Ziel sein.«

Dort, wo das Moor zwei Tote freigegeben hat.

Über lange Zeit waren die Leichname verborgen gewesen vor den Augen der Welt. Welche Geheimnisse haben die Verstorbenen mit in ihr nasses Grab genommen? Hat die Hamburger Polizei einen neuen Kriminalfall?

»Mein Bauchgefühl sagt mir, dass es für uns ein sehr langer Abend wird.« Plathe blickt auf seine Uhr und denkt an das Glas Rotwein, das er zum Ausklang des Tages hatte trinken wollen. Daraus würde nichts werden. Denn der Tod kennt keinen Feierabend.

Gerade erst hat Emma Claasen mit Unterstützung von Kai Plathe, dem neuen Direktor des Instituts für Rechtsmedizin, einen Serienmord aufklären und den Verbrecher dingfest machen können.

Doch das Böse ruht nicht. Es ändert nur seine Gestalt. Und wieder gibt es Opfer, die entsetzliches Leid erfahren, Menschen, die ihre Liebsten verlieren. Schmerz und Tod und Trauer. Manchmal erscheint Emma ihre Arbeit wie die Hydra. Aber dieser Eindruck lähmt sie nicht. Er spornt sie nur noch mehr an. Sie ist Kriminalbeamtin mit Leib und Seele. Sie will sich dem Unheil entgegenstellen. Ihr Ziel ist es, die Verantwortlichen zu fassen und sie ihrem gerechten Urteil zuzuführen.

Und dabei hat sie in Kai Plathe einen äußerst engagierten und fähigen Verbündeten, der sich vor allem als Anwalt der Opfer sieht.

Dass die Zeit eines jeden Menschen begrenzt ist, hat der Rechtsmediziner schon als kleiner Junge erfahren müssen, als seine geliebte Großmutter eines Tages nicht mehr da war. »Sie ist im Himmel und guckt uns aus den Wolken zu«, hat seine Mutter ihm seinerzeit versichert. Es dauerte einige Jahre, bis er es besser wusste. Dass sie nicht irgendwo bei den Engeln war, sondern tief im Erdreich vergraben.

Im Medizinstudium und mit seiner Facharztausbildung hat Plathe sich darauf spezialisiert, Antworten auf die Frage zu finden, die wohl jeden Hinterbliebenen umtreibt: Warum musste dieser Mensch sterben? Er geht dem Tod auf den Grund, will seine Methoden aufdecken und seine Geheimnisse entschlüsseln – und damit Erkenntnisse sammeln, die die Täter überführen und außerdem den Lebenden helfen.

»Zwei Moorleichen in einem kleinen See. So oder so wird eine schauerliche Geschichte dahinterstecken.« Kai Plathe spricht aus, was Emma gerade gedacht hat.

Die Kommissarin nickt zustimmend. »Spaziergängerinnen, die versehentlich vom Weg abgekommen und in den Sumpf geraten sind? Das wäre natürlich möglich. Das erinnert mich an einen Film, den ich irgendwann in grauer Vorzeit mal gesehen habe. In einer Szene kämpfen zwei Menschen verzweifelt gegen den Sog des Moores an und werden trotz aller Bemühungen immer weiter in die Tiefe hinabgezogen. Als Letztes sind ihre Gesichter zu sehen, in denen die Panik steht, und die Arme, die sich nach oben recken, im vergeblichen Versuch, irgendwo Halt zu finden.«

Emma schüttelt leicht den Kopf, um die verstörenden Bilder zu verscheuchen, und zieht dabei eine kleine Grimasse. Bei vielen Menschen würde das wohl unvorteilhaft wirken, bei ihr aber zeigt sich ihr Grübchen in der rechten Wange, und die großen teichgrünen Augen bekommen einen besonderen Glanz. Es sieht zauberhaft aus, findet Plathe. Er hütet sich allerdings, seine Gedanken auszusprechen. Zwar sind die Kommissarin und er mittlerweile über ihre konstruktive und harmonische Zusammenarbeit im vorangegangenen Fall beim vertrauten »Du« angekommen. Aber dies ist weder die Zeit noch der Ort für Komplimente.

An einer Weggabelung müssen sie ihr Fahrzeug stehen lassen. Ab hier geht es nur noch zu Fuß vorwärts. Emma und Plathe folgen den schmalen Lichtstreifen ihrer Taschenlampen, vorsichtig einen Fuß vor den anderen setzend, damit sie auf dem schneefeuchten Untergrund nicht ausgleiten.

»Da vorne ist es!« In der Ferne erspäht Emma ein helles Areal, dort, wo die Kollegen durch Generatoren angetriebene Flutlichter herbeigeschafft haben, um den Fundort der Moorleichen auszuleuchten. Plathe geht dicht hinter ihr. Etwa hundert Schritte entfernt erkennen beide mehrere Planen, die ein etwa 80 Quadratmeter großes Gebiet abgrenzen und dafür sorgen, dass die Ermittler ungestört arbeiten können. Eine Folie ist als Dach dieser behelfsmäßigen Hütte gespannt.

Der Wind rüttelt an den kunststoffbezogenen Abdeckungen wie zahllose ungeduldige Hände und entlockt den Planen ratternde Geräusche.

Die Temperaturen knapp unter dem Gefrierpunkt lassen Emma Claasen frösteln. Obwohl sie ihre gefütterte Winterjacke trägt, dringt die feuchte Kälte durch ihre Kleidung und verursacht ihr Gänsehaut. Sie wirft einen Blick nach rechts zu dem kleinen Teich, in dem bis vor Kurzem die zwei Moorleichen verborgen waren.

Die Wasserfläche hat kaum die Größe eines Volleyballfeldes. Eine Eisschicht bedeckt wie eine hauchdünne Haut Teile der vom Weg abgewandten Seite des Sees. Es riecht nach nasser Erde. Am vorderen Ufer ist das Wasser trüb und der sandige Boden aufgewühlt. »Da sind Stiefelabdrücke.« Die Kommissarin deutet auf tiefe Spuren im Morast.

»So tief, wie die sich in das Erdreich gegraben haben, sieht es nach wilden, überhasteten Schritten aus. Die stammen bestimmt von dem Mann, der hier abgerutscht ist.«

Emma leuchtet mit ihrer Taschenlampe auf weitere Abschnitte des Bodens, an denen welkes Gras zertrampelt worden ist, und anschließend auf ein Gestrüpp, an dem mehrere Zweige abgebrochen sind. »Dort hat er offensichtlich versucht, sich festzuhalten.« Einer der Polizisten, der beim Absperren des Fundortes geholfen hat, kommt auf Claasen und Plathe zu. Emma ist ihm schon mal bei einer früheren Ermittlung begegnet. Sie erinnert sich, dass er Sönke Hansen heißt.

»Der Mann, der uns alarmiert hat, ist ein gewisser Jonas Spanker. Ein Hobby-Ornithologe aus Hamburg, der zufällig die Leichen gefunden hat«, berichtet Hansen. »Wir mussten ihn nach Hause schicken, haben aber seine Personalien. Er war vollkommen durchnässt. Und außerdem komplett durch den Wind.«

»Das wundert mich nicht.« Plathe nickt nachdenklich. Er will dringend die Moorleichen in Augenschein nehmen. Aber zuvor sollte er besser zusammen mit Emma noch mehr über die Umstände erfahren, wie sie entdeckt wurden. »Ein ahnungsloser Naturfreund, der in einen eisigen Teich fällt und dann auch noch so eine unheimliche Entdeckung macht! Was hat dieser Spanker denn erzählt, wie der Fund abgelaufen ist?«

Hansen verschränkt die Arme. »Es sind offenbar zunächst nur ein Bein und Teile eines Rumpfes zu sehen gewesen. Wie es unter der Wasseroberfläche aussieht, hat er gar nicht wissen wollen. Er hat nur schnell sein Handy aus seiner Jacke herausgefingert. Glücklicherweise hatte er es in einer wasserdichten Seitentasche seiner Gore-Tex-Jacke. Und dann hat er die 110 gewählt.«

Die Kriminalbeamten, die sich etwa 30 Minuten nach dem Notruf am Tatort eingefunden haben, haben beim vorsichtigen Staken im Gewässer und beim Durchpflügen mit großen Forken noch einen zweiten Leichnam entdeckt. Er war mit einem Bein unter den Wurzeln eines Baumes festgeklemmt, ähnlich wie der andere Körper. Sonst hätte das Moor die Toten wohl schon viel früher freigegeben.

Später werden vermutlich Polizei und Technisches Hilfswerk mit schwerem Gerät anrücken müssen, um das Moorgewässer großflächig auszupumpen.

Werden sie noch weitere Tote finden? Oder Utensilien, die den beiden Leichen zuzuordnen sind?

Das nächste Umfeld und vor allem die Toten sind danach nicht mehr angetastet worden. Bis die Spurensicherung, die Rechtsmedizin und die Mordkommission sich einen detaillierten Eindruck verschafft haben, muss alles möglichst unverändert bleiben.

Und so wartet nun auf das Duo Emma Claasen und Kai Plathe, das gerade um den Teich herum zu den Moorleichen geht, ein geheimnisvolles Szenario. Zwei dunkle, schmale Gestalten – geschunden, über lange Zeit verborgen, rätselhaft. Rechtsmediziner Plathe zieht sich einen Ganzkörper-Schutzanzug über, geht am Ufer neben den Körpern in die Hocke und betrachtet die Toten intensiv. »Wer seid ihr?«, murmelt er. »Und was ist eure Geschichte?«

KAPITEL 3

Ein leichter Druck mit dem Handgelenk, und das Skalpell schneidet in die Haut. Eine Bewegung, tausendfach ausgeübt. Doch diesmal muss Kai Plathe die Kraft, mit der er das Messer führt, deutlich verstärken. Die Haut des Leichnams, der im kalten Licht des Obduktionssaals vor ihm auf dem stählernen Tisch liegt, ist widerstandsfähiger als üblich. Ledriger, fester, dunkler, nach der Bergung aus dem feuchten Milieu des Moores bereits etwas ausgetrocknet. Der Rechtsmediziner weiß, was ihn bei diesem sehr speziellen Todesfall erwartet. Mit Wasserleichen und Moorleichen kennt er sich besonders gut aus. Und es bestätigt sich bereits bei den ersten Zentimetern des T-Schnitts, mit dem er den Leichnam eröffnet. Es ist ein bisschen so, als würde er mit dem Messer in gegerbtes Leder eindringen.

Moorleiche eins hat Plathe diese Tote im Stillen getauft. Der zweite Körper, den sie aus seinem sumpfigen Grab geborgen haben, heißt dementsprechend Moorleiche zwei. Ganz schlicht und bürokratisch.

Doch die Präparation erfolgt keinesfalls so unsentimental, wie es die kühle Nummerierung erscheinen lässt. Schon immer haben Moorleichen eine besondere Faszination auf Plathe ausgeübt. Ebenso wie die Moore selbst. Schließlich existieren sie viele Tausend Jahre und damit weitaus länger, als wir es uns mit unserer Vorstellungskraft ausmalen können. Moore gehören zu den ältesten belebten Landschaften der Erde. Ihre besondere Zusammensetzung, zugleich säurereich und sauerstoffarm, konserviert seit Jahrtausenden Lebewesen und macht sie so zu stillen Zeitzeugen der Geschichte.

Und ebenso lassen sie uns erschaudern angesichts der Schicksale zahlloser Menschen, die dort den Tod gefunden haben. Viele haben sich schlicht verlaufen, etwa beim Kräutersammeln. In den feuchten Regionen reicht ein Fehltritt, um von dem Boden langsam, aber unerbittlich eingesogen und schließlich verschluckt zu werden. Andere Opfer sind dort bewusst getötet worden – geopfert, hingerichtet oder ermordet und im Moor als verschwiegenem Grab zurückgelassen.

Rechtsmediziner Plathe hat bereits mehrere dieser speziellen Funde wissenschaftlich untersucht und ihnen so viele Geheimnisse entlockt. Dabei haben Moorleichen eine bestimmte Eigenart: Sie geben die Details um ihre Liegezeit im feuchten Untergrund nicht so leicht preis. Nach zehn bis zwanzig Jahren verändern sie sich kaum noch. Die Konservierung in diesem speziellen Umfeld geschieht zunächst sehr rasch. In den nächsten Jahrzehnten, Jahrhunderten oder Jahrtausenden bleibt der mumifizierte Körper fast so, wie er ist.

In früheren Fällen hat Kai Plathe trotzdem mit viel Akribie herausgefunden, wie viel Hunderte oder sogar Tausende Jahre Moorleichen in ihrem dunklen Grab gelegen haben. Er hat Verletzungen dokumentiert und ebenso die Spuren, die Hungersnöte an den Körpern hinterlassen haben. Er hat das Lebensalter festgestellt und unter anderem auch bestimmen können, ob die Menschen Rechts- oder Linkshänder gewesen waren. Andere Spezialisten haben sich mit einer Gesichtsrekonstruktion befasst und so das wahrscheinliche Aussehen der jeweiligen Person nachzeichnen oder modellieren können.

Moorleichen: Sie sind wie Zeitkapseln. Das ist gelebte Geschichte und echte Wissenschaft. Sie sind spannend, geradezu mitreißend. Man muss sie nur zum Sprechen bringen.

Welche ihrer Geheimnisse wird er also entschlüsseln können? Plathe spürt ein Kribbeln, wie er es lediglich bei ganz wenigen Fällen empfindet. Aber anders, als er es bei früheren, zum Teil Tausende Jahre alten Moorleichen gewohnt ist, sind diese Exemplare hier kaum von anthropologischem Interesse. Schon als Plathe die beiden schlammbedeckten Gestalten im Moor inspiziert hat, hat er den Eindruck gewonnen, dass es sich um Todesfälle handelt, die nur wenige Jahre, maximal Jahrzehnte zurückliegen. Was an Kleidungsresten zu erkennen ist, sieht so gar nicht nach grobem Leinen oder gar Tierleder aus, wie man es beispielsweise bei Funden aus der Eisenzeit erwarten dürfte. Bei den Hosen könnte es sich um Jeans handeln, und das Oberteil der einen Moorleiche ähnelt einem Rollkragenpullover. Vor allem: Eine der Toten trug eine Kette mit einer D-Mark-Münze um den Hals. Das grenzt den Zeitraum erheblich ein. Es könnte allerdings das Ablenkungsmanöver eines Täters sein, um falsche Spuren zu legen.

Also Obacht – keine vorschnellen Schlüsse ziehen!

Die Kleidung hat Plathe vorsichtig aufgeschnitten, um an den nackten Körpern die Untersuchungen vornehmen zu können. Alles geschieht mit größter Behutsamkeit.

So auch die Analyse in der Computertomographie. Selbst wenn diese Technik ihm noch keinen Aufschluss über eine Todesursache geben kann: Er weiß jedenfalls bereits, woran die Moorleichen nicht gestorben sind. Es gibt keinerlei Projektile in den Körpern, keine Spuren von Schussverletzungen. Aber es sind auffällig viele Knochenbrüche zu erkennen. Die Anzahl der Frakturen deutet darauf hin, dass es zu einem massiven Trauma gekommen sein muss, beispielsweise durch einen Sturz aus größerer Höhe. Das wird er noch genauer analysieren.

Zunächst einmal konnte er bestimmen, dass es sich bei Moorleiche eins und Moorleiche zwei um Frauen handelt. Die Beckenform ist in der dreidimensionalen Rekonstruktion der CT-Befunde aussagekräftig genug gewesen. Jetzt kann er bei der äußeren Leichenschau ausreichend sicher weibliche Brüste und ein weibliches Genital abgrenzen.

Unter seinem grünen Kittel spürt Plathe in der Hosentasche seiner Jeans ein Vibrieren. Vielleicht ist endlich eine WhatsApp von Corinna eingetrudelt. Zu sagen, dass seine Frau und er sich an diesem Morgen des zweiten Weihnachtsfeiertages nicht gerade in bestem Einvernehmen getrennt hätten, wäre eine glatte Untertreibung. Tatsächlich hat es einen handfesten Streit gegeben. Wieder einmal.

Irrt er sich, oder hat Corinna geradezu auf einen Anlass gelauert, um die familiäre Atmosphäre zu verderben?

Er hat ihre gereizte Stimmung bereits gespürt, als sie und die beiden Söhne am Abend vor Weihnachten aus Essen angereist und in Hamburg aus dem Zug gestiegen sind. Um Corinnas schönen Mund hat ein harter Zug gelegen, zwischen ihren eisblauen Augen hat sich eine steile Zornesfalte gezeigt. Es hat ihr wohl nicht gepasst, dass sie das Fest nicht in ihrem früheren gemeinsamen Domizil in Essen verbringen würden, sondern in Plathes berufsbedingtem neuem Zuhause in Hamburg-Niendorf, in dem er nach seinem beruflichen Wechsel vorerst allein lebt. Doch diese Trennung auf Zeit war intensiv besprochen und abgestimmt, vor allem wegen ihrer Söhne Philipp und Dominik. Die Familie war sich einig gewesen, dass Kai zunächst allein in die Hansestadt übersiedeln würde. So können die Söhne in ihrem gewohnten Umfeld bleiben – und Corinna in ihrem Job in der Ruhrmetropole Essen.

Ihre Kinder haben sich auf ein Weihnachten zu viert in Hamburg sehr gefreut. Deshalb hat Plathe sich wirklich ins Zeug gelegt, eine Zwei-Meter-Nordmann-Tanne besorgt, sie in seinem Wohnzimmer aufgestellt und reichlich Weihnachtsdekoration bereitgelegt, damit sie den Baum am Morgen des Heiligen Abends gemeinsam schmücken können, von jeher eine Familientradition.

Doch weder der prächtige Baum, der nach Wald duftete, noch das Gulasch zum Abendessen, das Plathe so perfekt gelungen ist, dass das Fleisch auf der Zunge zerging, konnten Corinnas Stimmung heben.

Wie gut, dass die Jungs offenbar von dem Zorn, der in ihr zu brodeln schien, nichts gespürt haben. Erst recht nach der Bescherung nicht. Sie schienen happy mit den Smartphones, die Corinna und er ihnen geschenkt haben – und ebenfalls hoch erfreut über die Tickets für das Musical »König der Löwen«, mit denen Plathe seine Familie überrascht hat. Gleich am ersten Feiertag haben sie die mitreißende Show angesehen. Er hat den gemeinsamen Nachmittag sehr schön gefunden.

Fast hätte er darüber die unterschwellige Missstimmung vergessen. Vor Weihnachten ist es Wochen her gewesen, seit seine Frau und er sich zuletzt gesehen haben. Wann immer er die Familie in sein neues Zuhause nach Hamburg eingeladen hat, sind allein Philipp und Dominik angereist. Corinna hat mehr als einmal betont, dass die beiden mit ihren 11 und 14 Jahren sehr gut selbstständig mit dem Zug von Essen nach Hamburg zum Vater fahren können. Und sie selber habe nun mal wichtige berufliche Termine im Ruhrgebiet, die sie ganz und gar in Anspruch nähmen.

»Kannst du das nicht verstehen?«, hat sie gefragt und ihn in ihrem Videotelefonat mit wutblitzenden Blicken beinahe aufgespießt.

»Gerade du?« Plathe hat nicht an sich halten können und ebenso wütend reagiert. Wie sie es geschafft hat, in diese zwei Worte einen so massiven Vorwurf zu packen!

Plathe hat immer Verständnis dafür gehabt, dass nicht nur er, der vor wenigen Monaten als Direktor des Instituts für Rechtsmedizin in Hamburg berufen wurde, einen sehr fordernden Beruf hat, sondern ebenso Corinna. Dass auch sie ihre Karriere als Bauingenieurin konsequent verfolgen möchte. Er hat ihre Argumente verstanden, warum sie bis auf Weiteres mit den Söhnen in Essen bleibt. Die Jungs sollen nicht aus der Schule und ihrem jeweiligen Freundeskreis sowie den Sportvereinen herausgerissen werden. Alles gute Gründe, die sie hinlänglich diskutiert haben, bevor die gemeinsame Entscheidung gefallen ist. Warum also ist Corinna jetzt dauergereizt?

Sie hat sich die ersten beiden Festtage über so gar nicht zusammengerissen und seinem Eindruck nach nicht einmal versucht, eine harmonische Zeit mit ihm zu verbringen. Obwohl er sich redlich Mühe gegeben hat.

Vielleicht ist es aber ein Fehler gewesen, dass er seiner Familie nach dem Abendessen von seinem neuesten spannenden Fall erzählt hat? Der Moorleichenfund hat ihn derartig fasziniert, dass er darüber regelrecht ins Schwärmen geraten ist. Er hört sich noch sagen: »Ich kann es kaum abwarten, mit den Untersuchungen zu beginnen.«

»Na, so eilig wird es schon nicht sein«, hat Corinna geschnappt. »Nach Weihnachten sind die immer noch tot. Es wird dir doch wohl möglich sein, die paar Tage zu warten? Oder haben deine Leichen jetzt auch über die Feiertage Priorität?« Ihre Augen haben Funken gesprüht, als ihr

Blick ihn durchdringend fixiert hat. »Als Institutsdirektor wirst du die Arbeit ja sicher delegieren können?«

Plathe hat sich zusammennehmen können und seine Stimme gesenkt. »Versteh mich bitte! Die beiden Leichen liegen noch nicht sehr lange im Moor, vermutlich nur einige Jahre. Die Polizei kann mit den Ermittlungen nicht erst bis deutlich nach Weihnachten warten. Außerdem fühle ich mich möglichen Angehörigen gegenüber verpflichtet, bald mit der Arbeit zu beginnen. Ich will herausfinden, wer die Toten sind und wie sie gestorben sind.« Er hat beobachtet, wie Corinna genervt den Mund verzogen hat. Also hat er weiter versucht, sie für die Problematik zu sensibilisieren. »In unserem Institut habe ich außerdem in Bezug auf Moorleichen bei Weitem die größte Fachkenntnis. Deshalb wäre es nicht sinnvoll, wenn einer meiner Kollegen die Untersuchung übernimmt. Diesen Job werde ich selber machen.« Einige Augenblicke später hat er noch hinzugefügt: »Und ich will alles über sie herausfinden. Wer weiß, was für spannende Geschichten sich hinter diesem Fund verbergen.«

»Cool, Papa! Wann können wir die Toten mal anschauen?« Dominik, sein jüngerer Sohn, hat mit seiner kindlichen Neugier unbewusst eine Bombe gezündet.

Corinna ist in diesem Moment erstarrt, hat die Serviette fallen lassen und sich vom Esstisch erhoben. »Na, dann bin ich hier wohl überflüssig«, hat sie geschäumt. »Ich muss dringend einen langen Spaziergang machen – sonst platze ich!«

Keine Minute später hat Plathe die Haustür gehört, die aber erstaunlicherweise nicht mit einem lauten Knall zugeworfen wurde, sondern leise zugezogen. Haben seine Argumente doch ein wenig Wirkung gezeigt? War Corinnas Wut da schon ein wenig verraucht?

Sie würden heute Abend in Ruhe reden. Wenn sich die Gemüter hoffentlich halbwegs beruhigt haben – und wenn er seine wichtigsten Untersuchungen im Sektionsraum abgeschlossen hat.

Den Keller des Instituts mit dem kalten Licht, den Obduktionstischen aus rostfreiem Stahl und den Fächern, in denen die Toten ruhen, empfindet so mancher vielleicht als bedrückend, seelenlos gar. Doch Plathe versteht ihn vielmehr als einen Ort der Gerechtigkeit und der Mitmenschlichkeit. Denn wenn er hier mit Skalpell und Säge in das Innerste eines Körpers vordringt, kann er dazu beitragen, Namenlosen eine Identität zurückzugeben. Ebenso kann er die Umstände eines Todes aufdecken und damit helfen, einen Mörder zu finden und hinter Gitter zu bringen. Das treibt ihn an.

Die Aufgabe am Obduktionstisch jetzt mit Moorleiche eins und anschließend mit der zweiten Moorleiche ist Kai Plathe ein besonderes Anliegen. Deshalb steht er jetzt auch hier, am Nachmittag des zweiten Weihnachtsfeiertages, und registriert jede Einzelheit der ersten zarten Gestalt ganz genau. Sein Protokoll wird wieder einmal viele Seiten füllen. Die ersten Befunde sind vielversprechend gewesen. Die beiden Körper haben mehr Geheimnisse preisgegeben, als er es nach dieser langen Zeit im Moortümpel erwartet hat.

Der Erhaltungszustand des Leichnams ist relativ gut. Zwar weist die Körperoberfläche mehrere Haut- und Weichteildefekte auf, speziell im unteren Gesichtsbereich und am Hals. Aber Rumpf und Extremitäten sind intakt. Die Kleidung ist zerfetzt und teilweise aufgelöst. Es handelt sich um weibliche Kleidungsstücke. Am Oberkörper ist eindeutig ein Büstenhalter abzugrenzen. Wäschezeichen finden sich nicht.

Plathe hat entdeckt, dass die Papillarlinien an den Fingerkuppen des Leichnams überraschend gut konserviert sind. Kaum zu glauben: Es wird vermutlich gelingen, durch fotografische Tricks Fingerabdrücke zu rekonstruieren – und damit hoffentlich rasch eine Identifikation zu erreichen. Der Zahnstatus und der Gebissbefund sind ebenfalls relativ gut erhalten. Allerdings findet Plathe keine Anhaltspunkte für zahnärztliche Arbeiten. Vermutlich hat die Frau schon als kleines Kind eine konsequente Kariesprophylaxe betrieben. Wahrscheinlich haben sich die besorgten Eltern intensiv um das Kind gekümmert. Eine Tochter aus sogenanntem gutem Hause?

Die Frau dürfte noch relativ jung gewesen sein, grob geschätzt um die 20 Jahre alt. Das ergibt sich aus den vorliegenden CT-Röntgenbildern. Die Wachstumsfugen aller Fingerknochen sind vollständig geschlossen. Spuren von Wachstumslinien hat Plathe an der Speiche nahe dem Handgelenk entdeckt, dies passt zu einem Lebensalter von etwas unter 20.

Vermutlich wird ihm das Landeskriminalamt sagen können, wer dieser Mensch ist. Wahrscheinlich hat man dort bereits die Vermisstensachen von jungen Frauen aus den vergangenen Jahrzehnten zusammengestellt. Dass ein DNA-Nachweis gelingen wird, ist recht unwahrscheinlich, da die Moorsäuren die DNA zerstören. Aber der Zahnstatus, die Fingerabdrücke und die von ihm erhobenen biometrischen Daten wie zum Beispiel Statur, Größe, Gewicht und Kopfform sind vielversprechend.

Woran die Frau konkret gestorben ist? Das bleibt zunächst unklar. Sicher ist, dass die Tote diverse Frakturen an Armen und Beinen, aber keine Schädelbrüche erlitten hat. Weil die Frau im Moortümpel gefunden wurde, wird Plathe noch prüfen, ob sie ertrunken ist. Er hofft für sie, dass es nicht so war. Jeder Tod ist schlimm. Aber manche Art zu sterben ist qualvoller als andere. Und das langsame Versinken im Moor …

Der Rechtsmediziner strafft die Schultern und setzt erneut entschlossen das Skalpell an. Es passt so gar nicht zu ihm, die Gedanken schweifen zu lassen, während er einen Leichnam untersucht. Üblicherweise ist er hoch konzentriert bei der Sache, ganz der erfahrene Profi, der Befunde sachlich und kühl auswertet. Emotionen? Die erlaubt er sich erst hinterher. Wenn die Obduktion abgeschlossen ist, das Protokoll diktiert. Wenn der Tod aufgeklärt ist und der Leichnam wieder im Kühlfach – und er selbst zurück am Schreibtisch oder auf dem Weg nach Hause. Heute wird es noch eine ganze Weile dauern, bis er das Institut verlassen kann. Erst muss er alles erfassen, was der Leichnam ihm gegenüber preisgibt.

Es kommt Plathe so vor, als würde der tote Körper zu ihm sprechen und ihm in einem ersten Ansatz seine Geschichte erzählen. Die letzten Augenblicke im Leben dieser jungen Frau kann er teilweise vor sich sehen. Es fehlen allerdings weiterhin eine Reihe von Puzzleteilen.

Bleibt außerdem das Rätsel um Moorleiche zwei. Sie muss noch eine Zeit lang auf ihre weitergehende Untersuchung warten. Plathe weiß bereits, dass auch diese Tote eine junge Frau ist und dass sie zahlreiche Knochenbrüche aufweist, einschließlich Schädelbrüchen. Ein Polytrauma also, das vermutlich akut den Tod hervorgerufen hat. Bei diesem Opfer wird die Obduktion wahrscheinlich deutlich länger dauern.

Doch etwas Wichtiges sollte er jetzt schon erledigen. Plathe streift sich die Sektionshandschuhe ab, schält sich aus seinem Sektionskittel und wäscht sich im Umkleideraum sorgfältig die Hände. Dann greift er zu seinem Mobiltelefon und wirft einen Blick auf das Display, das ihm mitteilt, dass vier Anrufe in Abwesenheit eingegangen sind und eine WhatsApp – Letztere von Corinna. Auch wenn er eigentlich dringend mit seiner Frau sprechen und den Streit gern beenden möchte: Es muss warten. Ein anderer Anruf hat Vorrang. Kai wählt die Nummer von Emma Claasen.

KAPITEL 4

Lautlos gleitet die Tür zur Seite. Mit einem dynamischen Schritt tritt Emma in den Raum ein, der ihr vorkommt wie eine Mischung aus Hochsicherheitstrakt und Allerheiligstes: Hier, im Obduktionssaal im Institut für Rechtsmedizin, wird nach der Wahrheit geforscht, nach den Ursachen für Tod und Leid. Und damit wird gleichzeitig ein wichtiges Fundament gelegt, um aufzudecken, ob ein Verbrechen stattgefunden hat. Es gibt also gute Gründe für die Kriminalhauptkommissarin, diesen Ort mit positiven Gefühlen und viel Zuversicht aufzusuchen.

Doch da ist auch Beklemmung. Was hier geschieht, ist endgültig. Wer auf einem der drei Tische aus rostfreiem Stahl landet, hat sein Leben ausgehaucht. Eine Zukunft gibt es für sie oder ihn nicht mehr – jedenfalls nicht in dieser Welt.

Insofern hat es für Emma eine gewisse Symbolik, dass es ein relativ weiter Weg ist, um von der Straße in den Obduktionssaal zu gelangen. Mehrere Flure, Treppen und acht Türen hat sie passiert. Sie hat im Umkleideraum einen grünen Sektionskittel über ihre Straßenbekleidung angelegt, der ihre zierliche sportliche Figur verhüllt. Außerdem hat sie Plastik-Überschuhe und Mundschutz angezogen sowie Einmalhandschuhe übergestreift. Ein Blick in den Spiegel offenbart die Verwandlung, die die zweckmäßige Kleidung bei ihr ausgelöst hat.

Für sie fühlt es sich an, als würde sie einen Schutzschild anlegen. Professionelle Kleidung – professionelle Distanz?

Doch wie bei früheren dienstlichen Besuchen in diesem Keller ist die zarte Abschirmung für die Seele schnell zerschlissen. Der Tod hat eine ganz eigene, durchdringende Macht.

Insbesondere, wenn er sich so ausdrucksstark darbietet wie im Fall der zwei Moorleichen. Die schwärzlich braunen Körper liegen zu beiden Seiten des Sektionsraums jeweils auf einem Obduktionstisch. Emma wirft einen aufmerksamen Blick auf die Toten, die als menschliche Leichname nur schemenhaft wahrzunehmen sind. Die Gestalten wirken stark ausgemergelt. Haare sind nicht mehr vorhanden. Die Reste der Kleidungsstücke sind sichergestellt. Die Sektionsschnitte ziehen sich über die Körper, vorne, hinten, an Armen und Beinen. Von den Sektionsgehilfinnen wurden sie mit sauberen Nähten sorgfältig verschlossen. Sonstige markanten Einzelheiten drängen sich beim eher flüchtigen Hinsehen nicht auf. Der Anblick wirkt irreal – ein bisschen wie zwei Wesen von einem anderen Stern. Ein Hauch von E.T. also. Einerseits ausdruckslos, andererseits empfindet Emma ihn irgendwie als gruselig. Sie trifft Plathe in dem Verbindungsraum zwischen den beiden Obduktionssälen an, wo er gerade dabei ist, seine Sektionsprotokolle zu diktieren. Emma registriert etliche lateinische Worte, offenbar Bezeichnungen für einen speziellen Knochen oder einen Organdefekt, wie sie vermutet. Ohne seinen Redefluss zu unterbrechen, bedeutet der Rechtsmediziner ihr, auf dem Stuhl ihm gegenüber Platz zu nehmen. Sie legt ihren Mundschutz ab, setzt sich hin, wartet.

Wie schon bei anderen Gelegenheiten, in denen Emma Plathe bei der Arbeit erlebt hat, ist sie fasziniert. Immer weiter geht sein Diktat der Obduktionsergebnisse – ohne dass er auch nur einmal in irgendwelche Notizen schaut.

Gibt es überhaupt welche? Oder hat der Rechtsmediziner alle Details so präzise im Kopf abgespeichert, dass er sie mühelos aus seinem Gedächtnis wiedergeben kann?

Während Plathe weiter in sein Gerät spricht, studiert Emma verstohlen sein ausdrucksstarkes Gesicht. Die dichten Brauen, die an Erich Kästner erinnern, darüber die tiefen Falten, die seine Stirn in Licht und Schatten teilen, die kräftige Nase, die klugen, dunklen Augen, der intensive Blick. Er ist so in seinen Bericht vertieft, dass er alles um sich herum zu vergessen scheint. Diese Hingabe an seine Arbeit beeindruckt Emma.

»... und das Ganze bitte bis spätestens morgen um Uhr auf meinem Schreibtisch. Ende.« Plathe schaltet sein Diktiergerät ab und sieht Emma an. »Schön, dass du so schnell kommen konntest!« Er deutet auf die Arbeitsfläche neben ihm, auf der zwei zugeklappte Aktenordner liegen. »Wie du siehst, kann ich dir nichts anbieten – außer interessanten Informationen.«

»Das ist mir sehr recht.« Emma schlägt die Beine übereinander, was ihr etwas altersschwacher Stuhl mit einem Ächzen quittiert, und nickt ihrem Gegenüber aufmunternd zu. »Es kann losgehen! Ich bin gespannt.«

»Eins vorweg: Wenn du umfassende Berichte zu beiden Moorleichen erwartest, muss ich dich leider etwas enttäuschen. Ich habe ein recht präzises Bild gewinnen können, aber bislang erst die eine, die ich Moorleiche eins genannt habe, obduziert. Mit Moorleiche zwei habe ich am späteren Abend noch eine Verabredung im Sektionssaal.«

»Ich gehe davon aus, dass es bei dem Date keinen Wein und auch keine romantische Musik geben wird?« Emma schmunzelt, merkt aber sofort, dass ihre laxe Bemerkung bei Plathe nicht gut ankommt. Sein Gesichtsausdruck verfinstert sich.

»Rotwein, Musik oder sogar Wurststullen kommen vielleicht im Fernsehkrimi im Obduktionssaal vor«, stellt er klar. »Bei mir ganz sicher nicht. Und ebenso wenig bei meinen Kollegen, zumindest bei uns in Hamburg. Obwohl ich mir sagen lassen habe, dass es das eine oder andere schwarze Schaf in meiner Zunft geben soll.« Seine Miene entspannt sich nur langsam. »Sorry, aber das ist bei mir ein empfindlicher Punkt. Ein pietätvoller Umgang mit den Toten ist für mich absolut essenziell! Aber kommen wir zur Sache.«

Er beugt sich vor und fixiert Emma mit durchdringendem Blick. »Bei beiden Opfern handelt es sich um Frauen um die 20. Die Computertomographien der Leichen haben Hinweise auf etliche Frakturen gegeben. Es muss zu erheblicher äußerer Gewalt gekommen sein. Im Fall von Moorleiche zwei führte das sogar zu Schädelfrakturen, die möglicherweise unmittelbar tödlich waren. Genau weiß ich das erst, wenn ich auch diese Sektion vorgenommen habe.« Er lächelt. »Wenn du möchtest, kann ich dir dazu noch heute Abend oder gleich morgen früh die Details erläutern.«

Emma nickt. »Je eher, desto besser.«

»Mehr Einzelheiten habe ich bei Moorleiche eins. Die Frakturen der Schienbeine und Oberschenkelknochen, dazu die Rippenbrüche und eine Oberarmfraktur weisen auf massive stumpfe Gewalt hin, einerseits im Bereich der Beine, andererseits infolge eines Sturzes auf Schulter und Rumpf. Das Verletzungsmuster passt jedenfalls nicht zu einem Szenario, bei dem sie schlicht ins Moor gefallen oder gerutscht ist und anschließend unterging.« Plathe macht eine bedeutungsvolle Pause. Als er weiterspricht, ist seine Stimme ein wenig leiser, aber nicht weniger eindringlich. »Nein, offensichtlich war die junge Frau schwer verletzt, als ihr Körper im Moor versenkt wurde. Also eine spezielle Form des ›Leichendumpings‹.«

Plathe registriert, wie sich die linke von Emmas scharf gezogenen Augenbrauen wie zu einem antiken Spitzbogen hebt. Ein Ausdruck der Überraschung. Doch er kennt sie mittlerweile gut genug, um zu wissen, dass sie sich niemals lange irritieren lässt. Sie ist schlau und verfolgt ihre Ziele mit Entschlossenheit, bleibt dabei bei aller Präzision und Gewissenhaftigkeit gleichwohl empathisch – und handelt niemals voreilig.

Doch bei aller Geduld gibt es bei ihrem Fall eine Frage, die als Erstes geklärt werden muss. Die Antwort ist entscheidend, um Anhaltspunkte zu erlangen, die auf die Identität der Toten hindeuten könnten. »Wie lange haben die Frauen im Moor gelegen?« Die Kommissarin korrigiert sich sofort. »Was ich meine, ist: Wann sind sie gestorben? Wir wollen die Vermisstendateien durchforsten. Dafür brauchen wir Hinweise, in welchem Zeitraum wir suchen müssen.« Plathe fährt sich mit der Hand über seinen Bart. Emma mag das kraspelnde Geräusch, das dabei entsteht.

»Im Hinblick auf die Tatzeit fällt es mir schwer, Aussagen zu treffen«, bekennt Plathe. »Das ist extrem unsicher.«

»Warum?«

Der Rechtsmediziner steht auf, beginnt, auf und ab zu laufen. Dabei bietet der kleine Raum nicht viel Möglichkeiten. Drei Schritte in die eine Richtung, eine Drehung, die bei seiner Größe von 1,90 Meter und seiner Handballerstatur nicht gerade anmutig, aber athletisch wirkt, dann drei Schritte zurück. »Das Problem ist, dass Moorleichen ihre Liegezeit sehr gekonnt verbergen«, erklärt er.

Sie überlegt. »Etwa so, als wäre der Körper tiefgefroren? Nur unter anderen Bedingungen?« Plathe bleibt vor ihr stehen und verschränkt die Hände. Emma fällt wieder einmal auf, wie kräftig sie sind.

»Ganz entfernt kann man das vergleichen«, meint der

Experte. »Aus diesem Grund kann es bezüglich der Liegezeit im Moor zu erheblichen Fehleinschätzungen kommen. Bei einer jungen Frau aus dem Uchter Moor südlich von Nienburg hat sich die Hamburger Rechtsmedizin früher mal ziemlich blamiert. Denn die lag nicht die zunächst geschätzten drei Jahrzehnte im Moor, sondern etwa 3.000 Jahre.« Er schmunzelt. »Also nur ganz knapp daneben. Sie haben den Fall später in unserer Fachzeitschrift ›Rechtsmedizin‹ veröffentlicht. Es war eine Moorleiche aus der vorrömischen Eisenzeit.«

»Darüber habe ich damals gelesen.« Emma nickt. Natürlich will Kai einen solchen Irrtum vermeiden, trotzdem braucht sie einen ungefähren Ansatz. Also muss sie drängeln. »Du kennst dich doch mit derartigen Funden gut aus. Ist es nicht so, dass niemand sonst so viele Moorleichen untersucht hat wie du?«

Plathe beugt sich vor, öffnet einen der beiden Aktenordner auf dem Tisch und wirft einen Blick auf die Bilder vom Auffindungsort und aus dem Sektionssaal. »Kein erfahrener Rechtsmediziner würde sich da momentan festlegen. Aber um dir eine sehr grobe Orientierung zu geben: Vom Zustand der Leichen her tippe ich auf zwei bis drei Jahrzehnte Liegezeit. Also wäre es nicht verkehrt, die Vermisstensachen um das Jahr 2000 und noch zehn Jahre davor zu prüfen.«

Emma federt auf ihrem Stuhl, der bedenklich laut knarrt. »Das ist doch mal ein Hinweis! Damit kommen wir bestimmt weiter.« Mit vier Schritten ist sie an der Tür. Plathe fällt wieder einmal auf, mit welcher katzenhaften Geschmeidigkeit die Kommissarin sich bewegt. Sie hat die Hand schon an der Türklinke, als sie sich noch mal umdreht. »Gibt es sonstige Ermittlungshilfen? Individuelle Merkmale oder Besonderheiten? Kleidung?«

Plathe ist schon dabei, seinen Obduktionskittel überzustreifen. Er gönnt sich wirklich keine Pause. »Es gibt tatsächlich eine Besonderheit, die vielleicht ein Angehöriger wiedererkennt. Moorleiche zwei trug eine silberne Kette mit einem Anhänger, einer D-Mark-Münze.«

»Das würde ja auch zu der von dir benannten Zeit passen. Bestens!« Emma beobachtet, wie Plathe hinter seinem Körper hantiert, um die Bänder, die seinen Kittel am Rücken und im Nacken zusammenhalten, zuzuschnüren. »Darf ich?« Sie tritt hinter ihn und bindet die obere Schleife. Er hält still und atmet ihren Duft ein. Irgendetwas Zartes, vielleicht ein Shampoo mit Honignote? Als sie ihre Hände sinken lässt, dreht er sich um, geht einen halben Meter zurück. Er räuspert sich.

»Ansonsten kann ich dir im Moment so viel sagen: Zwei Frauen um die 20 mit jeweils einem schweren Polytrauma. Die sind sicher nicht beim naturkundlichen Spaziergang ins Moor gestürzt. Am ehesten hatten sie einen Verkehrsunfall als Fußgänger oder Radfahrer. Und dann hat man die Körper im Moor versenkt, um alle Spuren zu verwischen.« Plathe verschränkt die Arme. »Vermutlich ist das alles vor dem Gesetz schon verjährt. Ihr müsst rauskriegen, wer die Opfer sind, was ihnen passiert ist – und wer dafür verantwortlich ist! Diese Tat ist schlicht böse. Der Täter wollte die beiden jungen Frauen für immer verschwinden lassen.«

KAPITEL 5

20 bis 30 Jahre! So lange also haben die beiden Toten in ihrem feuchten Grab gelegen. Es ist nicht der Zeitraum, den Emma typischerweise mit Moorleichen verbinden würde. Die hätte sie gedanklich eher irgendwo ins frühe Mittelalter gepackt. Menschen in schwerer Leinenkleidung, vielleicht einen grob geflochtenen Korb dabei zum Beeren-, Kräuter- oder Pilzesuchen. Aber niemand in Jeans und aus der Zeit, als sie selber noch zur Schule ging.

»Wir reden also etwa über die Jahre von 1993 bis 2003«, hat sie den Kollegen aus ihrem Team mitgeteilt und diese gebeten, sich die Vermisstenakten aus jener Zeit im Raum Hamburg genau anzuschauen. Damit würden sie anfangen. Und wenn sie keinen passenden Fall finden sollten, erweitern sie den Zeitraum und den Radius. Es ist ja nicht gesagt, dass die Toten aus der Hansestadt oder dem Speckgürtel kommen. Theoretisch ist ganz Deutschland denkbar, vielleicht sogar Europa und Nordamerika. Jedenfalls sind die jungen Frauen keine Asiatinnen oder Afrikanerinnen und nicht aus Südamerika, hatte Plathe der Kommissarin vorhin noch mit auf den Weg gegeben.

»Wir können wohl annehmen, dass die jungen Frauen in etwa gleichzeitig verschwunden sind«, hat Emma die Kollegen informiert. »Das dürfte die Suche deutlich eingrenzen.«

Besser ist es. Wenn sie sich durch alle Fälle zu ackern hätten, die in den vergangenen Jahrzehnten allein in Hamburg beim Landeskriminalamt aufgelaufen sind, müssten sie mehrere Hundert überprüfen. Aber hier liefern ja zunächst der ungefähre Zeitraum und das Geschlecht hinreichend Kriterien zur Eingrenzung. Und eben die Tatsache, dass es sich um zwei Vermisste ähnlichen Alters handeln dürfte.

»Es wäre super, wenn ich zeitnah Ergebnisse bekäme«, hat Emma ihrem Kollegen Oliver Neumann noch mit auf den Weg gegeben, der erst mal Richtung Kaffeemaschine geschlurft war.

Er hat wohl nicht angenommen, dass sie zumindest den Beginn seiner gegrummelten Antwort noch mitbekommen könnte. »Auf einen Tag mehr oder weniger ...« Dann war er außer Hörweite.

Doch die Kommissarin ahnt, was er damit sagen wollte: dass es bei einem Langzeit-Vermisstenfall nicht darauf ankommt, ob es etwas schneller oder langsamer geht. Das ist allerdings ein Trugschluss. Jeder Tag, sogar jede Stunde zählt. Die Angehörigen, die jemanden schmerzlich vermissen, kommen erst dann zur Ruhe, wenn sie Gewissheit haben, welches Schicksal ihre Liebsten ereilt hat. Es ist ein schmerzlicher Weg. Und die Familie hat es verdient, dass das Leid beendet wird – so früh es geht.

Emma weiß nur zu genau, wie unendlich weh es tun kann, wenn man einen geliebten Menschen verliert. Sie hat es selber erleben müssen.

Tatsächlich hat es sich lange Zeit angefühlt, als wäre sie geteilt worden und eine Hälfte von ihr wäre tot. Denn es war der Mensch, der ihr so nahegestanden hat wie kein anderer: ihre Zwillingsschwester Laura. Sie hat mit 14 Jahre Suizid begangen, nachdem sie sich lange abgemüht hat, mit einem Leben im Rollstuhl zurechtzukommen. Sie hat gekämpft, mit bewundernswerter Tapferkeit. Aber schließlich hat sie das Handtuch geworfen, ausgelaugt, traurig, verzweifelt.

Drei Jahre vorher ist sie bei einer Fahrradtour von einem Wagen erfasst worden. Der Fahrer hat ihr die Vorfahrt genommen. Es war ein SUV, das konnte Laura noch sehen, bevor sie das Bewusstsein verlor. Der Fahrer hat Unfallflucht begangen und das Kind einfach auf der Straße liegen lassen. Die schweren Verletzungen an der Wirbelsäule haben zu einer Querschnittslähmung geführt – und schließlich zu dem Entschluss, dass Laura nicht mehr leben wollte.

Es war so typisch für ihre Schwester, dass sie niemandem anvertraut hat, wie sehr sich ihre tiefe Verwundung vom Rückgrat immer weiter in ihre Seele gefressen hat. Sie hat wohl niemanden damit belasten wollen und so getan, als sei alles in Ordnung. Keine Vorwarnung, dass sie mit dem Gedanken spielt und schließlich die Entscheidung gefällt hat, ihrem Leben ein Ende zu setzen. Sie hat gelächelt. Bis zum Schluss.

Und dieser plötzliche Verlust ihrer Schwester hat Emma für sehr lange Zeit den Boden unter den Füßen weggezogen. Natürlich ist Lauras Tod für ihre Eltern und ihren Bruder Emil ebenfalls entsetzlich gewesen. Doch Emma hat das Gefühl gehabt, dass es sie als Zwilling vielleicht noch etwas härter getroffen hat. Es tat so weh!

Sie hat sich eine Weile wie amputiert gefühlt. Und zugleich hat dieses Unrecht, das sie durch den Unfallfahrer und seine Flucht erlebt hat, in ihr die Entscheidung reifen lassen, Polizistin werden zu wollen – um für die Wahrheit zu kämpfen und diejenigen zu fassen, die Straftaten begehen und andere Menschen leiden lassen. Sie will dafür sorgen, dass sie sich vor Gericht verantworten müssen. Schließlich hat sie ihr Weg über mehrere Abteilungen bei der Kriminalpolizei zur Mordkommission geführt. Hier, so fühlt sie immer wieder, hat sie ihre Bestimmung gefunden.

Sie will gerade einige Recherchen am Computer vornehmen, als ihr Handy klingelt. Es sind die ersten Töne von Edvard Griegs »Peer Gynt«, einer Melodie, die sie schon immer besonders berührt hat. »Vielleicht haben wir bereits etwas. Es könnte ein Treffer sein!«, ruft Lisa Nguyen, die erst vor wenigen Wochen zum Ermittlerteam gestoßen ist, aufgeregt ins Telefon. Emma merkt, dass die 28-Jährige sich Mühe gibt, ihre Begeisterung ein wenig im Zaum zu halten. Richtig so. Es könnte sich ja herausstellen, dass die vermeintlich heiße Spur gar keine ist. Die Enttäuschung wäre umso größer, je mehr man sich mitreißen lässt.

»Erzähl mal!« Emma gibt ihrer Stimme bewusst einen aufmunternden, aber nicht zu euphorischen Klang. Sie will die Kollegin nicht unter Druck setzen.

»Es gab im September 1999 eine Vermisstenmeldung – oder besser gesagt zwei, die gewissermaßen parallel eingingen. Zwei Frauen, beide 19 Jahre alt. Sie sind in der Nacht vom 14. auf den 15. September verschwunden. Sie waren auf dem Rückweg von einer Feier, wollten wohl mit ihren Fahrrädern von einem Haus in der Nähe der Strandperle an der Elbe nach Blankenese fahren. Seitdem gab es kein Lebenszeichen mehr von ihnen.«

»Das könnte wirklich unser Fall sein!« Emma ist elektrisiert. »Der Gerichtsmediziner hat das Alter der Moorleichen auf etwa 20 Jahre geschätzt. Und sie sind etwa 20 bis 30 Jahre lang tot. Das würde hinkommen. Wie sind denn die Personalien der Vermissten? Wir müssen uns ihre Zahnarztunterlagen besorgen. Vielleicht sind wir auf der richtigen Fährte.«

In dem Fall wäre es bald an Emma, den Angehörigen der verschollenen jungen Frauen mitzuteilen, dass das Schicksal ihrer Liebsten geklärt ist. Sie hätten endlich Gewissheit.

Aber sie hätten dann auch keinerlei Hoffnung mehr. Sondern nur noch den Schmerz, weil die, die sie lieben, nicht mehr da sind.

KAPITEL 6

Diese intensiven, klugen blauen Augen scheinen sie zu fixieren. Seit ein paar Minuten schon starrt Emma auf das Foto von Sophia Haferkamp und hat das Gefühl, als schaue die junge Frau sie ebenfalls konzentriert an.

Es ist ein Blick aus dem Jenseits. Denn sie haben die Gewissheit: Sophia ist eine der zwei Frauen aus dem Moor. Sie wurde gerade mal 19 Jahre alt. Sie hatte Schmerzen. Sie hat gelitten. Sie ist qualvoll gestorben.

Rechtsmediziner Plathe hat gesagt, er könne noch nicht endgültig bestimmen, ob sie bei Bewusstsein gewesen ist, als sie im Moor versank. Das müssen weitere aufwendige Untersuchungen ergeben. Doch nach allem, was sie jetzt schon wissen, ist das Leid greifbar.

Emma ist gefangen von dem Blick der Frau auf dem Foto, die so wach und so lebensbejahend aussieht. Es tut ihr beinahe weh zu wissen, was Sophia widerfahren ist. Das Gleiche gilt für die andere Tote, die sie mittlerweile als Carola Fuhrmann identifiziert haben.

Dass Emma von dem frühen Sterben der beiden jungen Frauen so berührt ist, ist gut und schlecht zugleich. Es gibt Kollegen, die energisch davon abraten, das Schicksal jener Menschen, deren Tod oder Verletzung und Verschwinden sie untersuchen, bei den Ermittlungen zu dicht an sich herankommen zu lassen. »Vermeide unbedingt, dass dein emotionaler Panzer zerstört wird«, ist Emma ein ums andere Mal gewarnt worden. Sie weiß, dass die Kollegen es gut meinen. Es belastet, wenn man die Fälle mit nach Hause und mit in den Schlaf nimmt. Doch andererseits hat sie festgestellt, dass es genau diese Nahbarkeit ist, die sie noch mehr anspornt, ihr Bestes zu geben. Und daran kann nun wirklich nichts Verkehrtes sein. Sie will die Verbrechen aufklären. Sie will die Täter ausfindig machen.

Das Leben ist zerbrechlich.

Emma hat diesen Satz zuletzt als Buchtitel gelesen. Er bezeichnete eine Sammlung wahrer Fälle. Insgeheim hat sie den Autor, einen pensionierten Hamburger Richter, zu diesem gelungenen Titel beglückwünscht. Es ist so wahr! Als Kriminalhauptkommissarin bei der Mordkommission ist ihr nur zu bewusst, wie zerbrechlich das Leben ist. Wie schnell und unerbittlich das Schicksal zuschlagen kann.

Das Schicksal. Der Sensenmann. Der Mörder.

Aber so weit sind sie noch lange nicht. Sie haben zwar ihre Erkenntnisse darüber, wie die Opfer zu Tode gekommen sind, nämlich durch massive, stumpfe Gewalt, aber sie wissen nicht genau, was die Ursache war. Ein Sturz, ein Autounfall? Ein ganz anderes Geschehen? Womöglich wirklich ein Mord? Auch der Tod durch eine Kollision mit einem Auto könnte absichtlich und heimtückisch herbeigeführt worden sein. Alles ist möglich. Emma muss es herausfinden.

Die Kommissarin greift zum Telefon. Jetzt gilt es, in die jüngere Vergangenheit einzutauchen.

Gut zwei Stunden später hat sie einen Berg Akten vor sich auf dem Schreibtisch liegen, der ihr fast die Sicht zur Tür nimmt. Zwölf Ordner sind es, das Extrakt zweier Leben und der Bemühungen, Klarheit in das Schicksal der beiden Frauen zu bringen.

Schon damals, einige Zeit nach deren spurlosem Verschwinden, ist für diesen Fall ein Ermittlungsteam bei der Mordkommission gebildet worden. Emma guckt sich die

Namen der seinerzeit zuständigen Kollegen an. Zwei von ihnen, ein Karsten Melcher und ein Stephan Johannsen, sind noch nicht pensioniert und offenbar gerade im Dienst. Sie versucht es zuerst bei Melcher.

Es dauert nur wenige Minuten, bis der Kommissar in einem Tempo, als habe er seit Jahren auf ihren Anruf gewartet, in ihr Büro marschiert und sich auf den Stuhl ihr gegenüber fallen lässt. Melcher ist ein Typ mit grauem Haar und Vollbart. Eine Lesebrille baumelt an einer Schnur um seinen Hals. Seine Stimme ist eindringlich, sein Blick fest. Und sein Gedächtnis offenbar vorzüglich. Nicht ein einziges Mal muss er in die Akten schauen, um die Erinnerungen an den Fall aufzufrischen.

»Das war wirklich ungewöhnlich«, erzählt Melcher. »Keinen von uns hat die Sache kaltgelassen. Zwei junge Frauen, spurlos verschwunden! Zuerst haben wir natürlich versucht abzuklären, ob sie sich freiwillig abgesetzt haben könnten. Liebeskummer, Probleme in der Schule, Stress im Elternhaus – so was in der Art. Aber es sprach nichts dafür, dass es einen Anlass für sie gegeben haben könnte, von zu Hause zu verschwinden.«

»Sie haben sich also intensiv mit dem Elternhaus und dem Umfeld auseinandergesetzt?«, hakt Emma nach. »Das Leben der beiden ausgiebig beleuchtet?«

Melcher nickt so nachdrücklich, dass er die Lesebrille um seinen Hals in Schwingung bringt. »Das will ich wohl meinen. Natürlich haben wir uns mit den Familien und den Freunden befasst. Da schien alles wirklich beneidenswert harmonisch zu sein. Und die Angehörigen waren glaubhaft in äußerstem Maße besorgt darüber, dass Sophia Haferkamp und Carola Fuhrmann nicht nach Hause gekommen waren. Sie konnten sich das Verschwinden nicht erklären – außer dass etwas Schlimmes passiert sein muss. Ich erinnere mich vor allem an die Mutter von Sophia, die nur noch ein Nervenbündel war. Oder besser gesagt: ein heulendes Elend.«

Emma kann sich das vorstellen. Sie selbst hat schon öfter mit vollkommen aufgelösten Angehörigen zu tun gehabt. »Und die Väter? Die Geschwister?«

»Das war unterschiedlich. Manche wirkten ebenfalls vollkommen durch den Wind, andere beherrscht. Aber es gab, soweit ich mich erinnere, nichts, was bei uns die Alarmglocken hätte läuten lassen.« Melcher streicht sich durch den Bart. »Es war und blieb ein Rätsel, was passiert war. Die Theorie, die uns am unwahrscheinlichsten erschien, war die eines gemeinsamen Absetzens aus den jeweiligen Elternhäusern. Ungewöhnlich war auch der Zeitpunkt, zu dem die beiden verschwunden sind, also mitten in der Nacht und während sie mit dem Fahrrad unterwegs waren. Außerdem fehlte im Zuhause der jungen Frauen nichts von ihren persönlichen Sachen. Also keine Dinge, die man auf einer Reise gern dabeihätte, erst recht in einem neuen Leben. Die Pässe waren noch da, und es gab keine größere Mengen Bargeld, über die sie verfügten und die sie hätten mitnehmen können.«

»Was haben denn die Personen gesagt, die zuletzt Kontakt mit ...?« Emma wirft einen Blick auf ihren Bildschirm. Noch hat sie die Namen der verschollenen Frauen nicht parat. Doch sie weiß, dass sie ihr in nächster Zeit nicht mehr aus dem Kopf gehen werden. »... die zuletzt Kontakt mit Sophia Haferkamp und Carola Fuhrmann hatten?«

»Wir haben mit den Leuten gesprochen, die auf derselben Feier wie die beiden gewesen sind. Es war der Geburtstag eines jungen Mannes, mit dem sie über einen Tennisverein Bekanntschaft gemacht und sich mit ihm sehr gut angefreundet hatten.«

»Gab es Gäste, die Sie genauer unter die Lupe genommen haben? Jemanden mit einer Vorstrafe beispielsweise?«

»Da war tatsächlich einer, aber wegen Fahrens ohne Führerschein. Also weit entfernt von einem Delikt, bei dem man jemandem zutrauen würde, zwei Frauen dauerhaft verschwinden zu lassen. Obwohl ...«

Emma weiß genau, was der Kollege andeuten will. »Obwohl das nichts heißen muss«, ergänzt sie den Satz von Melcher. »Immer wieder passen Verbrechen scheinbar nicht zum Täter. Es kommt zu erheblichen Brüchen in einer Biografie. Und es gibt immer ein erstes Mal.«

»Eben«, bestätigt ihr Kollege. »Deshalb haben wir sämtliche Gäste intensiv befragt und genau überprüft. Nichts. Und alle schilderten in etwa das Gleiche: dass Carola und Sophia fröhlich gewirkt haben, als sie die Feier verlassen haben. Und dass sie nicht zu betrunken gewesen sind, als dass man ihnen nicht zugetraut hätte, mit dem Fahrrad sicher nach Hause zu kommen. Und natürlich haben wir uns ebenfalls mit dem weiteren Umfeld der zwei Hamburgerinnen befasst, also Freunde, Klassenkameraden, Sportkollegen. Auch hier Fehlanzeige.«

»Wie ich sehe, hat sich vor zwei Jahren die Spezialstelle für Langzeitvermisste des LKA mit den Fällen befasst?« Emma lässt es wie eine Frage klingen, doch es ist mehr eine Feststellung. Schließlich weiß sie nur zu genau, dass die 2020 gegründete Spezialabteilung sich die ungelösten Altfälle vornimmt – also genau solche Vermisstensachen, wie sie auf Carola Fuhrmann und Sophia Haferkamp zutrafen. Doch so sehr sich alle Kollegen in den Fall reingehängt haben: Am Ende half Kommissar Zufall beim Auffinden der Vermissten.

»Was haben Sie denn damals an Suchmaßnahmen in die Wege geleitet?« Emma stellt sich das Gebiet vor, in dem die jungen Frauen offenbar verschwunden sind: die Elbchaussee, eine zu fast jeder Tages- und Nachtzeit mäßig bis stärker frequentierte Straße, die in Hamburg wohl jeder kennt – und deren Name mancher mit einem Gefühl von Ehrfurcht ausspricht. Elbchaussee, das heißt in vielen Fällen schicke Villen, etliche davon mit Elbblick. Das heißt aber auch: Zu der Zeit, als Sophia Haferkamp und Carola Fuhrmann verschwanden, waren die Passagen mit extra abgegrenzten Radwegen noch Mangelware. Autos und Fahrradfahrer kamen einander unter Umständen viel zu nahe …

»Wir haben damals alles Menschenmögliche unternommen, um die Vermissten zu finden. Wir haben in der Region, wo sie sich mutmaßlich zuletzt aufgehalten haben, buchstäblich jeden Stein umgedreht. Es waren Hundertschaften im Einsatz, die das Gelände abgesucht haben. Allerdings hat es in jener Nacht, als die beiden verschwunden sind, stark geregnet, weit bis in den nächsten Morgen, sodass etwaige Spuren verwischt beziehungsweise zerstört wurden. Wir haben außerdem Anwohner befragt und einen Hubschrauber mit Wärmebildkameras in die Luft geschickt.«

»Und gab es etwas, das Sie weitergebracht hat?« Emma hält ihren Stift bereit. »Wir hatten tatsächlich Ergebnisse – allerdings nichts, was uns in diesem Fall half. An einer Stelle im nahe gelegenen Hirschpark haben wir tatsächlich einen Leichnam gefunden – den eines Damwilds. Und etwa zwei Kilometer entfernt lag eine Tote: ein verwester weiblicher Säugling.«

Die Kommissarin hebt fragend die Augenbrauen.

»Es ist ein Rätsel«, entgegnet Melcher. »Bis heute ist nicht klar, welche Identität dieses Baby hat und woran es gestorben ist. Es war ein Neugeborenes. Die Nabelschnur war durchgeschnitten, aber nicht verbunden.«

Emma überlegt kurz, ob ein Zusammenhang mit dem verstorbenen Säugling und ihrem Moorleichenfall wahrscheinlich ist. Wohl eher nicht. Doch vorerst will sie nichts ausschließen.

Was geht hier vor? Emma lehnt sich nachdenklich zurück. Der Fall wird immer vertrackter.

KAPITEL 7

22:47 Uhr? Emma Claasen vergewissert sich, dass sie die Uhrzeit, die ihr Handy anzeigt, richtig wahrgenommen hat. Immerhin ist es der 27. Dezember. Und wenn sie sich richtig erinnert, hat Kai Plathe über die Feiertage und bis zum neuen Jahr seine Familie zu Besuch. Wieso also meldet er sich so spät noch, anstatt mit Ehefrau und den Söhnen einen besinnlichen Abend ausklingen zu lassen? Obwohl: Sie selbst brütet schließlich zu dieser späten Stunde über ihren Akten. Allerdings zu Hause auf der Couch, in Gesellschaft ihrer Katzen Sherlock und Watson – die es gar nicht schätzen, wenn Emma ihre Lage auf dem Sofa verändert und sie dadurch in ihrem Schlummer gestört werden. Es hat bereits viermal geklingelt, bis sie Plathes Anruf annimmt.

»Ich weiß jetzt, was damals passiert ist!« Als hätte der Rechtsmediziner geahnt, was Emma gerade durch den Kopf geht, beantwortet Plathe, statt sie zu begrüßen, gleich die beiden Fragen, die sie umtreiben. Die nach dem späten Telefonat – und die, die sie schon seit Tagen beschäftigt. Welches Leid wurde den verstorbenen jungen Frauen angetan? Und wieso? Offenbar ist durch die Erkenntnisse aus der Rechtsmedizin ein wichtiger Schritt für die Aufklärung der Tat geleistet. Oder?

»Hallo, Kai!« Anders als der Rechtsmediziner nimmt Emma sich die Zeit für eine Begrüßung. »Das müssen ja tolle Neuigkeiten sein, wenn du dich um diese Uhrzeit noch meldest!« Sie schiebt Sherlock ein wenig zu Seite, um das

Handy besser am Ohr halten zu können, und hört Geraschel von Papier. Offenbar blättert Plathe in Unterlagen.

»Ich habe die zweite Obduktion nun ebenfalls abgeschlossen und darüber hinaus bei beiden Moorleichen weitergehende Untersuchungen vorgenommen. Daraus ergibt sich nach meiner Überzeugung ein recht eindeutiger Ablauf.« Er hält inne.

»Willst du mich noch ein wenig auf die Folter spannen, oder weihst du mich gleich ein?« Emma kann sich den leichten Spott in der Stimme nicht verkneifen. Es ist nur zu offensichtlich, dass der Rechtsmediziner darauf brennt, sein Wissen mit ihr zu teilen.

»Also Folgendes.« Plathe atmet tief ein. Es wird wohl ein längerer Monolog. »Auch Moorleiche zwei, die ihr mittlerweile als Carola Fuhrmann identifiziert habt, hat schwerste Verletzungen davongetragen, ein sogenanntes Polytrauma. Das wussten wir bereits. Jetzt ist jedoch klar, dass das Polytrauma so massiv war, dass die junge Frau entweder sofort tot war oder zumindest binnen weniger Augenblicke gestorben ist. Entscheidend waren letztlich die schweren Kopfverletzungen.«

Emma überlegt. Auch hier liegen das Gute und das Schlechte, das Leid und der dann doch wohl als gnädig empfundene Tod, sehr eng beieinander. Sie behält ihre Gedanken allerdings für sich.

»Was mich aber dazu bringt, von einem bestimmten Tatablauf auszugehen, sind ihre Beinverletzungen«, fährt Plathe fort. »Die Tote wies am linken Unterschenkel im Bereich des Schienbeins einen klassischen Keilbruch auf, wobei die Spitze des Keils etwa 40 Zentimeter oberhalb der Fußsohle lag und eindeutig in Richtung der vorderen Schienbeinkante ausgerichtet war. Man spricht in der Rechtsmedizin von einem sogenannten Messerer-Keil.«

Emma setzt zu einer Frage an, doch der Experte lässt sie nicht zu Wort kommen. »Was es mit diesem Namen auf sich hat, erkläre ich später. Jedenfalls: Dieser Knochenbruch entsteht, wenn ein langer Röhrenknochen durch eine heftige kleinflächige, seitlich einwirkende Kraft gebogen wird. Es ist also eine Biegefraktur. Dabei entsteht auf der Höhe der Krafteinwirkung ein charakteristischer Knochenkeil, dessen Schenkel zur Basis hin konvex verlaufen. Die Spitze des Keils liegt dann direkt auf der anderen Seite des Knochens.«

Emma kann nicht ganz folgen. »Sorry, dafür brauche ich vermutlich eine Zeichnung, um das im Detail nachvollziehen zu können. Was ich verstanden habe, ist, dass es sich um eine charakteristische Verletzung handelt?«

»Ja. Ganz recht«, bestätigt Plathe. »Worauf ich hinauswill: Es ist eine typische Verletzung von Fußgängern, die von der Stoßstange eines Autos getroffen werden. Die Basis des Keils liegt auf Seite der Krafteinwirkung, die Spitze des Keils zeigt in Fahrtrichtung des Autos.«

»Und was wären in diesem Fall deine Rückschlüsse?« Emma versucht, sich die Situation vorzustellen. »Dass die Frau von vorn, von der Seite oder von hinten angefahren wurde?«

»Ich gehe davon aus, dass die Kollision von hinten erfolgte. Wir wissen ja aus den Aussagen ihrer Freunde von damals, dass sie mit dem Rad unterwegs war. Entweder hat sie ihr Fahrrad wegen des Starkregens und der Dunkelheit geschoben oder, das ist die andere mögliche Variante, sie ist angefahren worden, als sie das linke Bein auf dem Pedal ihres Fahrrades gerade durchgestreckt hatte. Jedenfalls hat sie ein schweres Schädel-Hirn-Trauma davongetragen, als ihr Kopf gegen das Fahrzeug schlug, sie hochgeschleudert wurde und anschließend zu Boden gestürzt ist, vermutlich auf den harten Asphalt.«

Die Kommissarin setzt sich auf, sodass Kater Sherlock von ihrem Bauch herunterrutscht. Er macht einen Buckel, sieht sie missmutig an und springt beleidigt vom Sofa. Doch auf seinen Frust kann sie im Moment keine Rücksicht nehmen. »Und das alles kannst du aufgrund dieser bestimmten Knochenbrüche erkennen?«

»Ja, das ist gut dokumentiert, und die Fraktur der Frau ist geradezu lehrbuchartig, ein sogenannter Messerer-Keil wie gesagt. Der Name geht zurück auf den Chirurgen und Rechtsmediziner Otto Messerer, der von 1853 bis 1932 lebte und an der Uni München tätig war. An einer großen Sammlung von Skelettfunden hat dieser Mann diverse Knochenbruch-Experimente durchgeführt.« Er atmet tief durch. »Ich kann dir noch mehr zu dem Unfall sagen.«

Emma staunt. »Wie jetzt? Womöglich den Fahrzeugtyp – oder sogar das Kennzeichen? Allmählich fange ich an zu glauben, dass Rechtsmedizin geradezu sagenhafte Dinge offenbaren kann.«

»So in etwa ist es auch.« Emma erkennt an Plathes Stimme, dass er schmunzelt. »Na ja, für das Kennzeichen reichen unsere Künste nicht ganz.« Er lacht. »Aber was ich zusätzlich noch beitragen kann: Das Auto, das Carola Fuhrmann und die andere Frau …«, er zögert einen Moment, »… diese Sophia Haferkamp erfasst hat, dürfte ein Pkw mit einer abgerundeten Front gewesen sein. Ein im vorderen Bereich kastenförmiges Auto hätte ein völlig anderes Verletzungsmuster zur Folge.«

Eine wichtige Information. Emma überlegt, wer aus ihrem Team sich am besten mit Autos auskennt. Wahrscheinlich Oliver Neumann. Sie würde ihn darauf ansetzen, die Zahl der infrage kommenden Wagentypen möglichst weit einzugrenzen.

»Vermutlich befand sich die zweite Frau ein bisschen weiter vorne und seitlich versetzt«, hört sie Plathe sagen. »Der Autofahrer dürfte ruckartig eine Lenkbewegung nach rechts gemacht haben und hat ebenfalls die zweite Frau erwischt. Diese Frau, unsere spätere Moorleiche eins, war nicht sofort tot, sondern wurde schwer verletzt ohne stärkere Kopfverletzungen.«

Emma hakt nach: »Und um herauszufinden, ob sie ertrunken ist ...«

»... muss ich weitere Untersuchungen vornehmen, ja.« Plathe räuspert sich. »Bis das Ergebnis vorliegt, dauert es noch eine Weile.«

»Natürlich!« Emma weiß, dass konsequente, engagierte und ehrliche Ermittlungsarbeit am besten zum Ziel führt. Und die ist nun mal zeitaufwendig – und erfordert Geduld.

Um die aufzubringen, hilft ihr die stählerne Disziplin, die sie von Beginn an verinnerlicht hat. Sowohl in der Schule als auch beim Balletttanzen, das sie seit ihrer Kindheit viele Jahre ernsthaft betrieben hat, kamen ihr diese Eigenschaften zunutze. Bis heute sieht man ihr an, dass sie diesen Sport intensiv ausgeübt hat: an ihrer kerzengeraden Haltung, dem geschmeidigen Gang und der schlanken, durchtrainierten Figur. Auch beim Parkour, einem Hobby, dem sie seit etwa 15 Jahren nachgeht, sind Ausdauer und innere Kraft von großem Wert. Das bei Parkour wesentliche Anliegen, auf möglichst direktem Weg, effizient und mit großer Geschicklichkeit von A nach B zu gelangen, hat für Emma neben den sportlichen Herausforderungen etwas Symbolisches: Wenn du dich anstrengst, kommst du ohne große Umwege zum Ziel.

Das gilt in erster Linie bei der Arbeit, wenn sie hartnäckig jede Spur bis zum Ende verfolgt. Sie möchte ein Vorbild sein für ihre Kollegen.

Privat ist bei ihr allerdings nichts wirklich geradlinig verlaufen – zumindest sieht Emmas Mutter das so. Denn nach drei Beziehungen, die nach wenigen Jahren oder sogar Monaten gescheitert sind, ist Emma seit Längerem solo. Sie selbst ist allerdings recht zufrieden mit dem Singledasein. In ihrer in hellen Farben eingerichteten Dreizimmerwohnung im ersten Stock eines Bauernhauses in Sülldorf, umgeben von Wiesen und Weiden mit Kühen, Islandponys, Kaltblütern und Trakehnern, hat sie ein Zuhause gefunden. Und mit ihren beiden Katzen Sherlock und Watson die perfekten Mitbewohner.

Nein, nicht Mitbewohner. Das trifft es nicht. Sie betrachtet die Tiere als Familienmitglieder. Sie sind ihr längst ans Herz gewachsen.

Wie sehr, hat sie erst vorhin wieder gemerkt, als sie von der Arbeit nach Hause gekommen ist, ihren roten Renault Twingo geparkt und die letzten Meter zu ihrer Wohnungstür zurücklegt hat. Da hat sich unter das Knirschen des Kieses ein weiteres Geräusch gemischt: das herzzerreißende Maunzen einer Katze. Im nächsten Moment hat Emma ihren Kater Sherlock als dunklen Schatten über den Weg huschen sehen. Ihm auf den Fersen Watson, der Langsamere von beiden. Behäbiger auf den Füßen und weniger flott, wenn es darauf ankommt, sich die besten Stücke vom Futter zu sichern. Emma versucht trotzdem, das Fressen gerecht an ihre flauschigen Haustiere zu verteilen.

Sherlock, halb Norwegische Waldkatze und halb Straßenmix, ist auch der Clevere von ihnen, wenn es darum geht, sich den gemütlichsten Schlafplatz zu sichern. So wie eben angekuschelt an Emmas Bauch, bevor er beleidigt vom Sofa sprang. Jetzt will Emma einen Blick in eine weitere Akte werfen, die noch in ihrer Tasche steckt. Auch Watson hüpft vom Sofa, streckt sich und schlendert Richtung

Katzenklappe. Wahrscheinlich will er eine Runde über das Grundstück drehen, auf der Pirsch nach Mäusen.

Bevor sich die Kommissarin ergänzende Ermittlungsergebnisse aus der Zeit von Carola Fuhrmanns und Sophia Haferkamps Verschwinden ansieht, muss sie eine Aufgabe erledigen, die ihr lästige Pflicht und Bedürfnis zugleich ist. Sie muss Esmeralda füttern, ihren Gecko. Wobei es eigentlich der Gecko ihrer verstorbenen Zwillingsschwester ist. Als Laura sich damals ein Haustier anschaffen wollte, war für die Elfjährige klar: Es sollte keine Katze sein und erst recht kein Hund, der viel Bewegung braucht und bei dem sie Sorge hatte, aufgrund ihres Rollstuhls seinen Bedürfnissen nicht gerecht werden zu können.

Also hat sie sich nach langen Überlegungen für einen Leopardgecko entschieden und ihn Esmeralda getauft. Emma kann sich bis heute nicht verzeihen, dass sie nicht hellhörig geworden ist, als Laura ihr das Versprechen abgenommen hat, sich um das Tier zu kümmern, falls ihr etwas zustoßen sollte. Sie hätte die Botschaft verstehen, die Warnsignale spüren müssen. Hat ihre Schwester da schon vorgesorgt, weil sie wusste, sie würde ihrem Leben ein Ende setzen? Doch ihre Traurigkeit, die sich offenbar immer dichter und schwärzer auf ihre Seele gelegt hat, hat sie drei Jahre lang geschickt verborgen; hinter einem Lächeln, hinter ihrem sanften Wesen. Niemand hat damals geahnt, wie viel Kraft es Laura gekostet haben muss, so zu tun, als sei sie ein zufriedener Mensch. Obwohl sie offenbar unglücklich war. Todtraurig, im wahrsten Sinne des Wortes.

Sie dann im Alter von 14 Jahren da plötzlich liegen zu sehen, in ihrem Zimmer, in ihrem Blut, war ein schwerer Schock für die ganze Familie, von dem sich niemand – Emmas Eltern, ihr Bruder Emil und am wenigsten sie selber – je erholt hat. Mehr als 23 Jahre ist Lauras Suizid mittlerweile her – und in manchen Momenten so nah, als wäre es gestern gewesen.

Und deshalb schnürt es Emma jeden Abend die Kehle zu, wenn sie in ihr Gästezimmer geht und an Esmeraldas Terrarium tritt, um dem Gecko Wasser und Futter zu geben. Die abgrundtiefe Traurigkeit kann auch das Kraspeln und Scharren des Tieres, das eigentlich lustig klingt, nicht verscheuchen. Und Esmeralda ist noch behände unterwegs, trotz ihres greisenhaften Alters von 26 Jahren. »Möge sie noch lange leben«, denkt Emma teils grimmig, teils hoffnungsfroh. Sie wird ihr Versprechen an Laura halten. Bis zum Schluss.

Ebenso wie sie ihr Versprechen an sich selber einlösen will, ihren Fall mit den getöteten Frauen aufzuklären. Wer auch immer dafür verantwortlich ist: Sie wird denjenigen stellen.

KAPITEL 8

»Wir suchen also die berühmte Nadel im Heuhaufen.« Emma Claasen blickt in die Runde und fixiert jeden ihrer Kollegen, die sich mit ihr im Konferenzraum versammelt haben, für einen Moment. »Die damaligen Ermittlungen geben bislang keine konkrete Spur vor, der wir nachgehen können. Aber es ist nun klar, dass Sophia Haferkamp und Carola Fuhrmann gewaltsam ums Leben gekommen sind, durch einen Autounfall. Mit anderen Worten: Jemand ist dafür verantwortlich, ohne dass er oder sie bislang in den Fokus der Ermittlungen geraten ist. Wir müssen uns da richtig reinhängen.«

»Wer auch immer die Frauen auf dem Gewissen hat: Er hat sie im Moor versenkt – wohl in der Hoffnung, dass sie niemals gefunden werden. Das spricht dafür, dass es bei der Tötung der Opfer Umstände gab, die unter gar keinen Umständen ans Licht kommen sollen.« Max Vollertsen, seit Längerem im Team und Emmas engster Vertrauter bei der Mordkommission, hat seine Lesebrille abgesetzt und lässt sie zwischen zwei Fingern baumeln. Emma erinnert die Geste an ein Pendel, wie es von Hypnotiseuren benutzt wird.

Doch eine Trance will Vollertsen damit wahrlich nicht erreichen. Im Gegenteil. Für den Hamburger war es lange eher eine unterbewusste Handlung, bis ihm eines Tages aufgegangen ist, dass es als Hilfsmittel funktioniert, um seine Gedanken zu fokussieren. So wie manche andere am Bleistift kauen oder auch Büroklammern verbiegen. Immerhin bleibt bei seinem kleinen »Tick« alles heil. Bisher zumindest.

Verstohlen beobachtet Emma ihren langjährigen Kollegen und atmet innerlich auf. Vollertsens Frau war nach schwerer Krankheit verstorben, und er hatte sich über lange Zeit so intensiv in die Arbeit vergraben, dass Emma sich allmählich um ihn Sorgen gemacht hatte. Engagement weit über den Feierabend hinaus ist in ihrem Job zwar wünschenswert, aber bei ihm hatte es ein ungesundes Maß angenommen. Emma wollte ihn schon bei einem Bier vorsichtig darauf ansprechen, dass sie meint, er mute sich zu viel zu.

Seit etwa sechs Wochen scheint Vollertsen allerdings wie ausgewechselt, überlegt Emma. Er ist immer noch hoch engagiert, aber er findet abends den Weg nach Hause – meist mit einem Lächeln. Das hängt vermutlich mit Maria zusammen. Neuerdings erwähnt Vollertsen diesen Namen gelegentlich wie beiläufig, aber es scheint, dass diese ominöse Frau zunehmend eine Bedeutung in seinem Leben gewinnt. Es wäre ihm so zu wünschen, dass er wieder eine glückliche Beziehung findet! Wie heißt es doch immer öfter? Man soll auf eine vernünftige Work-Life-Balance achten.

Bei Vollertsen spielt »Work« definitiv weiterhin eine überragende Rolle. »Was wir bei unseren Ermittlungen nicht außer Acht lassen dürfen, ist der auf dem Nienstedtener Friedhof abgelegte Säugling«, sagt der Kollege jetzt. »Zu wem gehört der?«

»Da wir keinen Anlass haben anzunehmen, dass die Fälle mit den Moorleichen und dem Fund des toten Babys zusammengehören, muss es ein weiteres unaufgeklärtes Schicksal geben, von dem wir bislang nichts wissen, oder?« Lisa Nguyen deutet auf den Stapel Akten auf dem Konferenztisch, in dem die länger zurückliegenden Vermisstenfälle dokumentiert sind. »Zunächst müssen wir also das hier gründlich durchackern.« Tatkräftig greift sie nach der oberen Hälfte des Stapels und blickt zwischen ihren Kollegen Oliver Neumann und Kenan Arslan hin und her. »Wer übernimmt den anderen Teil?«

Neumanns Aufmerksamkeit scheint plötzlich irrsinnig fokussiert auf etwas, was er außerhalb des Fensters erspäht. Doch abgesehen von dem Schneeregen, der seit Stunden die Stadt mit einem nassen Schleier überdeckt, ist dort nichts.

Typisch. Emma kennt diese Drückebergerei zur Genüge. Bislang hat sie außer ein paar kritischen Bemerkungen nichts gegen die Bequemlichkeit ihres Kollegen unternommen. Immerhin hat Neumann, mit 56 Jahren der Senior im Team, andere Qualitäten, die ihm Außenstehende wohl nicht zugetraut hätten. Wenn es um Recherche geht, die mit jedweder Art von Computerwissen zu tun hat, ist Neumann unschlagbar. Ein Nerd mit kantiger Hornbrille, mit Vorliebe für Trenchcoat und Strickkrawatten sowie seinen Stetsonia-Kaktus, der auf seinem Schreibtisch steht. Den hegt und pflegt er und scheint manchmal sogar Zwiesprache mit dem stacheligen Exemplar zu halten. Warum nicht? Irgendwelche Marotten hat schließlich jeder.

Emma kann eigentlich insgesamt zufrieden sein mit ihren engsten Mitarbeitern. Max Vollertsen, 51 Jahre alt und von einem Aussehen, das beinahe irritierend Peter Falk alias Inspektor Columbo ähnelt, ist ähnlich scharfsinnig, hartnäckig und kreativ wie der legendäre amerikanische Fernsehkommissar. Dabei jedoch ein echter Teamplayer. Die Chefin staunt immer wieder, wie fast schon synchron ihr Kollege und sie ticken – mal abgesehen davon, dass er glühender St.-Pauli-Fan ist und Unmengen Kaffee trinkt, wohingegen sie beidem nicht viel abgewinnen kann. Aber was soll's. Entscheidend ist: Vollertsen ist ein ausgesprochen akribischer Ermittler, dabei mit ausreichend Gespür für das Ungewöhnliche. Sie haben schon mehrere verzwickte Fälle gemeinsam aufgeklärt.

Dann ist da Kenan Arslan, den sie wegen seines Einfühlungsvermögens ebenfalls sehr schätzt. Der Kollege, der mit dem attraktiven Äußeren eines jungen Hugh Jackman gesegnet ist, hat sich wiederholt als sensibel erwiesen, als jemand, der in Befragungen schwieriger Zeugen oder auch Tatverdächtiger das besondere Talent hat, Stimmungen zu erspüren und darauf einzugehen. Menschen öffnen sich, wenn er sich mit ihnen befasst. Sie vertrauen ihm – und geben häufig viel mehr preis, als sie wollten.

Und Oliver Neumann? Nun ja. Er ist eben, wie er ist. Abgesehen von seinen beeindruckenden Fähigkeiten bei der Computerrecherche ein Kollege, den sie eng an die Hand nehmen muss, damit er wirklich das erledigt, was sie ihm aufgetragen hat. Außerdem ist er nicht gerade der Kommunikativste. Aber sie muss sich ja nicht mit ihm anfreunden, sondern nur mit ihm als Kollege klarkommen.

Von einem ganz anderen Schlag ist Lisa Nguyen. Die gebürtige Hamburgerin mit vietnamesischem Vater ist erst seit Kurzem dabei und hat sich als fleißige Kollegin erwiesen, mit großartiger Menschenkenntnis, einem phänomenalen Gedächtnis sowie einer guten Kombinationsgabe ausgestattet, vorausschauend, beharrlich. So ist sie in den wenigen Wochen bereits zum geschätzten und beliebten Mitglied im Team geworden. Dabei sind die Startbedingungen für Lisa nicht einfach gewesen. Sie ist für die verstorbene Kollegin Bianca Martinek ins Team gerückt, die sie alle schmerzlich vermissen.

Bianca ist bei ihrem letzten Fall, bei dem sie einem Serienmörder auf der Spur waren, von eben jenem ruchlosen Verbrecher entführt, mehrere Tage in einem Verlies gefangen gehalten und schließlich getötet worden. Emma kann sich bis heute nicht verzeihen, dass sie die Kollegin nicht hat retten können. Sie ist wohl nur Augenblicke zu spät gekommen. Aber eben genau das: zu spät. Da hatte das Gift, das der Mörder ihr injiziert hatte, bereits seine letale Wirkung entfaltet. Es ist ein Schock für Emma gewesen, den sie bis heute nicht vollständig verwunden hat.

»Also, wie gehen wir vor?«

Die sonore Stimme von Vollertsen schreckt Emma aus ihren Gedanken, und sie merkt, dass die Kollegen sie mustern. Offenbar ist sie einige Sekunden zu lange in die Vergangenheit eingetaucht. Sie strafft die Schultern. »Akten wälzen! Vielleicht gibt es in den damaligen Ermittlungen Details, die seinerzeit unbedeutend wirkten, die heute wichtig sein können. Immerhin haben wir jetzt Informationen, die damals nicht bekannt waren. Wir wissen, dass die jungen Frauen gewaltsam zu Tode gekommen sind, mit größter Wahrscheinlichkeit, weil sie von einem Auto angefahren wurden. Es kann ein Unglück gewesen sein, ein Versehen. Zur falschen Zeit am falschen Ort. Zufallstote der anderen Art.«

»Vielleicht war es aber eine ganz bewusste, abgefeimte Tat.« Max Vollertsen spinnt Emmas Gedanken nahtlos fort. Wie so oft ergänzen sie sich. »Da kann ein brutales Kalkül dahinterstehen, Eifersucht, Hass, was auch immer.«

»Wir müssen nach Verbindungen zu Menschen suchen, die man früher nicht auf dem Zettel hatte.« Emma hat wieder übernommen. »Den heimlichen Verehrer, die Erzfeindin aus der Schule, den Ex-Freund, der die Trennung nicht verwunden hat.«

Sie fixiert den Kommissar, der zu ihrer Linken sitzt. »Oliver, auch wenn damals das Internet noch in den Kinderschuhen steckte: Wühl dich mal durchs Netz. Wir brauchen alles, was über Sophia und Carola zu finden ist, in

Bezug auf ihre Schulen, Sportvereine, Zeichenkurse und so weiter. Sei kreativ!«

Bei dem Wort »kreativ« wirkt Oliver Neumann, als müsse er überlegen, was das wohl bedeuten mag. Dann hievt er seinen leicht birnenförmigen Körper aus dem Stuhl im Konferenzraum, um in sein Büro zu schlurfen.

»Und ihr«, Emma nickt Vollertsen, Kenan Arslan und Lisa Nguyen zu, »macht bitte das Gleiche analog. Wir müssen versuchen, den exakten Weg von Sophia und Carola zu rekonstruieren, als sie damals von der Feier nach Hause unterwegs waren. Gab es Hinweise auf einen Verkehrsunfall in der Nähe? Und wenn ja: Wer saß am Steuer?«

Emmas Blick fällt auf das Whiteboard. Zu gerne würde sie erste konkrete Erkenntnisse darauf übertragen – wenn sie denn welche hätten. Bislang sind an die Tafel lediglich die Fotos von den damaligen Vermissten angeheftet. Mit rotem Filzstift hat Emma ihre Namen darunter geschrieben. Die Zuordnung hat ihr das Gefühl gegeben, einen Schritt weitergekommen zu sein. Immerhin.

Doch der Weg zur Lösung ist noch lang – und führt definitiv zu dunklen Ereignissen in der Vergangenheit, die jemand im Verborgenen halten will. So tief versteckt, dass ein Moor als düsteres Grab gewählt wurde. Wo liegt der Schlüssel zu diesem Fall?

Emma hält inne, sortiert ihre Gedanken, bevor sie weiterspricht. »Wir wissen viel zu wenig über die besten Freunde, damalige Schulkameraden oder Bekannte aus Sportvereinen. Besprecht bitte untereinander, wie ihr euch aufteilt. Vielleicht stoßt ihr ja auf jemanden, der ein Interesse daran hätte haben können, eines oder beide Opfer tot zu sehen. Und ich«, sie atmet hörbar ein und aus, »werde jetzt die Eltern von Carola Fuhrmann und die von Sophia Haferkamp aufsuchen. Es ist an der Zeit, dass sie endlich Gewissheit bekommen, was mit ihren Töchtern passiert ist. Ich wünschte wirklich, ich hätte gute Nachrichten. Die Wahrheit kann manchmal so verdammt brutal sein!«

KAPITEL 9

Zwei Pinselohren und eine spitze Schnauze. Mehr ist nicht zu sehen. Doch das Eichhörnchen, das sich offenbar im Vogelfutterhäuschen satt fressen wollte, huscht schnell weg. Auch eine Amsel, die von hoch oben auf einem mit Schnee bedeckten Ast die Besucherin kritisch beäugt hat, entschließt sich, das Weite zu suchen. Als spürten die Tiere instinktiv, dass Unheil droht.

Die Hauptkommissarin zuckt ein wenig zusammen, als die Gartenpforte zum Grundstück der Familie Fuhrmann laut quietscht, als sie sie aufstößt. Irgendwie klingt das Tor geradezu leidend. Mit einem Knall rastet es in seinem Schloss ein. Für Emma wie ein Startschuss, ihre traurige Mission zügig anzugehen. Während sie die rund 25 Meter durch den Vorgarten der Familie Fuhrmann in Blankenese durchmisst, legt sie sich im Geiste die Worte zurecht: »Frau Fuhrmann? Mein Name ist Emma Claasen, ich bin von der Mordkommission. Darf ich einen Augenblick hereinkommen?«

Den letzten Satz schafft sie nicht mehr. Als der Begriff »Mordkommission« ihre Lippen verlässt, stößt die Frau, die Emma die Tür geöffnet hat, einen heiseren Laut aus. Ihre rechte Hand fährt vor ihren Mund, als wolle sie sich am Schreien hindern. Sie taumelt nach hinten, wo sie gegen einen Garderobenständer stößt. Hätte er ihr nicht Halt gegeben, wäre sie vermutlich gefallen. In einem wilden Wechsel überfluten die Gefühle das Gesicht der Frau: Fassungslosigkeit, Angst, Bestürzung, Trauer. Und Wut.

Wut? Ja, Emma ist sich sicher, dass das eine der Emotionen ist, die Antje Fuhrmann gerade überwältigen. Es ist nicht ungewöhnlich. In dem Moment, in dem jemand begreift, dass er einen geliebten Menschen endgültig verloren hat, ist alles möglich und alles erlaubt. Auch Zorn. Er kann sich – so ungerecht das erscheinen mag – gegen den Verstorbenen richten, weil er die Familie endgültig verlassen hat. Vor allem aber natürlich gegen die Menschen, die für den Tod der Liebsten verantwortlich sind.

Aufmerksam betrachtet die Kommissarin die zierliche Frau, die jetzt um Haltung ringt. »Carola«, flüstert sie. »Es ist also wahr? Carola ist tot?«

Emma nickt. »Können wir uns einen Moment setzen?« Die Ermittlerin deutet vage in Richtung Flur, an dessen Ende sie einen Wohnraum vermutet. Es spricht sich nicht gut an der Haustür, wenn es um den Tod geht, um Verlust, um Schmerz.

»Ja, natürlich. Entschuldigen Sie bitte, dass ich Sie nicht gleich hereingebeten habe.« Antje Fuhrmann macht eine Geste, die wohl einladend sein soll, aber nur kraftlos und resigniert wirkt. In ihren großen grauen Augen steht die Trauer, die Haut der 66-Jährigen sieht aschfahl aus. Der dunkelblaue Pullover, den sie zur Bundfaltenhose trägt, wirkt zwei Nummern zu groß für die Hamburgerin, ein Teil aus dickem, wahrscheinlich vierfädrigem Kaschmir.

Die Hausherrin bemerkt Emmas Blick. »Mir ist eigentlich immer kalt«, sagt sie fast entschuldigend. »Seit Carola so plötzlich aus unserem Leben verschwunden ist, kommt es mir vor, als wäre alle Wärme aus mir herausgesogen worden. Wir wissen ja nicht, was mit ihr geschehen ist! Aber wir waren uns immer sicher: Sie wäre niemals einfach so abgehauen.« Sie erschrickt und sieht Emma furchtsam an. »So ist es doch, oder? Carola ist nicht freiwillig weggeblieben. Was ist passiert?«

»Sollten wir Ihrem Mann Bescheid geben?« Emma ist Antje Fuhrmann in das Wohnzimmer gefolgt, ein Raum, der im hellen schwedischen Stil eingerichtet ist. Über einem breiten taubengrauen Sofa hängt ein Bild von einer jungen Frau, die mit einem strahlenden Lächeln aus dem Meer kommt.

»Das Foto hat mein Mann gemacht.« Die Hamburgerin sieht wehmütig auf die Aufnahme in Postergröße. »Da war Carola 17. Unser letzter gemeinsamer Griechenlandurlaub. Es war immer unser Lieblingsbild von unserer Tochter.« Sie holt tief Luft. »Florian kommt erst am Wochenende nach Hause. Er ist dienstlich in England unterwegs. Ich kann meinem Mann unmöglich am Telefon sagen, dass jetzt auch unsere letzte Hoffnung gestorben ist, Carola lebend wiederzusehen.« Sie wendet sich um, fixiert Emma und wirkt sehr entschlossen. »Sagen Sie mir bitte alles, was Sie über das Schicksal unserer Tochter herausgefunden haben. Ich brauche endlich Gewissheit.«

»Die Untersuchungen sind nicht abgeschlossen. Wir können noch nichts Bestimmtes sagen. Aber ich kann Ihnen mitteilen, dass der Leichnam Ihrer Tochter im Rissener Schnaakenmoor gefunden wurde. Wie er dahin gelangt ist und wie Carola ums Leben gekommen ist, werden wir herausfinden.« Emma hat gegenüber Antje Fuhrmann auf dem Sofa Platz genommen. Sie nimmt wahr, wie sich die Augen der Frau verdunkeln, als die ersten Tränen fließen und in feinen Spuren ihre Wangen hinuntergleiten. Ihre Lippen beben, und ihre Hände zittern.

Ihre Stimme klingt tonlos, als sie wiederholt: »Im Moor ...« Antje Fuhrmann spricht so leise, dass Emma die Worte mehr erahnen als hören kann. Ihre Nase nimmt ein feines Aroma wahr, vielleicht ist es Vanille. Es könnte ein Parfüm sein, das die Hausherrin aufgelegt hat, oder ein Duft, der von einer Kerze auf dem Tisch verströmt wird.

»Und ihre Freundin Sophia?«, fragt die Mutter. »Haben Sie sie auch gefunden? Sie waren ja damals gemeinsam unterwegs, als sie verschwunden sind.«

Emma nickt. »Ja, Sophia ist ebenfalls im Moor entdeckt worden. Wir haben auch sie identifizieren können.«

Die Ermittlerin versucht abzuschätzen, was sie der trauernden Mutter jetzt noch zumuten kann. Offenbar hat Antje Fuhrmann versucht, trotz des schweren Schicksalsschlags in ihrem Leben so etwas wie Normalität zu wahren. Der zerlesene Roman auf dem Couchtisch, die Vase mit den gelben Tulpen daneben. Der Anblick rührt Emma. Tulpen in der zweiten Januarwoche! Für sie selbst sind diese Blumen verbunden mit dem Ende der dunklen Zeit, mit Aufbruch, mit Freude. Sie hat sich oft dabei ertappt, wie sie in traurigen Momenten einen Strauß dieser Frühlingsblumen gekauft hat, als farbige Tupfer im Dämmergrau ihrer Stimmungen. Vielleicht geht es Antje Fuhrmann genauso? Bunte Blüten als Halt in fragilen Momenten des Lebens?

Doch so sehr die Kommissarin Rücksicht auf den Gemütszustand der Mutter nehmen möchte, so sehr drängt es sie danach, möglichst viel über die letzten Stunden im Leben der Tochter zu erfahren. »Ich möchte Sie gern bitten, mir zu erzählen, was Carola und Sophia zuletzt unternommen haben. Ich habe die Vermisstenprotokolle studiert. Sie haben der Polizei damals berichtet, dass Ihre Tochter und die Freundin mit dem Fahrrad unterwegs waren. Erinnern Sie sich an weitere Details?«

Emmas Gegenüber sitzt einen Augenblick regungslos da und horcht in sich hinein, als müsse die Frau mühsam die Erinnerungen aus einem tiefen Brunnen herausholen. »Es war in der Nacht vom 14. auf den 15. September 1999. Es fällt mir schwer, darüber zu reden, denn dieser Tag war in unserem Leben eine jähe und grausame Zäsur. Wir versuchen seitdem, unser Leben irgendwie zu meistern. Die Leere zu füllen, die Stille aufzufangen.« Mit einer fahrigen Geste streicht sich die Frau durch die Haare. Ihre Schultern sind nach vorn gesackt. In ihren Augen schwimmen Tränen. »Es ist, als ob nicht einmal das Luftholen leicht geht, sondern jeder Atemzug mühsam erarbeitet werden muss. Das Herz hat einen Riss bekommen, einen tiefen Spalt. Ich ... Entschuldigen Sie bitte!«

Antje Fuhrmann fingert ein Taschentuch aus ihrer Hosentasche und tupft sich damit über das Gesicht. Emma fragt sich, wie lange die Frau das wohl noch durchhält. Andererseits: Obwohl Carolas Mutter gesagt hat, dass sie nicht gern über ihren Verlust reden möchte, scheint es ihr doch gutzutun. Ein bisschen kommt es der Kommissarin so vor, als würde die Frau aus einer Textpassage zitieren, die sie wieder und wieder gelesen hat. Weil darin ihre Gefühle so eindringlich in Worte gefasst werden?

»Möchten Sie eine Pause machen?«, fragt Emma behutsam. »Ich kann jemanden für Sie anrufen, wenn Sie Beistand haben möchten.«

Antje Fuhrmann schüttelt den Kopf. »Nein, nein. Ich möchte gern weitererzählen. Ich glaube, Sie können verstehen, was ich sagen will.« Sie blickt die Kommissarin eindringlich an. »Es ist so, dass die Trauer wie ein dunkler Schleier über allem hängt. Dein Lieblingswein schmeckt fad. Der Spaziergang am Strand, der immer Glücksgefühle in dir ausgelöst hat, wirkt jetzt trostlos. Und trotzdem gehst du weiter und weiter, weil du hoffst, irgendwann am Ziel anzukommen. Und das Ziel ist, wieder etwas zu bewahren, das irgendwie einem Leben ähnelt. Und nicht einem immerwährenden Albtraum.«

Mühsam erhebt sich Antje Fuhrmann von ihrem Sofa und geht mit unsicheren Schritten durch das Wohnzimmer zu einem Fenster, das den Blick in einen gepflegten Garten eröffnet. Sie schaut nach draußen, die Hände auf die Fensterbank gestützt. Vielleicht fällt es ihr leichter, weiterzureden, wenn sie die Sträucher und Obstbäume sieht – allesamt kahl jetzt, aber gleichwohl mit dem Versprechen, dass sie im Frühjahr erblühen werden.

»Am Anfang ging es vor allem darum, unserem Sohn Halt zu geben. Anton ist zwei Jahre jünger als Carola, und er hat immer sehr an seiner Schwester gehangen. Dass sie einfach weg war und wir nicht wussten, was mit ihr geschehen ist, hat in jedem aus der Familie etwas zerbrochen, das nicht zu heilen ist. Für Anton schien es besonders schlimm zu sein. Er hat vollkommen das seelische Gleichgewicht verloren, wollte die Schule schmeißen, hat sich monatelang fast nur in seinem Zimmer vergraben. Und wenn er doch mal vor die Tür ging, war er über Stunden unterwegs, irgendwo in der Gegend, ohne Ziel. Er hat uns nie gesagt, wohin er ging und was er tat.«

Die 66-Jährige holt tief Luft. »Es gab eine Zeit, da hatten wir Angst, wir würden auch noch unseren Sohn verlieren. Wir haben alle Kraft, die uns nach Carolas Verschwinden geblieben ist, darauf verwendet, Anton eine Stütze zu sein. Vier Monate hat es etwa gedauert, bis er das erste Mal wieder gelächelt hat. Dann ging es ganz langsam, Schritt für Schritt bergauf mit ihm. Er hat schließlich sein Abitur gemacht und studiert, ein paar Semester davon in Shanghai. Mein Sohn ist Sinologe, kennt sich insgesamt sehr gut aus mit der fernöstlichen Sprache und der Kultur. Wir sind stolz auf ihn.« Die Frau dreht sich zu Emma um und geht zurück zur Sitzgruppe. »Aber ich schweife ab. Sie wollten ja etwas über den Tag von Carolas Verschwinden hören.«

Die Kommissarin hebt beschwichtigend die Hände. »Nehmen Sie sich die Zeit, die Sie brauchen.«

»Ich hatte mehr als 24 Jahre, um mir diesen Tag immer wieder in Erinnerung zu rufen.« Antje Fuhrmann streichelt gedankenverloren über eine bunte Häkeldecke, die sorgfältig gefaltet auf dem Sofa liegt. »Carola und Sophia wollten zu einer Feier eines Freundes, der in der Nähe der Strandperle wohnte. Sie wissen schon. Das Lokal in Hamburg-Ottensen, nahe der Elbchaussee.« Emma nickt. Ihr Kollege Melcher, der seinerzeit mit den Ermittlungen befasst war, hatte von dieser Feier erzählt.

»Meine Tochter und ihre Freundin waren mit dem Rad unterwegs«, fährt Antje Fuhrmann fort. »Carola meinte, es werde wohl spät, und sie würde bei einer weiteren Freundin schlafen, die in Othmarschen lebt, einer Anna Friedland. Deshalb waren wir zunächst nicht besorgt, als Carola in jener Nacht nicht heimkam.«

»Hat sie sich denn noch gemeldet?«

Antje Fuhrmann schüttelt den Kopf. »Wir reden über das Jahr 1999. Unsere Tochter hatte zwar ein Handy, aber das hatte sie nicht immer bei sich. Erst als wir bis zum nächsten Mittag nichts gehört hatten, wurden wir unruhig. Wir haben erst bei Sophias Eltern angerufen, die wussten jedoch auch nichts und waren ebenso voller Sorge wie wir. Danach haben wir es bei Anna Friedland versucht. Und die erzählte, dass Carola und Sophia morgens gegen 1 Uhr in Ottensen mit dem Rad losgefahren sind und doch bis nach Hause fahren wollten. Daraufhin haben wir die Strecke abgesucht, ob wir etwas entdecken. Ob sie vielleicht einen Unfall hatten. Aber wir konnten nichts finden. Dann haben wir die Polizei verständigt. Für die war das zunächst eine normale Vermisstensache.«

»Wir haben uns die Akten angesehen.« Emma beugt sich leicht vor und sieht die trauernde Mutter eindringlich an. »Ich weiß, dass später die Mordkommission eingeschaltet wurde.«

»Ja, ich erinnere mich dunkel.« Die Blankeneserin nickt. »Gebracht hat es nicht viel. Jedenfalls haben wir seitdem immer darauf gehofft, ein Lebenszeichen von Carola zu erhalten. Jeden Tag. Auch wenn die Hoffnung schwächer wurde. Sie war weiterhin da. Bis jetzt.«

Antje Fuhrmann steht erneut von ihrem Sofa auf und dreht sich dem großen Foto ihrer Tochter zu. Mit einer Hand streichelt sie über das Bild. Die Schultern beben mit den Schluchzern, die die Frau regelrecht übermannen. »Sagen Sie mir noch eins!«, fordert Carolas Mutter die Kommissarin auf. »Musste meine Tochter leiden?«

Diese Frage hat Emma befürchtet. Sie überlegt, ob sie der Mutter die Wahrheit ersparen soll. Sie möchte allerdings nicht lügen. »Das können wir noch nicht sagen. Wir hoffen, dass es nicht so war.«

KAPITEL 10

»Zwei Leichen im Moor entdeckt«. Fred Haferkamp blinzelt heftig, doch die Buchstaben hören nicht auf zu tanzen. Ein wildes Auf und Ab, das auch dann nicht nachlässt, wenn er die Augen schließt. Die fünf Worte, die er gerade in der Zeitung gelesen hat, haben sich in seiner Netzhaut eingebrannt. Und sie haben in seinen Gedanken ein Chaos ausgelöst – dabei gleichzeitig ein lange gesuchtes Puzzlestück geliefert.

Es passt.

Der entscheidende Text ist ein Dreispalter, auf der dritten Seite des Lokalteils seiner täglichen Zeitungslektüre. Fast hätte er den Artikel übersehen. Jetzt aber, da er ihn gelesen hat, lässt er ihn nicht mehr los. Zwei Leichen im Moor entdeckt. Und eine davon ist tatsächlich seine Tochter Sophia. 24 Jahre lang war sie verschollen, ihr Schicksal ungeklärt. Es hat so unendlich wehgetan, nicht zu wissen, wo sie ist, ob sie tot ist oder lebt. Ob sie leidet. Diese Ungewissheit hat einen Schmerz ausgelöst, der sich bis in seine tiefsten Nervenbahnen fraß und ihm das Herz zusammengepresst hat. Und nun, da er die Wahrheit kennt? Er hatte sich Linderung erhofft. Stattdessen ist alles nur noch schlimmer.

Sie ist tot.

Als vorhin die Kommissarin bei ihnen zu Hause geklingelt und ihm dann behutsam eröffnet hat, dass sie eine traurige Nachricht für ihn hat, ist die Botschaft nicht wirklich bis in sein Bewusstsein durchgedrungen. Es hatte etwas

Irreales, als ob er neben sich stünde und dieser Besuch gar nicht ihn beträfe. Er, sonst der kühle Analytiker, erinnert sich nur an einige ungeordnete Wortfetzen, die sich wie durch eine dicke Nebelschicht bis zu seinem Gehirn vorgearbeitet haben. »Tochter«, »vermisst«, »lange Zeit«, »identifiziert«. Diese Begriffe sind in seinem Kopf herumgewirbelt, ohne Sinn zunächst, ein einziges Kauderwelsch. Dass Sophia schon vor sehr langer Zeit ihre letzte Ruhe gefunden habe. »Sie werden sie bald zu Grabe tragen können«, hat die Kommissarin noch gesagt.

Es hat wohl tröstend klingen sollen. Fred Haferkamp weiß die offenen Worte und die Empathie dieser Polizistin zu schätzen. Aber statt ihm Frieden zu bringen, hat ihre Nachricht ihn in Aufruhr versetzt – und zugleich betäubt. Höflich hat er die Ermittlerin gebeten zu gehen. »Ich würde gern allein sein.« Er braucht die Ruhe, das Schweigen. Die Todesstille. Er merkt selber, dass dieses Wort es trifft. Genau genommen passt es viel zu gut.

Und so kommt nun, da er am Küchentisch sitzt, die Überschrift über den Moorleichen-Fund in der Zeitung gesehen und den Artikel gelesen hat, eine Andeutung von Ordnung in sein Gefühlschaos. Ihm wird klar, was sein Verstand bis jetzt nicht hat wahrhaben wollen. Sophia lebt nicht mehr. Sie war über Jahre in einem Moor versenkt – und nun liegen ihre sterblichen Überreste auf einem Stahlbett in einem Kühlfach in der Rechtsmedizin.

Es tut so weh! Nie wieder wird er Sophia in den Arm nehmen können. Nie wieder ihr bezauberndes Lächeln sehen.

Und vor allem: Wie soll er das seiner Frau beibringen? »Schatz, wir können endlich unsere Tochter beerdigen!« Wie zynisch ist das denn?!

All die Jahre ist er der Stärkere von ihnen beiden gewesen, hat funktioniert, die Praxis in Othmarschen am Laufen gehalten, dafür gesorgt, dass sie ihr Haus nahe dem Hirschpark behalten konnten, ihr Leben. Oder besser gesagt: was davon übriggeblieben ist, nachdem ihnen das Liebste genommen wurde.

Er hat seinen eigenen Weg des Aushaltens gefunden. Dabei haben ihm seine medizinischen Kenntnisse geholfen – beziehungsweise die Methoden, mit denen er sich neben der konservativen internistischen Behandlung befasst hat. Er ist immer offen für Akupunktur gewesen, mit der er häufig erstaunliche Erfolge erzielt hat, wo Medikamente versagten. Und durch seinen Draht zu alternativen Behandlungsmethoden hat er sich mit fernöstlicher Medizin befasst. Es haben nicht nur seine Patienten davon profitiert, sondern in gewisser Weise auch er selber. Es hat ihm so etwas wie einen Kompass gegeben. Es hat ihm einigermaßen geholfen, den unendlichen Schmerz über das unerklärliche Verschwinden seiner einzigen Tochter halbwegs zu ertragen.

Doch während er versucht hat, irgendwie weiterzumachen, scheint seine Frau Beate verkümmert, ähnlich wie die Topfpflanzen auf der Fensterbank, die nicht ausreichend gegossen und gedüngt werden. Ewig müde wirkt Beate, ist kaum noch aus ihrem Bett herauszubekommen, antriebslos. Freudlos.

Er kennt die Anzeichen einer Depression zur Genüge. Immer wieder kommen Patienten in seine Praxis, die genau diese Symptome schildern. Als Internist kann er diese Menschen nur sehr oberflächlich beraten. Er kann ihnen das Offensichtliche empfehlen, Bewegung, frische Luft, Unternehmungen, die ihnen Freude bereiten, Vitamine, Mineralien. Ein Blutcheck, um organische Ursachen für die Niedergeschlagenheit herauszufinden oder eben auszuschließen. Aber eigentlich sind seine Möglichkeiten unzureichend.

Diese Patienten überweist er zum Psychotherapeuten. Vor allem die schwereren Fälle.

Und zu denen scheint Beate mittlerweile zu gehören. Auch wenn er sich das lange nicht hat eingestehen wollen. Doch in den 24 Jahren seit Sophias Verschwinden ist seine Frau immer zurückhaltender geworden. Ein Schatten ihres früheren Selbst.

Er gibt sich einen Ruck, hievt sich aus dem Stuhl im Arbeitszimmer und geht hinüber ins Wohnzimmer, wo sie im Sessel sitzt und aus dem Fenster starrt. »Wie geht es dir, Liebes?«

Es dauert einen Moment, bis sie aus ihrem Phlegma erwacht, langsam den Kopf dreht und ihn ansieht. »Wie immer«, sagt sie nur. Es ist kaum mehr als ein Flüstern. Wie immer – also schlecht. Und er kann nichts tun, um ihre Qualen zu lindern. Im Gegenteil.

»Ich muss dir etwas erzählen. Etwas sehr Trauriges«, beginnt er. Ihr Blick ist unverwandt auf ihn gerichtet. »Es geht um Sophia.« Er räuspert sich. »Sie haben sie gefunden.« Er muss gar nicht weiterreden. Den Rest kann sie in seinen Augen lesen, in denen plötzlich Tränen schwimmen. Sie schlägt sich die Hände vors Gesicht, und ihrem Mund entweicht ein klagender Ton, der sich kaum noch menschlich anhört. Wie ein Laut aus der Hölle.

Er weiß, wie sie sich fühlt. Ihm geht es genauso.

KAPITEL 11

»Wir müssen dichthalten! Unbedingt!!!!!« Christian starrt auf die WhatsApp und wünschte, er hätte sich verguckt. Die Handynummer, von der die Nachricht kommt, hat er bislang nicht eingespeichert. Aber es spricht viel dafür, dass Matthias dahintersteckt.

Wer sonst würde ihn so eindringlich auffordern zu schweigen? Und dann die fünf Ausrufezeichen! Wahrscheinlich steht jedes für einen Mitwisser. Sein Kumpel aus Jugendtagen hat das vermutlich ganz bewusst so gemacht. Matthias, der Analytiker. Er hat immer alles durchdacht und geplant, andere hinter sich versammelt, die Führung übernommen. So wie damals an der Unfallstelle – und später im Moor. Für Matthias war sofort klar, was zu tun war, und er hat es durchgesetzt.

Aber war es wirklich das Richtige?

Unzählige Male hat Christian im Geiste das Szenario durchgespielt, immer wieder und immer mit anderen Facetten. Sie zu fünft auf der Elbchaussee, der Regen, die schlechte Sicht, der Alkohol. Eine Variante ist, dass quasi gar nichts passiert. Eine Autofahrt wie jede andere, ohne Besonderheiten, ohne Drama, ohne fatales Ende. Ein anderes Gedankenspiel endet damit, dass sie sofort, nachdem ihnen das Ausmaß des Unglücks klargeworden ist, einen Rettungswagen und die Polizei benachrichtigen. Vielleicht hätten sie damit Leben retten können? Zumindest eines?

Bildfetzen, wie durch ein Stroboskop ausgeleuchtet, erscheinen vor seinem inneren Auge: die Straße, gesäumt von Bäumen, die eine lang gestreckte Kurve beschreibt, der Mittelstreifen, der unter den Regenmassen kaum zu erkennen ist. Ein Reh, das, geblendet von den Scheinwerfern ihres Wagens, gerade noch rechtzeitig zur Seite huscht. Das Gelächter seiner Freunde dröhnt ihm in den Ohren, ihre laute Ausgelassenheit, die »Stones« im Autoradio. Und plötzlich das Schlingern der Reifen, die den Halt verlieren, der Crash. Er hat gehofft, dass sie nur einen Baum touchiert haben. Aber es war kein Baum. Stattdessen liegen da zwei Körper, mit verrenkten Gliedern. Und unter den Leibern der beiden Frauen quillt Blut hervor und versickert im Gras.

Wie feige sie damals gewesen sind! Sie haben in ihrer Schockstarre eine in höchstem Maße verantwortungslose Entscheidung getroffen. Wie willenlose Soldaten sind sie den Anweisungen von Matthias gefolgt, haben zwei Menschen im Moor am westlichen Hamburger Stadtrand versenkt.

Natürlich war es ein Irrglaube, sie hätten das Problem damit für immer gelöst. Damit fingen die Schwierigkeiten in Wahrheit erst an, die Lügen, das Schweigen, das schlechte Gewissen, die Albträume. Und die Angst davor, irgendwann doch aufzufliegen.

Insofern braucht es nicht den eindringlichen Appell von Matthias oder einem der anderen, weiter so zu tun, als hätten sie nie etwas Falsches gemacht. Bestimmt haben auch die restlichen Beteiligten eine identische Nachricht erhalten, mit derselben beschwörenden Intensität. Sind sie nicht auf ewig zum Dichthalten verdonnert nach dem, wie sie sich damals entschieden haben?

Die Toten versenken – und mit ihnen alle Schuld! Das war der dominierende Gedanke, der sie angetrieben hat.

Christian ist heute noch erschüttert, wenn er sich daran erinnert, wie abgebrüht sie vorgegangen sind. Nach der Rückkehr aus dem Schnaakenmoor sind sie erneut zur

Unfallstelle gefahren. Dort haben sie sich um die Fahrräder der beiden jungen Frauen gekümmert. Und wieder ist es Matthias gewesen, der die Anweisungen gegeben hat. Sven sollte das eine Rad wegschaffen, jenes, das lediglich ein paar Kratzer im Lack hatte und einigermaßen fahrbereit war. »Stell es am S-Bahnhof in Klein Flottbek ab«, hat Matthias befohlen. »Da stehen immer viele Räder herum, da wird es nicht auffallen.«

Die nächste Anordnung ging an Michael. »Hilf mir, dieses zerbeulte Teil auseinanderzubauen, sodass wir es im Kofferraum verstauen können!« Im strömenden Regen haben sie von dem zweiten Rad, das nur noch ein zertrümmertes Etwas war, Vorder- und Hinterrad abgeschraubt und diese dann nebst Rahmen ins Auto gepackt.

»Und wohin jetzt?« Paulas Stimme hat gezittert, ebenso wie ihr ganzer Körper. Es ist offensichtlich gewesen, dass es nicht in erster Linie der Regen und die Kälte waren, die ihr zusetzten, sondern dass sie unter Schock gestanden hat, noch mehr als der Rest der Freundesgruppe. Aber auch jeder andere von ihnen war vollkommen durch den Wind.

»Wohin? Wohin?« Selbst Matthias wirkte einen Moment ratlos. »Hat jemand eine Idee, wo wir diesen Schrotthaufen unauffällig loswerden können?«

Einen Augenblick lang schwiegen alle, bis ihm selber, Christian, etwas einfiel. »Montag ist in unserer Straße Sperrmüll. Da könnte ich es entsorgen. Und bis dahin stelle ich es bei uns im Garten hinter den Schuppen. Da guckt bei diesem Wetter keiner hin.«

Und so haben sie es tatsächlich gemacht.

Lange schien es, als hätten sie sämtliche Spuren dauerhaft beseitigt. Sie haben ihr Leben weitergelebt, als wäre nichts Außergewöhnliches passiert. Nach außen hin schien es wirklich so. Aber in seinem Inneren? In Paulas? In dem von Sven, Matthias und Michael? Christian kann sich nicht vorstellen, dass auch nur einer von ihnen die Erinnerungen komplett aus dem Gedächtnis hat verbannen können. Ihm jedenfalls ist das nie gelungen.

Und nun also ist das geschehen, was er insgeheim immer befürchtet hat. Die Toten sind zurückgekehrt. »Zwei Leichen im Moor entdeckt!« Als ihn diese Überschrift aus der Online-Berichterstattung einer Hamburger Tageszeitung gleichsam angebrüllt hat, hat er den entsprechenden Artikel gar nicht mehr lesen müssen. Er weiß ohnehin, dass es ihre zwei Opfer sind.

Der Spuk ist also lange nicht vorbei. Er hat gerade erst angefangen.

KAPITEL 12

Mehrere Fotoalben liegen da, Dutzende CDs und eine Bibel. Auf dem Esstisch herrscht ein mittelgroßes Durcheinander. Doch es ist nicht annähernd so groß wie das Chaos in ihrem Kopf. Hilflos schaut Antje Fuhrmann hinüber zu ihrem Mann Florian. Er wirkt genauso überfordert. Wie sollte es auch anders sein? Für das, was sie jetzt zu erledigen haben, gibt es keine Anleitung im Internet, keinen Plan, nicht einmal ansatzweise eine Vorbereitung.

Sie haben die schier nicht zu bewältigende Aufgabe, das Begräbnis ihrer Tochter zu organisieren. Sie würden es gern in Carolas Sinne tun, mit ihrer Lieblingsmusik, dem richtigen Bibelvers, Fotos, die ihr am Herzen liegen. Aber was wäre das genau?

»Schatz, wie möchtest du eigentlich eines Tages beerdigt werden?« So eine Frage haben sie ihrer Tochter nie gestellt. Natürlich nicht. Sie war 19 Jahre alt, in der Blüte ihres Lebens! Da redet man über den Freund, die Hobbys, die Zukunftspläne. Und nicht über den Tod – und wie ein etwaiges Begräbnis gestaltet werden soll.

Wäre es vernünftig gewesen, dies irgendwann einmal zu thematisieren? Für den Fall, dass ... So wie sie selber längst Vorsorgevollmacht und Patientenverfügung ausgefüllt haben. Ihre jeweiligen Testamente sind ebenfalls aufgesetzt. Aber auch sie haben sich erst konkreter mit dem eigenen Tod beschäftigt, als sie die 50 allmählich vor Augen hatten. Bis dahin wären sie nicht auf die Idee gekommen, dass es dringend etwas zu regeln geben könnte.

Erst eine ganze Weile nach dem Verschwinden ihrer Tochter hat sich das geändert. Vorher haben sie nicht einmal in Betracht ziehen wollen, dass Carola nie wiederkommen würde. Dass sie gestorben sein könnte. Die Hoffnung, sie lebend wiederzusehen, war viel stärker – wenn vielleicht auch wider alle Vernunft. Ihre Tochter hing viel zu sehr an ihrer Familie, als dass sie die Eltern und den Bruder einfach verlassen hätte, ohne Abschied, ohne das Versprechen, dass sie bald zurück sein würde.

Ohne Lebenszeichen. Nein, das hätte sie niemals getan. Tief in ihrem Inneren haben Antje und Florian Fuhrmann gewusst, dass etwas Schlimmes geschehen sein musste. Sie haben dieses furchtbare Gefühl verdrängt, so gut es ging. So ging das über Tage, dann Wochen, Monate. Und schließlich Jahre.

In dieser Zeit ist die Wahrscheinlichkeit, dass sie Carola wirklich nie wiedersehen würden, immer größer geworden. Und jetzt hat sie sich durch den Besuch der Kommissarin zur Gewissheit verfestigt. Nun ist ihnen schmerzlich bewusst, dass der Tod jederzeit zuschlagen kann. Möglicherweise sogar gerade dann, wenn man es am wenigsten erwartet. In einem glücklichen Moment, wenn man vollkommen ahnungslos ist, dass sich gerade Unheil zusammenbraut.

»Was meinst du? Sie mochte doch immer ›Bridge over Troubled Water‹ von Simon and Garfunkel.« Antje Fuhrmann hat eine CD aus dem Haufen auf dem Esstisch herausgesucht und hält sie ihrem Mann hin. »Sollen wir das Lied nicht spielen lassen?«

Florian Fuhrmann reibt sich die Augen. Es soll so aussehen, als wolle er die Müdigkeit verdrängen, aber seine Frau hat längst gemerkt, dass es Tränen sind, die er wegwischt.

Ihr selber geht es nicht anders. »Simon and Garfunkel ist bestimmt eine gute Wahl«, antwortet er schließlich. »Und auf jeden Fall sollte ›Candle in the Wind‹ von Elton John dabei sein. Das Lied hat Carola geliebt.«

»Du hast recht.« Seine Frau sucht die entsprechende CD heraus. »Hier haben wir die Greatest Hits. Da eignet sich fast jeder Song.«

Er will nicken, es wird allerdings eine verunglückte Bewegung. Es fällt ihm schwer, den Kopf wieder zu heben und seiner Frau in die Augen zu schauen. Stattdessen nimmt er ihre Hand. »Es tut so weh! Ich weiß nicht, wie ich das alles durchstehen soll! Carola sollte eines Tages uns zu Grabe tragen. Irgendwann, später einmal. Aber nicht umgekehrt. Sie hatte ihr ganzes Leben noch vor sich!«

Für einen Moment verharren beide still. Dann gibt er sich einen Ruck. »Jedenfalls brauchen wir nicht lange zu überlegen, welches Foto von Carola in der Kirche stehen soll.«

»Natürlich das von unserem letzten Urlaub.« Seine Frau hat keine Zweifel, welches Bild ihr Mann meint. Sie deutet auf das Poster über dem Sofa. »Du hast recht. Sie sah so strahlend aus, wenn sie glücklich war. Ich möchte, dass ihre Freunde, die Verwandten und alle anderen, die sie mochten, sie so in Erinnerung behalten.«

Antje Fuhrmann steht vom Esstisch auf und geht zum Fenster. Die Temperaturen sind ein paar Grad über null gestiegen. Anstelle des Schneeregens, der in den vergangenen Tagen dominiert hat, geht jetzt ein heftiger Regenguss nieder. Die Spuren, die die Tropfen am Fenster hinterlassen, verwischen die Konturen im Garten zu einem Schleier.

»Ich wünschte, dass wir Anton in die Planung der Beerdigung einbeziehen könnten.« Antje Fuhrmann dreht sich zu ihrem Mann um. »Es war so furchtbar, dass wir ihn am Telefon über den Tod seiner geliebten Schwester informieren mussten.«

»Wir hatten keine andere Wahl«, beschwichtigt ihr Mann. »Er ist nun mal berufsbedingt öfter in China. Wir können froh sein, dass er in drei Tagen zurück nach Hamburg kommen kann. Also auf jeden Fall rechtzeitig zur Beerdigung. Er hätte sonst was in die Wege geleitet, um auf dem letzten Weg bei Carola zu sein, sich notfalls sogar vom Mond zurückgebeamt.«

»Ganz sicher.« Antje Fuhrmann versucht zu lächeln, doch ihr Gesicht verzieht sich zu einer gequälten Grimasse.

»Und die Bestattung als solche?«, fragt ihr Mann. »Erinnerst du dich, ob Carola jemals darüber gesprochen hat, wie sie zu einem traditionellen Begräbnis steht? Mit Sarg, Grabstein und allem Drum und Dran? Oder lieber so, wie es deine Mutter für sich entschieden hat, eine Urnenbe…« Florian Fuhrmann hält mitten im Wort inne, plötzlich ist ihm die Kehle eng geworden. Erneut steigen ihm Tränen in die Augen. Er schluchzt.

Seine Frau kann ebenfalls nicht mehr an sich halten. Sie sinkt auf einen Stuhl und beginnt zu weinen. Lautlos zwar, doch die Tränen strömen förmlich über ihre Wangen, und ihre Schultern beben. Sie tastet nach den Händen ihres Mannes, streichelt sie und blickt ihn aus feuchten Augen an. »Ich schaffe das nicht. Entscheide du, bitte. Alles, auch den Bibelvers. Du wirst das Richtige für unsere Tochter aussuchen. Da bin ich mir sicher.«

»Das Richtige?« Florian Fuhrmann schluckt schwer. »Das einzig Richtige wäre, wenn Carola noch bei uns wäre«, bringt er zwischen Schluchzern hervor. »Sie könnte einen Mann haben, Kinder. Ein Leben!«

»Du hast so recht.« Die Stimme von Antje Fuhrmann zittert. »Ihr bleibt nichts. Gar nichts. Uns bleibt zumindest die Erinnerung an unsere wundervolle Tochter.«

KAPITEL 13

»Ich habe mir wirklich gewünscht, dass ich euch nie wiedersehen muss. Aber die Dinge sind nun mal, wie sie sind.« Matthias schaut in die Runde, fixiert jeden einzelnen der Versammelten mit kühlem Blick.

»Was willst du damit sagen?«, fragt Sven aufbrausender, als er geplant hat. Er ist so erbost, dass er sich nicht zügeln kann. »Dass wir weiterhin füreinander einstehen müssen – ob wir wollen oder nicht?« Er fasst sich genervt an die Stirn, als wolle er damit ausdrücken, dass mindestens einer aus der Runde nicht alle Tassen im Schrank hat. Das wäre in jedem Fall Matthias – und vielleicht noch andere? Die Befindlichkeiten könnten sich verändert haben in der langen Zeit, die vergangen ist. Die Loyalitäten ebenso.

Der Ort, an dem das Quintett sein Treffen abhält, wäre geeignet, Gefühle der Nostalgie aufkommen zu lassen. Sie haben in ihren WhatsApp-Chats, über die sie in den vergangenen Tagen kommuniziert haben, gar nicht lange über Alternativen diskutieren müssen. Irgendwie ist jedem von ihnen klar gewesen: Sie versammeln sich da, wo früher ihr Rückzugsort gewesen ist – am Elbstrand in Wittenbergen, nahe einem mächtigen, vielverzweigten Baum, der seine Äste Richtung Fluss streckt.

Alle fünf haben sich in Skihosen und dicke Parkas gehüllt, um trotz der kühlen Witterung Mitte Januar für eine Verabredung im Freien gerüstet zu sein. Und Paula hat eine große, auf einer Seite beschichtete Decke mitgebracht, die sie im feuchten Sand ausgebreitet und darauf Platz genommen haben. Gut, dass Paula mitgedacht hat. Sich einfach so auf den Boden zu setzen, wäre viel zu kalt gewesen.

Sven ist froh, dass er den Platz neben der früheren Freundin ergattert hat. Direkt bei Matthias sitzen zu müssen, hätte ihm körperliches Unbehagen bereitet. Er blickt nach oben, sieht den funkelnden Sternenhimmel, den sichelförmigen Mond, saugt die frische Luft ein, gräbt seine Hände in den Elbsand. Eigentlich die pure Idylle. Doch für ihn fühlt es sich eher an wie die Hölle. Denn hier holt die Vergangenheit sie ein. Hier wird ihnen deutlich vor Augen geführt, was sich verändert hat.

Damals waren ihre Treffen noch unbeschwert, voller Gelächter und Lebenslust. Das Gravierendste, was sie getan hatten, war der vor den Eltern verheimlichte Zug an der Zigarette. Es hat ihm ohnehin nicht geschmeckt.

Und dann kam das fatale Unglück.

Sie haben das Leben zweier Unschuldiger zerstört. Bedingt durch schlimme Zufälle, unbeabsichtigt. Allein das wird Sven sich nie verzeihen können. Aber was danach geschah, war eine bewusste Entscheidung. Sie hätten auch anders handeln können – wenn sie es denn gewollt hätten.

Er hat in den vergangenen Jahren versucht, sein Gewissen damit zu beruhigen, dass er unter Schock gestanden habe. Dass er dadurch reflexartig reagiert habe, ohne nachzudenken auf das gehört, was ihm von dem dominanten Matthias vorgegeben wurde. Die Opfer verbergen, die Spuren beseitigen. Und vor allem: sich niemals verplappern! Den Mund halten. Schweigen für immer. Eine eingeschworene Gemeinschaft.

Wenn Sven damals geahnt hätte, was das für sein weiteres Leben bedeutete, wäre er nicht roboterartig den

Anweisungen von Matthias gefolgt. Er hätte sie hinterfragen sollen und dann sich verweigern. Vielleicht hätte er so irgendwann etwas Ähnliches wie seinen Seelenfrieden wiedergefunden, mit einem Gewissen, mit dem er zumindest hätte leben können.

Jetzt ist er mit dem festen Entschluss zu diesem Treffen gekommen, Haltung zu zeigen, also ihrem selbsternannten Anführer Matthias die Stirn zu bieten. »Es ist höchste Zeit, dass wir endlich die Wahrheit sagen! Die Angehörigen haben ein Recht darauf zu erfahren, was damals geschah«, hat er sagen wollen. Er hat es sich ganz fest vorgenommen.

Doch Matthias hat ihn oder die anderen drei gar nicht erst zu Wort kommen lassen und seine Linie vorgegeben. »Wir sind eine verschworene Gemeinschaft. Einer für alle, alle für einen!« Das Kinn trotzig hochgereckt, die linke Hand beschwörend erhoben, hat er hinzugefügt: »Wenn einer die Nerven verliert und etwas erzählt, ist jeder von uns dran. Dann können wir unsere Karrieren in die Tonne treten.«

»Und wenn wir nicht länger stillhalten wollen?« Paulas Stimme klingt leise, aber entschieden. »Wenn wir es satthaben zu schweigen? Ich kann das schon lange nicht mehr mit meinem Gewissen vereinbaren. Ich will endlich reinen Tisch machen!«

Matthias erhebt sich, strafft seinen Körper, sodass er über den einstigen Kumpels hoch aufragt. Mit dem Habitus eines Cäsar verkündet er: »Wir halten weiter still. Und denkt dran, auch in Zukunft alle Nachrichten zu löschen, die wir uns schicken. Wenn sie jemand liest, sind wir geliefert. Und keiner tanzt aus der Reihe! Dafür werde ich sorgen.« Er streicht sich über den Hals, was wohl dem ersten Anschein nach wie eine zufällige Geste aussehen soll – aber eher wirkt wie die Bewegung eines Menschen, der einem anderen die Kehle durchschneidet. »Ihr wisst doch: Ich kann überaus überzeugend sein!«

KAPITEL 14

Diese leuchtenden Augen, der schön geschwungene Mund, die seidig-schwarze Mähne. Sophia! Es tut bis heute unglaublich weh, ihr Foto anzusehen. Dabei müsste er das Bild gar nicht hervorkramen und anschauen. Er trägt es in seinem Herzen.

Bei dem Gedanken muss er regelrecht den Kopf schütteln. Was er gerade überlegt hat, gehört eigentlich in einen Kitschroman. Er trägt ihr Bild in seinem Herzen! Geht's noch? Aber so ist es tatsächlich. Auch wenn es viel zu sentimental klingt und gar nicht richtig zu passen scheint. Schließlich hat er sich immer damit gerühmt, alles nüchtern zu analysieren, nicht gefühlsbetont zu agieren.

Das ist leicht gesagt. Aber mit Sophia war es eben anders. Sie hat ihm so gründlich den Kopf verdreht, dass er sich kaum noch wiedererkannt hat. Und das Merkwürdigste dabei: Er mochte sein anderes, sein neues Selbst. »Der andere Carsten«, hat er sich genannt. Vielleicht passt sogar besser: »Der authentische Carsten.« Ja, mit Sophia hat er sich plötzlich unendlich frei gefühlt.

Wahrhaftiger, jünger, unbeschwerter. Lebendiger.

Es lag unter anderem an dem ansteckenden Lachen seiner Freundin, ihrer Fröhlichkeit, ihrem Optimismus. Carsten Greinert wirft erneut einen Blick auf das großformatige Foto von Sophia, das er wie in einem Anfall von Masochismus unter dem Bett hervorgeholt und mit Tesafilm an die Wand seines Schlafzimmers geheftet hat. Es ist wie ein

Zwang gewesen, nachdem er in den Zeitungen über den Fund der Moorleichen gelesen hat.

Erst sind es namenlose Gestalten aus einer vergangenen Zeit gewesen. Aber dann, nachdem die Toten identifiziert worden sind und die Angehörigen begonnen haben, die Trauerfeiern zu planen, ist durchgesickert, wer die beiden Frauen sind. Carsten hat das Gefühl gehabt, dass die Presse genüsslich jedes Detail vom damaligen Verschwinden der Frauen ausgebreitet hat, ihr Umfeld beleuchtet, in ihrer Vergangenheit gewühlt. Wann wird er seinen Namen in der Zeitung lesen, weil irgendein Journalist herausgefunden hat, dass Sophia und er ein Paar waren? Hoffentlich nie. Auch wenn damals viele aus ihrem Umfeld von ihrer Beziehung wussten: Diese Art von Öffentlichkeit hätte ihm gerade noch gefehlt. Carsten Greinert möchte unbehelligt bleiben.

So hat er es auch gestern bei seinem Spaziergang auf dem Nienstedtener Friedhof gehalten. Irgendeine Macht hat ihn ausgerechnet auf dieses Areal gezogen, vielleicht die Überzeugung, dass Sophia dort ihre letzte Ruhestätte finden würde. Ziellos ist er auf den Wegen entlanggeschlendert, hat dem Wind zugehört, der an den Zweigen der Bäume gerüttelt hat, und hat hier und da innegehalten, um eine Inschrift auf einem Grabstein zu lesen.

Die schlichten, die ohne viele Worte auskommen, haben ihm am besten gefallen. Einfach nur ein Name, sonst nichts. Liebe und Sehnsucht brauchen keine blumigen, schnörkeligen Botschaften. Sie sprechen für sich.

Als der 44-Jährige zurück zu seinem Auto gegangen ist, hat er auf der anderen Straßenseite ein älteres Paar gesehen, das ihm bekannt vorgekommen ist. Erst hat er den Mann und die Frau nicht zuordnen können, doch dann ist ihm eingefallen, dass es Sophias Eltern sind. Er hätte sie fast nicht wiedererkannt. Der Vater aufrecht wie immer, allerdings mit einem verhärmten Ausdruck im Gesicht, der ihn völlig verändert. Und die Mutter gebeugt, mit deutlich mehr Gewicht als damals. Es mag an den Medikamenten liegen, die sie nimmt. Man erzählt sich, dass sie an Depressionen leidet.

Plötzlich durchzuckt ihn eine Erkenntnis: Wie mag er selber wohl auf andere wirken? Älter geworden, na klar. Aber er hat sich bemüht, in Form zu bleiben, mit viel Sport und gesunder Ernährung, wenig Alkohol. Nur ab und zu gönnt er sich einen guten Whisky. Es wäre bestimmt nicht richtig, sich alles Schöne zu versagen.

Obwohl das Beste in seinem Leben eben unwiederbringlich fort ist, gegangen mit Sophia, die plötzlich nicht mehr da war. Ohne Vorwarnung, ohne Ankündigung, ohne eine Erklärung. Es ist ihm vorgekommen, als hätte sie mit ihrer Abwesenheit ein Stück Leben aus ihm herausgeschält, tief aus dem Innersten, da, wo das Herz sitzt – und die Seele. Wieder eine Metapher, die ihm als rationalem Geist eigentlich widerstrebt. Aber auch hier stimmt wieder: Sie trifft, was er gefühlt hat. Und so empfindet er bis heute.

Eine Leere.

Nicht, dass er es im Leben nicht hinbekommen hätte. Er ist ein gefragter, viel beschäftigter Übersetzer für englische und französische Literatur geworden, hat sich ein schönes Haus in Groß Flottbek gekauft. Er unternimmt, wenn er sich mal zwischen zwei beruflichen Projekten ausklinken kann, interessante Reisen, die ihm die Natur und die Kultur vor allem ostasiatischer Länder nahebringen. Insbesondere China und seine jahrtausendealte Geschichte haben es ihm angetan mit all ihren Facetten, inklusive der Philosophie und der alternativen Medizin. Das hat ihn schon immer fasziniert.

Auch sonst kommt er durchaus auf seine Kosten. Ab und zu gibt es eine Frau in seinem Leben. Mal für eine Nacht, mal für eine Woche. Doch nie für länger. Denn keine konnte dem Vergleich mit der einen standhalten, die er bis heute liebt. Sophia.

24 Jahre lang hat er nicht gewusst, warum sie plötzlich verschwunden war. Doch in all der Zeit war er sich sicher: Sie hat ihn bestimmt nicht verlassen, nicht einfach so. Es musste einen tieferen Grund geben, weshalb sie nicht mehr da war. Irgendein Unglück, ein Drama, das sie von ihm fernhielt.

Er hat alle möglichen Gedankenspiele vollzogen, eine Entführung beispielsweise, nach der sie verzweifelt in einem Verlies kauert. Er hat sich gewünscht, dass diese Vision nicht wahr wäre. Sie sollte nicht leiden. Um Himmels willen, nur das nicht. Bitte nicht leiden!

Jetzt weiß er ansatzweise, wie es damals war. Sophia und ihre Freundin Carola sind wohl noch in jener Nacht gestorben, in der sie zuletzt gesehen wurden.

Er erinnert sich nur zu gut daran, dass er damals versucht hat, ihnen die Idee auszureden, mit dem Fahrrad nachts nach Hause zu fahren. »Ich kann euch abholen. Egal, wann!«, hat er den jungen Frauen angeboten. Doch sie haben abgewunken.

»Uns wird schon nichts passieren«, hat Sophia ihm lächelnd versichert.

Er wollte das eigentlich nicht hören. Doch er konnte ihr nicht widerstehen. Wenn sie ihn ansah, mit diesen strahlenden Augen, war es um ihn geschehen. Wider alle Vernunft hatte er eingewilligt. »Okay, aber passt gut auf euch auf!«

»Na klar«, hat Sophia gesagt und ihm erneut ihr bezauberndes Lächeln geschenkt.

Und danach? Irgendjemand hat Sophia und Carola auf dem Gewissen. So viel steht fest. Es muss etwas Furchtbares passiert sein, ein gewaltsamer Akt, mit den beiden jungen Frauen als Opfer. Warum hätte man ihre Körper sonst so gründlich beseitigt, wenn derjenige oder diejenigen nicht eine schwere Schuld auf sich geladen hätten?

Carsten Greinert strafft die Schultern und fasst einen Entschluss. Es ist von existenzieller Wichtigkeit, das spürt er. Die Worte, die er in die Stille seines Schlafzimmers ruft, sind wie ein Schwur: »Ich muss die Wahrheit herausfinden! Und dann ...« Er sieht aus dem Fenster, wo sich die Dunkelheit über seinen Garten gesenkt hat. Wenn ein Drehbuchautor die Hand im Spiel hätte, müsste irgendwo über den Bäumen jetzt ein Blitz einschlagen, überlegt er. Doch das Gewitter bleibt aus. Es tobt allein in seinem Innern.

KAPITEL 15

Eigentlich hätte er sich in der Nähe des Grabes eine Buche gewünscht. Schon immer sind das die Lieblingsbäume von Sophia gewesen. Bereits als sie klein war, hat sie bei Waldspaziergängen stets nach Bucheckern Ausschau gehalten. Zu jeder Jahreszeit – als sie es noch nicht besser wusste. Später, als sie verstanden hatte, dass Bucheckern im September heranreifen, wurde der Herbst ihre liebste Jahreszeit. Bis zuletzt.

Aber eine Grabstelle im Schatten einer Buche ist nicht frei gewesen auf dem Friedhof Nienstedten. Also hat sich Fred Haferkamp für einen Ahorn entschieden. Ebenfalls ein prächtiger Baum, und dieses Exemplar hier ganz besonders. Er ist sicher, dass der Platz Sophia gefallen hätte. Vielleicht hätte sie ihn ihrerseits auch für Mutter oder Vater ausgesucht? Es wäre ihm lieber gewesen, seine Tochter hätte seine Beerdigung geplant – und nicht umgekehrt. Es fühlt sich vollkommen falsch an. Wider die Natur.

Ob die anderen das auch so empfinden? Um die hundert Menschen sind zu der Trauerfeier gekommen, stehen jetzt in respektvollem Abstand zum Grab. Der Pastor hat würdevolle Worte gefunden, denen sie still und vielleicht sogar andächtig gelauscht haben.

Es ist überwältigend, dass sich nach all den Jahren so viele an Sophia erinnern und von ihr Abschied nehmen wollen. Und zugleich bedrückend, dass er etwa die Hälfte der Leute nicht kennt. Hat er sich damals zu wenig für das Leben seiner Tochter interessiert, sodass er mit zahlreichen Personen niemals die Bekanntschaft gemacht hat? Ja, er hatte unglaublich viel damit zu tun, seine Praxis zu etablieren, mit 14-Stunden-Arbeitstagen und wenig Zeit für die Familie. Es schien ihm damals der richtige Weg zu sein. Heute weiß er es besser – jetzt, da es längst zu spät ist. Die verlorene Zeit kann er nie wieder zurückholen. Niemals wieder.

Es ist ein klarer Tag, der erste seit Langem. Die Sonne scheint. So wenig der strahlende Himmel zu dem Begräbnis und zur Stimmung auf dem Friedhof passt, so sehr steht er im Einklang mit Sophia. Sie war stets so fröhlich, so aufgeschlossen, so positiv.

Undenkbar, dass sie da in diesem Sarg liegen soll, eine leblose Hülle. Für immer gegangen, für ihn unerreichbar. Fred Haferkamp fühlt sich wie in einem schlechten Traum. Doch würde er im Schlaf die zahllosen Blumen in den Gestecken riechen? Wäre die Musik, die das von ihm engagierte Streichquartett spielt, auch im Traum so hinreißend schön, dass es ihm Tränen in die Augen treibt? Könnte er die Blicke der Trauergäste spüren, manche bohrend, manche mitleidig?

Andere Menschen wirken schlicht wie betäubt. Henriette zum Beispiel, die damals in der Schule mit Sophia sehr gut befreundet war. Angela, mit der sie zusammen im Chor gesungen hat. Und Carsten. Man erzählt sich, dass er seinerzeit sehr in Sophia verliebt war.

Kann es sein, dass jemand, der nicht zum engsten Familienkreis gehört, über all die Zeit untröstlich geblieben ist? Ja, das ist wohl möglich. Man sollte die Intensität von Gefühlen nicht unterschätzen. Auch eine junge Liebe kann Jahrzehnte überdauern. Das ist keine Weisheit aus Herzschmerzromanen. Das ist das wahre Leben.

Fred Haferkamp kann die Gesichter von manchen der Trauergäste nur schwer den damaligen Freunden oder Klassenkameraden von Sophia zuordnen. In den 24 Jahren sind die Jugendlichen längst zu Frauen und Männern gereift. Einige sehen allerdings fast genauso aus wie damals, so wie dieser eine Kerl dort, der kaum gealtert zu sein scheint. Wie heißt er gleich? Matthias! Sophia kannte ihn aus dem Tennisverein, oder nicht? Die Haare trägt er kürzer als damals, und der Hut, den er leicht schief auf den Kopf gesetzt hat, verleiht ihm eine seriöse Ausstrahlung, fast gentlemanlike. Das Gesicht wie zu einer Maske erstarrt, stiert dieser Matthias vor sich hin, hebt kaum jemals den Blick.

Es ist doch wohl Trauer, die ihn so lähmt?

Aber da ist auch ein Ausdruck in seinen Augen, der wie Schuldbewusstsein wirkt.

Genau das Gleiche strahlt ein anderer Mann aus der Gruppe aus. Haferkamp glaubt sich zu erinnern, dass er Jens oder Sven hieß. Sophia hatte erzählt, dass er ein Typ aus ihrer Jahrgangsstufe war, der scheinbar mühelos überall Bestnoten erzielte, darüber hinaus war er ein guter Sportler. »Und außerdem sieht er unverschämt gut aus!«, hatte seine Tochter ergänzt und sich mit gespielter Empörung beschwert: »Es ist so ungerecht! Manche Menschen sind mit allem gesegnet, anderen hat die Natur übel mitgespielt.«

Wobei sie selber besonders viele Talente hatte, wie Haferkamp immer wieder festgestellt hat – und dabei auch noch wunderhübsch war. Fast hätte er angesichts dieser Erinnerung gelächelt. Aber im nächsten Moment schnürt ihm der aufsteigende Kummer derartig den Hals zu, dass er nur schwer atmen kann.

Haferkamp schluckt mühsam und senkt den Kopf. »Dieser Moment des Abschieds von Sophia sollte eigentlich ihrer Mutter und mir allein gehören«, sagt er leise zu sich selbst. »Zu dumm, dass ich darüber nicht vorher nachgedacht habe.« Und zugleich kommt es ihm gelegen, dass er hier einen – wenn auch nur flüchtigen – Eindruck von den Menschen bekommt, denen Sophia offenbar etwas bedeutet hat. Er nimmt sich vor, Augen und Ohren offen zu halten, ob er etwas aufschnappt, das ihn weiterbringt in dem Wunsch zu begreifen, was sich damals abgespielt hat.

»Sophia könnte noch bei uns sein! Sie könnte leben!« Diese beiden Sätze rauschen wie in einer Endlosschleife durch seinen Kopf. So laut, dass er kaum mehr die Musik hört, die gerade gespielt wird. Dabei ist es eine seiner Lieblingsmelodien, »Air« von Johann Sebastian Bach. Sophia war ebenfalls immer ganz verzaubert, wenn sie diese Musik hörte. »Das ist so traurig und zugleich so schön!«, pflegte sie zu sagen. »Ich könnte heulen.« Heulen, ja. Nun laufen die Tränen auch bei ihm.

Er muss irgendetwas tun, um seinen Seelenfrieden wiederzufinden. Sonst kann er sich bald selbst begraben.

KAPITEL 16

»Findest du nicht auch? Die da hinten wirken auf mich, als wären sie nicht einfach nur traurig.« Emma deutet mit dem Kinn in die Richtung einer Gruppe von Menschen, die sich vor einem Rhododendron gruppiert haben, etwa 15 Meter vom Grab von Carola Fuhrmann entfernt, aber mit guter Sicht auf die Zeremonie. »Ich finde, die wirken irgendwie schuldbewusst. Oder bilde ich mir das ein?«

Ihr Kollege Max Vollertsen kneift die Augen zusammen, um auf die Entfernung besser sehen zu können – eine Gewohnheit, die Emma in letzter Zeit immer öfter bei ihm beobachtet. Vielleicht ist eine neue Brille fällig? Der 51-Jährige studiert die Mienen des Quintetts genau. »Natürlich ist es ja quasi eine Berufskrankheit, dass wir überall und bei jedem böse Gedanken auszumachen glauben. Aber ich finde, du hast recht. Die machen den Eindruck, als wären sie extrem bekümmert. Geradezu als hätten sie ein schlechtes Gewissen.«

Zwei Wochen ist es her, dass die Polizei den Eltern von Sophia Haferkamp und Carola Fuhrmann die Todesnachricht übermittelt hat. Nachdem Emma die traurige Botschaft überbracht hat, waren Kummer und Verzweiflung bei den Familien überwältigend. Aber sie haben sie nicht erstarren lassen, sondern sie wollten sofort handeln. »Wann können wir unsere Tochter beerdigen?« Die Frage ist in beiden Fällen identisch formuliert worden. Nicht weiter verwunderlich, findet die Kommissarin. Es ist ein Thema, das die meisten Angehörigen umtreibt. »Es ist uns wichtig, dass wir das möglichst bald machen können«, haben Carolas Eltern hinzufügt.

Und Fred Haferkamp hat in dem anderen Gespräch gesagt: »Meiner Frau geht es unglaublich schlecht, seit unsere Tochter verschollen ist.« Er hat einen Moment gezögert, wohl um zu überlegen, ob er ins Detail gehen soll. Dann hat er sich einen Ruck gegeben. »Sie leidet seit vielen Jahren an Depressionen. Oft wirkt es so, als hätte sich Nebel in ihrem Kopf festgesetzt.«

Emma hat noch in Erinnerung, wie dieser trotz seiner Mitte 60 sehr athletisch wirkende Mann den Kopf gesenkt hat. Und als er sie wieder angeblickt hat, hat sie in seinen Augen Tränen schimmern sehen. »Nebel?«, hat Haferkamp sich selbst korrigiert. »Nein, das trifft es nicht wirklich. Es ist eher ein zäher Brei, der viele Gedanken kaum mehr durchlässt. Und die fröhlichen schon gar nicht.«

Die Kommissarin hat genickt, aber nichts dazu gesagt, sondern abgewartet, ob er noch etwas loswerden will. Mitunter ist schweigen besser als nachfragen. Und erst recht viel wirksamer, als jemanden zu löchern. Denn unter Druck lässt sich niemand tief in sein Herz schauen.

Fred Haferkamp hat den Spalt, den er für einen Blick in sein Innerstes freigegeben hat, sehr schnell wieder geschlossen. Es ist Emma in dem Augenblick klar gewesen, als er sich mit einer Vierteldrehung abgewandt hat. »Wie dem auch sei«, hat er gesagt und sich geräuspert. »Es wäre uns sehr gelegen, wenn wir unsere Tochter möglichst schnell aus der Zuständigkeit der Behörden herausbekommen. Der Gedanke, dass ihr Körper nach der Obduktion weiterhin in der Rechtsmedizin liegen muss, in einem Stahlbett eines Kühlfachs, ist schwer erträglich. Wir wollen endlich Abschied nehmen können.«

Von Rechtsmediziner Plathe hat Emma erfahren, dass die wichtigsten Untersuchungen an den Moorleichen bereits wenige Tage nach deren Auffinden vorgenommen worden sind. Die Mikro-CTs sind anschließend erledigt worden. Zwar gibt es weitere spezielle Befunde, die noch erhoben werden müssen, aber alle Gewebeproben, beispielsweise aus Lunge, Magen und Rückenmark, die er dafür braucht, hat er bereits entnommen und asserviert.

Deshalb hat aus rechtsmedizinischer und ermittlungstechnischer Sicht nichts dagegengesprochen, die Leichen relativ schnell freizugeben, wie es offiziell heißt. Zuständig dafür war die Staatsanwaltschaft. Kurz nach der gerichtlichen Sektion erfolgte das Okay.

Emma hat sich an der offiziellen Formulierung für diese Maßnahme schon immer gestört. Freigeben!

Als ob den Toten damit wieder Leben eingehaucht würde. Dabei geht es vielmehr darum, sie in ihre endgültige Ruhestätte zu geben. Nun ja. Ebenfalls eine Form von Freiheit, wenn man es denn so verstehen will. Die Freiheit der Angehörigen, ihre Liebsten zu beerdigen, im Sarg, in der Urne oder, wenn gewünscht, anonym.

Die Eltern von Carola Fuhrmann haben sich, ebenso wie zwei Tage zuvor das Ehepaar Haferkamp, für ein klassisches Begräbnis entschieden. Bei dem Gedenkgottesdienst für Carola in der Kapelle des Nienstedtener Friedhofs ist Emma nicht dabei gewesen. Es erschien ihr nicht angebracht, der intimen Begegnung beizuwohnen. Doch sie hat von der Tür aus einen Blick in die Kapelle geworfen, hat den mit einem wahren Blütenmeer geschmückten Sarg gesehen, die Dutzenden Kerzen, die dicht besetzten Bänke mit den Trauernden, in der ersten Reihe die Eltern und der Bruder der Verstorbenen. Und vorne hat sie das Foto wiedererkannt, das sie über dem Wohnzimmersofa der Fuhrmanns gesehen hat:

die strahlende Carola am Meer in Griechenland. Die Familie hat darauf verzichtet, das Bild mit einem Trauerband zu versehen. Eine schöne Geste des Weglassens, findet Emma.

Niemand vor Ort muss daran erinnert werden, dass Carola nicht mehr lebt. Der Schmerz ist überall auf dem Friedhof spürbar. Er liegt auf den Gästen wie eine dunkle, schwere Last.

Nun ist die Trauergemeinde am Grab angekommen, das im Schatten von drei Tannen liegt, und hat sich um das ausgehobene Rechteck geschart, neben dem Carolas Eichensarg ruht. Jetzt, Ende Januar, ist der Boden dunkel von dem vielen Niederschlag der vergangenen Wochen, der mal als Schnee, mal als Regen und häufig als Schneeregen vom Himmel gefallen ist. Emma und Max Vollertsen stehen etwas abseits, aber mit gutem Blick auf das Gros der Familie und Freunde, das die junge Frau auf ihrem letzten Weg begleitet. Die Ermittler sehen überwiegend in Schwarz gekleidete Menschen, die meisten in dicke Schals und Mäntel gehüllt, viele mit Hut und ebenso einige Frauen, die Schleier tragen. Eine von ihnen ist Antje Fuhrmann. Arm in Arm steht sie mit ihrem Mann Florian da, dicht neben ihnen ihr Sohn Anton. Drei Menschen, vereint in tiefer Trauer, die sich gegenseitig eine Stütze sein wollen.

Es gelingt nur unvollkommen. Denn das Leid ist überwältigend. Die Familie macht sich nichts vor. Die Wunde, die der Verlust von Carola geschlagen hat, wird wohl nie wirklich heilen. Es wird eine Narbe zurückbleiben, die spürbar bleibt, schmerzvoll.

»Von wegen: Die Zeit heilt alle Wunden!« Max Vollertsen blickt weiter in die Richtung, wo Carola Fuhrmanns engste Angehörige stehen. »Die drei sind am Boden zerstört. Und das, obwohl sie mehr als 20 Jahre Zeit hatten, sich mit dem Gedanken an das Schlimmste vertraut zu machen.«

»Aber eben 24 Jahre, in denen sie immer noch hoffen durften. Auch wenn es zunehmend unwahrscheinlicher wurde, dass Carola eines Tages lächelnd vor der Tür stehen und rufen würde: ›Ich bin wieder da!‹ Als wäre sie nur für einen Segeltörn aus dem Haus gegangen oder um als Au-pair zu arbeiten.« Emma schüttelt sich. Die traurige Stimmung setzt ihr zu, ebenso die Kälte. Sie muss schlucken. Hoffentlich bekommt sie keine Halsschmerzen, keinen grippalen Infekt oder Ähnliches. Das würde ihr gerade noch fehlen!

»Bleibst du hier?«, fragt sie ihren Kollegen. »Ich bewege mich mal ein bisschen dichter zu der Gruppe da drüben.«

Vollertsen muss nicht nachfragen, welche Gruppe Emma meint. »Die mit dem schlechten Gewissen«, hat er sie insgeheim getauft. Obwohl er natürlich ebenso wenig voreilige Schlüsse ziehen will wie Emma. Vielleicht sind die Frau und die Männer, die da relativ eng zusammenstehen, ja tatsächlich einfach nur traurig, weil sie gute Freunde für immer verloren haben. Trübsinnige Blicke und Tränen sind bekanntlich nicht die Ausnahme bei Beerdigungen, sondern die Regel.

Ebenfalls muss es nichts bedeuten, dass sich auf dem Begräbnis von Carola mehrere Leute eingefunden haben, die schon zur Trauerfeier von Sophia Haferkamp gekommen sind. Die jungen Frauen waren eng befreundet, deshalb weist der jeweilige Bekanntenkreis bestimmt einige Schnittmengen auf.

Trotzdem dürfen die Ermittler die alte kriminalistische Erkenntnis, dass in vielen Fällen ein Täter zum Tatort zurückkehrt, nicht außer Acht lassen. In diesem Fall allerdings nicht zum Tatort, sondern zur Beerdigung des Opfers. Deshalb haben Emma Claasen und Max Vollertsen noch Oliver Neumann zu diesem Termin mitgenommen. Als sie dem Kollegen eröffnet haben, dass er sein Büro zu einem

Außeneinsatz verlassen soll, hat er sie angesehen, als wären sie nicht ganz bei Trost. »Wie? Ich soll mit?« Seine Stimme hat sich eine halbe Oktave höher geschraubt. »Könnt ihr die Fotos nicht selber machen?«

»Nein, können wir nicht!« Emma hat so entschieden geklungen, dass Neumann nicht gewagt hat zu protestieren. »Wir wollen uns möglichst unauffällig unter die Leute mischen und sie beobachten. Und da wäre es hinderlich, wenn wir mit unseren Handys oder sogar einer Kamera herumfuhrwerken. Abgesehen davon, dass es pietätlos wirken würde.«

Neumann hat abwehrend die Hände gehoben. »Ist ja schon gut. Ich habe verstanden.« Und jetzt auf dem Friedhof scheint es ihm tatsächlich zu gelingen, praktisch unsichtbar zu sein. Dabei weiß Emma, dass er hinter einem der dichten Nadelbäume steht, eine Kamera mit leistungsfähigem Teleobjektiv im Anschlag. »Ich möchte von allen Trauergästen Fotos«, hat sie ihm eingeschärft. »Auch von denen, die auf Abstand bleiben. Und bei manchen lohnt es sich bestimmt, ein paar Bilder mehr zu schießen.«

Also legt sich Oliver Neumann nun tatsächlich ins Zeug. Die Auswertung der zahllosen Fotos wird später wahrscheinlich ewig dauern. Ob es sich lohnen wird?

Die Theorie ist ja, dass der- oder diejenigen hier sein könnten, die die Leichen damals im Moor versenkt haben. Ein bisschen hat sich bei dem 56-Jährigen sogar der detektivische Spürsinn geregt – eine Fähigkeit, die unter den Gedanken an einen vorzeitigen Eintritt in die Rente fast verschüttet schien. Oliver Neumann spürt, wie sein Handy in der Hosentasche vibriert. Er kramt es hervor und wirft einen Blick auf das Display. Eine Nachricht von der Chefin. »Nimm dir die Truppe vor dem Rhododendron besonders vor«, steht da. »Die war ebenfalls auf dem Begräbnis von Sophia Haferkamp!« Alles klar. Er wechselt die Position, geht mehrere Meter nach links, bis er einen unverstellten Blick hat. Dann richtet er den Sucher auf die Gruppe, macht zahlreiche Bilder und schließlich nach und nach von jeder und jedem Einzelnen.

Er ist so beschäftigt, dass er erst mit Verzögerung registriert, wie es dicht um das Grab unruhig wird. Einige Menschen zucken zusammen und drehen sich erschrocken um. Zwei schreien entsetzt auf. Neumann beobachtet, wie Emma nach vorn läuft, sich an den Umstehenden vorbeischiebt, bis sie erkennen kann, was los ist.

Ein Mann ist zusammengebrochen, offenbar ohnmächtig. Emma erkennt, dass es Carolas jüngerer Bruder Anton ist. Was hatte Antje Fuhrmann über ihren Sohn gesagt? Dass er nach Carolas spurlosem Verschwinden über Jahre vollkommen aus der Bahn geraten war. Der Schmerz ist offenbar bis heute für ihn kaum zu ertragen.

Nun liegt er bewusstlos an der Kante des geöffneten Grabes, sein Oberkörper ist schon halb hineingerutscht. Emma und Florian Fuhrmann stürzen hin und versuchen, jeder ein Bein festzuhalten. Doch der schwere Körper gleitet ihnen aus den Händen, sinkt wie in Zeitlupe in die Tiefe und landet auf dem Sarg seiner Schwester. Entsetzt starrt Emma in das ausgehobene Viereck, ihr läuft ein Schauder über den Rücken. Der Bruder, der der Schwester ins Grab folgt? Wie gut, dass sie nicht abergläubisch ist. Das alles muss ein furchtbarer Zufall sein. Schnell fingert sie ihr Handy aus der Manteltasche, wählt die 112. »Wir brauchen einen Notarzt!«

KAPITEL 17

Die Dunkelheit fühlt sich an wie aus Teer gegossen. Dickflüssig, klebrig und düster liegt sie vor ihm, über ihm, hüllt ihn ein, sodass er Angst hat, an der öligen Schwärze zu ersticken. Einzig zwei ellipsenförmige, flackernde Lichtpunkte durchdringen die Düsternis. Sie kommen näher, blenden ihn jetzt. Er kann nicht einmal die Hand vor die Augen halten, um sich gegen die gleißende Helligkeit dieses Lichts zu schützen.

Er ist wie gelähmt. Ausgeliefert.

Wie aus dem Nichts erscheinen plötzlich zwischen den hellen Flächen zwei skelettierte Hände, die sich in seine Richtung bewegen. Er befürchtet, sie könnten sich um seinen Hals legen und zudrücken. Angstschweiß tritt ihm auf die Stirn, sein Herz rast im wilden Galopp. Nun kommt auch noch ein knöcherner Schädel auf ihn zu. Aus hohlen Löchern scheint ihn dieser Kopf anzustarren, feindselig, bedrohlich. Er will fliehen, kann sich aber nicht rühren. Irgendetwas hält ihn fest, Ledergurte vielleicht oder stählerne Ketten. Sie schneiden in seine Haut, als er versucht, sich gegen sie zu aufzubäumen.

Er ist gefangen. Er will um Hilfe schreien, doch aus seinem Mund entweicht nur ein ersticktes Gurgeln, nie und nimmer laut genug, als dass ihn jemand hören könnte. Sieht so sein Ende aus? Nein, bitte nicht; er will nicht sterben! Jetzt noch nicht!

Unvermittelt werden die knöchernen Finger mit Muskeln, Sehnen und Haut überzogen, formen sich zu sanften Händen, die ihn streicheln. Es ist eine zarte Berührung, begleitet von einer samtenen Stimme. »Hab keine Angst!«, sagt sie. »Ich bin bei dir.« Er stutzt. Es ist so lange her, dass er diese Stimme gehört hat, dass sie fremd klingt – und zugleich vertraut. Carola! Ist sie es wirklich? Sie materialisiert sich aus dem Dunkel, das mit ihrem Erscheinen seine Bedrohlichkeit verliert.

Sie löst seine Fesseln und bedeutet ihm, aufzustehen und ihr zu folgen, weg von dem helleren Ausschnitt im Zimmer und hinein in die Schwärze. Seine Schritte sind ein wenig unsicher vom langen Liegen. Mit den hölzernen Bewegungen einer Marionette folgt er ihr in die Düsternis. Vor sich hört er ein Scharren und Quietschen, das er nicht einordnen kann. Dann erkennt er in den Schatten, dass Carola die Verriegelung einer Falltür geöffnet hat und die Tür entschlossen hochstemmt. Ein weiterer Schritt, und sie stürzt in die Tiefe. Er kann nicht anders. Er muss ihr folgen. Er fällt ins Nichts und fällt und fällt ...

Mit einem Schrei wacht Anton Fuhrmann auf. Panisch blickt er sich um, erkennt seine Umgebung nicht. Die Schwärze aus seinem Traum hat sich verflüchtigt, die Falltür war nur eine Illusion, der Sturz irreal. Und doch ... Alles hatte eine Intensität, deren Wucht ihn verstört.

Er liegt in einem fremden Bett, die Wände sind in einem fahlen Gelb gestrichen. Es riecht nach Sterilisationsmittel. Und in seiner Armbeuge steckt eine Nadel, von der ein dünner Schlauch zur Seite und von dort nach oben zu einer durchsichtigen Flasche führt. Er hängt am Tropf. Also ist dies ein Krankenhauszimmer. Wie ist er hierhergekommen? Und was hat sein Traum zu bedeuten?

Langsam dämmert ihm, was geschehen ist. Er erinnert sich an den Friedhof und den blumengeschmückten Sarg. Unvorstellbar, dass dort drin seine Schwester Carola gelegen haben soll! Er hat den Gedanken nicht ertragen können, dass sie wirklich tot ist. Endgültig und unwiederbringlich. Er weiß noch, wie sich ein flaues Gefühl in seinem Magen ausbreitete, langsam seine Wirbelsäule hochzukriechen schien und sich in seinem Gehirn festsetzte. Dann wurde es schwarz um ihn herum.

Offenbar ist er ohnmächtig geworden, und man hat ihn in eine Klinik gebracht.

Er schüttelt den Kopf. Was für eine schicksalhafte Duplizität der Ereignisse! Genau so war es doch schon vor über 24 Jahren, als sich immer mehr die traurige Erkenntnis verfestigte, dass seine Schwester Carola dauerhaft verschwunden bleiben würde. Dass niemand weiß, wo sie steckt, ob sie jemals wiederkommt. Dass sie vielleicht niemals zurückkehrt. Bei diesem Gedanken hat es ihm seinerzeit, er war 17 Jahre alt, regelrecht die Luft abgeschnürt. Auch damals ist er bewusstlos geworden. Die Aussicht, Carola niemals wiederzusehen, war zu schmerzhaft, um sie ertragen zu können. Also hatte sein Körper schlappgemacht. So wie sich vorher schon sein Verstand und seine Seele nahezu ausgeschaltet hatten.

Nun, nach Jahren voller Geschäftigkeit und Verdrängen, ist alles zurück. Die Sehnsucht, die kaum auszuhalten ist. Der Schmerz, der ihn lähmt. Die Leere.

Aber etwas ist anders. Jetzt fühlt er außerdem Wut, die sich in ihm ausbreitet. Einen heißen, überschäumenden, überwältigenden Zorn. Er weiß nicht, auf was oder wen genau. Ihm ist nur klar, dass er sich zur Wehr setzen muss. Irgendjemand ist verantwortlich dafür, dass Carola nicht mehr lebt. Er wird es herausfinden. Und dann? Weiter kann Anton im Moment nicht denken. Sein Kopf ist zu schwer. Ihm fallen die Augen zu. Er gleitet zurück ins Nichts.

KAPITEL 18

»Sag mal, ihr habt da doch so einen neuen Fall. Diese Moorleichen. Weißt du mehr darüber?« Er hat lange überlegt, wie er sein Anliegen am besten rüberbringt. Ob er seinen langjährigen Freund bei der Polizei daran erinnern soll, dass er ihm einen Gefallen schuldet. Doch dann erschien es ihm am vielversprechendsten, die Sache unverfänglich anzugehen. Einfach ein guter Kumpel, der nachvollziehbare Fragen stellt. Moorleichen! Dafür interessiert sich ja nun wirklich fast jeder.

Er aber ganz besonders und mit einem ganz speziellen Ziel. Er muss unbedingt herausfinden, wie die beiden Frauen umgekommen sind. Die Hintergründe, die Zeit, die Umstände.

Sind sie überhaupt im Moor gestorben? Was hatten sie dort zu suchen? Für ihn passt das alles nicht zusammen. Ihr Plan für den damaligen Abend, die avisierte Rückfahrt von einer Feier mit dem Fahrrad – und anschließend ein »Abstecher« ins Moor, mitten in der Nacht? Sophia und Carola hätten das nie freiwillig gemacht. Niemals!

Es muss etwas Ungewöhnliches geschehen sein. Etwas Abwegiges, im wahrsten Sinne des Wortes. Es hat schon früher, als Carola und Sophia spurlos verschwunden sind, Gerüchte gegeben. Ein paar Typen aus den Elbvororten sollen in der Nacht einen rätselhaften Autounfall gehabt haben. Könnte dieser Crash Teil des Mysteriums sein, das 24 Jahre lang ungeklärt geblieben ist?

Wie war das genau? Er hat sich in den vergangenen Tagen das Gehirn zermartert, um die Erinnerungen, die wie in einen diffusen Nebel gehüllt waren, aus den fernen Winkeln seines Gedächtnisses hervorzuholen. Ihm sind Gesprächsfetzen von damals wieder eingefallen, hier und da einzelne Bilder. Er sieht sich vor der Schule stehen und das Gespräch mit anderen suchen, um irgendwelche Informationen zu erhaschen, was geschehen sein könnte. Im Foyer des Golfclubs war er, in der Musikschule, im Tennisverein und weiß der Himmel wo überall noch. Er war durch die Nachbarschaft gelaufen.

Bei einer dieser Gelegenheiten schnappte er auf, wie ein Mann von Unfallspuren an seinem Wagen erzählte. Und dass sein Sohn, dem er das Auto ausgeliehen hatte, auf Nachfrage vage und kleinlaut von einem »Wildunfall« sprach. So richtig wollte offenbar niemand, der mit in dem Fahrzeug gesessen hatte, mit der Sprache herausrücken, was genau geschehen ist. Der Vater sprach von einer »Mauer des Schweigens« und zuckte dabei ratlos mit den Schultern. Nach dem Motto: »Wenn man jung ist, hat man eben seine Geheimnisse.«

Und so hatte er es seinerzeit dabei bewenden lassen und sich damit zufriedengegeben, dass es ja nur ein Blechschaden war. Also eine Kleinigkeit, die sich mit einem Termin in der Werkstatt rückstandslos regeln ließ.

Aber es ist ein ungutes Gefühl geblieben. Eine nagende Ungewissheit, die in den vergangenen Tagen zu einem wahren Tsunami an Emotionen angewachsen ist. Was, wenn der Unfall doch nicht so harmlos war?

Jetzt, so viele Jahre später, ist hoffentlich endlich die Zeit gekommen, Licht in das Dunkel zu bringen.

»Erzähl mal! Hat die Polizei schon etwas Interessantes herausgefunden? Etwas, das man nicht überall in den Zeitungen oder im Internet lesen kann? Man fragt sich doch, wieso die Frauen im Moor gelandet sind.« Der Hausherr nickt seinem Freund Gunnar Schmidt aufmunternd zu und versucht, seine Aufregung zu verbergen. Er merkt selbst, dass das nur unzureichend gelingt. Zu angespannt ist er, ein nervliches Wrack. Wie gut, dass Gunnar gerade die Eiswürfel in dem 18 Jahre alten Lagavulin, den der Gastgeber in seinem Wohnzimmer spendiert hat, rotieren lässt und durch das optische Schauspiel sowie das Klirren abgelenkt ist.

Eigentlich ein Frevel. Eis in einem so edlen Single Malt! Heute allerdings interessieren den Hausherrn keine Traditionen und auch keine Diskussionen über guten Geschmack. Heute geht es allein darum, möglichst viel über die Moorleichen herauszufinden. Über den Tod dieses von ihm über alles geliebten Menschen. Und da kommt ihm Gunnar Schmidt, sein Skatkumpel, der gefühlt schon ewig bei der Kripo ist, gerade recht.

»Ich sollte mit dir eigentlich nicht über den Fall reden, mit überhaupt niemandem außerhalb der Polizei.« Schmidt überlegt einen Moment und nimmt einen Schluck von dem Lagavulin. »Im Grunde genommen weiß ich selbst kaum etwas.« Der Kripomann fixiert seinen Freund, der ihn gebannt ansieht, und gibt sich einen Ruck. »So viel habe ich mitbekommen: Man munkelt, dass es bei beiden Opfern auffallend viele Verletzungen gibt, angeblich vor allem etliche Knochenbrüche, wie nach einem tiefen Sturz oder einem Verkehrsunfall. Aber frag mich nicht nach irgendwelchen Details!« Er hebt abwehrend die Hände, wohl um deutlich zu machen, dass er als Quelle ausgeschöpft ist.

»Keine Sorge! Ich werde dich nicht löchern.« Der Hausherr hebt sein Glas und prostet seinem Gegenüber zu. »Lass uns lieber diesen wunderbaren Whisky genießen!« In Wahrheit muss er ein Würgen unterdrücken. Sein Magen scheint plötzlich zu rebellieren, und er spürt ein heftiges Pulsieren hinter seinen Schläfen.

Die vielen Frakturen: Was wurde den Frauen angetan? Wer ist für ihr Leid verantwortlich? Er muss nicht lange überlegen. Es reicht, zwei und zwei zusammenzuzählen. Der damalige Autounfall, um den viele Geheimnisse gemacht wurden! Seine Hand krampft sich so fest um sein Whiskyglas, dass er Sorge hat, es könnte zerspringen. Doch es ist stabil genug, um seinem emotionalen Aufruhr standzuhalten. Hoffentlich hält auch sein Herz das aus! Es tobt wie verrückt, schlägt in wildem, hämmerndem Rhythmus.

Das ist der Moment, auf den er so lange gewartet hat. Er hat endlich eine Spur! Und er hat einen Plan.

KAPITEL 19

Kenan Arslan lehnt sich zurück und schließt für einen Moment die Augen. Er hat sich durch Namen und Adressen gearbeitet, ist mit seinen Recherchen vorangekommen. Gerade hat er das nächste Häkchen auf seiner Liste gesetzt. Aber im Grunde genommen lässt sich das, was er erreicht hat, mit zwei Worten zusammenfassen: nahezu nichts!

Kenan, Lisa Nguyen und Max Vollertsen haben im Zusammenhang mit dem Tod von Carola Fuhrmann und Sophia Haferkamp 46 Personen ausgemacht, die sie intensiver überprüfen wollen. Sie haben sie aufgeteilt, 15 für jeden von ihnen. Und Max hat, weil die Zahl natürlich nicht glatt aufging, kurzerhand gesagt: »Gib schon her!« Auf einen mehr oder weniger, um den er sich als der Erfahrenste im Team kümmern soll, kommt es nicht an.

Vielleicht nicht. Aber vielleicht ja doch. Kenan hat das Gefühl, dass sich mit jedem Häkchen auf seiner Liste der Frust ein Stück mehr aufgebaut hat. Denn jedes dieser Zeichen ist gleichbedeutend mit einer kleinen Niederlage. Es verdeutlicht einen weiteren vergeblichen Versuch, Licht in das Geheimnis um die Vergangenheit zu bringen.

Sie haben bislang schlicht nicht herausfinden können, ob es vor dem Verschwinden und dem gewaltsamen Tod von Sophia Haferkamp und Carola Fuhrmann in deren Umfeld jemanden gab, der ihnen etwas Böses antun wollte. Alles sieht so unverdächtig aus! Bürgerliches Zuhause, gute bis sehr gute Leistungen in der Schule, Vereinssport, die eine beim Tennis, die andere im Golfclub. Also in etwa so, wie man sich junge Frauen aus intakten Familien in den Hamburger Elbvororten vorstellt. Allerdings machen sie immer wieder bei ihrer Polizeiarbeit die Erfahrung, dass die scheinbar makellose Fassade täuschen kann.

Die Personen, die auf der Fete gewesen sind, nach der die beiden jungen Frauen verschollen sind, sind ja seinerzeit bereits von den Ermittlern überprüft worden. Da schien es nichts Auffälliges zu geben. Eine fröhliche, lebenslustige Truppe, die ausgelassen einen Geburtstag gefeiert hat. Manche wohl mit zu viel Alkohol, soll ja vorkommen. Einen über den Durst zu trinken, macht eine Person nicht gleich verdächtig.

Deshalb haben sich die drei Kommissare aus Emma Claasens Team jetzt von den damals in den Fall involvierten Kollegen eine Liste jener Personen zusammenstellen lassen, die den Opfern auf andere Weise nahestehen. Die engsten Familienangehörigen haben sie zunächst außen vorgelassen. Nach Emmas Bericht, wie erschüttert die Eltern der jungen Frauen auf die Todesnachricht reagiert haben und was sie über die Trauer des Bruders von Carola Fuhrmann wissen, spricht bislang nichts dafür, dass diese nächsten Verwandten etwas mit dem gewaltsamen Tod zu tun haben.

Also haben sie sich immer weiter aus dem Zentrum nach außen vorgearbeitet an die Peripherie. Die engsten Freunde in der Schule, der langjährige Mixed-Partner im Tennisclub, die Lehrer am Gymnasium, der Trainer beim Golf … Erst mal haben sie die jeweiligen Namen in den Polizeicomputer eingegeben. Kein Ergebnis. Nicht einmal der Hauch einer Vorstrafe, die auf ein ungezügeltes Temperament oder sogar eine gewisse Gewaltbereitschaft hindeuten könnte. Anschließend haben sie die damaligen Vernehmungsprotokolle durchforstet. Die Kollegen, die seinerzeit an dem

Vermisstenfall dran waren, haben etliche Gespräche geführt. Kenan ist jetzt bei dem 13. Protokoll auf seiner Liste, 13 von 15. Dieses noch, dann das vorletzte und letzte auf seinem Stapel. Und danach?

Kenan streicht sich gedankenverloren durch das Haar und achtet darauf, dass weder Vollertsen noch Lisa Nguyen, die jeweils tief gebeugt über ihren Akten sitzen, diese Geste beobachten. Er weiß, dass er unter den Kollegen als eitel gilt. Und wahrscheinlich stimmt das auch. Zumindest, wenn die Tatsache, dass jemand viel Geld für Körperpflegeprodukte und Kleidung ausgibt, dafür ein Indikator ist.

Da kommt bei ihm einiges zusammen. Allein für Haargel, um seine dichten Locken zu bändigen, wendet er jeden Monat eine ansehnliche Summe auf. Wahrscheinlich mehr, als so mancher andere beim Frisör lässt. Und ganz sicher mehr, als der spießige Kollege Oliver Neumann in sein Outfit investiert. Der läuft doch mit den ewig gleichen Klamotten rum. Und seine mittlerweile sehr hohe Stirn spricht dafür, dass Neumann nicht viel Geld in Shampoo investiert. Notgedrungen.

»Hey, Leute! Vielleicht habe ich was!« Die tiefe, eindringliche Stimme von Max Vollertsen schreckt Kenan aus seinen Gedanken. »Es wird nicht explizit ein Verdacht geäußert. Aber wenn ich mir genau durchlese, was Sophias gute Freundin Henriette Karlson erzählt hat, dann klingt da etwas an, das wir uns genauer anschauen sollten.«

»Und? Nun sag schon!« Lisa Nguyen war gerade aus dem Gemeinschaftsbüro auf dem Weg zur Teeküche, doch nun kehrt sie zurück und stellt sich neben Vollertsen, sodass sie ihm über die Schulter blicken kann.

»Mein Eindruck ist«, sagt der Ermittler, »dass Henriette über niemanden schlecht reden wollte. Aber es gibt da so dezente Andeutungen, dass Sophia mal einen Lover hatte, der extrem eifersüchtig gewesen sein soll. Und Sophia hatte sich offenbar nicht lange vor ihrem Verschwinden von diesem Mann getrennt.«

»Das könnte eine Spur sein!« Kenans aufkommende Müdigkeit ist wie weggewischt. »Hat sie gesagt, wie er heißt?«

»Sie kannte lediglich den Vornamen. Ein gewisser Björn. Er soll in dieselbe Jahrgangsstufe wie Sophia gegangen sein.« Vollertsen blickt aus den Akten auf. »Damit finden wir ihn! So viele Björns wird es in dem entsprechenden Alter auf der Schule nicht gegeben haben. Ich klemme mich gleich mal dahinter.«

Nach zwei Stunden konzentriertem Aktenstudium, ohne dass sie auch nur den winzigsten Erfolg hatten, scheint es, als würde diese neue – wenn auch bislang vage – Spur die drei Ermittler beflügeln. Während Vollertsen mehrere Telefonate führt, vertiefen sich Kenan Arslan und Lisa Nguyen erneut in ihre Papierstapel. Ein Name erregt Lisas Aufmerksamkeit. Ein gewisser Carsten Greinert, von dem es heißt, dass er zuletzt mit Sophia liiert gewesen sein soll. Den will sie sich mal genauer ansehen.

Die letzten Namen auf ihren Listen, nebst aller sie betreffenden Aussagen, ergeben leider keine neue Spur. »Lass uns mal die damalige Berichterstattung in den Medien durchkämmen«, schlägt Lisa vor. »Die Polizeireporter der Zeitungen waren doch alle an dem Fall dran.«

»Gute Idee.« Kenan streckt den Rücken und steht auf. »Sobald ich mir einen Kaffee geholt habe.« Keine Minute später ist er zurück, mit einem Becher in der Hand. Der Ermittler nimmt einen Schluck und verzieht das Gesicht. »Lauwarme Brühe ... Ich habe schon mal einen neuen Kaffee aufgesetzt. Mein Gefühl sagt mir, dass es für uns alle heute später wird. Ich gehe ins Archiv und versuche zu finden, was die damaligen Kollegen über den Fall aus den Zeitungen archiviert haben.«

Als er den Raum verlässt, gönnt sich Lisa eine Pause und schaut aus dem Fenster: viel Backstein und wenige Bäume, jetzt, zum Ende des Winters, noch ohne Laub. Und da hinten ist die vierspurige Straße, auf der rund um die Uhr der Verkehr zu brummen scheint. Das ist allerdings nichts im Vergleich zu Hanoi, der Geburtsstadt ihres Vaters, die Lisa auf mehreren Reisen besucht hat. Ein faszinierender, pulsierender Ort. Und doch zieht die 28-Jährige die vergleichsweise ruhigere Atmosphäre Hamburgs eindeutig vor. Auch wenn es hier für sie als leidenschaftliche Radfahrerin ebenfalls zu viele Autos gibt.

Nun, zur nachmittäglichen Rushhour, staut es sich offenbar wieder mal vor der Ampel einige Hundert Meter weiter. Autos hupen. Die Kommissarin wendet sich ab und geht zurück zu ihrem Schreibtisch, als Kenan wieder in den Raum zurückkehrt und eine zweifingerdicke Mappe schwenkt. Er greift hinein, holt sich etwa die Hälfte der abgehefteten Artikel heraus und schiebt den Ordner zu seiner Kollegin hinüber, die sich den anderen Teil schnappt. Schweigend vertiefen sie sich in die Artikel. Nur ab und zu hört man das Rascheln von Papier.

Kenan beschleicht gerade das Gefühl, dass das hier Zeitverschwendung ist, als er auf eine Textpassage stößt, die ihn aufmerken lässt. Der Polizeireporter einer Boulevardzeitung zitiert einen »guten Freund« von Carola Fuhrmann. »Ich habe gehört, dass sie etwas mit einem ihrer Lehrer gehabt haben soll«, sagt dieser angeblich enge Bekannte. »Einem verheirateten Mann!« Kenan trommelt mit den Fingern auf den Tisch, sodass die Kollegen aufschauen. Der genervte Ausdruck in Vollertsens Blick weicht Neugier, als er merkt, dass Kenan möglicherweise eine Spur hat.

Der Ermittler liest die Passage vor.

»Wollte sich da jemand einfach nur wichtigmachen?« Lisa Nguyen wiegt den Kopf hin und her.

»Das müssen wir natürlich in Betracht ziehen«, meint Vollertsen. »Solche Leute gibt es immer. Aber vielleicht ist an den Gerüchten was dran. Geh der Sache bitte auf jeden Fall nach, Kenan!«

Der hat schon sein Handy gezückt und die entsprechende Seite abfotografiert. Den Text hat ein gewisser Thorsten Olbermann geschrieben.

Ach nee! Den kennen sie gut. Ein erfahrener, versierter Polizeireporter – und geradezu gefürchtet, weil er sogar Geschichten aufstöbert, die außer wenigen Eingeweihten eigentlich niemand wissen soll. Und schon gar nicht die Boulevardpresse, die solche Themen natürlich genüsslich aufbereitet. Heute ist Olbermann längst ein alter Hase, aber vor 24 Jahren war er bestimmt schon bestens vernetzt.

Es würde sich lohnen, dem Reporter einen Besuch abzustatten. Mal sehen, was über seine angeblich gut informierte Quelle zu erfahren ist.

Eine Affäre zwischen einem verheirateten Lehrer und seiner Schülerin: Das ist pikant genug, um ein Mordmotiv zu liefern.

KAPITEL 20

Dreimal die Woche dieselbe Joggingrunde. Immer morgens um 6:30 Uhr, pünktlich wie ein Uhrwerk. Er liebt es, wenn Menschen feste Routinen haben. Es macht sie verlässlich, berechenbar. Angreifbar.
Ein leichtes Ziel.
Er braucht nur zu warten, bis der Mann an seinem Versteck vorbeitrabt. Er hat ihn in den vergangenen Tagen und Wochen oft genug beobachtet und ist sicher, dass er seinen Standort in wenigen Minuten passieren wird.
Der Kerl scheint gut in Form zu sein, so wie er scheinbar mühelos die übliche Strecke zurücklegt. Der Weg, den er von seinem Haus in Wellingsbüttel durch den Duvenstedter Brook und in einem Bogen wieder zurückjoggt, ist circa zwölf Kilometer lang. Er schafft es in 50 Minuten. Beneidenswert.
Doch in wenigen Augenblicken schon wird von dem fitten, dynamischen Mann nichts mehr übrig sein als eine kraftlose, leblose Hülle. Dafür wird er sorgen.
Er hat seinen Hinterhalt sorgfältig geplant. Bis die ersten Blätter an den Bäumen sprießen, dauert es noch einige Zeit, schließlich ist es erst Anfang März. Aber das Immergrün der Nadelhölzer gibt ihm in der Dämmerung einen gewissen Sichtschutz. Außerdem hat er sich zusätzlich getarnt, nach Bundeswehrmanier. Wenn nicht alles so traurig wäre, müsste er wahrscheinlich über sich selber schmunzeln, so wie er aussieht, mit seinem olivfarbenen Outfit in Flecktarn.

Es fehlte nur das angeklebte Blattwerk, um ihn optisch mit seiner Umgebung verschmelzen zu lassen. Aber das war ihm dann allerdings zu albern. Seine Camouflage mag nicht perfekt sein, das wird er jedoch mit dem Überraschungsmoment locker ausgleichen. Und überhaupt: Auf einen Nahkampf wird er sich ohnehin nicht einlassen. Er wird aus der Distanz zuschlagen, anonym. Es erscheint ihm passend, sich nicht zu erkennen zu geben. Auch die, die er nun endlich richten will, sind im Verborgenen geblieben. Bis jetzt.

Die Vorarbeit für seinen heutigen Coup hat eine Weile in Anspruch genommen. Aber es hat sich gelohnt. Seine Zeit ist gekommen. Die Zeit der Rache.

Er hat schon fast nicht mehr daran geglaubt, dass er jemals die Wahrheit darüber herausfinden würde, was damals geschehen ist. Aber nach all diesen Jahren, mit der Entdeckung der sterblichen Überreste von Sophia und Carola im Moor, hat das Schicksal eine Wendung genommen. Es hat ihm das Herz zerrissen – aber ebenfalls erstaunliche Kräfte in ihm freigesetzt.

Seitdem hat er die Möglichkeiten immer wieder durchgespielt, überlegt, ob es eine andere Lösung geben könnte, Varianten geprüft. Doch das einzige Szenarium, das überhaupt logisch erscheint, hat sich aus den Puzzleteilen ergeben, die er akribisch gesammelt und zusammengefügt hat: der ominöse Autounfall, der verdächtig kleingeredet wurde. Der Schmerz, das Leid. Er weiß nichts Genaues über das Wo oder das Wie. Aber spielt das überhaupt eine Rolle, nach all der Zeit?

Nur eines ist noch wichtig: wer die Schuld trägt.

Er hat erneut seine Kontakte bemüht, hat sich im Bekanntenkreis umgehört, im Sportverein, bei einem alten Kumpel bei der Polizei, unter ehemaligen Schülern und Lehrern, in der Kneipe und überall sonst, wo Menschen miteinander ins Gespräch kommen. Er ist geduldig gewesen, hat irgendwann im Laufe der Unterhaltung das Thema »Cold Case« angeschnitten – wenn es sich nicht ohnehin quasi von selbst ergeben hat. Wenn er die Namen Carola und Sophia erwähnt hat, haben seine Gesprächspartner nachdenklich genickt und erzählt, was sie wussten oder zu wissen glaubten. Die Presse hat den Fall ausgiebig aufgegriffen und ihm damit eine Steilvorlage geliefert. Eine unwiderstehliche Kombination: Moorleichen und ein Cold Case, in dem es neue Anhaltspunkte gibt! Da darf man ja mal nachfragen ... Insbesondere, wenn man einem der Opfer sehr nahegestanden hat.

Herausgekommen ist ein unvollständiges Bild, doch die Indizien sind schlüssig. Er ist sich sicher, herausgefunden zu haben, wer an jenem verhängnisvollen Tag am Steuer des Unfallwagens gesessen hat, und kennt mindestens einen der Mitfahrer. Michael Lahn und Christian Nessler waren dabei, als das Glück seines Lebens starb. Sie sind dafür verantwortlich.

Doch auch die anderen, die mit im Auto saßen, haben Schuld auf sich geladen. Er hat fünf Täter im Visier. Und er hat Geduld. Einer nach dem anderen soll büßen.

Akribisch hat er sich für diesen Morgen vorbereitet. Es hilft, dass um diese Jahreszeit im März die Sonne gegen 6:30 Uhr aufgeht und langsam aber sicher die Dunkelheit verdrängt. Sein Nachtsichtgerät besorgt das Übrige, das er für ein klares Schussfeld braucht.

Es fehlt nur der letzte Check der Armbrust. Er hat sich für eine X-Bow entschieden, den Typ Black Spider mit 175 Pfund Zuggewicht. Das ist gewaltig. Damit kann er jemanden an die Wand nageln. Und exakt das hat er vor. Genauer gesagt: an einen Baum. Wie eine Jagdtrophäe soll es am Ende aussehen, nicht unähnlich den traurigen Gebilden, die in manchen Restaurants zu finden sind oder einigen Privathäusern. Mit dem Unterschied, dass dort meist lediglich Kopf und Hals des erlegten Wilds ausgestellt sind. Er will den ganzen Körper.

Fünf Armbrustbolzen aus extra gehärtetem Holz hat er dabei, um vollkommen sicherzugehen. Aber er ist zuversichtlich, dass er lediglich einen einzigen brauchen wird. Er hat in den vergangenen Tagen wie besessen trainiert, um seine Zielgenauigkeit zu perfektionieren. Da macht sich bezahlt, dass er seit vielen Jahren Bogenschießen als Hobby betreibt. Als hätte er geahnt, wie nützlich ihm eines Tages seine Fertigkeiten sein würden. Er schätzt das meditative Element bei diesem Sport ebenso wie die Bewegungsabläufe, die es wieder und wieder einzuüben gilt, das genaue Auge, die kontrollierte Atmung. Um dann mit einer winzigen Bewegung der drei mittleren Finger den Pfeil abzuschießen.

Er ist ziemlich gut darin, sein Ziel zu treffen.

In seinem Waldversteck hebt er erneut sein Nachtsichtgerät an die Augen, scannt die Umgebung und wirft zum gefühlt 50. Mal einen Blick auf die Uhr. Bald müsste es so weit sein, dass der von ihm so sehnsüchtig erwartete Jogger sich nähert. Da – eine dunkle Gestalt! Nun glaubt er, Schritte zu hören, ein gleichmäßiges Federn auf dem Waldboden, rhythmisch wie die Kolben einer Maschine, dazu kein mühsames Keuchen, sondern ein gleichmäßiges Atmen. Das muss er sein. Er wartet, bis der Jogger an dem üblichen Baum pausiert, um seine Dehnungsübungen zu machen, erst mit dem Gesicht zum Stamm, anschließend um 180 Grad gedreht.

Jetzt!

In einer fließenden, tausendfach geübten Bewegung legt der Mann die Armbrust an, visiert durch die vierfache Vergrößerung des Zielfernrohrs die Brust des Joggers – und drückt ab. Das harte, laute Zurückschnappen der Sehne scheucht einen Hasen auf, der im wilden Galopp davonstiebt. Nahezu gleichzeitig ertönt ein Schrei. Doch der Kerl taumelt nicht zu Boden, sondern bleibt aufrecht, mit aufgerissenem Mund und vor Entsetzen geweiteten Augen. Der Bolzen hat ihn an den Baum genagelt, ein Treffer direkt in die Brust, bei dem die Spitze mit Wucht den Rumpf durchdrungen hat und am Rücken wieder ausgetreten ist.

Er nickt zufrieden. Ein Blattschuss. Er tritt aus seiner Deckung und nähert sich dem Sterbenden, der ihn ansieht, voller Entsetzen und Panik und Schmerz. Er hält dem Blick stand, dann greift er zu einem weiteren Bolzen. Den zweiten Pfeil schießt er durch den rechten Oberschenkel, einen dritten durch den Hals, sodass der Getroffene aufrecht steht. Ein menschliches Mahnmal.

Genau so hat er es gewollt. Es fühlt sich gut an.

KAPITEL 21

»Vielen Dank, dass Sie sich als Erstes an mich gewandt haben!« Kai Plathe begleitet seinen Besucher nach draußen und drückt ihm zum Abschied die Hand. Es kostet den Rechtsmediziner Mühe, zugewandt zu wirken. Denn in seinem Kopf überschlagen sich die Gedanken, ein brodelndes Gemisch aus Zorn und Fassungslosigkeit. Er schafft es gerade noch zurück in sein Büro, ehe es aus ihm herausbricht: »So eine Scheiße!«

Er hat so laut geflucht, dass es kurz danach an seiner Tür klopft und seine Assistentin Nadja Fährmann hereinkommt. Sie betrachtet ihn besorgt. »Ist etwas nicht in Ordnung? Kann ich etwas für Sie tun?«

So wie Plathe in seinem Büro herumtigert, rastlos und aufgewühlt, erübrigt sich jede weitere Überlegung, ob der Direktor des Instituts für Rechtsmedizin womöglich verärgert ist. Denn dass er es ist, ist offensichtlich. Die Frage ist jedoch, warum. Statt eine Antwort zu geben, sagt Plathe nur: »In der nächsten halben Stunde bin ich nicht zu erreichen. Ich muss etwas erledigen.« Dann stürmt er aus seinem Zimmer und betritt den Raum drei Türen weiter, wo sein Stellvertreter residiert. Prof. Dr. Andreas Herrmanns blickt irritiert drein, als Plathe vor seinem Schreibtisch auftaucht, sichtlich bemüht, sich zu beherrschen. Es funktioniert nicht besonders gut.

»Ich habe gerade von einem ungeheuerlichen Verdacht erfahren!« Der Chef-Rechtsmediziner kommt ohne

Umschweife zur Sache. »Ich kann nur hoffen, dass sich die Vorwürfe nicht bestätigen.«

»Worum geht es?« Herrmanns ist aufgestanden, um mit seinem Chef bei dem Gespräch halbwegs auf Augenhöhe zu sein.

»Gerade war ein Herr bei mir, dessen Schwester vor einigen Wochen bei einem Verkehrsunfall gestorben ist und deren Leichnam bei uns untersucht wurde«, erklärt Plathe. »Der Mann sagt, sie habe zum Zeitpunkt ihres Todes wertvollen Schmuck getragen, unter anderem einen Ring mit einem Brillanten von zwei Karat. Und der sei jetzt weg. Womöglich bei uns im Institut geklaut.« Der Rechtsmediziner macht eine Pause und blickt seinen Vize durchdringend an. »Das muss doch wohl ein Irrtum sein?«

»Ich fürchte nein.« Herrmanns steht da, eine Hand reibt sein Kinn. Er wirkt zerknirscht. »Es ist jedenfalls nicht der erste Vorfall, bei dem ein Diebstahl im Raum steht.«

»Ich höre wohl nicht richtig?!« Plathe fährt sich mit einer energischen Geste durchs Haar. »Wieso weiß ich davon nichts?«

»Sie hatten in den vergangenen Tagen mehr als genug um die Ohren. Da hat sich die Kollegin, die von einem Ehepaar auf das Verschwinden von Schmuck angesprochen wurde, an mich gewandt.« Herrmanns sieht betreten drein. »Ich hatte gehofft, ich könnte das geräuschlos klären. Es wäre ja möglich, dass die Kette, um die es dabei ging, schlicht verlegt worden ist und sich wiederfindet.«

»Aber das war offensichtlich nicht der Fall. Und jetzt ist so etwas womöglich zum zweiten Mal passiert. Wir müssen unbedingt herausfinden, was und wer dahintersteckt! Unser Institut hat einen makellosen Ruf. Und das soll so bleiben, in jeder Hinsicht!«

Plathe lässt sich auf den Besucherstuhl in Herrmanns'

Zimmer fallen. Sein Vize nimmt wieder hinter seinem Schreibtisch Platz, auf dem zwei hohe Stapel Akten thronen, einer schon mit bedenklicher Schieflage. Herrmanns rückt ihn hastig zurecht und schaut dann seinen Chef abwartend an. Der räuspert sich. »Sie kennen doch die meisten Kollegen und Mitarbeiter schon viele Jahre, manche seit Jahrzehnten, Prof. Herrmanns. Gibt es jemanden, dem Sie einen Diebstahl zutrauen würden?«

»Nein, niemanden.« Herrmanns verschränkt die Arme und lehnt sich zurück. »Ich bin im Geiste jeden Angestellten im Haus durchgegangen, vom Oberarzt bis zur Sektionsassistentin und bis zu den Mitarbeitern im Sekretariat und an der Pforte. Ich will nicht sagen, dass ich für jeden die Hand ins Feuer lege.« Er macht eine kleine Pause. »Dafür kenne ich die meisten nicht gut genug. Aber wirklich zutrauen? Nein, da fällt mir kein Kollege ein.«

»Wir sollten die ganze Belegschaft zusammentrommeln, am besten noch heute. Sagen wir 13 Uhr?« Plathe beugt sich vor. »Und dann teilen wir allen mit, mit welchen Anschuldigungen wir es zu tun haben. Wir bieten an, falls es wirklich zu Diebstählen gekommen ist und jemand aus dem Team dafür die Verantwortung trägt, dass derjenige sich im vertraulichen Gespräch an mich wenden kann.«

»Das halte ich für eine gute Strategie.« Herrmanns nickt. »Ich schreibe sofort eine Rundmail, dass um 13 Uhr alle verfügbaren Mitarbeiterinnen und Mitarbeiter in den Seminarraum 1 kommen sollen. Schalten wir die Polizei mit ein?«

»Auf jeden Fall. Es sei denn, wir erhalten bald eine vollkommen andere Erklärung dafür, als wir im Moment annehmen müssen.« Plathe steht auf. »Ich hoffe ja, dass sich das Ganze doch noch als Missverständnis herausstellt.«

Zwei Stunden nach dieser Besprechung sind Herrmanns und Plathe nicht schlauer als vorher. Von einem Irrtum kann offenbar keine Rede sein. Außerdem hat sich niemand zu den Diebstählen bekannt. Es war klar, dass Plathe die Polizei informieren würde. Und nun muss er das tun, ohne ein Ergebnis oder auch nur einen konkreten Verdacht äußern zu können. Selbstverständlich müssen die Vorfälle ordentlich aufgeklärt werden.

Zurück in seinem Büro bleibt Plathe vor zwei gerahmten DIN-A3-Postern stehen, die er an der einen Stirnseite aufgehängt hat. Das eine zeigt Leonardo da Vincis »Vitruvianischer Mensch«, das die idealisierten menschlichen Proportionen darstellt, das andere »Die Anatomie des Dr. Tulp« von Rembrandt, in dem Dr. Tulp anhand einer Sektion die menschliche Muskulatur erklärt. Beide Bilder bedeuten Plathe sehr viel – weil sie im weitesten Sinne seine Begeisterung für seinen Beruf symbolisieren. Und weil er sie von seinem Vater Johannes geschenkt bekommen hat. Johannes hat seinen Sohn früh mit in Kunstausstellungen genommen und seine Leidenschaft für die Malerei entflammt. Erst waren es die Impressionisten, an deren Werken er sich nicht sattsehen konnte, dann die nordischen Maler wie Anders Zorn und Peder Severin Krøyer.

Plathe muss wieder mal daran denken, wie viel er seinem Vater zu verdanken hat: dass er ihn ständig ermutigt hat, immer ein offenes Ohr für ihn hatte. Außerdem gab Johannes in der Zeit, als er noch als Kriminalpsychologe gearbeitet hat, seinem Sohn wertvolle fachliche Tipps. Die Gespräche mit ihm waren von gegenseitigem Respekt gekennzeichnet, stets voller Vertrauen. Und inspirierend.

Doch das ist leider vorbei. Vor gut drei Jahren, nach dem plötzlichen Tod von Kais Mutter Meike, hat bei Johannes ein Prozess des Verfalls eingesetzt. Erst war es kaum zu spüren, hin und wieder eine Tüddeligkeit. Doch die Momente, in denen sein Vater geistig überfordert war, haben zugenommen. Inzwischen ist es offensichtlich: Johannes wird zunehmend dement.

Die Sorge um den Vater ist mit ein Grund gewesen, dass Kai aus Essen weggezogen ist und die Stelle als Direktor des Instituts für Rechtsmedizin in Hamburg angenommen hat. Die Möglichkeit, in einer so schönen, vielfältigen, spannenden Stadt und mit großem wissenschaftlichem Potenzial arbeiten zu können, hat ihn ohnehin gereizt. Aber sein Interesse an dem neuen Job wurde ebenso befeuert durch die Aussicht, näher bei seinem Vater zu wohnen und mehr Zeit mit ihm verbringen zu können. Jetzt braucht Kai mit dem Auto zehn Minuten zum Haus des 79-Jährigen, mit dem Rennrad kaum länger, weil er eine Abkürzung durchs Niendorfer Gehege nehmen kann. So oft es eben geht, fährt er hin. Außerdem kümmert sich seine Schwester Inge engagiert und liebevoll um den Vater, unterstützt von professionellen Kräften. Johannes ist also in sehr guten Händen.

Schon früher ist Kai angesichts des langsamen, aber stetigen Schwunds der kognitiven Fähigkeiten seines Vaters ein Vergleich aus der Welt der Kunst in den Sinn gekommen. Er denkt dabei an ein Aquarell, auf das nach und nach Wasser tropft, das dadurch verblasst und dessen Konturen immer mehr zerlaufen. So in etwa muss es in der mentalen Welt von Johannes Plathe aussehen. Erinnerungen verwaschen. Und der Weg von neuen Eindrücken in sein Gehirn wird zunehmend stärker ausgebremst. Als müssten sie sich durch ein schmales Loch in einer Wand zwängen, das enger und enger wird.

Diese Entwicklung und das absehbare Ende machen Plathe Angst.

Er muss mit jemanden darüber reden. Am besten wohl mit Corinna? Aber er muss sich eingestehen, dass das Verhältnis zu seiner Frau zunehmend schwieriger wird. Das ursprüngliche Versprechen, Corinna und er würden einander möglichst jedes Wochenende sehen, ist längst in Vergessenheit geraten. Die Söhne kommen etwa alle zwei Wochen zu ihm – eine wunderschöne, intensive Zeit, in der sie möglichst viel gemeinsam unternommen haben.

Und Corinna? Sie hat zu viel zu tun. Es ist denkbar, dass ihr Beruf als Ingenieurin sie wirklich zu sehr fordert, um ausgedehnte Wochenenden zu genießen. Aber genauso ist möglich, dass sie die Wochenendehe schlicht satthat. Auch am Telefon oder wenn sie online miteinander reden, wirkt sie zunehmend gereizt und kurz angebunden. Giftig. Wenn er versucht, mit ihr darüber zu reden, blockt sie ab.

Diese Missstimmungen kann er im Moment gar nicht gebrauchen. Ein ausgiebiges Training wird ihn hoffentlich auf andere Gedanken bringen. Erst eine Weile Karate, damit seine Muskeln und Sehnen nicht einrosten, als Nächstes eine Runde mit dem Rennrad. Dann unter die Dusche, anschließend ein gepflegtes Glas Rotwein vorm Fernseher. Es gibt eine Dokumentation über Schweden. Sie wird sicher Erinnerungen an vergangene Reisen in ihm wecken – und Sehnsüchte nach der wilden Schönheit dieses Landes. Etwas Entspannung. Genau das, was er jetzt braucht.

KAPITEL 22

Handtuchgroße Vorgärten, sorgfältig gestutzte Rasenflächen. Und hier und da tatsächlich ein Gartenzwerg. Die Reihenhaussiedlung, in der Kenan Arslan und Lisa Nguyen im Hamburger Norden einen ehemaligen Lehrer von Carola Fuhrmann aufsuchen, katapultiert Lisa zurück in die Wohnverhältnisse ihrer Kindheit. Auch da war alles vordergründig akkurat, korrekt und sauber. Doch wie viel Mühe es gekostet hat, diesen Eindruck aufrecht zu erhalten. Ihre Mutter hat sie als Siebenjährige dazu verdonnert, die Blumentöpfe im Garten zu schrubben und die abgestorbenen Lärchennadeln einzeln aus den Beeten zu zupfen. Es sollte ja adrett aussehen. Mehr noch: picobello.

So wie hier und heute in der Nachbarschaft des pensionierten Pädagogen Günter Friedrichs. Wie viel ist von dem schnieken Äußeren Fassade, um eine unschöne Wahrheit zu verdecken? Als Ermittler haben sie von Beginn an gelernt: Alles kann authentisch sein. Oder genauso gut auch aufgesetzt. Hinter den Gardinen eines gutbürgerlichen Zuhauses kann sich das Böse verbergen – raffiniert kaschiert durch ein freundliches Lächeln, einen zugewandten Blick, Hilfsbereitschaft. Man kann den Menschen nicht hinter die Stirn schauen. Und nicht in ihr Herz.

Was sich insbesondere dort, im Herzen von Günter Friedrichs, vor 24 Jahren abgespielt hat, könnte für ihren Fall große Relevanz haben. Vielleicht hat der Mann ein Menschenleben auf dem Gewissen.

Möglicherweise sogar zwei.

Dass die Ermittler jetzt vor diesem Reihenhaus stehen, haben sie dem Journalisten Thorsten Olbermann zu verdanken. Wenige Stunden, nachdem Kenan den Polizeireporter angerufen und ihn um Mithilfe gebeten hat, hat sich Olbermann zurückgemeldet. »Sie wollten doch wissen, woher ich meine Information habe, dass eine der beiden vermissten Schülerinnen ein Verhältnis mit ihrem Lehrer hatte? Ich habe meine damaligen Notizen gefunden«, hat er erzählt. Einen Namen hatte Olbermann nicht für sie. Aber er wusste: »Es soll der Chemielehrer der beiden jungen Frauen gewesen sein.«

Mit ein paar Recherchen hat Lisa Nguyen den Namen des Mannes und seine aktuelle Adresse herausgefunden. Nachdem sie bei ihm geklingelt haben, hören sie schlurfende Geräusche im Flur. Ein Typ in den späten 60ern, dessen Haarfarbe zu schwarz ist, um echt zu sein, öffnet die Tür. Auf dem Arm hält er ein etwa dreijähriges Kind. »Ja bitte?« Er wirkt irritiert. »Wir kaufen nichts!« Er will die Tür gerade zuschlagen, als Kenan blitzschnell seinen Dienstausweis aus der Jackentasche zieht und ihn dem Mann hinhält. »Polizei? Was wollen Sie von mir?«

»Sind Sie Günter Friedrichs? Wir haben einige Fragen an Sie.« Lisa Nguyen macht einen Schritt nach vorn, und der Mann weicht zurück und gibt den Weg ins Haus frei.

In der Mitte des Flurs beginnt die Strecke einer Holzeisenbahn, deren Schienen sich bis ins Wohnzimmer fortsetzen, dort mehrere Kreise beschreiben und dann in einen Bahnhof münden. »Mit so etwas habe ich in meiner Kindheit gespielt!« Kenan bückt sich und setzt eine blaue Lok, die offenbar entgleist ist, auf die Schienen. Anschließend richtet er sich wieder auf und fixiert Friedrichs mit ernstem Blick. »Können wir einen Augenblick unter sechs Augen sprechen?«

Der Hausbewohner setzt das kleine Kind behutsam ab. »Willst du schon mal die Kaninchen füttern?« Das Leuchten in den Augen des Jungen ist Antwort genug. Er rennt los, wahrscheinlich in Richtung Terrassentür, um in den Garten zu gelangen, vermutet Lisa.

»Donnerstags ist Opatag.« Friedrichs schaut kurz dem Jungen hinterher, bevor er ihnen im Wohnzimmer einen Platz anbietet. Sein grauer Wollpullover spannt sich über seinem Bauch. Die Füße stecken in karierten Pantoffeln. »Worum geht es denn?«

»Ihr Name ist im Zusammenhang mit Ermittlungen in einem älteren Fall aufgetaucht.« Kenan sucht auf dem Sofa nach einer bequemen Position. Die Polster sind entschieden zu weich. »Es geht um das Verschwinden von Carola Fuhrmann und Sophia Haferkamp.«

Friedrichs Augen weiten sich vor Überraschung. »Das ist doch ewig her! Bestimmt mehr als 20 Jahre. Was wollen Sie denn von mir?«

»Sie waren damals der Chemielehrer der beiden jungen Frauen. Und wir haben den Hinweis bekommen, dass Sie Carola Fuhrmann nähergestanden haben sollen, als angemessen gewesen wäre. Hatten Sie ein Verhältnis mit ihr?« Lisa beobachtet, dass sich auf der Stirn ihres Gegenüber Schweißperlen bilden. Ein Auge zuckt nervös.

»Natürlich nicht!« Friedrichs schlägt mit der Hand auf den Couchtisch. Seine Empörung wirkt aufgesetzt. »Ich habe den Schülern damals Chemie beigebracht, keine Sexualkunde und erst recht keinen Anschauungsunterricht. Wer behauptet solch einen Unsinn? Und wieso kommen Sie jetzt mit solchen Fragen?«

»Es gibt in diesem Cold Case eine neue Entwicklung«, erläutert Kenan. »Und wir gehen der Frage nach, ob ein Gewaltverbrechen an den beiden jungen Frauen verübt wurde. Deshalb sprechen wir mit vielen Leuten, die damals eine Verbindung zu ihnen hatten.« Lisa nimmt wahr, wie sich Friedrichs Mimik mit jedem Wort, das der Ermittler sagt, weiter verhärtet.

Plötzlich steht der Pensionär auf. »Ich muss Sie bitten zu gehen. Wenn Sie weitere Fragen haben: nur über meinen Anwalt.«

30 Minuten später sind die beiden Ermittler wieder im Büro. »Seid ihr ...?«, setzt Lisa an. »... vorangekommen«, hat sie fragen wollen. Doch der Anblick, der sie beim Betreten des Konferenzraums erwartet, verschlägt ihr für einen Moment die Sprache. Dann fängt sie an zu grinsen. »Die Polizei greift ja tatsächlich auf immer jüngere Nachwuchskräfte zurück.« Nguyen deutet auf zwei Kinder von etwa fünf und sieben Jahren, die am Konferenztisch sitzen und in etwas vertieft scheinen. Das ältere der beiden, ein Mädchen, legt ein Puzzle, drei Ponys auf einer Weide. Vor Konzentration hat sie den Kopf schief gelegt und die Zungenspitze ein wenig vorgeschoben. Der Junge blättert unterdessen in einem Buch. »Pettersson und Findus«, wie Lisa sofort erkennt. Sie hat die Geschichten von dem eigenbrötlerischen schwedischen Bauern und seinem schlauen Kater Findus immer geliebt.

Lisa setzt sich zu dem Jungen, der gerade eine Seite umgeblättert hat und jetzt die Kommissarin interessiert mustert. »Liest du mir etwas vor?«, fragt er keck. »Max hat gerade keine Zeit.«

»Ach!« Lisa Nguyen betrachtet ihren älteren Kollegen grinsend. »Der junge Mann gehört also zu dir? Und die junge Dame auch?« Sie deutet auf das Mädchen und schaut herausfordernd zu Vollertsen. »Willst du uns deine Gäste nicht vorstellen?«

»Natürlich.« Vollertsen räuspert sich. »Das sind Ava und Johann. Ihre Mutter hat wichtige Termine, deshalb hat sie mich gefragt, ob ich mich für ein oder zwei Stunden um die beiden kümmern kann. Und Emma hat gesagt, es sei ausnahmsweise okay, dass ich die Kinder mitbringe ...« Emma, die mit am Konferenztisch sitzt, nickt.

»Wir stören auch ganz bestimmt nicht!« Ava ist aufgestanden, geht zu Vollertsen und umarmt ihn, wobei sie seine Taille nur ansatzweise umfassen kann. Die zugewandte Geste lässt eine Zärtlichkeit in die Züge des 51-Jährigen treten, die Emma bei ihrem langjährigen Kollegen noch nicht gesehen hat. Diese liebevolle Verbindung zu beobachten, wärmt ihr das Herz.

Erst gestern hat Max seiner Chefin erzählt, dass er nach dem Tod seiner Frau, der anderthalb Jahre zurückliegt, eine neue Freundin hat. »Sie ist Mutter von zwei Kindern. Und sie heißt Maria.«

»Den Namen hast du schon ein ums andere Mal erwähnt.« Emma hat ihrem Kollegen ein inniges Lächeln geschenkt. »Wie schön, dass du jemanden kennengelernt hast.«

Gerade entwickelt das junge Privatleben des Ermittlers allerdings eine Lebhaftigkeit, die sehr viel Aufmerksamkeit fordert. Auf einmal scheinen »Pettersson und Findus« ihren Reiz verloren zu haben.

»Warum guckt der Mann da so böse?«, fragt Johann und deutet auf ein Foto am Whiteboard.

»Er ist nur ein bisschen schlecht gelaunt«, beeilt sich Vollertsen zu erklären. Und an die Kollegen gewandt sagt er: »Ich bringe die Kinder zurück zu Maria. Sie müsste mit ihrem Termin fertig sein. In spätestens einer halben Stunde bin ich wieder da.«

Er räumt schnell mit Ava das Puzzle zusammen, verstaut es wie das Bilderbuch in seinem Rucksack und wartet, bis die Kinder ihre Mäntel übergezogen haben. Dann begleitet er sie aus dem Raum. »Bis bald!«, ruft Ava an der Tür, bevor sie Vollertsen folgt. Eher hopsend als gehend, wie aus dem Flur zu hören ist.

»Ich gönne das Max so sehr!« Emma hat dem Trio hinterhergeschaut und wendet sich nun an die Kollegen. »Während er unterwegs ist, bringe ich euch auf den neuesten Stand.« Emma setzt sich. »Obwohl ›neuester Stand‹ eine leichte Übertreibung ist. Unsere Hoffnung, wenigstens bei der zweiten Spur könnten sich erfolgreiche Ansätze ergeben, ist schnell im Keim erstickt. Von einem Durchbruch sind wir weit entfernt.« Emma versucht, ihre Enttäuschung zu verbergen. »Zwar ist es Max gelungen, den ominösen Björn, diesen angeblich rasend eifersüchtigen Ex-Freund von Sophia Haferkamp, ausfindig zu machen«, erklärt Emma. »Aber viel weiter sind wir bislang nicht gekommen.«

Sie deutet vielsagend auf das Whiteboard, auf dem sie in den vergangenen Tagen und Wochen Fotos von Beteiligten ihres Falls und mögliche Verbindungen der Personen zueinander dokumentiert haben. Dort hängt als neue Komponente das Foto eines Mannes mit blassem, etwas teigigem Gesicht – und darunter steht sein Name: Björn Sievert.

Eine Linie, die Vollertsen und Emma bewusst nicht durchgezogen, sondern nur gestrichelt gezeichnet haben, führt von seinem Foto zu dem von Sophia Haferkamp. »Sievert hat behauptet, in der Nacht, in der die jungen Frauen verschwanden, beim 70. Geburtstag seiner Großmutter in München gewesen zu sein«, berichtet Emma. »Angeblich gibt es Zeugen, die sich erinnern, und Fotos, die das belegen: Sievert an einer langen, mit edlem Porzellan gedeckten Tafel, und Sievert, wie er seiner Oma ein Geschenk überreicht. Der Mann hat versprochen, die Bilder per Mail ins Kommissariat zu schicken.«

»Vorerst haben wir die polizeiintern zugänglichen Informationen zu dem heute 44-Jährigen abgeklopft«, fährt

Emma. »Er lebt seit Jahren in Berlin und arbeitet als Landschaftsgärtner. Bisher ist alles an ihm unauffällig.«

»Das ist ein passendes Stichwort für mich.« Lisa Nguyen erzählt ihren Kollegen, dass sie Erkundigungen zu Carsten Greinert eingeholt hat, jenem Mann, mit dem Sophia Haferkamp zuletzt liiert gewesen sein soll. Für ihn muss das überraschende Verschwinden seiner Freundin Sophia ein Schock gewesen sein. Wahrscheinlich sogar ein Trauma.

»Doch er scheint sein Leben mittlerweile gut im Griff zu haben. Zumindest wirkt an der Oberfläche alles solide bei ihm«, beendet Lisa ihre Ausführungen über Carsten Greinerts Leben, seinen Beruf als Übersetzer und sein makelloses Vorstrafenregister. »Er ist offenbar recht gut situiert, Single, hat immer mal wieder lockere Damenbekanntschaften, engagiert sich ehrenamtlich als Trainer in einem Handballverein. Es gibt bislang nichts, was irgendwie verdächtig erscheint.«

Aber jeder von ihnen weiß, dass das nichts bedeuten muss. Greinert könnte alles Mögliche verbrochen haben – und dabei unerkannt geblieben sein. Ebenso wie der vermeintlich unscheinbare Björn Sievert. Auch er könnte eine dunkle Seite haben und diese im Verborgenen ausleben.

Es gibt Fälle, in denen die Täter über viele Jahre ein Phantom bleiben. Manche sogar für immer.

Wenigstens die Sache mit dem in der Feldmark gefundenen toten Säugling können sie inzwischen abhaken. Hierum hat sich Max Vollertsen gekümmert, indem er den Fall in alten Akten aufgestöbert und erneut analysiert hat. Dabei hat ihm ein Telefonat mit Prof. Dr. Rainer Schwerdt entscheidend geholfen. Schwerdt kennt sich in der Rechtsmedizin am besten mit toten Kindern aus. Und in diesem Fall sind die äußeren Umstände des Leichenfundes zwar dramatisch gewesen, aber ein Todesermittlungsverfahren wurde seinerzeit relativ schnell eingestellt. Es handelte sich eindeutig um eine Totgeburt. Mit speziellen genetischen Untersuchungen wurde eine Trisomie 18 diagnostiziert. Diese Kinder haben auch bei optimaler Betreuung praktisch keine Überlebenschance. Hier hatte die Mutter, die man nie identifizierte, vermutlich das Kind allein ohne Hebamme und ohne Arzt geboren.

So traurig das Schicksal von Mutter und Kind ist: Es ist kein Fall für Emmas Team. Mit den toten Frauen aus dem Moor hat es nichts zu tun. Das verschafft ihnen gleichzeitig mehr Kapazität für den Fall, dem sie sich mit aller zur Verfügung stehenden Energie widmen müssen.

Emma spürt, dass ihr Team einen Motivationsschub braucht. »Wir schaffen das. Wir werden aufklären, wer für den Tod von Sophia und Carola verantwortlich ist.« Sie blickt nacheinander jeden Kollegen eindringlich an. »Vielleicht wird es noch eine ganze Weile dauern. Aber am Ende kriegen wir das hin!«

KAPITEL 23

So ein merkwürdiger Typ! Erika Stiller hat es sich eigentlich abgewöhnen wollen, sich über andere Menschen zu wundern. Ihr sind auf ihren Hundespaziergängen durch den Forst, über die Felder oder durch die Straßen Hamburgs schon so viele schräge Gestalten begegnet, in den überraschendsten Aufmachungen, dass sie gedacht hat, sie hätte bereits alles gesehen.

Da war zum Beispiel ein Mann im Winter nur mit einer Badehose bekleidet, ein anderer im Obelix-Kostüm und eine Frau im Biene-Maja-Outfit. Zumindest die beiden Letzteren waren auf dem Weg zu einer Faschingsfete – so hofft sie zumindest! Und auch diesen Kerl hier würde die Frisörin am liebsten gedanklich bei einer Feier verorten, zu der jeder Gast mit einer möglichst ungewöhnlichen Maskerade auftauchen soll. Oder, besser noch, er könnte ein Soldat sein aus irgendeiner Sondereinheit, die ihr nicht geläufig ist. Ungewöhnlicher Flecktarn und eine Art Brille, die seinem Gesicht etwas Insektenhaftes verleiht.

Doch etwas in ihrem Unterbewusstsein warnt sie. Der Mann, der da etwa 50 Meter vor ihr im Wald in ihr Blickfeld gerät, zügigen Schrittes einen Querweg einschlägt und schnell hinter einer Baumgruppe verschwindet, scheint so gar nicht zu einer Verkleidungsparty zu passen. Das schließt sie aus der angespannten Körperhaltung, seinem starr nach vorn gerichteten Blick. Der Fremde scheint auch Vasco, ihren Cocker Spaniel, in Alarmbereitschaft zu versetzen.

Der sieben Monate alte Hund, der fast jeden mit freudigem Schwanzwedeln begrüßt, erstarrt für einen Moment, als spüre er eine Gefahr. Dann beginnt er zu bellen. »Ruhig, Vasco«, zischt Erika Stiller. Sie hat plötzlich Sorge, das Tier könne die Aufmerksamkeit des Mannes auf sie lenken. Doch der scheint es nur noch eiliger zu haben. Sie sieht ihn lediglich als Schatten, der immer mehr in der Dämmerung zerfasert.

Als sie sicher ist, dass der Typ weit genug entfernt ist, lässt sie ihren Cocker Spaniel von der Leine. Es gehört zu ihrem täglichen Trainingsprogramm, dass sie bestimmte Befehle, die sie in der Hundeschule gelernt haben, üben.

Sitzen bleiben, bis sie das Kommando zum Weiterlaufen gibt zum Beispiel, und Bei-Fuß-Gehen natürlich. Viel Geduld und eine konsequente Hand muss sie vor allem beweisen, wenn sie anderen Hunden begegnen und Vasco mit seinem überschäumenden Temperament freudig auf diese zustürmen will. Er hat bislang nicht begriffen, dass nicht jeder andere Vierbeiner gut aufgelegt ist. Das wird noch viel Arbeit ihrerseits und viel Disziplin seinerseits erfordern.

Doch auch seinem Spieltrieb muss sie natürlich gerecht werden. Dazu gehört, dass er Stöckchen und andere Dinge apportiert. Das ist bei Weitem sein Liebstes, im Freien und in der Wohnung. Unermüdlich schleppt er irgendwelche Sachen heran, Hölzer, Konservendosen, Socken, einen Ball.

Erika Stiller bückt sich, hebt einen Ast auf und schleudert ihn davon. »Such, Vasco, such!« Der Hund rennt los, schnurstracks in die Richtung, in die sie den Zweig geworfen hat. Leider ist er nicht dort gelandet, wo sie es geplant hatte, sondern etliche Meter neben dem avisierten Ziel, in oder hinter einem Gebüsch.

Es dauert eine ganze Weile, bis der Hund wieder auftaucht. In der Schnauze hält er mitnichten den Ast, sondern einen Turnschuh. Er sieht nach einem Herrenmodell aus und war sicherlich nicht billig. »Wo hast du den denn jetzt schon wieder her?« Als hätte Vasco die Bedeutung ihrer Worte verstanden, läuft er zurück in die Richtung, aus der er gerade gekommen ist, bleibt alle paar Meter stehen und scheint zu erwarten, dass sein Frauchen ihm folgt. Und das tut die Frau, etliche Meter weit und um die dichten Sträucher herum, hinter denen ihr Hund vorhin verschwunden ist.

Plötzlich erkennt sie, woher der Turnschuh stammt. Unwillkürlich erstarrt sie mitten in der Bewegung und braucht einen Augenblick, um die Szene, die sich ihr bietet, vollständig zu erfassen. Sie verspürt Angst und Entsetzen. »Vasco! Hierher!« Aufgeregt wedelt der Hund mit dem Schwanz und sieht eindeutig so aus, als sei er stolz auf das, was er entdeckt hat. Doch Erika Stiller ist nicht in der Stimmung, ihren Hund zu loben, beim besten Willen nicht. Sie hat genug damit zu tun, gegen die aufsteigende Übelkeit anzukämpfen.

Keine 20 Meter entfernt lehnt ein Mann an einem Baum. Er sieht aus wie festgenagelt – denn aus seinem Körper ragen drei Pfeile. Der Mund ist wie zu einem Schmerzensschrei aufgerissen. Doch das Geräusch, das aus der geöffneten Mundhöhle kommt, ist nicht im Entferntesten menschlich. Es ist mehr ein Gesumm und Gebrumm, das von vielen winzigen Leibern ausgeht.

Die 52-Jährige muss gar nicht näher herangehen. Sie hat genug Krimis und Thriller gelesen, um zu wissen, was sich hier abspielt. Die ersten Schmeißfliegen haben sich eingefunden. Mit ihrem untrüglichen Geruchssinn haben sie gewittert: Es erwartet sie ein Festmahl.

KAPITEL 24

»Eine kleine Stärkung gefällig?«

Der Rechtsmediziner, eben noch in einen Obduktionsbericht vertieft, schaut von seinen Akten auf, als Emma Claasen in den Raum tritt. Es fällt ihm schwer, sich zu entscheiden, was er lieber wahrnimmt: Emmas zierliche, durchtrainierte Figur und ihr lächelndes Gesicht, eingerahmt von der schulterlangen dunkelbraunen Mähne – oder die Papiertüte in ihrer Hand, aus der es verführerisch duftet. Beides hat definitiv seinen Reiz, die attraktive Kommissarin sicher noch mehr als Essen und Trinken. Aber im selben Moment bremst ihn der Gedanke an seine Frau. Er will seine Ehe auf keinen Fall gefährden. Also ist ein unverfänglicher Snack vom Bäcker ganz eindeutig vorzuziehen.

»Wie verlockend!« Plathe deutet auf den Imbiss in Emmas Händen. »Kaffee und ... belegte Brötchen? Ich könnte jetzt wirklich eine Kleinigkeit vertragen.« Um auf seinem überladenen Schreibtisch Platz zu schaffen, schiebt er einen hohen Aktenstapel zur Seite, der dabei bedrohlich ins Wanken gerät. Aber er bleibt aufrecht. Ein Lufthauch, so kommt es Emma vor, und er würde in sich zusammenfallen.

Emma sind schon früher, wenn sie Plathe in seinem Heiligsten aufgesucht hat, die Massen an Ordnern und Büchern aufgefallen. Sie füllen beinahe jeden Winkel des etwa 40 Quadratmeter großen Raumes – in Regalen, auf den zwei im rechten Winkel aneinander gestellten Schreibtischen und auf dem Teppichboden. Auf Besucher wirken die Unmengen an Papier wie das blanke Chaos. Doch die scheinbare Unordnung hat System, wie Emma schon mehrfach miterleben konnte.

Befragt man den Rechtsmediziner zu einem bestimmten fachlichen Problem oder nach einem konkreten Fall, greift er zielsicher nach einem der Aktenstapel und fischt die gewünschten Papiere heraus. »Mir ist ein Rätsel, wie du dich hier zurechtfindest!«, hat sie ihm nicht nur einmal mit unverhohlener Bewunderung gesagt. Plathe hat nur mit den Schultern gezuckt.

»Ich kann mir ganz gut merken, wo ich bestimmte Sachen deponiere. Vielleicht liegt es daran, dass jeder Fall für mich seine eigene Faszination hat. Ich sortiere ihn gedanklich in eine Schublade – und im übertragenen Sinne an einen speziellen Platz in meinem Büro. Und da finde ich die Unterlagen dann auch wieder. Aber wehe, jemand bringt meine Ordnung durcheinander! Derjenige kann was erleben!« Er hebt gespielt drohend einen Finger, bevor sich ein Schmunzeln in seine Züge stiehlt. »Es sei denn, ich werde mit Speis und Trank besänftigt.«

»Dann habe ich ja was gut bei dir.« Emma greift in die Papiertüte und holt zwei dampfende Becher Kaffee sowie vier belegte Laugenstangen heraus. »Salami oder Käse?«

»In der Reihenfolge.« Plathe greift beherzt zu, beißt von dem Brötchen ab und beginnt, zufrieden zu kauen. »Das kommt zur rechten Zeit«, sagt er, als er den ersten großen Bissen heruntergeschluckt hat. »Vielen Dank! Man könnte fast sagen, du hast mir gerade das Leben gerettet.«

»Womit wir in etwa beim Thema wären.« Emma schiebt ihre angeknabberte Laugenstange in die Tüte zurück. »Was kannst du mir über die letzten Momente im Leben von Sophia Haferkamp sagen? Du hattest ja angedeutet, dass sie wohl eher nicht an ihren Verletzungen gestorben ist. Was war es wirklich?«

In diesem Augenblick beginnt das Handy des Rechtsmediziners zu brummen. Er wirft einen Blick auf das Display, schiebt es dann in einer energischen Geste zur Seite, in der Emma Verärgerung zu erkennen glaubt. Sie entschließt sich, lieber nicht nachzufragen.

»Das ist richtig.« Plathe blickt Emma über seine flache Lesebrille hinweg an. »Ich habe ja schon erzählt, dass nach meiner Überzeugung beide von einem Auto angefahren wurden. Anders als bei Carola waren bei Sophia die Verletzungen nicht die Todesursache. Kein Organ war so sehr geschädigt und auch der Schädel war nicht so sehr in Mitleidenschaft gezogen, dass sie daran gestorben wäre. Deshalb habe ich Untersuchungen in die Wege geleitet, die nachweisen können, ob Sophia womöglich ertrunken ist.«

Emma hält unwillkürlich den Atem an. Draußen auf dem Parkplatz vor Plathes Büro hört sie, wie jemand eine Autotür zuschlägt. Ein Motor wird angelassen. Eine Alltagsgeräuschkulisse in einem Moment, der alles andere als entspannend oder herkömmlich ist. »Ertrunken? Was für eine grausame Vorstellung!« Sofort ist ihr ihre Reaktion peinlich. »Sorry. Das war reichlich unprofessionell.«

Der Rechtsmediziner hebt beschwichtigend die Hand. »Aber menschlich. Und du hast recht. Es ist ein leidvoller Tod.«

Plathe deutet auf das Schriftstück, das er vorhin, als sie sein Büro betreten hat, studiert hat. Als er weiterspricht, kommt seine Stimme der Kommissarin rauer vor als sonst. »Ziemlich gruselig, aber wahr«, sagt er. »Sophia Haferkamp hat definitiv noch gelebt, als sie schwer verletzt im Moor versenkt wurde. Lebendig im Moor ertränkt: Das ist eine außerordentlich qualvolle Geschichte. Die junge Frau hat extrem gelitten. Erst die vielfältigen Knochenbrüche, die sehr wahrscheinlich bei einem Autounfall verursacht wurden, dann der schauderhafte Tod im Tümpel des Moores.«

Emma muss schlucken. Sie kämpft gegen die Bilder an, die sich vor ihrem geistigen Auge ausbreiten, der panische Ausdruck auf dem Gesicht von Sophia Haferkamp, der Schmerz, die Angst, die Qual. Sie drängt die Visionen entschlossen zurück. »Lass mich diese Information ein bisschen verdauen.« Sie nippt an ihrem Kaffee, stellt den Becher schließlich gedankenverloren zurück auf den Tisch. Eine steile Falte bildet sich auf der Stirn der Kommissarin. Sie holt tief Luft, als würde sie gleich laut werden. Doch ihre Stimme bleibt leise – und klingt dafür umso entschlossener. »Da sehe ich zumindest die Mordmerkmale Grausamkeit und Verdecken einer Straftat. Die Jagd nach dem Täter oder den Tätern: Wir als Mordkommission bleiben zuständig. Und das ist gut so.«

Ihr Blick fällt wieder auf die vielen Akten und Bücher. Jede Menge Fachwissen über rechtsmedizinische Themen, in die sie gern intensiveren Einblick hätte. Jetzt im Moment vor allem in eines. »Erklär mir bitte: Wie kannst du sicher herausfinden, dass Sophia ertrunken ist?«

»Dafür muss ich ein bisschen ausholen.« Wie um seine Worte zu unterstützen, breitet Plathe die Arme aus, verschränkt sie dann aber vor seiner Brust. »Um einen Ertrinkungstod nachzuweisen – oder ausschließen zu können –, hilft uns die Diatomeenprobe.«

»Diatomeen?« Emma durchforstet blitzschnell ihr Gehirn, ob ihr der Ausdruck schon mal untergekommen ist. Eher nicht. »Ich fürchte, du musst mit den Basics anfangen.«

»Gern!« Plathe mustert Emma eindringlich, vielleicht um einschätzen zu können, wie sehr er ins Detail gehen soll. Wieder einmal fällt ihr auf, wie durchdringend der Blick aus seinen mokkafarbenen Augen wird, sobald er über sein Fach spricht. Und wie gern sie ihm zuhört. »Unser Labor hat eine Super-Performance hingelegt. Die Leitende Medizinische Technologin hat sich da reingehängt, als ich sie nach der Sektion darum gebeten habe. Die Laborarbeit hat sie in Rekordzeit erledigt.« Plathe steht von seinem Drehstuhl auf und beginnt, in seinem Büro auf und ab zu gehen. Ein schwieriges Unterfangen, weil an mehreren Stellen auf dem Teppich Akten gestapelt sind, die der Rechtsmediziner wie bei einem Slalomlauf umzirkelt. »Die Diatomeenprobe ist sehr aufwendig. Vor allem muss man die Asservate besonders exakt auseinanderhalten. Jegliche Kontamination ist zu vermeiden. Und die Resultate müssen später am Mikroskop sehr gründlich durchgemustert werden.«

Plathe bleibt stehen. »Diatomeen sind Kieselalgen, die sich in erheblich wechselnden Mengen in fast allen Gewässern finden. Es handelt sich um einzellige Lebewesen mit Eigenbewegung, die von einem Kieselsäurepanzer umgeben sind. Bei der Untersuchung wird das organische Gewebe zunächst einmal feucht verascht. Das bedeutet, dass sämtliche organischen Bestandteile aufgelöst werden. Das geschieht durch starke Säuren, meist ein Gemisch von Salpeter- und Schwefelsäure. Es bleiben dann die anorganischen Bestandteile in der Lösung zurück. Dazu gehören die filigranen Kieselgurskelette von diversen Algen, die sich in den jeweiligen Gewässern befinden.«

»Also auch in Moorwasser?«, will Emma wissen.

Plathe nickt und setzt seine Wanderung durch den Raum fort. »Dort gibt es besonders viele. Entschuldige bitte, dass ich so sehr die Einzelheiten betone, aber sie sind wichtig für das Verständnis. Wenn ein Mensch ertrinkt, atmet er zusammen mit der Flüssigkeit diese Kleinstlebewesen ein. So gelangen die Kieselalgen über die Atemwege in die kleinsten Bronchien und in die Lungenbläschen. Auf deren Ebene kommt es bei Erstickungsvorgängen – und dazu gehört das Ertrinken – durch extreme Atembewegungen zu minimalen Einrissen in der Wand der Lungenbläschen.«

»Und was erkennt man dann unter dem Mikroskop?« Emma hat keine wirkliche Vorstellung davon, wie klein Lungenbläschen sind. Der Biologieunterricht ist viel zu lange her – wenn die einzelnen Strukturen der menschlichen Organe denn überhaupt so weit im Detail Thema gewesen sein sollten.

»Folgendes: Durch die Belastung der extremen Atembewegungen zerreißen kleinste Blutäderchen, und Ertrinkungsflüssigkeit tritt in die Blutbahn.« Plathe hat wieder auf seinem Stuhl Platz genommen, trinkt einen Schluck Kaffee, bevor er fortfährt. »Da ein Ertrinkungsvorgang insgesamt etwa drei bis fünf Minuten andauert, bis es zum Herzversagen und damit zum Stillstand des Blutkreislaufs kommt, verteilen sich die Diatomeen noch im gesamten Körper. Besonders viele werden in den feinen Kapillarsystemen der inneren Organe aufgefangen.«

Emma hat aufmerksam zugehört. »Kann ich mir das in etwa wie in einem Filter vorstellen?«

»Das ist ein guter Vergleich«, stimmt Plathe zu. »Diese Filterfunktion gilt zum Beispiel für Leber und Nieren, aber ebenso fürs Hirngewebe und das Rückenmark. Du musst außerdem Folgendes wissen«, sagt er und beugt sich vor. »Die Diatomeen sind aufgrund ihrer Zusammensetzung aus Kieselsäure extrem resistent, wie feiner Sand. Sie halten sich in Wasserleichen über Jahre bis Jahrzehnte, solange noch Körper- und Organstrukturen vorhanden sind. Und ja«, ergänzt er schnell, als er bemerkt, dass Emma zu einer weiteren Frage ansetzt, »das gilt speziell für Leichen aus dem Moor. Die Mikroskopie für die sogenannte Diatomeenprobe habe ich in unserem Fall selbst durchgeführt. Konkret heißt das, dass ich zwei Stunden lang sehr sorgfältig alle mikroskopischen Präparate durchgemustert, ausgezählt und die Kieselalgen klassifiziert habe. Mit einem eindeutigen Ergebnis: Ich konnte in den Organen von Sophia Haferkamp viele Kieselalgenskelette nachweisen. Es handelt sich um ein reichhaltiges Formenspektrum, darunter die Spezies Cyclotella, Polycystis, Naviculare und Synedra.«

Keinen dieser Begriffe hat Emma jemals gehört. »Das ist jetzt aber wirklich Fachchinesisch. Nichts, was ich mir im Detail merken muss, oder?«

»Nein«, winkt Plathe ab. »Das einzig Wichtige ist die Schlussfolgerung. Und die habe ich ja vorhin schon vorweggenommen. Aber ich sage es noch mal in aller Deutlichkeit: Jemand hat die lebende Sophia im Moor versenkt.«

Eigentlich, findet Emma, müsste jetzt aus dem Off eine Art Paukenschlag kommen. Es würde zu der dramatischen Aussage Plathes passen – und ebenso zu ihrer aufgewühlten Gefühlslage. Doch stattdessen hört sie ein Klopfen. Im nächsten Moment wird Plathes Bürotür geöffnet, und Nadja Fährmann, die Assistentin des Direktors, tritt in den Raum. »Chef, ich muss leider stören. Es gibt einen neuen Tatort, und zwar im Duvenstedter Brook. Was die Polizei, die vor Ort ist, per Telefon mitgeteilt hat, hört sich sehr spektakulär an. Die Rede ist von Pfeilschussverletzungen. Der diensthabende Kollege ist leider gerade unterwegs zu einer Geschädigtenuntersuchung im Kinderkrankenhaus. Das dauert. Ich dachte, dass Sie vielleicht selbst hinfahren möchten?«

Plathe wendet sich Emma zu. »Tut mir leid. Wir müssen abbrechen. Das klingt nach einem weiteren Fall für die Mordkommission. Welche deiner Kollegen haben heute Dienst?«

Emma muss nicht lange überlegen. »Das ist meine Gruppe. Kenan Arslan organisiert das heute.« Ein Blick auf ihr Handy bestätigt ihr, dass Arslan ihr gerade eine WhatsApp mit den wesentlichen Informationen geschickt hat. »Er ist schon unterwegs zum Tatort. Und was mich betrifft: Kann ich bei dir mitfahren?«

Plathe lässt sich nicht lange bitten. »Los geht's!«

KAPITEL 25

»Da will jemand ein Zeichen setzen.« Eindringlich betrachtet Kriminalhauptkommissarin Emma Claasen den Tatort – aus gebührendem Abstand zwar, um keine Spuren zu zerstören, aber nahe genug, um sich einen intensiven Eindruck verschaffen zu können. Ein mächtiger Baumstamm als Stabilisator für einen Leichnam, in den dieser mit drei Bolzen gleichsam verankert wurde ...« Was meinst du, Kai?«, fragt sie Plathe, der gerade den Leichnam begutachtet. »So wie der Tote da aufrecht festgenagelt wurde: Das kommt mir vor wie eine Inszenierung.«

Eine Inszenierung, bei der sogar das Wetter zu assistieren scheint. Die Sonne hat sich durch die Wolkendecke gekämpft. Ihr Licht wird durch das umfangreiche Astwerk der nahen Bäume gebrochen und zerfasert die Umgebung des Toten und den Körper selbst in helle und dunklere Abschnitte. Sein Gesicht wirkt bei diesem Licht wie aus Holz geschnitzt.

Rechtsmediziner Plathe beugt sich bis auf zehn Zentimeter an den Toten heran, inspiziert die Bolzen sowie die Blutspuren, die sich am Hals und auf dem Jogginganzug des Opfers ausgebreitet haben. »Ich neige nicht dazu, mich vorschnell festlegen zu wollen, aber das hier ...« Plathe deutet auf einen der Bolzen, der dem Toten wie ein Spieß aus der Brust ragt. »Das wirkt wie eine Hinrichtung. Wer auch immer diesen Schuss abgegeben hat: Wenn es kein – sorry für das Wort – Glückstreffer war, scheint er ein bemerkenswert guter Schütze zu sein. Und auch die anderen beiden Pfeile unterhalb der Leiste und am Hals sitzen genau. Als hätte man den Mann ans Kreuz genagelt.«

Etwa eine Dreiviertelstunde liegt es zurück, dass eine Hundebesitzerin die Polizei alarmiert hat. Atemlos hat sie am Telefon hervorgestoßen: »Das sieht absolut gruselig aus!« Und auch wenn »gruselig« natürlich ein dehnbarer Begriff ist, muss Plathe ihr recht geben. Es geht gar nicht um die Verletzungen oder die Menge an Blut. Die ist in diesem Fall zumindest auf den ersten Blick übersichtlich. Es ist mehr die Atmosphäre, die beklemmend ist. Er wendet sich an Emma: »Du hast recht, glaube ich. Dieser Mensch ist nicht einfach umgebracht worden. Jemand hat seine Leiche zur Schau gestellt.«

Damit die Szene nicht einem breiteren Publikum an Spaziergängern, Joggern oder auch Neugierigen zugänglich wird, ist der Tatort wenige Minuten zuvor weiträumig abgesperrt worden. Schlimm genug, dass mit Erika Stiller überhaupt eine Zivilistin den Leichnam entdecken musste. Emma hat die Hamburgerin schon befragt, wie und wann sie den Toten entdeckt hat. Und sie hat sich natürlich auch den Mann beschreiben lassen, den die Zeugin hat weglaufen sehen und der womöglich als Täter in Betracht kommt.

Die 52-Jährige hat, als sie sich sämtliche Details in Erinnerung gerufen hat, unendlich blass und verstört ausgesehen. Aber sie hat energisch darauf bestanden, dass sie keinen ärztlichen Beistand brauche.

»Wissen wir, wer der Tote ist?« Emma Claasen wendet sich an ihren Kollegen Kenan Arslan, der einige Minuten vor ihr am Tatort angekommen ist.

»Noch nicht sicher. Er hat keine Papiere bei sich, nur einen Hausschlüssel und ein Handy. Das haben wir natürlich sofort sichergestellt. Wir werden bald Bescheid wissen, um wen es sich handelt. Unsere Kollegen sind dran, die Handynummer beziehungsweise deren Inhaber zu ermitteln.«

»Und eine sichere Identifizierung erfolgt dann ja vermutlich in der Rechtsmedizin über die Fingerabdrücke oder den Zahnstatus«, meldet sich Plathe zu Wort.

»Ich könnte mir vorstellen, dass auch in absehbarer Zeit eine passende Vermisstenmeldung eingeht«, überlegt Emma. »Wenn der Mann nur einen Hausschlüssel dabeihat, wird er in der Nähe wohnen und wollte wohl nur schnell eine Runde joggen gehen. Bestimmt wundert sich schon jemand, warum er noch nicht wieder zu Hause beziehungsweise bei der Arbeit aufgetaucht ist.«

Die Kommissarin vergewissert sich mit einem Blick zu Kenan Arslan, dass der Tatort ausreichend fotografisch dokumentiert ist. »Ihr könnt ihn runternehmen«, weist sie weitere Beamte an. »Wenn das überhaupt möglich ist bei der außergewöhnlichen Befestigung.«

»Ja, da müssen wir besonders sorgfältig sein«, bestätigt Plathe. »Die Bolzen sollen möglichst nicht in den Wunden bewegt werden, bis die Computertomografie vom Leichnam angefertigt wurde und ich ihn auf dem Sektionstisch habe.« Er wirft noch mal einen prüfenden Blick auf den Toten. »Ich tippe darauf, dass wir es mit einem sehr geübten Armbrustschützen zu tun haben. Genaueres weiß ich nach der Obduktion.«

KAPITEL 26

Die Ermittler haben ganze Arbeit geleistet. Eigentlich hat Kai Plathe befürchtet, dass es kaum zu schaffen sein würde, den Leichnam unbeschadet in die Rechtsmedizin zu transportieren.

Unbeschadet! Er muss beinahe schmunzeln, als er über das Wort grübelt, das ihm eben durch den Kopf geschossen ist. Bei dem Toten, der von drei fast fingerdicken Bolzen durchbohrt wurde, kann von »unbeschadet« ja wohl kaum die Rede sein.

Aber natürlich hat er damit gemeint, dass am Körper nicht durch unsachgemäßes Hantieren Spuren zerstört, andere – falsche – Spuren gelegt, die Verletzungen womöglich ausgefranst und die Wundkanäle verändert werden sollten. Der Rechtsmediziner möchte eine präzise Analyse vornehmen können. Und das geht eben nur, wenn die Leiche mit größter Vorsicht behandelt wurde.

Tatsächlich haben die Polizisten vor Ort mit einer Motorsäge arbeiten müssen. Es bedurfte eines gewissen handwerklichen Geschicks, genau hinter dem Hals und dem Rücken des Toten die Bolzen zu durchtrennen, dabei unbedingt Haut und Muskulatur unverletzt zu lassen – und im besten Fall den Baum ebenfalls nicht zu beschädigen. Doch am Ende mussten sie sich entscheiden zwischen einem unversehrten menschlichen Körper und einem intakten Baumstamm. Es lief darauf hinaus, dass die Rinde angesägt werden musste. Aber die Buche würde überleben.

Der Mann hingegen hat nicht die leiseste Chance gehabt, den Angriff zu überstehen. Der erste Eindruck vom Tatort bestätigt sich bei der Obduktion. Einer der Schüsse hat das Opfer mitten in die Brust getroffen. Der Herzbeutel ist zerfetzt, der rechte Herzvorhof ist durchbohrt. Die Zerstörung an dem Organ ist beträchtlich. Sie ist durch den nicht geringen Umfang des Bolzens entstanden wie auch durch die Wucht, mit der er in das Gewebe eingedrungen sein muss. Trotz der Schwere der Verletzungen wird das Opfer allerdings noch eine Weile bei Bewusstsein gewesen sein, mindestens einige Sekunden, vielleicht sogar zwei bis drei Minuten.

Der Pfeil durch den Hals hat die rechte große Halsvene zerstört, ist dann dicht an der Wirbelsäule vorbeigegangen und im Nacken wieder ausgetreten. Der dritte Schuss verlief von der Leiste aus vorbei am Oberschenkelknochen. Der Ausschuss lag mitten im Gesäß.

Plathe hat schon einige Todesfälle durch abgeschossene Pfeile und auch durch Armbrustbolzen untersucht. Bei den Pfeilen waren es überwiegend Unglücke, in denen die Schützen ihre Sportgeräte unsachgemäß behandelt und versehentlich einen anderen Menschen getroffen haben.

Doch in zwei Fällen handelte es sich um Tötungsdelikte mittels Armbrust. Einmal war das Opfer ein 54-Jähriger, der von einem emotional instabilen, jungen Mann umgebracht wurde. Jener 25-jährige Täter hatte die Armbrust, die er sich eigentlich zur Freizeitgestaltung angeschafft hatte, in einem Anfall von Frust über die Trennung von seiner Partnerin auf offener Straße eingesetzt. Er traf einen ihm unbekannten Mann im Gesicht. Der Einschuss lag unterhalb des Auges, dann bohrte sich der Pfeil durch den Schädel und führte zu schwersten Hirnverletzungen.

In dem anderen Fall starb ein 39-Jähriger, nachdem er bei Drogengeschäften in einen Streit mit Konkurrenten geraten war. Einer von ihnen hatte daraufhin eine Armbrust abgefeuert und das Opfer in der Brust getroffen. Der Schusskanal ging komplett durch den Körper und verursachte am Rücken eine Austrittswunde.

Also in etwa so wie bei dem Opfer, das Plathe jetzt auf dem Obduktionstisch liegen hat.

Der Rechtsmediziner versucht schon während der Sektion, gedanklich die Reihenfolge der Pfeilschussverletzungen zu rekonstruieren. In der Region des Herzens gab es eine sehr ausgedehnte Einblutung in die Brusthöhle. Offensichtlich war dies der erste Schuss gewesen, der das Opfer sozusagen an den Baum genagelt hatte. Der Halstreffer und der Schusskanal im Bereich der rechten Leiste wiesen vergleichsweise geringe Blutungen auf. Diese Pfeile waren demnach zeitlich versetzt später abgeschossen worden, als der Mann vom Herzen her schon stark ausgeblutet war.

Die Pfeildurchtritte am Rücken neben der Wirbelsäule sowie am Gesäß hatten den Körper des Mannes am Baum stehend fixiert. Immerhin also drei Durchschüsse. Das musste eine Armbrust mit eher hoher Spannkraft gewesen sein, also eine typische Jagdwaffe. Plathe würde später die Ballistiker zu dieser Fragestellung kontaktieren.

Die weiteren Sektionsbefunde kennzeichneten den Toten als gut durchtrainierten Mann, der über ein Sportlerherz verfügte und nahezu keine Arteriosklerose aufwies. Offensichtlich hatte er sich gesund ernährt und nicht geraucht. Eine Narbe in der Knöchelregion deutet darauf hin, dass der Mann sich dort vor einigen Jahren eine kompliziertere Fraktur zugezogen hatte, die operiert werden musste.

Ansonsten weist der Körper keine Besonderheiten auf – bis auf eine. Plathe registriert eine schwarze Tätowierung am Unterarm, die allerdings nicht gestochen, sondern aufgeklebt war. Offenbar hat der Mann erst mal nur experimentieren wollen. Vorsorglich lässt Plathe die Tätowierung von der Spusi mit Maßstab fotografisch dokumentieren, dann sieht er sich die schwarze Markierung genauer an.

Ein fernöstliches Schriftzeichen. Hatte der Mann eventuell eine Freundin aus China oder Japan? Oder war er gerade von dort zurückgekehrt und hatte so seine Faszination für die Länder ausdrücken wollen? Der Trend der 1990er-Jahre, sich chinesische Schriftzeichen tätowieren zu lassen, hält schließlich weiter an.

Obwohl Plathe sich selber nie der Prozedur des Tätowiertwerdens aussetzen würde: Wenn er sich doch für ein Motiv entscheiden müsste, was wäre das?

Wahrscheinlich der Mond.

Er mag dessen Wandlung von voller Größe bis zum kompletten Verschwinden. Er findet es faszinierend, wie der Mond mal ganz fern wirkt und dann wieder als riesiges Kreisrund am Himmel steht. Und er mag die Symbolik des Erdtrabanten für Tod und Auferstehung, ebenso für das Geheimnisvolle und Ungebändigte in der Natur und im Menschen selbst. Er sieht einen Trost darin, dass der Mond garantiert immer wieder aufgeht, zurückkommt. Zuverlässig, unverwüstlich.

So ganz anders als das Leben.

KAPITEL 27

Der Kaffeebecher aus Styropor sieht ziemlich mitgenommen aus. Mit etlichen Dellen, und der Deckel hängt windschief am oberen Rand. Offenbar hat Staatsanwalt Alexander Koblin das Gefäß schon länger in der Hand geknetet. Jetzt drückt der Jurist immer noch daran herum. Irgendjemand sollte ihm einen widerstandsfähigeren Behälter verschaffen, überlegt Emma, einen, der in Form bleibt, zum Wiederverwerten. Das wäre auch besser für die Umwelt.

Mit einer einladenden Handbewegung bedeutet die Kriminalhauptkommissarin ihrem Besucher, er möge hereinkommen und Platz nehmen. Mit wenigen Schritten ist er an ihrem Schreibtisch und lässt seinen Zwei-Meter-Leib auf den Stuhl ihr gegenüber sinken. Obwohl Koblin, soweit Emma das bei seinem Strickpulli und dem Tweedsakko erkennen kann, kein Gramm zu viel hat, ächzt das Möbelstück unter dem Gewicht des Mannes. Er lehnt sich unwillkürlich leicht nach vorn, wohl, um den Stuhl zu entlasten, und mustert sie nachdenklich. Sie hält seinem Blick stand, die Augenbrauen fragend erhoben. »Was führt Sie zu mir?«

»Ich überlege, ob Sie das hinkriegen, diesen neuen Fall mit dem Mord im Duvenstedter Brook?« Staatsanwalt Koblin merkt selber, dass seine Frage ein bisschen sehr von oben herab klingt. Er fährt sich durch sein dichtes graues Haar und räuspert sich. »Bitte verstehen Sie mich nicht falsch! Ich ziehe natürlich nicht Ihre Fähigkeiten in Zweifel. Wir wissen alle, dass Sie außerordentlich kompetent sind. Was ich meine, ist: Haben Sie genug Zeit für diese weitere Aufgabe? Sie und Ihr Team sind doch schon an dem alten Fall mit den Moorleichen dran.«

Emma hat geahnt, dass eine Frage dieser Art kommen würde. Üblich wäre es, dass der Armbrust-Mord, wie sie ihn gemeinsam mit Rechtsmediziner Plathe getauft hat, aus Kapazitätsgründen einer anderen Gruppe der Mordkommission zugeteilt wird. Doch tatsächlich betrachtet sie das Verbrechen im Nordosten Hamburgs längst als ihren Fall.

»Ich denke nicht, dass das ein Problem ist.« Vielsagend deutet sie auf eine Akte, die aufgeschlagen auf ihrem Schreibtisch liegt. »Bei den Moorleichen machen wir Fortschritte, auch wenn es zugegebenermaßen langsam vorangeht. Aber das ist kein Wunder bei einem Fall, dessen Ursprung fast ein Vierteljahrhundert zurückliegt. Ich habe überlegt, demnächst die Operative Fallanalyse einzubinden.«

Koblin nickt zustimmend. Er ist schon immer ein Förderer dieser Sondereinheit gewesen, bei der mit psychologischem Sachverstand, gepaart mit kriminalistischem Spürsinn, Ermittlungen ergänzt werden. »Eine gute Idee, finde ich. Ein Täterprofil würde vielleicht helfen. Wenn Sie das noch mit Ihrem Chef abstimmen: Meinen Segen haben Sie!«

»Und was den Fall aus dem Duvenstedter Brook angeht ...« Emma wirft einen langen Blick auf den Bildschirm ihres Computers, als habe sie dort etliche Dokumente zu der neuen Sache gespeichert. In Wahrheit ist dort lediglich das polizeiinterne Telefonverzeichnis aufgeblättert. Aber das kann Koblin von seinem Stuhl aus natürlich nicht sehen. »Ich meine, dass ich mit meinem Team prädestiniert bin, den Fall zu übernehmen.« Emma beginnt, an den Fingern ihrer rechten Hand die Argumente abzuzählen. »Schließlich bin ich diejenige gewesen, die als erste Ermittlerin am Tatort war, zusammen mit meinem Kollegen Kenan

Arslan. Ich habe mir dort einen Überblick verschaffen können. Wir haben bereits mit der Zeugin gesprochen, die den Toten entdeckt und eine Beobachtung gemacht hat, die für die Ermittlung bedeutsam sein könnte. Und viertens«, sagt sie und lässt ihren Ringfinger hochschnellen, »kenne ich die erste Einschätzung aus der Rechtsmedizin. Prof. Plathe und ich haben vereinbart, dass er mich benachrichtigt, sobald er mit der Obduktion fertig ist.«

Staatsanwalt Koblin nimmt erneut seinen Kaffeebecher in die Hand und sieht sich suchend um, um das Styroporteil dann in den Papierkorb unter Emmas Schreibtisch zu entsorgen. »Okay.« Er zieht eine kleine Grimasse und zwinkert ihr verschwörerisch zu. »Den Argumenten will ich mich nicht verschließen. Und der LKA-Chef wird unter diesen Umständen wohl auch nichts dagegen haben.« Er schiebt den Stuhl zurück, steht auf und deutet eine Verbeugung an, die auf Emma bei seiner Größe ungelenk wirkt. »Ich empfehle mich.«

Als Koblin zur Tür hinaus ist, lehnt sich die Kommissarin erleichtert zurück und atmet tief durch. Das hat ja gut geklappt, inklusive der kleinen Finte, die sie sich erlaubt hat. Sie überprüft ihre E-Mails und entdeckt eine Nachricht von einem Björn Sievert. Richtig, der angeblich so eifersüchtige Ex-Freund von Sophia Haferkamp sollte doch sein Alibi belegen! Er hat tatsächlich Fotos geschickt, die ihn beim Geburtstag seiner Großmutter zeigen. Sein Alibi von damals ist wasserdicht, das belegen die Bilder und Zeugenaussagen. Er hat folglich nichts mit dem Tod von Sophia Haferkamp und Carola Fuhrmann zu tun.

Emma kann sich also wieder anderen Details widmen. Sie schnappt sich ihr Handy, drückt die Schnellwahltaste, um Plathe anzurufen. Er antwortet nach dem dritten Klingeln.

»So ungeduldig?« Wie so oft kommt der Rechtsmediziner sofort zum Punkt. »Ich habe die Obduktion vor fünf Minuten abgeschlossen. Dein Timing ist also richtig gut. Treffen wir uns in 20 Minuten in meinem Büro? Bis dahin habe ich auch einen Kaffee organisiert.«

KAPITEL 28

Paula! Neulich schon hat sich sein Herz zusammengekrampft, als er seine Jugendfreundin wiedergesehen hat. Nach so vielen Jahren ... Sie haben damals, als Schüler derselben Oberstufe, eine besondere Nähe zueinander verspürt. Doch dann hat das Schicksal sie getrennt. Oder besser gesagt: Ihr gemeinsamer Schwur in jener fatalen Nacht im September 1999 hat dafür gesorgt, dass sich ihre Lebenswege so lange nicht mehr kreuzen sollten.

Sven hat immer wieder gemerkt, dass er seinerzeit den falschen Pfad eingeschlagen hat. Er hat sich für die Lüge entschieden, für Feigheit, für das Unrecht. Jetzt hat er Sorge, dass er für seine Willensschwäche vom Leben bestraft wird. In welcher Form auch immer. Ob Paula seine Ängste teilt?

Sie hat sich in dem Café, in dem sie sich für diesen Nachmittag im März verabredet haben, einen Cappuccino bestellt, und er ordert das Gleiche. »Wie geht's?«, fragt sie. Als ob das so einfach zu beantworten wäre.

»Gut«, trifft es nicht. Ihr stattdessen gleich sein komplettes Leben aus den vergangenen 24 Jahren zu schildern, wäre jedoch genauso wenig angemessen. »Ganz okay. Es ist viel passiert.« Damit sind sie noch halbwegs auf sicherem Terrain, aber gleichzeitig auf dem Weg ins Ungewisse. Er gibt sich einen Ruck. »Du hast mir gefehlt.«

»Du mir auch. Deshalb bin ich froh, dass wir uns endlich unter vier Augen sehen können – und nicht unter der Fuchtel von diesem schrecklichen Matthias, der sich für das

Maß aller Dinge hält.« Paula senkt den Kopf, ihre Stimme bebt. »Wie er sich aufgeführt hat bei unserem Treffen neulich an der Elbe! Glaubt er, er kann wie früher über uns alle bestimmen? Ich befürchte, dass uns jetzt alles um die Ohren fliegt. Nun, da man die Leichen gefunden hat!«

»Mir ist selber richtig schrecklich zumute.« Sven würde am liebsten flüstern, doch das Stimmengewirr der anderen Gäste und das Klappern von Geschirr ist zu laut. Er muss seine Stimme etwas heben und beugt sich dichter zu Paula hinüber, wobei ihm ihr Parfum in die Nase steigt. Irgendetwas Frisches, Blumiges. Er mag den Duft.

Er muss sich allerdings auf Wichtigeres konzentrieren. »Es ist so ungerecht! Wir haben ein Leben, und die zwei Frauen nicht. Auch wenn mein Leben überschattet ist von den Ereignissen damals. Ich konnte weitermachen, mir eine Karriere aufbauen, eine Familie gründen. Aber Sophia und Carola? So heißen sie doch, oder? Die Medien sind ja voll damit. Einen ›Cold Case‹ nennt die Presse das jetzt.«

»Und die Polizei ist da offenbar mit vielen Kräften dran, um aufzuklären, was genau passiert ist. Mir geht das permanent durch den Kopf.« Als Paula den Blick wieder hebt, sieht Sven Tränen in ihren Augen schimmern. »Das ist auch der Grund, warum ich mich mit dir treffen wollte. Ich muss mit jemandem über die Ereignisse reden, der versteht, wie ich mich fühle. Ich habe so ein schlechtes Gewissen!« Sie schaut sich vorsichtig um, ob jemand von den Nachbartischen ihnen zuzuhören scheint. Doch die anderen Gäste des Cafés wirken, als seien sie in ihre eigenen Gespräche vertieft. Erstmals sieht Paula ihr Gegenüber direkt an. »Und ich habe Angst. Was ist, wenn man uns auf die Schliche kommt?«

Sven stockt unwillkürlich der Atem. »Wie soll das denn gelingen? Unser Unfallwagen ist damals sehr schnell repariert worden – und nach all den Jahren wahrscheinlich längst irgendwo auf einem Schrottplatz gelandet. Und ich kann mir nicht vorstellen, dass man an den Toten Spuren von uns findet. Nicht, nachdem sie fast ein Vierteljahrhundert im Moor gelegen haben.«

»Vermutlich nicht.« Paula rührt gedankenvoll in ihrer Tasse, eine Geste der Irritation. »Aber was ist, wenn doch jemand etwas beobachtet hat? Irgendwas, was ihr oder ihm in jener Nacht belanglos vorgekommen ist, und durch die Berichterstattung wirkt es plötzlich von Bedeutung. Was, wenn jetzt jemand denkt: ›Da war doch dieses Auto am Straßenrand und diese Gruppe von Menschen im Regen. Das könnte wichtig sein. Ich gehe besser zur Polizei.‹?«

»Dieses Szenarium habe ich in Gedanken auch schon tausendmal durchgespielt.« Sven merkt, dass er seine Serviette geknetet hat, die nun vollkommen zerknautscht ist. Er legt sie nachdenklich zur Seite. »Ich habe mich schlaugemacht. Juristisch gesehen haben wir uns wahrscheinlich der fahrlässigen Tötung schuldig gemacht, vielleicht ebenso der Fahrerflucht, schlimmstenfalls noch der unterlassenen Hilfeleistung. Aber das ist, soweit ich das beurteilen kann, alles längst verjährt.« Er legt seine Hand auf Paulas. Die Geste fällt nicht so sanft aus, wie er es gewollt hat. Dazu ist er viel zu aufgewühlt. »Wie wir es drehen und wenden: Wir haben damals eine falsche Entscheidung gefällt, als wir uns von Matthias dazu überreden ließen, die Frauen im Moor verschwinden zu lassen. Und damit müssen wir jetzt zurechtkommen. Fragt sich nur, wie genau wir damit umgehen.«

»Stimmt!« Paula dreht ihre Hand ein wenig, entzieht sie ihm jedoch nicht. »Ich denke, wir sollten erst mal abwarten und verfolgen, was in den Medien über die Sache veröffentlicht wird. Vielleicht kommt ja der Zeitpunkt, an dem wir beide finden, dass es besser ist, sich bei der Polizei zu melden und reinen Tisch zu machen.«

Sven überlegt. »Da wirst du zumindest bei Matthias auf Granit beißen.«

»Wahrscheinlich.« Paula greift nach ihrer Cappuccinotasse, hebt sie an ihren Mund und stellt sie wieder ab, ohne etwas getrunken zu haben. Vielleicht schlägt ihr das Gespräch genauso auf den Magen wie ihm. »Matthias war früher schon der Anführer und will heute offenbar immer noch der Leader sein. Aber wir brauchen ja nicht auf ihn zu hören. Wir müssen den Fehler nicht wiederholen. Mir hat es jedenfalls keinen Seelenfrieden gebracht. Im Gegenteil.«

KAPITEL 29

»Wie ich es hasse!« Emma wirft erneut einen Blick auf die Uhr und verdreht genervt die Augen. Auch die x-te Kontrolle der Zeit macht die Sache nicht besser: Sie ist deutlich zu spät dran. Dabei ist Unzuverlässigkeit für sie seit frühester Jugend ein Gräuel. Wer andere warten lässt, signalisiert, dass dieser Mensch ihr oder ihm nicht wichtig genug ist.

Es gibt nur ganz, ganz wenige Umstände, die sie als Grund für Unpünktlichkeit tolerieren würde: ein Tsunami, eine plötzliche Erkrankung, unaufschiebbare dienstliche Erfordernisse. Ach ja: Außerdem noch der Anruf der verzweifelten Freundin, die Rotz und Wasser heult und dringend tröstende Worte braucht, sonst würde die Welt für sie untergehen. Solche Dinge haben dann doch Vorrang. Ansonsten gilt: Es ist eine Frage des Respekts, andere nicht warten zu lassen.

Insofern hat Emma schon auf dem Weg zum Institut für Rechtsmedizin das schlechte Gewissen gepackt. Denn nach dem Telefonat mit Kai Plathe, nach dem sie eigentlich sofort zu ihm aufbrechen wollte, hat sie einen Anruf bekommen, der ihren Zeitplan durcheinandergebracht hat. Aber es hat sich gelohnt: Kenan Arslan hat auf die Schnelle einiges Interessantes über ihr Mordopfer im Duvenstedter Brook herausfinden können.

»Der Mann heißt Michael Lahn, ist 45 Jahre alt und als Finanzmakler tätig. Er ist verheiratet und hat zwei Kinder, sieben und zehn Jahre alt. Er wohnt nicht weit vom Tatort entfernt, in Wellingsbüttel. Neben seinem privaten Handy hat er zwei Mobiltelefone, die er beruflich nutzt. Die müssen wir natürlich noch auswerten, ebenso wie seinen privaten Laptop.«

»Danke, Kenan, aber ich muss jetzt wirklich ...« Emmas Stimme hat ungeduldig geklungen, das ist ihr bewusst. »Ich rufe dich gleich von unterwegs auf dem Handy zurück.«

»Du musst zu einem Termin, ich weiß«, hat ihr Kollege sie unterbrochen. Als sie im Auto sitzt und ihn wieder kontaktiert, erzählt er weiter. »Folgendes solltest du unbedingt wissen. Was mich aufmerken lassen hat: Er ist Mitglied im Sportschützenverein. Auf ihn sind zwei Waffen zugelassen. Und er ist passionierter Jäger ...«

»Wow! Das sind wirklich interessante Infos!« Die Kommissarin bittet Kenan, ihr zur Erinnerung die Namen der beiden Vereine als Nachricht zu schreiben, was dieser sofort tut. »Das bedeutet also, dass unser Opfer sich mit vielen Menschen umgeben hat, die mit Waffen umgehen können – womöglich auch mit einer Armbrust. Also jede Menge potenzielle Verdächtige.«

Was hat jetzt Priorität? »Such doch bitte, zusammen mit Lisa, die Ehefrau von Michael Lahn auf. Sie sollte die Todesnachricht bald erfahren. Und nehmt jemanden vom Kriseninterventionsteam mit, der sich um die Witwe und die Kinder kümmern kann.« Emma überlegt, was weiterhin zu tun ist. »Und Oliver Neumann soll mal bei den beiden Vereinen recherchieren, was da herauszufinden ist. Ich bin gerade unterwegs ...«

»... in die Rechtsmedizin. Ich weiß.« Es klang so, als würde Kenan schmunzeln. Aber wahrscheinlich hat Emma sich das nur eingebildet.

Und überhaupt ist wirklich keine Zeit gewesen, intensiv darüber nachzudenken. Während der Autofahrt durch den strömenden Regen hat sie sich noch mehr als sonst auf den Verkehr konzentrieren müssen. Es ist ihr beinahe so vorgekommen, als wäre sie in einer Waschanlage gelandet – nur ohne Schaum. Die Scheibenwischer hat sie auf die Höchststufe gestellt, damit sie gegen das prasselnde Nass ankommen. Sie quietschen bei jedem Hin und Her. Emma braucht dringend neue Wischerblätter. Wenn sie irgendwann mal Zeit dafür hat.

Etwas atemlos kommt Emma bei Plathe im Büro an und setzt zu einer ausführlichen Entschuldigung für ihre Verspätung an. Fast 15 Minuten! »Sorry, dass ich ...«

Plathe ist in ein Dokument auf seinem Computer vertieft gewesen und blickt verwundert auf. »Du entschuldigst dich? Wofür?« Er hat offenbar gar nicht gemerkt, dass sie nicht pünktlich da war. Emma beißt sich auf die Lippen. Vielleicht sollte sie in Zukunft weniger streng mit sich sein und auch bei anderen mehr Nachsicht walten lassen. Bekanntlich ist niemand vollkommen.

»Hier, der Kaffee. Wie versprochen.« Plathe schenkt aus einer Thermoskanne beiden je einen Becher ein und trinkt vorsichtig. »Und jetzt, frisch gestärkt, kommen wir zu den Neuigkeiten über unser Opfer.« Er schlägt die Beine übereinander. »Es gibt in der Tat bei der Sektion ein paar bemerkenswerte Befunde.«

Der Rechtsmediziner setzt Emma die Ergebnisse auseinander, erzählt von den drei Treffern, von der Reihenfolge der Schüsse, die er ermittelt hat. »Ich habe darüber nachgedacht, was der Mann dort direkt am Baum gerade vorhatte, als er erschossen wurde. Möglicherweise wollte er Wasser lassen oder sich kurz ausruhen. Vielleicht wollte er auch Gymnastik machen oder Entspannungs- oder Dehnübungen, als ihn der erste Pfeil in die Brust traf.«

»Ich finde, es spricht einiges dafür, dass der Täter das Opfer vorher beobachtet hat«, überlegt Emma. »Und dass er darauf gewartet hat, dass der Mann anhalten und damit ein relativ leichtes Ziel bieten würde. In der Nähe gibt es ein Gebüsch, bei dem die Erde auffällig zertrampelt ist und Zweige frisch abgebrochen wurden, als hätte sich jemand darin versteckt.«

»Vor dem ersten Schuss war das Opfer sehr wahrscheinlich vollkommen ahnungslos.« Plathe blättert in seinem Obduktionsprotokoll eine Seite um. »Der Pfeil muss den Mann aus einiger Distanz getroffen haben. Wahrscheinlich hat sich der Schütze irgendwo verborgen. Eine recht gruselige Vorstellung«, fasst er zusammen. »Die Sektion hat ergeben, dass der erste Schuss das Herz getroffen hat. Die Verletzung war aber nicht sofort tödlich. Nach der Brustverletzung hat das sterbende Opfer noch mit angesehen, wie der Mörder herantritt und seine Armbrust spannt, um zwei weitere Pfeile auf ihn abzuschießen. Diese beiden sind aus deutlich geringerer Entfernung abgefeuert worden. Allenfalls wenige Meter, wie ich anhand der Verletzungsstruktur und der Eindringtiefe in den Baum feststellen konnte. Das Prozedere erinnert regelrecht an eine Hinrichtung. Eine Demonstration.«

»Ganz offensichtlich!« Emma nickt nachdenklich. »Das spricht doch deutlich für eine spezielle Handschrift des Täters. Das habe ich schon am Tatort gedacht: Er wollte ein Zeichen setzen. Die Frage ist nur: Welches?«

KAPITEL 30

Durch seinen Vorgarten schleicht eine getigerte Katze. Der sanfte Wind spielt mit den ersten Blättern an den Bäumen, lässt sie hin und her wiegen wie in einem geheimnisvollen Tanz. Durch das auf Kipp stehende Fenster dringt ein Brummen, mal lauter, mal leiser. Irgendein übereifriger Nachbar mäht offenbar bereits seinen Rasen. Die Kulisse vor seinem Arbeitszimmer wirkt wie an einem beliebigen Vorfrühlingstag in einem beliebigen Jahr. Ganz gleichgültig, ob sich abseits mancher Gärten Leid abspielt. Die Natur blüht zuverlässig auf, eine bunte, vielfältige, unbändige Kraft, unerschütterlich.

Ja, jetzt kann er es riechen, das frisch gemähte Gras. Es gab Phasen in seinem Leben, da hat er einen Sinn für solche Eindrücke gehabt, hat im Garten herumgewerkelt, sofern sein Beruf ihm die Zeit dafür ließ. Die frische, feuchte, mit Torf gemischte Erde an seinen Händen hat sich gut angefühlt. Überall hat es herrlich geduftet. Das Aroma von jungem, wachsendem Leben.

Heute spielt das keine Rolle. Seine Sinne sind fokussiert auf seine Mission. Er hat sich eine Strategie zurechtgelegt, wie er sein Ziel am sinnvollsten erreicht. Die wesentlichen Punkte hat er in einer Datei auf seinem Laptop notiert. Er klappt das Gerät auf, fährt den Computer hoch und klickt das entsprechende Dokument an. Der Name: »Meine Rache. Ich sehe dich!«

Dahinter verbirgt sich ein Schaubild, das er erstellt hat, wie man es von den Whiteboards der Kommissariate in den

Fernsehkrimis kennt. Zwei Namen stehen da, dazu Porträtfotos von diesen beiden Männern, die er im Internet gefunden hat. Einfach absurd, was manche freiwillig im World Wide Web preisgeben! Es macht sie durchschaubar, geradezu gläsern.

Er hat von dem einen Kerl außerdem ein Foto in Anzug und Krawatte in einem stylischen Büro entdeckt, scheinbar der seriöse Geschäftsmann, der auf seiner Website für seine Finanzmakler-Tätigkeit wirbt. Etliche Bilder zeigen ihn Arm in Arm oder Händchen haltend mit einer Frau, manchmal sind im Hintergrund Kinder zu sehen – aber nicht zu erkennen. Vielleicht ist er doch nicht ganz so blöd gewesen, dass er zumindest die Kinder nicht überall präsentiert. Er hat auf sie Acht gegeben. Sehr umsichtig! Der Typ hätte allerdings auch auf sich selber aufpassen sollen, sich bedeckt halten.

Nun ist es zu spät.

Seine Hand legt sich auf die Computermaus. Mit sanftem Druck manövriert er den Cursor über das Schaubild, an die Stelle, wo das Porträtfoto dieses ersten Zielobjekts platziert ist. Ein Klick, und eine Darstellung, die er aus dem Internet heruntergeladen hat, erscheint auf dem Oberkörper des Mannes: eine Zielscheibe, deren Mittelpunkt auf seinen Hals ausgerichtet ist. Aber ein Detail fehlt noch. Genüsslich färbt er den Bereich um das Zentrum blutrot, mit Spritzern in alle Richtungen. Fertig.

Natürlich entspricht seine Computerdarstellung nicht dem realen Szenarium. Er weiß, dass er diesen verhassten Lump öfter getroffen hat als am Hals – nämlich außerdem in die Brust und in die Leiste. Es war ihm ein Vergnügen – das allerdings in dem Schaubild nicht wirklich zum Ausdruck kommt.

Doch die Symbolik der Grafik ist bestechend. Schade, dass er sein Werk niemandem zeigen kann. Aber das Wissen, dass der echte Schauplatz genügend Zuschauer bekommen hat, Publikum vom Fach zumal, entschädigt ihn dafür. Er lächelt zufrieden, wahrscheinlich zum ersten Mal seit Langem.

Nun also der zweite Streich, ein weiteres Zielobjekt, der nächste Schritt auf seinem Weg der Rache.

Er wendet sich den Bildern des zweiten Mannes in seinem Schaubild zu. Von diesem hat er ebenfalls ein Porträtfoto gefunden, weitere Bilder zeigen ihn an einem Leuchtturm, wie er ihn aus St. Peter-Ording wiederzukennen glaubt, sowie an einem Strand. Das könnte nun wirklich überall sein, an der Nordsee, auf Mallorca, in Portugal, auf Sardinien. Irgendwo.

Egal wo. Es spielt keine Rolle. Er hat den Mann, der als Nächstes auf seiner Liste steht, bereits ausreichend ausspioniert, um ihm auflauern zu können. Er weiß, wo er wohnt. Er kennt manche seiner Gewohnheiten. Wenn er es darauf anlegt, kann er diesen Typen schon morgen in seine Gewalt bringen. Es wird ihm ein Vergnügen sein.

Doch damit ist er nicht am Ziel. Er will mehr. Er will alle – alle, die am Tod von Sophia und Carola Schuld tragen und ihm damit das Liebste genommen haben, das er in seinem Leben je gehabt hat.

Wie viele Täter sind es überhaupt? Neben den beiden, die er bereits identifiziert und ausgespäht hat, können es zwei, drei oder vielleicht sogar vier weitere sein, die er ausfindig machen muss, um seine Mission zu erfüllen. Noch sind die für sie vorgesehenen Orte in seinem Computerdiagramm leer, die Rahmen für die Fotos unausgefüllt, die Namen ein Mysterium. Doch das wird sich klären, als ob es sich aus einem dichten Nebel materialisiert und somit immer deutlichere Konturen annimmt. Er wird nicht ruhen, bis er die Wahrheit kennt.

Dann wird er zuschlagen. Nach und nach. Er hat Geduld.

Für die Schuldigen aber ist ihre Zeit abgelaufen. Sie ahnen es nur noch nicht.

KAPITEL 31

»Kunstfehler/Susann Stehmeyer, 15 Uhr.« Kai Plathe schaut auf seine Armbanduhr und wieder auf seinen Kalender. Donnerstag, 16. März. In zehn Minuten soll laut Plan sein nächster Termin stattfinden. Aber der Tag ist bisher so derartig vollgestopft gewesen, dass er einen Augenblick überlegen muss, was ihm der Kalendereintrag sagen soll.

Kunstfehler? Es passiert gar nicht so selten, dass sich frühere Patienten aus Kliniken oder deren Angehörige bei ihm melden, weil sie der Überzeugung sind, einer Fehlbehandlung ausgesetzt gewesen zu sein. Dass eine Operation schiefgelaufen ist, ein Bein steif geblieben, eine Anästhesie missglückt, sodass es zu Sauerstoffmangel kam und zu schwersten Hirnschäden. Es ist vorgekommen, dass Patienten geltend gemacht haben, der Chirurg habe eine Klemme im Bauch des Operierten vergessen – was zu schwersten Komplikationen und Folgeschäden geführt habe. Und in Essen, wo er bis vor einem halben Jahr das Institut für Rechtsmedizin geleitet hat, war es zu einem fatalen Fehler bei einer Amputation gekommen. Statt des rechten Unterschenkels eines Patienten, der durch Wundbrand und Diabetes geschädigt war, hatte der Chirurg versehentlich den gesunden linken Unterschenkel abgenommen.

Mit welchem Anliegen würde Susann Stehmeyer nun also zu ihm kommen? Sie hat am Telefon, als sie mit ihrem Anruf in seinem Vorzimmer gelandet war, darauf bestanden, zum Chef durchgestellt zu werden. Üblicherweise gelingt es seiner Sekretärin Nadja Fährmann, ihm den Rücken freizuhalten. Doch diese Frau hat so lange gedrängelt, bis sie mit ihm selbst hat sprechen können. »Es ist absolut wichtig, dass Sie persönlich sich diesen Fall anschauen!«, hat sie insistiert. Dicke Akten mit Arztberichten? Röntgenbilder? Mal sehen, was sie ihm vorlegen wird.

Also bleiben jetzt, bis sein Besuch in der Tür stehen wird, gerade noch ein paar Minuten Zeit, um Büroarbeit zu erledigen. Für Plathe heißt das: Berichte und Gutachten seiner Mitarbeiter lesen und gegebenenfalls abzeichnen, wenn alles in Ordnung ist. Die Unterschrift des Chefs gehört nun mal auf jedes Dokument. In diesem Moment rumort sein Handy. Corinna! Ruft sie etwa an, um erneut einen Besuch in Hamburg abzusagen? Oder ihm irgendwelche Vorwürfe zu machen? Er würde die Beziehung wirklich gerne positiver gestalten. Sie ist nach wie vor ein überragend wichtiger Mensch in seinem Leben. Sie haben sehr schöne Zeiten erlebt und haben zwei wunderbare Kinder. Aber es kommt ihm so vor, als laufe in den vergangenen Monaten die Kommunikation zwischen ihm und seiner Frau stets auf etwas Unangenehmes hinaus, weil sie angeblich mal wieder keine Zeit für ihn hat. Es nervt, dass sie immer sauer auf ihn ist, auf Nachfrage aber schweigt. Deshalb lässt er sein Smartphone unbeachtet liegen. Nach dem vierten Klingeln gibt Corinna auf. Dann scheint es ja nicht besonders wichtig gewesen zu sein, redet Plathe sich ein.

Da klopft es schon an seiner Tür. »Herein!« Eine junge Frau betritt sein Büro, 18 bis 20 Jahre alt vermutlich. Lächelnd geht die zierliche Brünette auf ihn zu, streckt ihm die Hand hin und blickt ihn erwartungsvoll an. »Mögen Sie sich setzen?« An seinem von Akten überladenen Konferenztisch hat der Rechtsmediziner etwa einen Quadratmeter freigeräumt und Platz für eine Kaffeekanne, zwei Becher, Milch und Zucker geschaffen.

»Vielen Dank!« Susann Stehmeyer setzt sich, schlägt die Beine übereinander, winkt aber ab, als Plathe ihr einschenken möchte. »Ich würde gern sofort zu meinem Anliegen kommen.« Sein Besuch greift tief in eine Umhängetasche von einer Größe, in der sie fast komplett verschwinden könnte, und holt einen Ordner heraus. »Ich habe ein paar Aufnahmen mitgebracht, die ich Ihnen gern zeigen möchte.«

Also tatsächlich Röntgenbilder? Im Zusammenhang mit einer Behandlung, die die junge Frau beziehungsweise ihre Angehörigen als Kunstfehler einschätzen?

Doch in der Akte, die Susann Stehmeyer aufschlägt, erblickt Plathe statt der erwarteten Folien und Schwarz-Weiß-Aufnahmen einen Stapel mit Farbfotos. Das oberste zeigt zwei Menschen an einem breiten Strand, offenbar eine Szenerie aus einem Urlaub. Irritiert schaut er von den Bildern zu der jungen Frau ihm gegenüber und nimmt wahr, wie dramatisch sich ihr Ausdruck verändert hat: nicht mehr selbstbewusst und lässig, sondern abwartend, angespannt. Zaghaft? Oder sogar – lauernd?

»Was ist hier los?« Plathes dichte Augenbrauen bilden fast eine durchgezogene Linie, seine Stirnfalten haben sich vertieft.

»Am besten sehen Sie sich die Fotos etwas genauer an!« Susann Stehmeyer tippt auf das oberste Bild, fächert dann den kleinen Stapel so auf, dass die Aufnahmen nebeneinanderliegen.

Und jetzt erkennt er es. Das ist er selber! Mit einem Mal fühlt er sich zurückkatapultiert in eine Zeit, die zu einem anderen, sehr viel früheren Leben zu gehören scheint. Wie lang ist das her? 19 oder 20 Jahre? Er gegen Ende seiner Arztausbildung im Urlaub auf Kreta. Er war mit Freunden unterwegs, eine unbeschwerte Zeit mit ausgedehnten Ausflügen zum Strand, dem obligatorischen Besuch des Palastes von Knossos, mit einer Wanderung durch die Samaria-Schlucht, mit Baden im Meer, gutem Essen.

Und einem Urlaubsflirt. Die Frau neben ihm auf dem Foto. Christina? Christiane, Kirsten? Er erinnert sich nicht mehr genau an ihren Namen, nur noch an ihre zarte, sonnenwarme Haut, ihren Geruch nach Meer und Sonnenmilch und an das Klirren der Eiswürfel, wenn sie mit einer sinnlichen Handbewegung ihren Cocktail schwenkte. Ein leichtes Lächeln umspielt seinen Mund, als er sich an die gemeinsamen drei Tage und zwei Nächte erinnert. Plötzlich schießt ihm ein schockierender Gedanke durch den Kopf. Sollte ihre flüchtige Romanze etwa Folgen gehabt haben?

Alarmiert betrachtet er erneut sein Gegenüber und glaubt, in den Zügen der jungen Frau eine Ähnlichkeit zu der Schönheit damals auf Kreta auszumachen. Das dunkle, seidige Haar, der volle Mund, die Augen, die wie Onyxe schimmern. »Sie sind …?«, stammelt er.

»Deine Tochter, ja.« Mit wachem, taxierendem Blick fixiert sie ihn. »Ich wollte dich unbedingt endlich kennenlernen. Mama erzählt kaum etwas von dir. Ihr hattet ja wohl ewig keinen Kontakt.« Sie beugt sich vor. »Es hat eine ganze Weile gedauert, bis ich herausbekommen habe, wer mein Vater ist. Anschließend habe ich mir eine Strategie zurechtgelegt, wie ich es am schlauesten anstelle, an dich heranzukommen. Und zwar indem ich dein berufliches Interesse wecke …«

Plathe setzt seine Brille ab und wischt sich über die Stirn. Schweißtropfen haben sich dort gebildet. Sein Mund fühlt sich trocken an, als habe er auf Sandpapier herumgekaut. Jenseits der Tür hört er Stimmen, offenbar ein Wortwechsel zwischen seiner Chefsekretärin und einem Besucher.

Er greift zu seinem Kaffeebecher, sein Lieblingsexemplar mit Werder-Bremen-Emblem, stellt ihn dann aber wieder unverrichteter Dinge ab. Tatsächlich wäre ihm jetzt eher nach einem Schnaps. Aber so weit kommt es noch! Ganz bestimmt nicht schon um 15 Uhr am Nachmittag.

»Indem Sie mein berufliches Interesse wecken«, wiederholt er nachdenklich die Worte seines Besuchs. »Clever. Sie haben meine volle Aufmerksamkeit. Wie soll es weitergehen? Was stellen Sie sich vor?«

»Fangen wir damit an, dass wir Du zueinander sagen. Ich bin Annabel. Annabel Augustin. Den Namen Susann Stehmeyer habe ich mir zugelegt, weil ich fürchtete, mein echter Name könnte Erinnerungen wecken. Ich wollte dich überraschen.«

»Das ist dir gelungen.« Plathe ist fassungslos. Er schüttelt ungläubig den Kopf. »Verrätst du mir jetzt, was du mit unserer …?« Er sucht nach dem richtigen Wort. Doch wie immer er es benennt: Es fühlt sich falsch an. »Mit unserer Bekanntschaft anfangen willst?«

»Ich möchte in Zukunft in deinem Leben eine Rolle spielen. Und ich will, dass du einen Platz in meinem Leben hast. Ich möchte meinen Vater kennenlernen, mit ihm Zeit verbringen. Ich studiere Kunstgeschichte in Kiel, ich habe mir allerdings für zwei Monate ein WG-Zimmer in Hamburg gemietet. Fürs Erste. Ab und zu gibt es hoffentlich in deinem Kalender mal Lücken, in denen wir beispielsweise Essen gehen können?«

»Aktuell bin ich beruflich unglaublich eingespannt.« Plathe merkt selber, wie lahm das klingt. Absolut unangemessen. Aber die Ereignisse haben ihn komplett aus dem Tritt gebracht. Wer weiß, wann er sich an den Gedanken gewöhnen kann, eine Tochter zu haben? Mit einer Frau, die er praktisch nicht kennt und seit 20 Jahren nicht gesehen hat.

Was jetzt? Am besten zunächst das Naheliegende. Er greift zu Zettel und Stift, notiert seine Handynummer darauf und schiebt das Stück Papier seiner Besucherin hinüber. »Hier kannst du mich erreichen.« Er lächelt. »Annabel. Ein schöner Name.«

Die junge Frau steht auf, in einer eleganten, fließenden Bewegung, beugt sich vor und drückt ihm blitzschnell einen flüchtigen Kuss auf die Wange. Als Kai registriert hat, dass sie nach Maiglöckchen duftet, ist sie schon an der Tür. »Ich freue mich darauf, dich besser kennenzulernen«, ruft sie noch, dann ist sie verschwunden.

Er bleibt sitzen, nach wie vor perplex, und reibt sich die Schläfen. Erst in diesem Moment merkt er, dass sein Herz schneller schlägt, und tausend Gedanken und Bilder wirbeln durch seinen Kopf.

Als Erstes das Mienenspiel von seiner Frau Corinna, früher, wenn sie gemeinsam einen Film angeschaut haben, beim Spaziergang oder wenn er ihr beim Essen von einem interessanten Fall berichtet hat. Seine lachenden Söhne, klein, beim ersten Mal Eisessen, und größer, beim Skateboard-Fahren und nachdem sie beim Schulschwänzen erwischt wurden.

Jetzt also hat er noch eine erwachsene Tochter.

Der Wissenschaftler in ihm würde gern ihre DNA-Proben abgleichen. Um sicherzugehen. Das wird der Familienmensch Plathe ihm allerdings nicht erlauben, denn er glaubt ihr. Diese Tochter ist nun mal in seinem Leben aufgetaucht. Ist es nicht angemessen und an der Zeit, dass sie einen Platz darin findet?

KAPITEL 32

Er spürt seine Hände kaum noch. Erst haben sie gekribbelt, jetzt fühlen sie sich taub an. Die Kabelbinder um seine Handgelenke sind so festgezogen, dass sie die Blutzufuhr einschränken. Auch sonst fühlt sich Christian Nessler wie ein gut verschnürtes Paket. Die Beine sind ebenso an den Stuhl festgebunden wie die Hände.

Den Kopf kann er minimal nach rechts und links zur Seite drehen. Eine Bewegung nach vorn wird durch eine weitere Fesselung verhindert, womöglich durch einen Gürtel. Er ist sich nicht sicher. Er fühlt nur eine Art Band aus grobem Material auf der zarten Haut seines Halses. Es könnte Leder sein, dazu eine Schnalle aus Metall. Ja, es spricht alles für einen Gürtel.

Und damit ist klar, dass er gut daran tut, nicht gegen die Fesselung anzukämpfen. Er würde sich selber strangulieren. Der Typ, der ihm gegenübersitzt, sieht nicht so aus, als würde er seinen Tod sonderlich bedauern. Im Gegenteil. Er wirkt, als könne er sein baldiges Ende kaum abwarten. In seinen Augen lodert unbändiger Zorn. Und noch etwas anderes. Nessler wüsste gern, was das ist. Aber er kann die Emotionen nicht deuten. Er ist viel zu abgelenkt. Alles, woran er denken kann, ist: Wie komme ich hier lebend raus?

Was ist »hier« überhaupt? Er erkennt im dämmrigen Licht die Umrisse eines rechteckigen Raumes, grob verputzte Wände, an der einen Längsseite sieht er einen Stapel

Autoreifen, ein schlichtes Regal, Farbeimer. Eine Garage? Heißt das, es sind Häuser in der Nähe? Menschen? Jemand, der ihn hören könnte, wenn er um Hilfe ruft? »Denk nicht einmal daran!« Die Stimme seines Entführers ist rau, er hat leise gesprochen. Und doch klingt er bedrohlich, entschlossen, kalt. Und überhaupt: Woher wusste der Kerl, dass er überlegt hat, sich bemerkbar zu machen? Vielleicht, weil es das Offensichtliche ist. Wer gefangen und gefesselt ist, will nichts als weg. Er will Hilfe.

Wo bin ich da bloß reingeraten? Nessler sieht im Geiste die Mündung der Schusswaffe vor sich, die auf ihn gerichtet wurde, eine dunkle Höhle, in der der Tod lauert. Offenbar hatte der Kerl mit der Pistole hinter dem Gebüsch nahe seiner Haustür gehockt und auf seine Rückkehr gewartet. Er ist maskiert gewesen – und eben bewaffnet. Wegrennen war zwecklos, die Kugel ist immer schneller. Versuchen, dem anderen die Pistole aus der Hand zu schlagen? Keine Chance, dazu hätte er wohl einen Kampfsport beherrschen müssen. Er war dem Angreifer ausgeliefert.

Ohne ein Wort zu sagen, hat der Maskenmann ihm bedeutet, die Haustür aufzuschließen. Ein Wink mit der Pistole hat gereicht, um klarzumachen, was von Nessler verlangt wird. Vorne auf der Pistole ist ihm ein röhrenförmiger Aufsatz aufgefallen, wahrscheinlich ein Schalldämpfer. Es würde also nur ein »Plopp« geben, wenn der Mann abdrückt. Niemand würde es hören.

Völlig unmissverständlich ist die Anweisung gewesen, sich in der Küche auf einen Stuhl zu setzen. Hier hat der Kerl ihm, immer noch mit der Waffe in der Hand, mit Kabelbindern die Hände hinter dem Rücken zusammengebunden, sodass er seither in seiner Bewegungsfreiheit enorm eingeschränkt ist. Ebenso effizient hat der Maskenmann ihm die Sicht genommen, indem er ihm eine dunkle Haube über den

Kopf gestülpt hat. Dann hat sein Peiniger ihn nach draußen gebracht. Christian Nessler hat es an dem charakteristischen Quietschen der Haustür erkannt, an dem Vogelgezwitscher, das plötzlich so viel deutlicher zu hören gewesen ist. Die Tierlaute haben so fröhlich und unbeschwert geklungen. Ein geradezu unanständiger Gegensatz zu Nesslers eigenen Verfassung. Ihn selber hat eine innere Kälte erfasst, die ihn regelrecht schlottern lässt. Das ist abgrundtiefe Angst. Was kommt noch auf ihn zu? Er ist gefangen in einer Situation, wie sie sonst im Krimi vorkommt. Die nur den anderen widerfährt.

Jetzt aber ist er das Opfer.

Sein Entführer hat ihn dazu gezwungen, in den Kofferraum eines Autos zu klettern. »Und wenn ich darin keine Luft bekomme?«

Der andere hat mitleidlos geschnaubt. »Das wird schon nicht geschehen. Und wenn doch, hast du eben ...« Wie der Satz weiterging, hat Nessler lediglich dumpf vernehmen können, weil in diesem Moment die Kofferraumhaube zugeschlagen wurde. »... Pech gehabt.« Danach war er mit seinen Ängsten allein. Er hat versucht, die Zeit, die er im Kofferraum eingesperrt gewesen ist, abzuschätzen. Eine halbe Stunde vielleicht, möglicherweise länger. Sein Handy, von dem er die Uhrzeit hätte ablesen können, hat der Täter ihm abgenommen. Natürlich ist der Kerl nicht das Risiko eingegangen, dass er die Polizei alarmiert. Vermutlich hat der Maskenmann das Smartphone inzwischen ausgeschaltet, damit man es nicht tracken kann.

Die Fahrt ins Ungewisse muss eine Weile durch Hamburg geführt haben. Der Verkehrslärm ist eine Zeit lang gleichbleibend stark gewesen, dann ist es merklich ruhiger geworden. Sie sind wohl aufs Land gefahren, vielleicht in einen Wald. Jedenfalls in die Einsamkeit.

Und nun befindet er sich in diesem kühlen Raum ohne Fenster, allein mit seinem Peiniger, vollkommen auf sich gestellt. Nessler überlegt, wie er dort rauskommt, und versucht, sich zu erinnern, was er über solche Situationen gelesen hat: mit dem Entführer ins Gespräch kommen, eine Verbindung herstellen. Doch wie soll man jemanden erreichen, der im Innern versteinert erscheint, dessen Augen hinter den schmalen Sehschlitzen wie schwarze Kohlen wirken? Er fühlt sich an einen Bösewicht aus einem James-Bond-Film erinnert, weiß allerdings nicht, welcher genau. Als ob das eine Rolle spielte!

»Was wollen Sie von mir? Ich habe nicht besonders viel Geld, aber wenn ...«

»Geld!« Der Typ spuckt das Wort aus, als handele es sich um eine Obszönität. »Das interessiert mich nicht. Ich will Informationen. Vielleicht lasse ich dich leben, wenn du dich kooperativ zeigst.«

»Ja. Ja!« Nessler stößt die Worte hastig hervor. Die Fesselung seiner Handgelenke hat sich so tief ins Fleisch geschnitten, dass er das Blut an seinen Händen herunterrinnen spürt. Doch die Angst, die ihm die Kehle zuschnürt, bereitet ihm viel größere Schmerzen. »Ich sage Ihnen alles, was Sie wissen wollen.« Seine Stimme ist nicht mehr als ein Krächzen. Hinter seiner Stirn arbeitet es fieberhaft. Was will der Kerl? Ist jetzt die Stunde der Wahrheit gekommen?

Die Leichen im Moor! Seit die ersten Berichterstattungen über den Fund der beiden Toten zu lesen waren, hat Nessler in beständiger Angst gelebt, dass ihn die Vergangenheit einholt. Dabei hat er an Ermittlungen gedacht, vielleicht ein Strafverfahren, das ihm und seinen damaligen Freunden bevorstehen könnte. Und nun sitzt er hier, verschnürt und ausgeliefert. Ihm droht nicht die Justiz, sondern ein Rächer. Womöglich sogar der Tod.

»Der Unfall damals. Als Carola und Sophia sterben mussten. Wie viele wart ihr?« Die Stimme des Maskenmanns klingt schneidend. »Ich will wissen, wer dabei war!«

»Wir waren zu fünft«, stößt Nessler hervor. Zugleich überlegt er, welche Informationen er noch in die Waagschale werfen kann, um seinen Peiniger milde zu stimmen. Er versucht abzuwägen, ob er damit durchkommen würde, sich Namen auszudenken. Denn seine Mitwisser – oder Mittäter – zu verraten, würde gegen den Pakt verstoßen, den sie damals geschlossen haben. Und wenn er sich an den entschiedenen Auftritt und die Drohgebärde von Matthias erinnert, scheint auch der Wortführer aus ihrer damaligen Gruppe entschlossen, dass er im Extremfall handgreiflich werden würde. Christian Nessler hat also die Wahl zwischen Pest und Cholera.

Er entschließt sich, auf Zeit zu spielen. »Sorry, ich muss einen Moment nachdenken. Das ist schon so lange her«, stammelt er. »Einer hieß Martin, wenn ich mich recht erinnere.« Er hat sich entschieden, Namen zu nennen, die den echten so weit ähneln, dass er im Zweifelsfall behaupten könnte, sein Gedächtnis habe ihm einen Streich gespielt. Doch ein Blick in die Augen des Rächers zeigt ihm, dass dieser ihn durchschaut.

Der Kerl richtet die Pistole auf Nesslers rechte Kniescheibe. »Eine weitere Lüge, und ich schieße. Glaub mir ...« Er macht eine kurze Pause. »Ich weiß, wo es wirklich wehtut.«

Schweiß tritt Nessler auf die Stirn, rinnt in seine Augen. Er meint schon, den Schmerz in seinem Körper explodieren zu fühlen. Dabei hat der andere noch gar nicht geschossen. Das hält er nicht länger aus!

»Matthias, Paula, Michael, Sven.« Gehetzt nennt er die Vornamen seiner damaligen Freunde, fügt die Nachnamen hinzu. Dann sackt er in sich zusammen, als habe jemand die Luft aus ihm herausgepresst.

»So ist brav!« In den Augen des Mannes blitzt Genugtuung auf, außerdem grenzenloser Zorn und – ja, wohl so etwas wie Hass oder Verachtung. »Zur Belohnung darfst du jetzt eine Weile schlafen.«

Er zieht eine Spritze auf, inspiziert die klare Flüssigkeit in der Glasampulle genau. Das Narkosemittel Propofol scheint genau die richtige Substanz für seine Zwecke zu sein. Er hat aufmerksam die Berichterstattung verfolgt, als die Substanz durch den überraschenden Tod von Michael Jackson im Juni 2009 in die Schlagzeilen geriet. Wie aufs Stichwort kommt ihm einer der größten Hits des Popidols in den Sinn. Er pfeift, nachdem er die Injektion gesetzt hat, die ersten Takte von »Thriller«. Es klingt schief, doch ihn selber stört das nicht. Und Christian Nessler vermutlich auch nicht mehr. Denn der beginnt bereits, in eine Bewusstlosigkeit zu sinken.

So ist es recht. Er will ja keinen schnellen Tod seines Opfers. Er will nur, dass dieses absolut wehrlos ist. Deshalb hat er sich viel Mühe gemacht herauszufinden, welche Dosis er injizieren muss, damit sein Opfer lange genug betäubt ist für alles, was er mit ihm geplant hat. Er will dem Mann erst eine Tätowierung stechen und ihn dann zur Alster transportieren. Dort wird sich zeigen, ob Christian Nessler überleben wird. Oder nicht.

Der Maskenmann schüttelt fast bedauernd den Kopf. Denn er weiß, für den betäubten Mann stehen die Chancen schlecht. Sehr schlecht.

KAPITEL 33

»Was für ein Blick! Ich kann mich gar nicht daran sattsehen!« Johannes Plathe strahlt. Immer wieder deutet er von der Plaza der Elbphilharmonie aus auf Schiffe, auf Kräne, auf die Elbe, breitet die Arme aus, als wolle er das ganze Panorama umfassen. Kai Plathe hat seinen Vater seit Langem nicht mehr so lebhaft erlebt, so glücklich. Der 79-Jährige ist derartig begeistert, dass er sich auf die Zehenspitzen stellt, um sich noch ein Stück weiter über das Geländer beugen zu können. Wie gut, dass die Balustrade der Elbphilharmonie brusthoch ist. Sonst würde Kai sich ernsthaft Sorgen machen.

Ein Sturz ...

Nein, er will den Gedanken gar nicht weiterspinnen. Heute sind Leichtigkeit und Genuss angesagt. Schließlich hat er seinen Vater erst zu einem Mittagessen an die Außenalster und anschließend zu Hamburgs – nicht mehr ganz so – neuem Wahrzeichen geführt, damit sie gemeinsam ein paar schöne Stunden verbringen. Und das ist auch wunderbar gelungen.

Kai hat sich diesen Sonntag bewusst freigeschaufelt. Eigentlich war verabredet, dass seine Frau nun endlich mal nach Hamburg kommt und sie Zeit miteinander verbringen würden. Sie hatten auch überlegt, dass er zur Familie nach Essen fahren könnte. Doch Corinna hat vor vier Tagen abgesagt. Mal wieder. Er selbst würde gerne zu ihr fahren, aber aufgrund der aktuellen Ereignisse kann er im Moment aus Hamburg nicht weg.

Erst ist Kai enttäuscht gewesen. Doch die Gelegenheit, stattdessen mal mehr als nur ein paar Stunden mit seinem Vater zubringen zu können, hat er gern ergriffen. Die Konzertkarten für Johannes und sich hat er kurzfristig ergattern können. Ein Glücksfall. Ebenso ist es erfreulich, dass es für ihn keine überraschenden dienstlichen Einsätze gegeben hat.

Denn das Leben kann einem immer einen Strich durch die Rechnung machen. Oder in seinem Fall besser gesagt: der Tod.

Heute allerdings ist es tatsächlich ruhig geblieben, zumindest oberflächlich.

Und so hat Kai seinen Vater pünktlich abholen und mit ihm bei Bobbie Reich an der Außenalster ein leichtes Mittagessen einnehmen können. Zu dieser Jahreszeit in der zweiten Märzhälfte ist das Grün der Büsche schon relativ üppig. Kai hat sich insbesondere über die Blüten der Kätzchenweide und der Haselnuss gefreut. Auf dem Weg zu ihrem Lokal sind sie schließlich an Grünflächen vorbeigekommen, auf denen Veilchen, Buschwindröschen und Schlüsselblumen wie die verschwenderisch hingetupften Farben eines Malers wirken. Die Sonne schickt über die Außenalster ihre Strahlen, die sich millionenfach auf der leicht gekräuselten Wasseroberfläche brechen.

Die Speisekarten haben sie nicht studieren müssen. Für Johannes war klar, dass er Labskaus essen möchte. Kai hat sich für Kartoffelpuffer mit Räucherlachs entschieden – eine Wahl, die er immer wieder trifft und die ihn bislang nie enttäuscht hat. Sie haben wenig geredet, sondern den Blick auf das Wasser gerichtet und den ersten Seglern zugesehen, die das schöne Wetter auf die Alster gelockt hat.

Nach dem Essen haben sie in der Elbphilharmonie ein herrliches Konzert genossen, mit zauberhafter Musik von Mozart, Beethoven und Brahms. Und nun im Anschluss der

Ausblick von der Plaza, der Johannes Plathe ganz beseelt. Das Leuchten in seinen Augen zu sehen, ist für Kai mindestens so schön wie das Panorama aus 37 Metern Höhe. Elbe, Hafen, Speicherstadt und Hafencity. Und natürlich vor allem die Schiffe.

»Irgendwie ähneln sie menschlichen Wesen«, sagt Johannes unvermittelt und deutet hinunter auf die Elbe, wo auf ihrer Höhe gerade eine Barkasse, ein Frachter und einige Segler unterwegs sind. Kai sieht seinen Vater fragend an. »Schiffe werden niemals langweilig«, fährt Johannes fort. »Man kann sie stundenlang beobachten, wie Passanten, denen man von einem gemütlichen Platz im Café aus zusieht. Jedes Schiff hat sein eigenes Tempo, sein eigenes Geräusch, erzählt seine eigene Geschichte.«

Kai freut sich sehr darüber, dass sein Vater so aufblüht. Andererseits überrascht es ihn, dass Johannes ihn nicht nach seiner Arbeit fragt. Sonst hat er immer reges Interesse an den jeweiligen Fällen gezeigt. Kein Wunder! Schließlich ist Johannes pensionierter Kriminalpsychologe und hat öfter mit gezielten Fragen oder einem Vorschlag einen neuen Impuls für Ermittlungen geben können. Jetzt aber hat Johannes weniger Interesse an irgendwelchen Morden als an der Natur und den schönen Künsten. Es sei ihm gegönnt. Wir sollten öfter etwas unternehmen, ermahnt Kai sich. Zugleich wird ihm bewusst, dass er sich das bereits häufiger vorgenommen hat.

Doch das positive Gefühl überwiegt eindeutig. Was für ein Erlebnis! Sie haben mehrfach die Runde auf der Plaza gedreht, und der Blick über den Fluss ist eindeutig der Favorit von Johannes Plathe. Die Elbe hat für ihn schon immer zu den magischen Orten Hamburgs gehört, ob vom Ufer aus, bei einer Barkassenfahrt, von der Terrasse des legendären Süllberg-Hotels in Blankenese – oder so wie im Moment am Rande der Speicherstadt von der Elbphilharmonie aus.

Diese Atmosphäre müssen sie auskosten. Es wäre schade, jetzt zu gehen. Es bleibt doch sicher noch Zeit für einen Besuch im Restaurant Störtebeker in der Elphi? Dieses Lokal mit seiner charmanten Mischung aus warmen Holztönen und schickem Industrieambiente sieht für Kai nach einem Platz zum Wohlfühlen aus. »Was hältst du von einem Bier im Störtebeker?« Kai grinst seinen Vater herausfordernd an.

Einem perfekt gezapften kühlen Blonden hat Johannes in den vergangenen Jahren nur selten widerstehen können. Johannes Plathe nickt und strebt auf einen Fensterplatz zu, setzt sich mit einem zufriedenen Seufzen auf einen der Stühle.

»Das werte ich mal als Ja.«

»Das siehst du ganz richtig.« Der Senior studiert interessiert die Speisekarte. »Schau mal«, fordert er seinen Sohn auf und deutet auf die Auswahl an Snacks, wo unter anderem Bauernbrot mit Schinken, Pastrami und Käse angeboten wird. »Woanders würde das wahrscheinlich schlicht ›Brotzeit‹ heißen.« Johannes schmunzelt. »Hier nennen sie es Charcuterie Board. Wollen wir uns eine Portion teilen?«

»Eine gute Idee.« Kai lehnt sich zurück. »Und dazu zwei Kellerbier vom Fass!«

Er hat sich Sorgen gemacht, wie es seinem Vater mittlerweile geht. Wie schnell die Demenz, die seit einiger Zeit bemerkbar ist, voranschreiten würde. Aber offenbar nimmt sie einen milden Verlauf. Zumindest wenn man sich daran orientiert, wie gut gelaunt, lebhaft und aufmerksam sein Vater heute ist.

»Ich habe jemanden kennengelernt.« Als hätte Johannes die Gedanken seines Sohnes gelesen, platzt er mit dieser

Neuigkeit heraus. »Obwohl, kennengelernt trifft es nicht ganz. Sabine ist schon lange eine Nachbarin von mir, wohnt drei Häuser weiter. Wir haben uns früher gelegentlich zum Plausch an der Gartenpforte getroffen. Aber jetzt sind wir uns – wie soll ich sagen? – nähergekommen.«

Kai bemerkt, dass sein Vater ihn genau mustert, wohl um die Reaktion des Sohnes auf diese Entwicklung einzuschätzen. Kai hebt wortlos sein Glas und prostet seinem Vater zu. Der greift ebenfalls zu seinem Kellerbier und stößt mit seinem Sohn an. »Ich freue mich sehr für dich!« Noch während Kai dies sagt, fällt ihm auf, wie sehr dieser Satz der Wahrheit entspricht. Er gönnt Johannes die neue Beziehung von Herzen. Seit dem Tod seiner Frau, Kais Mutter, durch einen Schlaganfall vor drei Jahren hat Johannes seine Einsamkeit sehr zugesetzt. Es wurde Zeit, dass er wieder jemanden findet, der einen Platz in seinem Leben einnimmt – und in seinem Herzen.

Obwohl ... »Sabine wird niemals deine Mutter ersetzen können.« Johannes lächelt, doch es ist ein trauriges Lächeln. »Meike fehlt mir jeden Tag!«

Wieder kommt es Kai so vor, als könne sein Vater seine Gedanken lesen. Oder ist es so offensichtlich, was ihn gerade beschäftigt? Dass das Andenken seiner Mutter langsam verdrängt werden könnte? Nein, überlegt Kai. Die Ehe seiner Eltern ist fast ein halbes Jahrhundert lang geradezu bewundernswert harmonisch gewesen. Bis zum Schluss haben sie bei Spaziergängen oder abends auf dem Sofa Händchen gehalten, immer wieder liebevolle Blicke ausgetauscht. Diese Innigkeit hat sich tief in Johannes' Herz eingegraben.

Warum darf da nicht noch Platz für einen weiteren Menschen sein? Diese Sabine scheint seinem Vater sehr gut zu tun, eine belastende Leere zu füllen und geradezu seine Lebensgeister zu wecken. Kai hebt erneut sein Glas und lächelt seinem Vater zu. »Ich würde Sabine sehr gern bald kennenlernen.«

Johannes schmunzelt. »Das wirst du. Und deine Schwester ebenfalls. Ich freue mich darauf, euch alle miteinander bekannt zu machen.«

KAPITEL 34

Es bleibt ein Rätsel: Zwei verschwundene Frauen und immer noch keine schlüssige Erklärung, wieso sie im Moor endeten. Und schließlich der aktuelle Armbrust-Mord, der ihre ganze Aufmerksamkeit fordert.

Emma schiebt auf ihrem Schreibtisch mehrere leuchtend gelbe Post-it-Zettel, auf denen sie sich in den vergangenen Minuten Notizen gemacht hat, hin und her – und seufzt.

Es gibt so irrsinnig viel zu tun, dass an Feierabend überhaupt nicht zu denken ist. Das Wochenende werden sie und ihre Kollegen aus dem Team durcharbeiten müssen. Trotzdem ist sie überzeugt, dass sie richtig gehandelt hat, als sie gegenüber Staatsanwalt Alexander Koblin so selbstbewusst aufgetreten ist und gesagt hat, sie habe alles im Griff.

Hat sie im Prinzip ja. Noch jedenfalls. Doch sie muss das Spektrum ihrer Ermittlungen definitiv erweitern. Und da kommt Carla Schiffbauer und deren Abteilung für Operative Fallanalyse, kurz OFA genannt, ins Spiel. Die Psychologin Schiffbauer wehrt sich gern gegen die Bezeichnung »Profiler«. Das klingt in ihren Ohren zu oberflächlich, zu sehr nach Blockbuster, zu wenig seriös. Fallanalytiker – das trifft es ihrer Überzeugung nach schon eher. Schließlich erstellt Schiffbauer ihre Analysen anhand sorgfältigster Untersuchungen und Beobachtungen – und nicht etwa aus dem Bauch heraus. Wer sie zu einem Fall hinzuzieht, bekommt profunde Einschätzungen. Das hat der 61-Jährigen über die Jahre so etwas wie einen Legendenstatus eingebracht.

Sie hat in den vergangenen drei Jahrzehnten an sämtlichen großen Fällen mitgewirkt. Und sie hat mit ihren Ermittlungshinweisen meistens ins Schwarze getroffen. Allerdings ist sie damals ebenfalls mit ihrem Latein am Ende gewesen, als die beiden jungen Frauen wie vom Erdboden verschluckt waren. Doch jetzt haben sie Fakten, die zu jener Zeit vor 24 Jahren nicht vorgelegen haben. Was würde Carla Schiffbauer aus den Geheimnissen ableiten können, die Rechtsmediziner Plathe den Moorleichen entlockt hat?

Emma hat am Telefon gerade eben Gelegenheit, ihren Namen zu nennen, da kommt die Psychologin bereits zur Sache: »Worum geht's? Sie wollen mit mir sicher keinen Small Talk halten, sondern haben ein konkretes Anliegen.« Emma holt Luft, um die Frage zu beantworten, als Schiffbauer selber weiterspricht: »Hat es mit den Leichenfunden im Moor zu tun? An der Vermisstensache, die damit ja offenbar zusammenhängt, war ich früher schon einmal dran.«

»Genau darum geht es. Wir tappen bisher ziemlich im Dunkeln.« Die Kommissarin weiß, dass es keinen Sinn hat, um den heißen Brei herumzureden. Klartext ist das Gebot der Stunde.

»Wollen wir jetzt direkt über den Fall sprechen? Sie schildern mir die aktuelle Entwicklung. Und ich versuche, mich zu erinnern, wie wir uns damals in Bezug auf die OFA geäußert haben. Ich denke, dass ich kurzfristig an den Abschlussbericht herankommen werde. Allerdings konnten wir seinerzeit keine richtungsweisenden Hinweise für neue Ermittlungsansätze geben. Die Lage gab einfach nicht genug her. Das spezielle Problem natürlich: keine Leichen. Und praktisch keine Vorgeschichte. Aber nun werden die Karten neu gemischt!«

Die zupackende Art von Schiffbauer gefällt Emma. Die Kriminalhauptkommissarin hat schon bei ihrem letzten Fall, als sie nach einem Serienmörder gefahndet hat, von der Psychologin interessante Impulse für die Ermittlungen erhalten. Sie schätzt deren kühle Einschätzung und das schnörkellose Auftreten ganz ohne Eitelkeiten, ausschließlich der Sache verpflichtet. Da kann sich so mancher Kollege bei der Polizei eine Scheibe von abschneiden.

Zehn Minuten später klopft Emma Claasen an die Tür der Psychologin. »Herein!« Die Stimme von Carla Schiffbauer ist erstaunlich tief und passt auf den ersten Blick nicht zu ihrer zierlichen Gestalt. Der Händedruck ist so fest, dass Emma den Impuls unterdrücken muss, sich die Knöchel zu reiben. Sie sieht sich im Büro der Kriminaldirektorin um, das ihr genauso eng vorkommt wie ihr eigenes. Auch der Blick aus dem Fenster ähnelt dem ihres Büros. Nur dass der Straßenlärm gedämpfter klingt. Na ja, die Kriminalpsychologin residiert ja zwei Stockwerke höher.

Ein weiterer Unterschied zu Emmas Büro ist das Tischchen, das Schiffbauer neben ihrem Arbeitsplatz platziert hat und auf dem eine Vase mit einem Strauß Kornblumen steht. Blumen bedeuten Leben, ist Emmas spontaner Gedanke. Aber auch: Das Leben kann so plötzlich vorbei sein. Ein schaler Beigeschmack legt sich ihr in den Mund, als sie an den gruseligen Tod des Mannes im Duvenstedter Brook denkt.

Da steht ihnen aufwendige Ermittlungsarbeit bevor. Und jemand aus dem Team muss, nachdem die Ehefrau von Michael Lahn mittlerweile Bescheid weiß, auch seinen Eltern die Todesnachricht überbringen. Sie hofft, dass das nicht an ihr selber hängen bleibt. Der Besuch bei den Familien von Sophia Haferkamp und Carola Fuhrmann steckt ihr noch ziemlich in den Knochen.

»Sie kriegen das hin!«

Emma zuckt zusammen und merkt, dass Carla Schiffbauer sie mit ihren wachen eisblauen Augen intensiv mustert. »Sie meinen, den Fall zu lösen?«

»Das auch.« Die Psychologin beugt sich vor und schenkt beiden ein Glas stilles Wasser ein, bevor sie weiterspricht. »Ich hatte eben den Eindruck, dass Sie darüber nachgedacht haben, wie Sie ein viel dringenderes Problem angehen. Habe ich recht?«

Emma ist irritiert. Sie hat das Gefühl, dass ihr Gegenüber sie viel zu gut durchschaut. »Ich muss womöglich nachher zu der Familie unseres neuen Mordopfers. Der Mann ist mit einer Armbrust mehrfach regelrecht an einen Baum im Wald festgenagelt worden. Da steckt bestimmt ein besonderes Motiv und eine außergewöhnliche Täter-Opfer-Beziehung dahinter. Vielleicht mögen Sie sich auch in dieser Sache auf dem Laufenden halten – nur für den Fall, dass ...«

Die Psychologin wiegt den Kopf. »Ich möchte nichts versprechen. Lassen Sie uns erst mal abwarten, was sich in der Sache tut. Sie sind ja noch ganz am Anfang.«

Hat sich Emma zu weit vorgewagt? Nein. Es kann kein Fehler sein, schon mal vorsichtig vorzufühlen. Aber so viel ist richtig: Es ist noch sehr früh, um im Armbrust-Fall psychologisch tief einzutauchen. Die Basis muss gelegt werden. Und dann Schritt für Schritt ...

Die Chefin der OFA setzt ihre Lesebrille auf und ordnet einige Papiere, die sie vor sich liegen hat. »Kommen wir jetzt doch bitte zur Gegenwart beziehungsweise zur Vergangenheit«, fordert sie Emma auf. »Also zu unseren Moorleichen. Der Anfang liegt ja bereits lange zurück, im Jahr 1999. Oder denken Sie eventuell, dass die Frauen erst später verstorben sein könnten? Gibt es Anhaltspunkte für eine Entführung?«

»Nein.« Emma schüttelt langsam den Kopf. »Darauf deutet bislang nichts hin. Wir gehen davon aus, dass sie entweder am Tag ihres Verschwindens oder sehr bald danach gestorben sind.«

Carla Schiffbauer streicht sich mit der Hand über die gerunzelte Stirn und ihren graublonden Pony. »Im Prinzip kenne ich den Fall ja. Wir müssen die Aktenlage nicht weiter vertiefen. Wir wollen ein besonders erfahrenes OFA-Team zusammenrufen. Das kann ab Montag kommender Woche geschehen. Könnten Sie bitte mit Prof. Plathe sprechen, wen aus seiner Mannschaft er abstellen kann? Besonders gut funktioniert die Zusammenarbeit immer mit der neuen Oberärztin, Dr. Claudia Ehrmann. Die hat mit uns schon in der OFA kooperiert und hat sehr kreative Ideen.«

Emma notiert sich den Namen der Rechtsmedizinerin, dann verabschiedet sie sich und verlässt den Raum. Die Kriminaldirektorin bleibt noch ein paar Augenblicke an dem kleinen Konferenztisch sitzen, um nachzudenken. Da sie gerade eine andere Fallanalyse abgeschlossen hat, kann sie sich ganz auf diesen zugleich neuen und altbekannten Fall konzentrieren. Ein Fall, der offensichtlich zwei sehr ungewöhnliche Cold Cases in sich vereinigt. Carla Schiffbauer erinnert sich an ihre frühere OFA-Analyse noch relativ gut. Es war eine ihrer ersten überhaupt. Ursprünglich hat sie seinerzeit erwartet, ein sexuell motiviertes Verbrechen zu bearbeiten, bei dem die jungen Frauen eventuell entführt und sexuell missbraucht worden sind. Das Problem: Die Opfer blieben wie vom Erdboden verschluckt. In deren persönlicher Vorgeschichte haben Männerbekanntschaften nur eine untergeordnete Rolle gespielt. Immerhin hat eine der Vermissten wohl eine besondere Faszination auf Männer ausgeübt. Die zweite war offenbar eher zurückhaltend.

Jetzt müssen sie einerseits alles auf null stellen und den Fall völlig neu denken. Andererseits sind natürlich sämtliche Ansätze, die sie damals angedacht haben, wieder aufzurollen. Echte Verdächtige hat es nicht gegeben. Aber möglicherweise haben sie seinerzeit den Wald vor lauter Bäumen nicht gesehen. Vielleicht gestaltet sich der Fall ganz anders. Wer weiß. Sie werden alles dransetzen, es herauszufinden. Ein sehr dunkles Kapitel. Totenmoor eben.

KAPITEL 35

Egon hat die Nase vorn – oder genauer gesagt den Schnabel. Typisch, dass dieser Erpel mal wieder der Erste am Trog ist. Helga Mertens schiebt ihre Hand tief in ihren Jutebeutel, den sie mit Getreidekörnern und Entenfutter aus dem Handel gefüllt hat, holt eine Handvoll heraus und wirft sie dem Tier direkt vor die Füße. Gierig schnappt der Erpel zu und verschlingt die Leckerbissen, bevor eine der anderen Enten sie ihm streitig machen kann. Egon ist ja so egoistisch.

Die Rentnerin hat das Stockenten-Männchen nach ihrem früheren Chef getauft, weil das Tier sie mit seinem watschelnden Gang, dem fordernden Geschnatter und dem aufgeregt erhobenen Kopf sehr an Egon Schachtmann erinnert, den Boss in der Rechnungsabteilung ihres ehemaligen Arbeitgebers. Sie schmunzelt. Wenn Schachtmann wüsste, welche Assoziationen sie bei seinem Anblick hatte!

Seit sie nicht mehr arbeitet, ist der Spaziergang von ihrer Zweizimmerwohnung in der Nähe der Mundsburg zur Außenalster für Helga Mertens zu einem Ritual geworden, das sie an mindestens drei Vormittagen pro Woche pflegt. An diesem Märztag tröpfelt ein sanfter, aber beständiger Regen auf das Wasser und hinterlässt Millionen zarter Dellen in der Oberfläche, ein permanenter Wechsel von Struktur und Farbnuancen, von dunklem Grün über Grau zu Braun.

Helga Mertens mag die Atmosphäre um Hamburgs Binnengewässer bei sogenanntem schlechtem Wetter fast noch lieber als bei Sonnenschein, wenn viele Menschen die Ufer der Alster bevölkern. Es ist einfach eine Frage der richtigen Kleidung, wie gut man selbst bei trüber und nasser Witterung zurechtkommt. Regenhut, warmer Mantel und gefütterte Gummistiefel sind gerade angesagt. Und wie immer hat die Rentnerin ihre Tüte mit guten Gaben für die Enten und Gänse dabei. Sie weiß, dass manche Tierschützer es gar nicht gerne sehen, wenn die Wasservögel so üppig gefüttert werden. Aber eins ist klar: Die Tiere lieben es.

Bald umringt eine Schar von schnatternden Zweibeinern die Hamburgerin und angelt nach dem Futter. Manches lässt sie in die Nähe ihrer Füße fallen, andere Bröckchen wirft sie weiter ins Wasser, damit auch Nachzügler etwas abbekommen und nicht nur Egon und die restlichen Übereifrigen.

Plötzlich ertönt ein Knirschen und Scheppern und reißt Helga Mertens aus ihrer Routine. Die 74-Jährige versucht, den Ursprung des Lärms zu lokalisieren. Da, ein Auffahrunfall auf der Kennedybrücke. Soweit sie das von ihrem Standort aus erkennen kann, ist ein Kombi in einen Kleinlaster gerauscht. Der Blick der Rentnerin fällt auf eine Stelle einige Meter vor der Brücke, nicht weit vom Ufer, wo sich ein noch undefinierbares Objekt aus dem leichten Wellengang zu heben scheint. Es könnte eine Boje sein, die mal mehr, mal weniger aus dem Wasser herausschaut. Merkwürdig nur, dass dieses halbkugelförmige Etwas keine Signalfarbe trägt, kein Orange, Gelb oder Rot, wie Helga Mertens es sonst von Bojen kennt. Sinn dieser treibenden Behältnisse ist es ja gerade, gut gesehen zu werden. Hier scheint es sich eher um einen schlammfarbenen Gegenstand zu handeln, mit helleren Schattierungen. Was das wohl sein mag?

Die 74-Jährige schüttet die letzten guten Gaben aus ihrem Beutel den schnatternden Enten und Gänsen hin, faltet die Tüte zusammen, schiebt sie in die Manteltasche und macht sich auf den Weg, das merkwürdige Ding im Wasser genauer zu inspizieren.

Für einen Moment ist es komplett unter einer leichten Welle verschwunden, dann taucht es wieder auf. Seegras scheint den Gegenstand überwuchert zu haben und die Halbkugel wie Fäden zu umschließen. Fäden? Fast hat Helga Mertens den Eindruck, als habe sie Haare erblickt. Während sie weiter in Richtung des merkwürdigen Fremdkörpers geht, beschleicht sie ein mulmiges Gefühl. Ob es sich tatsächlich um einen behaarten Kopf handelt? »Nicht doch!«, schilt sie sich selbst. »Du hast gestern einfach zu lange Krimis geschaut.« Die Rentnerin verharrt, kramt ein Brillenputztuch aus ihrer Handtasche und wischt über die feuchten Gläser ihrer Sehhilfe. Das sollte ihren Blick schärfen.

Noch ein paar Schritte. Plötzlich bleibt die Frau wie angewurzelt stehen. Die Halbkugel hat sich minimal gedreht, sodass Helga Mertens nun geschwungene Linien ausmacht, die sie an das Halbprofil eines menschlichen Gesichts erinnern. Den oberen Part zumindest, mit Stirn und der Hälfte der Nase. Eine nächste sanfte Woge kommt, und von dem Gegenstand ist erneut nur der Teil zu sehen, den sie für Seegras oder Fäden gehalten hat. Dann, im nächsten Wellental, erkennt sie deutlich Teile eines Gesichts, auch wenn sie ihr unförmig und verquollen vorkommen.

Was für ein gruseliger Anblick! Mit bebenden Händen klaubt die Hamburgerin ihr Handy aus ihrer Handtasche und wählt die 110. »Hallo!« Sie versucht, das Zittern in ihrer Stimme zu unterdrücken und ihren Worten einen bestimmenden Klang zu verleihen. Sie nimmt einen neuen Anlauf.

»Ist da die Polizei?« Jetzt hat sie sich gesammelt und fühlt sich beinahe in bester Miss-Marple-Manier. »Ich möchte mitteilen, dass ich soeben einen Toten gefunden habe!«

KAPITEL 36

»Emma Claasen«, leuchtet es in großen Lettern auf dem Display des Handys. Der Anruf der Kriminalhauptkommissarin versetzt das Mobiltelefon auf Kai Plathes Büroschreibtisch in solche Vibrationen, dass es ihm so vorkommt, als vollführe das Gerät eine Art Freudentanz. Und der Rechtsmediziner stellt fest, dass es ihn ebenfalls froh stimmt, von Emma zu hören. Es sei denn … Hoffentlich gibt es nicht wieder schlechte Nachrichten.

»Hallo! Wir sollten uns jetzt gleich an der Alster treffen. Es gibt einen weiteren Leichnam.« Die Ermittlerin kommt ohne Umschweife zur Sache.

Plathe schätzt ihre direkte und unkomplizierte Art. Emma und er haben mittlerweile eine Vertrautheit entwickelt, in der umständliche Höflichkeitsfloskeln entbehrlich geworden sind. Und wenn sie »jetzt gleich« sagt, weiß er, dass es wirklich dringend ist. »Wo genau soll ich hinkommen?« Sie verabreden einen Treffpunkt, dann wirft er sich seine Jacke mit dem am Rücken angebrachten Schriftzug »Rechtsmedizin« über und macht sich auf den Weg.

Es ist wichtig, einen Tatort beziehungsweise den Fundort eines Leichnams in Augenschein zu nehmen. So können die Kriminalhauptkommissarin und er sich einen Eindruck vor Ort verschaffen, von der Umgebung, der Atmosphäre. Von Interesse ist beispielsweise, ob die Stelle für etwaige Zeugen gut einzusehen ist oder eher versteckt liegt. Und natürlich möchten sie so viel wie möglich über die genaue Lage erfahren, in der der Tote gefunden wurde.

Eine halbe Stunde später stehen der Rechtsmediziner, die Chefermittlerin, ihre Kollegin Lisa Nguyen sowie einige weitere Polizisten am Ufer der Alster. An der nahen Straße sind mehrere Polizeifahrzeuge geparkt, und das Ufer in der Umgebung des Fundorts ist weiträumig mit rot-weißem Flatterband abgesperrt. An der Begrenzung finden sich immer mehr Schaulustige ein, Dutzende weitere stehen auf der Kennedybrücke. Lisa Nguyen betrachtet den Pulk aus Menschen, die gebannt auf die Szenerie am Wasser starren. Manche haben ihre Handys gezückt und machen Anstalten, das Geschehen zu fotografieren oder zu filmen. Gut, dass die Entfernung groß genug ist, denkt Nguyen grimmig. Sie scannt die Menge genauer. Soweit sie das erkennen kann, befindet sich bislang kein professioneller Fotograf mit riesig langem Teleobjektiv darunter. Doch das wird nicht lange so bleiben. Die Presse hat bestimmt längst Wind von der Polizeiaktion bekommen. Lisa Nguyen stellt sich direkt neben ihre Chefin sowie Plathe und beobachtet wie die beiden intensiv die Wasseroberfläche.

»Irgendwas muss mit meinem Karma nicht stimmen.« Emma Claasen legt den Kopf schief und blickt auf die Alster. »Oder steckt eine dunkle Macht dahinter, dass ausgerechnet an dem Tag, an dem ich Bereitschaftsdienst habe, der nächste außergewöhnliche Mord entdeckt wird?«

»Ich bin sicher, dass mit deinem Karma alles in bester Ordnung ist.« Kai Plathe lächelt Emma an. »Und an dunkle Mächte glaube ich nicht. Eher an Zufälle.«

»Wahrscheinlich hast du recht.« Emma deutet in Richtung der Luftblasen, die aus dem Wasser aufsteigen. »Irgendwie erinnert mich das an Seifenblasen.«

Plathes Blick folgt ihrer Geste und nickt. Die Assoziation passt wegen der unterschiedlichen Größe und weil sie so hell schillernd wirken. Wie Seifenblasen eben. Und zugleich hat dieses Treffen hier so gar nichts mit einem harmlosen Kindervergnügen gemein. Sondern eher mit einer tödlichen Mission.

Denn ob Kreise an die Oberfläche kommen, ob die Blasen Schlangenlinien oder Ellipsen beschreiben, hängt davon ab, wie sich die Polizeitaucher unter Wasser bewegen. Die beiden Spezialisten sind schon seit mehr als einer halben Stunde am Werk. Es scheint eine mühsame Arbeit zu sein, die Bergung des Leichnams vorzubereiten.

Ja, Helga Mertens, die Anruferin, die den gruseligen Fund bei der Polizei gemeldet hat, hat sich nicht getäuscht. Auch wenn der Polizist, der den Notruf entgegengenommen hat, zunächst von einem Irrtum ausgegangen ist.

So selten kommt es nämlich nicht vor, dass aufgeregte Bürger vermeintliche Straftaten melden, verzweifelte Hilfeschreie etwa, die sich als das Rufen eines Käuzchens entpuppen. Oder einen Einbruch, dabei ist tatsächlich nur der Hausherr einen Tag früher als geplant aus dem Urlaub zurückgekehrt. Und längst nicht jeder Knochen, der beispielsweise in einem Feld oder im Wald gefunden wird, gehört zu einem Menschen. In der Anthropologie des Instituts für Rechtsmedizin lagern in einem speziellen Raum unzählige Knochen, die besorgte Bürger zur Polizei gebracht haben – und von denen etliche durch die zuständige Expertin rasch als Knochen von Kühen, Hunden oder Pferden identifiziert wurden.

Doch der Leichnam in der Außenalster ist sehr real. Und es ist definitiv ein Mensch. Ebenso kann das Ermittlerteam davon ausgehen, dass es sich mitnichten um einen Badeunfall oder ein anderes unbeabsichtigtes Geschehen handelt.

Klar ist: Entweder hat dieser Unglückliche auf sehr kreative Weise Suizid begangen. Oder, was Emma Claasen und Kai Plathe deutlich wahrscheinlicher erscheint, es handelt sich um einen sehr ungewöhnlichen Mord.

Der Regen hat mittlerweile aufgehört, und die Sonne schafft es hin und wieder, ihre Strahlen durch eine Lücke in den Wolken zu schicken. Das macht die Arbeit am Tatort zwar nicht einfacher, aber es ist doch angenehm, nicht vollkommen durchnässt zu werden. »Da der Körper nicht frei im Wasser treibt, sondern an einer Stelle bleibt, spricht viel dafür, dass er in irgendeiner Form fixiert wurde.« Plathes Stirnfalten wirken bei diesem Licht noch ausgeprägter als sonst. Er starrt unverwandt auf das Wasser, sodass er nur aus dem Augenwinkel wahrnimmt, dass Emma zustimmend nickt. »Und die aufrechte Position«, antwortet sie, »wodurch immer wieder mal ein Teil des Kopfes oberhalb der Wasseroberfläche zu sehen ist, deutet ja klar darauf hin, dass der Körper vermutlich an den Füßen beschwert wurde.«

»Davon ist auszugehen«, findet Plathe. »Ich hoffe wirklich, dass die Taucher sehr bald erste Bilder von der Fundsituation liefern.«

Auch Emma ist gespannt. »Es müsste jeden Moment so weit sein.«

Plathe, Emma und ihre Kollegin Lisa Nguyen versuchen, anhand stärkerer oder schwächerer Wellenbewegungen und der Luftblasen der Taucher herauszufinden, was sich im Dunkel der Alster gerade abspielt.

Keine zwei Meter von der Stelle entfernt, wo der Leichnam offenbar angebunden ist, taucht einer der Polizeitaucher in seinem Neoprenanzug aus dem Wasser auf. Ein paar kräftige Flossenschläge, und der Mann hat das Ufer erreicht. »Ziemlich schlechte Sicht da unten«, brummelt er, kaum dass er das Mundstück herausgenommen hat. Als Nächstes streift er die schwere Sauerstoffflasche ab. »Aber unsere Unterwasserkamera ist recht leistungsstark. Und mit dem Licht der Scheinwerfer, die wir mit runtergenommen haben, sollten uns ganz passable Bilder gelungen sein. Also, wenn Sie mich fragen: Freiwillig ist der arme Schlucker bestimmt nicht ins Wasser gegangen!«

Ein saugendes Geräusch, als der Taucher seine Handschuhe von den Fingern schält, dann schwenkt er seine Kamera wie eine Trophäe. »Ich schicke Ihnen die Bilder auf Ihr Handy«, sagt er zu Emma. »So können Sie selber sehen, was ich meine. Sagen Sie bitte Bescheid, wenn wir beginnen können, den Typen aus seinen Fesseln zu befreien.«

Sekunden später gehen die Fotos auf dem Smartphone der Kommissarin ein. Emma ruft das erste Bild auf – und hält instinktiv den Atem an. Die schattenhaften Schemen, die in dem trüben Wasser auszumachen sind, verdichten sich zu einem Grauen, wie Emma es noch nicht erlebt hat. Sie hat blutverschmierte Tote gesehen, Opfer mit etlichen Schusswunden, Menschen, deren Gliedmaßen abgetrennt waren. Viele Facetten des Bösen sind ihr geläufig. Sie hat geglaubt, sie sei gewappnet für die Grausamkeiten, die Menschen anderen Menschen antun. Doch die Fotos aus der Düsternis der Alster zeigen, dass hier mit einem außergewöhnlichen Maß an Brutalität gehandelt wurde. Es setzt ihr mehr zu, als sie es wahrhaben möchte.

Trotzdem, sie darf sich nicht abwenden, im Gegenteil. Sie sieht genauer hin.

Was sie in dem Grau in Grau des ersten Fotos erkennen kann, zeigt einen Menschen, dessen Füße mit Seilen oder Ketten gefesselt und an einem größeren, massiven Block fixiert zu sein scheinen. Dieses quaderförmige Etwas mag aus Beton bestehen oder Stein. Offenbar ist die Länge der Ketten genau so bemessen, dass das Opfer mit größter Anstrengung und in einem Wellental für einen Augenblick die Nase aus dem Wasser heben konnte. Ein Moment, um kostbare Luft einzusaugen, bevor die nächste Woge die obere Hälfte seines Kopfes wieder umspülte. Die Kommissarin malt sich aus, wie der Mann immer wieder gegen das Ertrinken ankämpfte; ein verzweifeltes Unterfangen, das er schließlich verlieren musste.

Emma hält inne und dreht ihr Handy wortlos so, dass Plathe und Nguyen das Foto ebenfalls betrachten können. »Oh Mann!«, entfährt es Nguyen.

Auch Plathe wirkt betroffen. »Was für ein gruseliges Szenarium.« Er berührt den Bildschirm und zieht das Foto größer, um die Fesselung besser betrachten zu können. Das Bild ist allerdings nicht scharf genug, um die Details präzise darzustellen. Die Kommissarin ruft das nächste Foto auf – und sieht das Hell und Dunkel eines Gesichtes, das mit weit geöffnetem Mund zu einer Fratze aus Qual und Schmerz erstarrt ist. In diesem Moment ist sie dankbar, dass das Foto eher grobkörnig und verschwommen ist. Die nächsten Bilder zeigen den Toten aus anderen Perspektiven. Auch hier sind die Einzelheiten unscharf.

Emma wendet sich Plathe zu. Er sieht, dass sie blass geworden ist, aber ihre Stimme klingt fest und bestimmt. »Die Obduktion wird doch sicher noch heute stattfinden?« Es ist mehr eine Feststellung als eine Frage.

»Natürlich.« Der Rechtsmediziner nickt. »Sobald der Leichnam bei mir im Institut ist.« Dann spricht er aus, was Emma gerade durch den Kopf schießt. »Ich finde, diese Dramaturgie spricht ganz für den Stil der Mafia.«

KAPITEL 37

Der Kaffee schmeckt bitter und fade zugleich. Eigentlich eine Unmöglichkeit, diese beiden unerfreulichen Aromen gleichzeitig in sich zu vereinen. Emma ahnt, dass sie dem Kaffee, den ihr Kollege Max Vollertsen gerade aufgebrüht hat, objektiv gesehen Unrecht tut. Wahrscheinlich ist er gar nicht so schlecht. Es ist wohl mehr ihre verdrießliche Stimmung, die ihr den Geschmack verdirbt. Und das Grauen, das sich in ihr Gemüt eingebrannt hat. Sie wird die Bilder nicht los.

Sie hatte geglaubt, ausreichend gewappnet zu sein, dass ihre mehrjährige Erfahrung mit Tötungsdelikten ihr einen stabilen emotionalen Schutzpanzer verpasst hatte. Doch dieser Fall ist anders. Er hat eine neue Qualität des Sadismus. Wie viel Hass muss der Täter verspürt haben, um ein Maximum an Qualen für das Opfer heraufzubeschwören? Wie lange mag das Leiden des gefesselten Mannes in der Alster gedauert haben? Sie können nur mutmaßen. Vielleicht wenige Minuten. Oder anders gesagt: endlos.

So muss es ihm vorgekommen sein. Der verzweifelte Kampf um Luft, ums Überleben. Emma stellt sich vor, wie der Mann versucht hat, seine Fesselung abzustreifen oder durchzureißen, die ihn an den schweren, ihn in die Tiefe ziehenden Betonklotz gekettet hat. Wie er gleichzeitig darum gekämpft hat, die Nase über Wasser zu halten. Aufrecht bleiben, nur um Himmels willen nicht müde werden. Ihm war bestimmt bewusst, dass jeder Verlust der Körperspannung den sicheren Tod bedeuten würde. Den Tod durch Ertrinken.

Auf dem Weg von ihrem Büro zum Institut für Rechtsmedizin und dort in den Keller, wo Kai Plathe wahrscheinlich gerade mit der Obduktion beschäftigt ist, bemüht Emma sich, ihre düsteren Gedanken abzuschütteln. Doch immer, wenn sie versucht, sich auf etwas zu konzentrieren, schiebt sich erneut der Anblick des gepeinigten Gesichts vor ihr inneres Auge. Obwohl sie weiß, dass der Gesichtsausdruck eines Toten nichtssagend ist: Was sich hier auswirkt, ist nur die Totenstarre. Trotzdem hat sie selbst der Gedanke an Klatschmohn, Flieder und Tulpen, ihre Lieblingsblumen und oft erprobte Allzweckwaffen gegen trübe Stimmungen, nicht ablenken können.

Wie auch – schon wieder ein höchst beunruhigender Fall! Dieser Mord ist weit weg von einem Spontanverbrechen, einem aus dem Ruder gelaufenen Streit. Hier hat jemand geplant, gewartet – und dann zugeschlagen. Da steckt bestimmt Hass dahinter, vielleicht Rachegedanken. Wie bei dem Armbrustfall?

Nein, keine voreiligen Schlüsse. Die Umstände, die Fundorte, die Tatmittel sind so unterschiedlich, dass sie vorerst von unabhängig voneinander begangenen Verbrechen ausgehen sollte. Vielleicht gibt es dann irgendwann doch Hinweise auf Parallelen. Das werden die Ermittlungen zeigen.

Bei der Bergung des Opfers ist Emma nicht zugegen gewesen. Sie weiß, dass da vor allem die Wasserschutzpolizei gefordert war mit ihren Patrouillenbooten sowie den Tauchern. Diese haben festgestellt, dass der Körper mittels eines soliden Taus, das mehrfach um den Bauch gewickelt und verknotet war, an zwei schweren Ständern von mobilen Straßenschildern befestigt war. Der Täter muss die Länge des Taus exakt bemessen haben. Oder war es womöglich ein Zufall, dass der Gefesselte in günstigen Augenblicken gerade eben noch nach Luft schnappen konnte und doch stets erneut immer dem Ertrinken nahe war? Emmas Bauchgefühl sagt ihr, dass das bewusst so konstruiert worden ist.

Wie die Bergung im Einzelnen vonstattengegangen ist, würde sie später, falls Fragen auftauchen, anhand der Fotodokumentation nachvollziehen können. Die Kollegen haben durch ihre Bergungstechnik sichergestellt, dass keine Kleidungsstücke oder Fesselungswerkzeuge unter Wasser verblieben sind und alles im Leichensack gelandet ist. Ein Handy haben sie nicht an dem Toten gefunden. Per Mail hat Emma übermittelt bekommen, dass das Gewicht der Straßenabsperrungen jeweils 30 Kilogramm betragen hat und die Taue mehrfach mit simplem Knoten und Doppelknoten an den Gewichten und am Körper des Toten fixiert worden sind. Also nichts, was beispielsweise auf einen Segler oder Bootsfahrer als Täter hindeutete. Es könnte jeder gewesen sein.

In den Hosentaschen des Opfers hat Lisa Nguyen ein Lederportemonnaie und darin diverse Bankkarten, einen Personalausweis, einen Führerschein sowie einiges Bargeld gefunden. All dies hatte den Täter offensichtlich nicht interessiert. Die Personalien wurden sofort durchgegeben. Es handelte sich um einen 44 Jahre alten Anwalt aus Hamburg-Blankenese mit Namen Christian Nessler.

Emma wird jetzt die üblichen Routinen in Gang setzen, Information der Angehörigen, Befragung des persönlichen und beruflichen Umfelds, Auswertung von Computern und Handydaten. Offenbar hatte Nessler zwei Smartphones, ein dienstliches, das nicht aufzufinden ist, und ein privates, das bei ihm zu Hause sichergestellt wurde. Womöglich liegt das verschwundene Gerät auf dem Grund der Alster? Da ist wohl ein weiterer Einsatz der Taucher erforderlich, auch wenn davon auszugehen ist, dass das Gerät durch das Wasser komplett ruiniert wurde. Aber sie haben ja immerhin das private Handy, das die Techniker durchforsten können.

Wem war Christian Nessler so verhasst, dass er ihn auf so eine grausame Weise getötet hat, überlegt Emma. Oder ist er das Zufallsopfer eines Sadisten, der gerade in Hamburg mordet? Eine ziemlich gruselige Vorstellung und ohne konkrete Ermittlungsansätze.

»Da ist jede Menge Arbeit erforderlich«, sagt Emma zu sich und holt einmal tief Luft, bevor sie im Institut für Rechtsmedizin zu dem Sektionssaal, in dem Kai Plathe vermutlich gerade seine letzten Handgriffe erledigt, die Tür aufschiebt.

Der Rechtsmediziner steht an einem der stählernen Tische und diktiert. »… außerdem reichlich feinblasiger Schaum in den Atemwegen. Hochgradige, akute trockene Lungenüberblähung, also eine ballonierte Lunge.« Als Emma näher tritt, schaut er auf. »Ich bin fast fertig. Schön, dass du gekommen bist.«

Seinen Mund umspielt ein schmales Lächeln, mit dem er vielleicht seine Müdigkeit kaschieren möchte. Kein Wunder bei seinem Arbeitspensum. Wahrscheinlich ist er schon seit vielen Stunden auf den Beinen, hat Vorlesungen vor Studenten gehalten und darüber hinaus andere Obduktionen ausgeführt, als dieser neue Fall hereinkam. Ein Fall mit Priorität.

»Was die Todesursache betrifft: Da hast du ja wahrscheinlich eben die Essenz aus meinem Bericht mitbekommen.« Plathe deutet auf das Diktiergerät, das er gerade neben sich gelegt hat. »Nichts Überraschendes. Es zeigten sich die typischen Befunde für ein Ertrinken. Was allerdings auffiel: Der Mann hatte eine extrem überblähte Lunge. Er muss geradezu wie wahnsinnig nach Luft geschnappt haben. Deswegen hatte die Leiche dann noch Auftrieb und schien wegen der Gewichte an den Füßen gleichsam im Wasser zu stehen.

Auch die weiteren Veränderungen, neben der ballonierten Lunge, waren lehrbuchmäßig: wässriger Mageninhalt, wässriger Inhalt in den Nasennebenhöhlen. Ich könnte diese Obduktionsergebnisse sozusagen mit meinem Kleinhirn diktieren.« Als er sieht, wie sich Emmas Augenbrauen zu einem Spitzbogen formen, hebt er entschuldigend die Hände. »Sorry, das klang jetzt wahrscheinlich zynisch, war aber nicht so gemeint. Was ich sagen wollte: Es gibt nichts, was an Ertrinken als Todesursache zweifeln ließe. Allerdings ...«

Plathe nimmt sein Mobiltelefon zur Hand und scrollt durch mehrere Aufnahmen. »Wir haben natürlich besser ausgeleuchtete Fotos mit einer guten Kamera gemacht, aber diese Handyfotos reichen aus, um dir etwas Bemerkenswertes zu zeigen.« Er stellt sich neben Emma, sodass sie mit auf die Bilder schauen kann. »Hier haben wir einen relativ frischen Einstich an der Streckseite der linken Ellenbeuge. Ich gehe davon aus, dass das Opfer auf diese Weise betäubt wurde. Da der Mann abgesehen von den Fesselungen an den Handgelenken keinerlei Verletzungen, insbesondere keine Kampfspuren aufweist, ist klar, dass er eine Weile lang, bis er vermutlich in der Alster wieder zu sich kam, handlungsunfähig gewesen sein muss.«

Das leuchtet Emma ein. »Niemand lässt sich anketten, geschweige denn ertränken, ohne sich zu wehren.«

»Eben!« Plathe nickt zustimmend. »Um herauszufinden, welche Substanz dem Mann injiziert wurde, habe ich unsere Toxikologen um eine möglichst schnelle Analytik gebeten. Dabei geht es vor allem um K.-o.-Substanzen. Aber die Toxikologen suchen natürlich ebenso nach allen möglichen weiteren Giftstoffen.«

»Und die Todeszeit?« Emma sieht, wie sich Plathes Blick angesichts ihrer Frage verfinstert. Natürlich. Einen präzisen Todeszeitpunkt anzugeben, ist unmöglich. Das hat sie mittlerweile verstanden. Die Kommissarin beeilt sich, den Druck herauszunehmen. »Ungefähr, meine ich. Inwieweit kannst du eine Zeitspanne eingrenzen?«

»Wenn ich alle mir zur Verfügung stehenden Parameter zu Grunde lege, also unter anderem Rektaltemperatur des Leichnams und Wassertemperatur ...«, Plathe zögert einen Moment, scheint im Kopf noch mal seine Rückschlüsse zu überprüfen, »... dann muss der Tod vor sechs bis acht Stunden eingetreten sein. Demnach ist Christian Nessler etwa zwischen 4 und 6 Uhr morgens in der Alster versenkt worden.«

Mitten in der Nacht oder sehr früher Morgen also. Für Emma absolut nachvollziehbar. So hatte der Täter die größte Chance, nicht von Spaziergängern und Anwohnern beobachtet zu werden. Obwohl die Nacht von Sonnabend auf Sonntag, in der auch zur vermeintlichen Unzeit vereinzelt Menschen unterwegs sind, nicht gerade geeignet scheint für so abgrundtief böse Unternehmungen. Abgrundtief! Erst als sich der Gedanke in ihrem Kopf geformt hat, wird der 37-Jährigen bewusst, wie treffend dieses Wort im Fall des Versenkens im Wasser ist.

»Geholfen haben könnte, dass es regnete, der Himmel bedeckt war und die Nacht pechschwarz.« Plathe scheint ihre Gedanken erraten zu haben. »Das dürfte allerdings die Handlungen des Mörders ebenfalls erschwert haben ... Ich habe übrigens noch ein paar weitere Überlegungen angestellt.«

Emma nickt dem Rechtsmediziner aufmunternd zu. »Nur zu!«

Plathe räuspert sich, bevor er fortfährt. »Ich gehe davon aus, dass der Täter ein großräumiges Fahrzeug hat, in dem man problemlos einen Körper transportieren kann. Außerdem muss er ja die beiden unhandlichen 30-Kilo-Gewichte zum Tatort geschafft haben. Auch das spricht dafür, dass er einen Wagen genutzt hat. Was ich außerdem für naheliegend halte: Sehr wahrscheinlich hat der Täter einen Neoprenanzug getragen.«

»Davon ist auszugehen«, stimmt Emma zu. »Schließlich sind jetzt Ende März die Wassertemperaturen doch wohl noch im einstelligen Bereich?« Schon bei dem Gedanken bekommt sie Gänsehaut. »Also sicher keine Gegebenheiten, um ohne wirksamen Kälteschutz ins Wasser zu gehen. Jedenfalls nicht, wenn man halbwegs gesund wieder ans Ufer möchte. Und das hat der Täter bestimmt gewollt.«

Plathe nickt nachdenklich. »Ferner ist davon auszugehen, dass er sich mit der Wassertiefe gut ausgekannt hat. Vielleicht hat er die Bedingungen dort in der Alster in der Nähe des Ufers exakt ausgelotet. Es gibt aber Weiteres, was aus rechtsmedizinischer Sicht relevant ist.« Der Rechtsmediziner scrollt erneut auf seinem Handy. Wenige Sekunden später hat er gefunden, was er gesucht hat. »Diese Tätowierung«, sagt er und zeigt Emma die entsprechenden Bilder, »befindet sich am Bauch des Toten. Und was sie besonders macht, ist die Tatsache, dass sie relativ frisch sein muss.«

»Wie frisch?« Emma ist gespannt.

»Nicht mehr als wenige Tage alt. Genauer kann ich das allein vom Betrachten her leider nicht bestimmen, weil der Leichnam ja mehrere Stunden im Wasser war. Ich werde den Bereich der Haut mikroskopisch untersuchen und eine sogenannte Wundaltersbestimmung durchführen.« Nach einer kurzen Pause ergänzt er: »Irgendwie erinnert mich das an die Armbrust-Leiche.«

»Wir sollten das auf jeden Fall im Blick behalten«, meint Emma. »So oder so wird diese Tat bald groß in den Medien auftauchen. Ein Toter in der Alster – da wird sich die Presse drauf stürzen!« Die Ermittlerin kramt ihr eigenes Handy hervor. »Schickst du mir bitte die Bilder?«

In diesem Moment geht auf ihrem Mobiltelefon eine Mail von Max Vollertsen ein. Der Tote, dieser Christian Nessler, war noch nicht als vermisst gemeldet, teilt ihr Kollege ihr mit. Zuletzt lebend gesehen hat ihn offenbar eine Freundin, mit der er im Portugiesenviertel zu Abend gegessen hatte. Die beiden haben sich an den Landungsbrücken getrennt. Christian Nessler, so hat die Zeugin es berichtet, hatte mit der S-Bahn nach Hause nach Blankenese fahren wollen.

Dort hat der Täter ihm vermutlich aufgelauert, überlegt Emma. Aber das werden sie überprüfen. Sie sollten die Umgebung von Christian Nesslers Haus und auch die Innenräume von der Spurensicherung untersuchen lassen. Vielleicht finden sie Fingerabdrücke oder Reifenspuren, die sie weiterbringen. Ein Gedanke drängt sich in Emmas Bewusstsein: die Umstände, unter denen Christian Nessler gestorben ist.

»Ertrinken ... Wie fühlt sich das an?« Emma hat sich neulich, als es um das Sterben von Sophia Haferkamp im Moor ging, schon Gedanken über diesen sicher sehr qualvollen Tod gemacht – aber die Frage nicht formuliert. Jetzt, als sie es tut, merkt sie, wie kläglich ihre Stimme dabei klingt. Doch ihre Sorge, Kai Plathe könnte angesichts dieser Zaghaftigkeit spotten oder ihr mangelnde Professionalität vorwerfen, löst sich umgehend in Luft auf.

»Schlimm.« Er sieht sie mitfühlend an. »Ich kann dir leider nichts anderes sagen. Nichts Tröstendes. Ertrinken ist wirklich furchtbar. Weil es relativ lange dauert, weil es meist mit Krämpfen einhergeht. Viele haben die Vorstellung, dass ein Ertrinkender die Arme in die Höhe reißt, panisch winkt, um mögliche Retter herbeizurufen, vielleicht um Hilfe ruft. Aber Ertrinken ist ein leiser Tod, meist aus Erschöpfung. Wenn die Kraft aufgebraucht ist, um sich über Wasser zu halten, geht der Todgeweihte unter. Ganz still.«

KAPITEL 38

Die Bilder lassen sich nicht verscheuchen. Der gequälte Gesichtsausdruck des Ertrunkenen hat sich tief in Emmas Netzhaut eingebrannt. Die Kommissarin reibt sich die Augen, doch es nützt nichts. Die Vorstellung der maßlosen Pein, die der Mann erlebt haben muss, als er in der Alster unterging, bleibt bestehen. Ähnlich wie es etliche Jahre zuvor Sophia Haferkamp ergangen sein muss. Die Schicksale liegen fast ein Vierteljahrhundert auseinander – und sind einander in mancher Weise doch ähnlich. Erschütternd.

Nun haben sie also vier gewaltsame Verbrechen aufzuklären: den Tod der zwei jungen Frauen aus dem Moor sowie die Morde im Duvenstedter Brook und in der Alster. Emma spürt die Bürde ihrer Aufgabe, denn sie will unbedingt allen gerecht werden – den Toten und den Menschen, die um sie trauern. Dass die Wahrheit ans Licht kommt und sich die Täter vor Gericht verantworten müssen. »Das haben sie verdammt noch mal verdient!«

»Hey, was ist mit dir? Kann ich etwas für dich tun?« Max Vollertsen geht zu Emma, die am Fenster lehnt, und sieht sie mitfühlend an.

Erst jetzt wird der Kommissarin bewusst, dass sie die letzten Worte nicht nur gedacht, sondern laut ausgesprochen hat. Sie streicht eine widerspenstige Haarsträhne aus der Stirn und ordnet ihre Gesichtszüge zu einem Lächeln. »Ein Tee wäre wundervoll. Und dann trommle bitte das ganze Team im Besprechungszimmer zusammen. Es ist Zeit für ein Brainstorming.«

Zehn Minuten später haben sich alle versammelt. Ihre Gruppe hat wegen der neuen Morde Verstärkung durch drei weitere Kollegen bekommen, sodass sie nun zu acht sind. Einige von ihnen sitzen am Konferenztisch, während Oliver Neumann in der Tür stehen geblieben ist, als könne er nur kurz vorbeischauen, weil er dringend zu einem Termin müsse. Typisch! Will er sich wieder drücken? Emma schnaubt innerlich. Nichts da! Sie wird nicht zulassen, dass der Senior im Team sich aus der Affäre zieht.

Umso überraschter ist sie, als ausgerechnet Neumann als Erster das Wort ergreift. »Ich habe mal ein bisschen zu den Wagentypen recherchiert, die als Verursacher der Verletzungen bei Sophia Haferkamp und Carola Fuhrmann infrage kommen.« Der 56-Jährige zupft sich seine Strickkrawatte zurecht, bevor er weiterspricht. »Wir reden über Autos, die 1999 auf dem Markt waren und die eine abgerundete Front haben müssen. Da gibt es einige Modelle. Deshalb wäre es wichtig, die damaligen Akten dahingehend zu durchforsten, ob seinerzeit auf der Strecke, auf der die Frauen möglicherweise angefahren wurden, beispielsweise Lacksplitter oder Reste von Scheinwerfern gefunden wurden. Da die späteren Opfer, wie wir wissen, mit dem Rad aus Richtung City nach Blankenese wollten, haben sie wahrscheinlich den Weg entlang der Elbchaussee genommen. Die Gegend ist doch, als es die Vermisstenmeldungen gab, akribisch abgesucht worden.«

»Gute Idee!« Emma nickt Oliver Neumann anerkennend zu. »Mach dich bitte gleich nach unserer Besprechung an die Arbeit. Wenn wir das Wagenmodell herausfinden könnten, wären wir einen großen Schritt weiter. Und du, Max, was hast du?«

»Ich habe mich noch mal mit dem Vater und der damaligen besten Freundin von Sophia Haferkamp unterhalten. Lisa hat sich um das nächste Umfeld von Carola Fuhrmann gekümmert. Und mit der Hilfe unserer neuen Kollegen haben wir außerdem mit mehreren Leuten aus dem Freundeskreis beider Frauen reden können.« Vollertsen wägt ab, ob er eine Neuigkeit vorerst für sich behalten soll. Nein, es ist besser, gleich damit herauszurücken. »Vielleicht haben wir eine Spur. Es ist ziemlich vage, aber damals wurde darüber getuschelt, dass ein paar junge Leute aus einem Internat in den Elbvororten einen Autounfall verursacht haben sollen. Ob das genau in der Nacht war, in der die beiden 19-Jährigen verschwanden, ist bislang nicht klar. Da müssen wir uns weiter reinknien.«

»Internat, sagtest du?« Kenan Arslan steht von seinem Stuhl auf und geht zum Whiteboard. »Ich habe mich mit der Vita von dem Mordopfer aus dem Duvenstedter Forst beschäftigt.« Kenan zeigt auf das Foto von Michael Lahn. »Erst mal die übliche Routine: Handys, Laptop, das meiste unauffällig. Ich habe auch die Situation in seinem Sportschützenverein und mit seinen Jagdfreunden gecheckt. Da gibt es keine spezielle Konfliktkonstellation. Lahn war ein Superschütze, sehr sportlich und ein Familienmensch. Offenbar hatte er keine Feinde.«

Emma nickt. Ein erstes Bild haben sie jetzt. Aber sie müssen noch tiefer graben. »Was wissen wir über seine Jugend?«

Kenan tippt kurz auf seinem Handy herum. Vermutlich hat er in der Notizfunktion einige Fakten vermerkt. »Als Jugendlicher ist dieser Typ auf einer Privatschule im Hamburger Westen gewesen und hat dort das Abitur gemacht«, ergänzt er. »Wenn mich nicht alles täuscht, gibt es in den Elbvororten nur ein Internat. Michael Lahn müsste 1999 oder 2000 die Hochschulreife erworben haben. Das checke ich noch mal. Das bringt mich auf eine Idee: Könnte er Sophia und Carola gekannt haben? Haben wir da einen möglichen Zusammenhang?«

»Das ist ein hoch interessanter Aspekt.« Emma schnalzt mit der Zunge. »Dem musst du bitte weiter nachgehen. Und ich kümmere mich um unseren Toten aus der Alster. Übrigens: Prof. Plathe hat den Untersuchungsbericht der Toxikologen geschickt. Sie haben im Blut des Toten aus der Alster Propofol nachgewiesen.«

»Das ist doch dieses schnell wirkende Narkosemittel?« Kenan Arslan ist sofort im Bilde. »Ihr erinnert euch? Daran ist Michael Jackson gestorben, an einer Überdosis. Die halbe Welt hat getrauert, als der King of Pop das Zeitliche gesegnet hat.«

»Ja, ich war auch ein Jackson-Fan«, bekennt Emma. »Aber nun bitte wieder konzentriert zurück zu unserem Fall. Also: Christian Nessler ist Anwalt, geschieden. Vor einigen Jahren hatte er sein Coming-out und ist zuletzt mit einem anderen Advokaten liiert gewesen.«

»Da könnte seine Ex-Frau unfroh reagiert haben«, überlegt Max Vollertsen. »Und leider gibt es ja immer noch Unverbesserliche, die daran Anstoß nehmen, wenn Menschen gleichgeschlechtliche Partnerschaften eingehen. Vielleicht hat er sich Feinde gemacht?«

Emma nickt und klatscht in die Hände. »Los, Leute! Auf geht's!«

KAPITEL 39

Das Ende, der Anfang, das Nichts. Er hat gewartet. Er hat gegrübelt. Er hatte Fragen. Er hat eine Vermisstenanzeige bei der Polizei aufgegeben. Da hat man ihn nicht ernstgenommen, ihn beschwichtigt. Zwei junge, aber volljährige Frauen – die sind schlicht unternehmungslustig und auf einem Trip unterwegs, hat es geheißen.

Blödsinn! Das passte überhaupt nicht zu ihr! Einfach so wegzubleiben, ohne Abschied, ohne Kuss, ohne Umarmung, ohne Worte. Verschwunden, wie vom Erdboden verschluckt? Das hätte sie niemals freiwillig getan. Sie nicht!

Er hat lange gebangt, gefürchtet, voller Angst. Es ist ein trauriges, quälendes Warten gewesen. 24 Jahre lang ging das. Fast ein Vierteljahrhundert voll Verzweiflung, nicht nur bei ihm. Auf der Familie und auf den Freunden lag eine dunkle, tonnenschwere Last. Dabei wurde es langsam immer mehr zur Gewissheit: Sie würde nicht wiederkommen. Das Leben musste ohne sie weitergehen, irgendwie. Es war die große Leere.

Und mit ihr drangen die Selbstzweifel in ihn ein. Um sich baute er jede Menge Hürden und Mauern auf, doch er musste irgendwann wieder funktionieren. Das tat er schließlich auch, stets begleitet von der Frage nach dem Sinn. Den suchte er überall: in der Arbeit, in der körperlichen Belastung, in der Literatur, in der Wissenschaft, im Glauben, in der Konzentration, der Meditation und der Philosophie.

Vor allem Letztere hat ihm geholfen. Es gelang ihm dadurch, in eine völlig andere Welt einzutauchen. Er studierte Buddha, Konfuzius, Laotse. Eine ganz und gar andere Philosophie, ein anderes Verständnis von Körper, Geist und Ewigkeit. Besonders angetan hatte es ihm der Taoismus. Neben dem Konfuzianismus und dem Buddhismus ist dies eine der drei großen Lehren aus der chinesischen Kulturgeschichte.

Er wurde zu einem Geisterjäger, zu einem wandelnden Lexikon, einem Workaholic und zu einer Präzisionsmaschine. Er fand zwar keinen echten Ausweg, aber dann tatsächlich einen Ausgleich, eine Art Gleichgewicht. Seine Mitte.

Die zyklische Anordnung der fünf Elemente im Taoismus wurde für ihn zu einem Sinnbild des Lebens und des Todes. Holz, Feuer, Erde, Metall und Wasser wurden im übertragenen Sinne die Säulen seiner Fantasie.

Es hat ihm damals geholfen, bevor er die Wahrheit kannte. Bevor er erfahren hat, was ihr, dem wichtigsten und kostbarsten Menschen in seinem Leben, angetan wurde. Jetzt, da er endlich ihr Schicksal kennt, beherrscht dieses Wissen seine Träume – und immer mehr seine wachen Stunden. Vor sich sieht er wieder und wieder diese über alles geliebte Frau, zu Tode malträtiert von einer angetrunkenen Bande. Wie ein lebendiges Stück Fleisch anonym in einem dreckigen Moortümpel versenkt.

Diese Bilder haben befeuert, dass nach und nach seine Mission Gestalt angenommen hat. Sein Auftrag ist real, intensiv und unwiderstehlich. Nun ist er dabei, ein Exempel für Recht und Gerechtigkeit zu statuieren, im Sinne und nach den Prinzipien der Lehre von den Elementen. Zwei von fünf sind umgesetzt. Die anderen drei hat er im Visier. Niemand kann ihn aufhalten, bis er seine Mission erfüllt hat. Und dann wird auch er sich im Nichts auflösen.

KAPITEL 40

»Wie wäre es mit einem gemeinsamen Abendessen?« Als wolle er ihr die Antwort soufflieren, hat Emmas Magen bei Kai Plathes Frage angefangen zu knurren. Es ist eine Weile her, dass sie eine warme Mahlzeit genossen hat, die vielfältiger und schmackhafter war als ein paar Spiegeleier oder – der Höhepunkt der Kulinarik – ein Teller Nudeln mit Butter. Allerdings achtet sie immer darauf, ihren Körper mit ausreichend Obst, Gemüse, Nüssen und den wichtigsten anderen Nährstofflieferanten zu versorgen. Sie muss ja leistungsfähig bleiben.

Aber mal so richtig schlemmen? Emma hat sich selber gewundert, welche Begeisterung Kais Idee bei ihr ausgelöst hat. »Welches Restaurant schlägst du vor?«, hat sie gefragt. »Italienisch? Thailändisch? Griechisch? Oder indisch?«

»Ich bin für alles offen«, hat Kai Plathe gemeint. »Aber eigentlich habe ich an Fisch gedacht. Wenn du magst, würde ich gern für dich kochen.«

Dieses Telefonat ist fünf Stunden her. Emma war überrascht, dass der Rechtsmediziner gerne kocht; das hätte sie gar nicht erwartet. Nun steht sie in seinem Haus in der Diele, eine Flasche chilenischen Weißwein in der Hand – und ist erneut verwundert. Sie muss sich erst noch an Kai Plathes Verwandlung gewöhnen. Natürlich hat sie nicht angenommen, dass er zu Hause im grünen Kittel herumlaufen würde. Aber mit einer Kochschürze hat sie auch nicht gerechnet.

Obwohl ... Bei genauerem Hinsehen passt sie richtig gut. Der vollbärtige Totenkopf mit Kochmütze darauf, unter dem sich zwei imposante Messer kreuzen, hat etwas eigenwillig Verwegenes. In Emmas Augen ist es eine kreative Mischung aus dem legendären französischen Chefkoch Paul Bocuse, dem Piraten Störtebeker und Captain Jack Sparrow aus dem Blockbuster »Fluch der Karibik«. »Wow!« Sie drückt Plathe den Wein in die Hand und zeigt vielsagend auf seine Brust. »Das solltest du öfter tragen!«

»Die Schürze haben mir meine Söhne zu Weihnachten geschenkt.« Der Hausherr strahlt über das ganze Gesicht. »Ich finde, da haben die beiden ein richtig tolles Teil ausgesucht.«

»Und es scheint dich zu beflügeln.« Emma reckt die Nase in die Höhe und atmet tief ein. »Es duftet jedenfalls wunderbar. Was hast du gekocht?«

»Ich nenne es ›Lachs à la Kai‹.« Plathe bedeutet Emma, ihm in die Küche zu folgen.

»Vielleicht magst du mir helfen, indem du den Tisch deckst?« Auf einem Teil der Arbeitsplatte hat Plathe Geschirr, Gläser und Besteck bereitgestellt. Daneben befinden sich Gefäße mit Gewürzen und unterschiedliche Messer. Letztere sind ähnlich angeordnet wie die im Obduktionssaal. Plathe bemerkt Emmas Grinsen. »Die Macht der Gewohnheit!«, sagt er schmunzelnd. »Ich kann dich jedoch beruhigen: Zu Hause verarbeite ich ausschließlich tierische und pflanzliche Produkte. Und du hast ja gemerkt: Es riecht deutlich besser als an meinem Arbeitsplatz.«

»Definitiv.« Emma blickt sich suchend um. »Ich sehe gar kein Kochbuch. Ist das ein Rezept aus dem Internet?«

»Ja und nein.« Plathe greift zu einem der Gewürze und streut großzügig davon auf die in einer feuerfesten Form liegenden Lachsstücke, die er anschließend schwungvoll in den Backofen bugsiert. »Ein bisschen lasse ich mich in der Tat aus dem Internet inspirieren, aber das meiste mache ich nach Gefühl. Ob ich noch Butter oder Sahne hinzufüge, welche Gewürze ich verwende.«

»Also Entscheidungen im wahrsten Sinne aus dem Bauch heraus.« Emma bewundert Menschen, die gern und gut kochen. »Ich könnte so was gar nicht.«

»Vielleicht ja doch. Es macht Spaß, ein bisschen zu experimentieren.« Kai lächelt. »Wenn dir es heute schmecken sollte, können wir ja mal bei Gelegenheit gemeinsam kochen.«

Emma richtet in gespielter Drohgebärde eines der Tafelmesser, die sie gerade auf den Esstisch legen wollte, auf Plathes Brust. »Ich nehme dich beim Wort.«

20 Minuten später haben sie an dem gedeckten Tisch Platz genommen, einem Exemplar aus Akazienholz, übersät mit Kerben und Rillen, die Emma an Falten in einem Gesicht erinnern. An ein bewegtes Leben. An diesem Tisch ist wohl schon viel erlebt worden, gegessen, gelacht, geweint, gemalt, Geschichten erzählt, gebastelt.

Plathe bemerkt Emmas nachdenklichen Blick. »Meine Frau wollte den Tisch längst auf den Sperrmüll geben.« Er legt sich eine Serviette auf den Schoß. »Aber ich finde, dass man sich von so einem guten Stück nicht trennen sollte. Es wäre ein bisschen so, als würde ich alte Briefe oder ein Fotoalbum entsorgen.«

»Der Vergleich gefällt mir.« Emma greift nach ihrem Weinglas und trinkt einen Schluck. »Ich habe zu Hause eine Anrichte, die ich von meiner Großmutter geerbt habe. Darin steckt einiges an Familiengeschichte und Erinnerungen, die ich nicht missen möchte.«

Plathe hat das Essen auf die Teller verteilt, für jeden ein Stück gebratenen Lachs, dazu Ofengemüse mit Dip. »Köstlich!« Emma kaut genussvoll. »Was ist das Geheimnis?«

»Für den Lachs nehme ich speziellen Zitronenpfeffer. Und beim Ofengemüse schwöre ich auf gutes Olivenöl und viel frischen Rosmarin. Dazu Meersalz und Pfeffer. Fertig.« Er zwinkert ihr verschwörerisch zu. »Die Zutaten für den Dip verrate ich dir, wenn wir mal gemeinsam kochen.«

»Einverstanden.« Emma lächelt. »Wie sieht es aus: Abgesehen von der Erkenntnis, wie gut du kochen kannst«, sie deutet vielsagend auf ihren fast leeren Teller, »willst du mir noch weitere gut gehütete Geheimnisse über dich verraten?«

»Zum Beispiel, dass ich dem Erfinder des Geschirrspülers ewig dankbar sein werde?« Plathe ist schon fertig mit seiner Portion und legt sein Besteck beiseite. »Abwaschen ist nicht gerade mein Hobby. Davor habe ich mich schon in meiner Kindheit gern gedrückt. Meine Taktik war, gegenüber meinen Eltern so zu tun, als müsste ich dringend wichtige Hausaufgaben erledigen.« Er sieht, dass Emma jetzt ebenfalls ihr Mahl beendet hat, und räumt den Tisch ab. Jetzt schließt er den Geschirrspüler, setzt sich zurück an den Tisch und schenkt Wein nach. »Genau genommen gab es tatsächlich oft genug etwas, was ich nachholen musste. Zumindest in Mathe und Latein, zwei Fächer, in denen ich mich ziemlich schwergetan habe.«

»Meine größten Baustellen waren alle Naturwissenschaften – und Mathe, wie bei dir«, bekennt Emma. »Aber ich habe mich in Mathe und Physik bis zum Abi ganz gut durchgekämpft, auch mit der Hilfe meines damaligen Freundes. Der war in den Fächern ein Ass.«

Kai lehnt sich zurück. »Ich gehe mal davon aus, dass er noch weitere Qualitäten hatte?«

»Durchaus.« Emma lächelt sibyllinisch. »Die Beziehung ging allerdings nach zwei Jahren in die Brüche. Da habe ich mich nämlich Hals über Kopf in einen anderen Mann verliebt. Doch das hielt ebenfalls nicht ewig. Wie mehrere weitere Verbindungen. Ich habe offenbar ein Talent für komplizierte Beziehungen ohne Zukunft.«

»Der Satz kommt mir bekannt vor.« Kai überlegt kurz. »Sagt so etwas Ähnliches nicht Richard Gere in dem Film ›Pretty Woman‹? Den habe ich bestimmt schon ein halbes Dutzend Mal angesehen, mit dieser wirklich bezaubernden Julia Roberts.«

»Stimmt! Der Satz kam mir aber eher unterbewusst in den Sinn«, erklärt Emma nachdenklich. »Das Schöne ist ja, dass der Herr mit dem ›Talent für komplizierte Beziehungen ohne Zukunft‹ am Ende des Films doch noch sein Glück findet.«

»Na bitte!« Plathe prostet Emma zu. »Das lässt doch hoffen. Ich mag jedenfalls Geschichten mit Happy End – übrigens nicht nur im Kino, im Fernsehen oder im Buch, sondern vor allem im richtigen Leben. Wenn der oder die Richtige auftaucht, ist alles möglich.«

»Da spricht wohl jemand aus Erfahrung?« Emma legt den Kopf schief und wartet ab. Sie weiß, dass sie schwieriges Terrain betritt. Denn so weit sie es mitbekommen hat, scheint Plathes Familie nicht gerade ständig zu Besuch nach Hamburg zu kommen. Und erst neulich ist ihr wieder aufgefallen, wie genervt Kai sein Handy zur Seite geschoben hat, als er einen Anruf von Corinna, seiner Frau, bekam. So uneingeschränkt harmonisch scheint die Ehe jedenfalls nicht zu sein.

Ein Blick in Plathes Gesicht bestätigt ihre Vermutung. Seine Züge haben sich verfinstert. Er schlägt die Beine übereinander. »Das ist kein gutes Thema, jedenfalls nicht für heute. Ich genieße diesen Abend viel zu sehr, um über meine Ehe zu reden.« Er hebt sein Glas. »Vielleicht ein anderes Mal! Erzähl mir lieber mal, wie ihr mit der Armbrust-Leiche und dem Mordfall mit dem Mann in der Alster vorankommt?«

Emma trinkt einen Schluck. Der Wein ist wirklich sehr gut, dieses runde Aroma gefällt ihr. Es war eine Empfehlung des Verkäufers. Die Sorte muss sie sich merken. Ihr ist jedoch bewusst, dass sie sich jetzt zurückhalten muss, sonst ist nachher ein Taxi fällig. »Wir haben die Männer identifizieren können. Beides sind Hamburger, etwa gleich alt. Der eine hatte Familie und war Finanzmakler, der andere war Anwalt, also beide gut situiert. Ob es weitere Parallelen gibt, müssen wir noch ermitteln.«

»Ihr haltet es also für möglich, dass die Männer einander kannten?« Plathe studiert aufmerksam Emmas Gesicht. »Jedenfalls sprechen die Methoden, wie die Opfer zu Tode gekommen sind, eher gegen eine Serie. Der eine erschossen, der andere ertränkt … Aber die Brutalität und Kaltblütigkeit in beiden Fällen geben mir zu denken. Entweder steckt sehr viel Hass dahinter …«

»… oder die Taten wurden von einem Profi, also einem Auftragskiller, ausgeübt«, spinnt Emma den Gedanken fort. »Ich finde die Präzision, mit der agiert wurde, außergewöhnlich. Da hat jemand lange geplant, ausspioniert, auf den richtigen Moment gewartet. Das spricht für ein besonderes Kalkül.«

»Dazu passt, dass das Opfer aus der Alster sediert wurde«, überlegt Plathe. »Hoffen wir, dass die weiteren Ergebnisse aus der Toxikologie uns einen Schritt voranbringen.«

»Besser noch zwei oder drei Schritte.« Emma bemerkt, dass sie immer noch ihre Serviette auf dem Schoß hat. Sie faltet sie sorgfältig und legt sie beiseite. »Womit wir beim nächsten Thema wären, nämlich dass ich mich allmählich auf den Nachhauseweg machen sollte. Ich muss morgen früh raus.«

»Ich bringe dich zur Tür.« Plathe macht beim Aufstehen eine Verbeugung, die etwas verunglückt aussieht, und gerade deshalb auf Emma umso charmanter wirkt. Das war keine Routine, sondern eine spontane Geste, ihr zuliebe.

Am Eingang stellt sie sich auf die Zehenspitzen und haucht Plathe einen Kuss auf die Wange. »Danke für den schönen Abend!« Bevor ihr Gastgeber antworten kann, ist sie schon auf dem Weg in den Garten. Er lauscht einen Augenblick ihren Schritten auf dem Kies. Dann sind auch diese verhallt.

KAPITEL 41

Nervös fingert Sven Steinert seine Lesebrille aus dem Etui. Seine Weitsichtigkeit ist nicht so weit fortgeschritten, dass er ohne die Brille hilflos wäre. Den Inhalt des Schreibens, das heute mit der Post gekommen ist, mag Steinert allerdings noch nicht so recht wahrhaben. Die Worte, die ihn beinahe anspringen, haben in seinem Kopf einen Film in Gang gesetzt, den er unbedingt zu stoppen versucht. Vielleicht hat er sich schlichtweg geirrt, und seine Augen haben ihm einen Streich gespielt?

Oder es hat sich sein schlechtes Gewissen gemeldet? Doch hoffentlich nicht! Mehr als 20 Jahre lang hat er Schuldgefühle, die immer wieder aufgekeimt sind, halbwegs erfolgreich beiseiteschieben können. Es ist ihm, wie er neulich erst im Gespräch mit Paula mit einer besonderen Heftigkeit gespürt hat, wahrlich nicht gut damit gegangen. Aber ebenso wenig ganz besonders schlecht.

Steinert blickt erneut auf seinen Schreibtisch, auf dem die Post liegt, vorsortiert von seiner Medizinischen Fachangestellten, die es beherrscht, Unwichtiges von Dringendem zu trennen. Und besagter Brief hat auf dem Stapel mit der wichtigen Korrespondenz gelegen. Irgendwie hat sie wohl das richtige Gespür gehabt. Ein solches Schreiben sieht nicht danach aus, als gehöre es in einer Arztpraxis sofort in den Papierkorb. Dafür ist das Papier zu edel, die Schrift auf dem Umschlag zu elegant. Ein Umschlag ohne Absender.

Schweißperlen glänzen auf der Stirn des Lüneburger Mediziners. Seine Hände beginnen zu zittern. Steinert ahnt, dass der Autor dieser Zeilen es nicht bei einem Brief bewenden lassen wird. Da kommt Unheil auf ihn zu. Er schöpft tief Atem, sammelt sich und liest erneut die Botschaft, die dort geschrieben steht. In derselben Handschrift wie auf dem Umschlag sind drei Sätze verfasst, die der 43-Jährige am liebsten ignorieren würde. Es ist keine Drohung. Denn das würde ja immerhin bedeuten, dass er die Chance hätte, das Unglück noch irgendwie abzuwenden. Nein, mit dieser Sendung werden Fakten geschaffen.

Ich habe dich im Blick.
Du kannst mir nicht entkommen.
Du bist so gut wie tot.

Der Kieferorthopäde wirft einen Blick aus dem Fenster seiner Lüneburger Praxis und registriert beinahe überrascht, dass zwei Etagen tiefer das Leben unbeeindruckt weiterläuft. Eigentlich müsste die Welt stillstehen – ebenso, wie für einige Augenblicke seine Atmung ausgesetzt hat. Doch die Straße Am Sande, wo sich in einem schmucken historischen Gebäude Steinerts Praxis befindet, ist nach wie vor belebt. Ein Bus fährt gerade mit lautem Gedröhn an, Passanten bevölkern den Bürgersteig. Schräg gegenüber kommen zwei Frauen aus dem Supermarkt und unterhalten sich angeregt. Als wäre nichts gewesen.

Er weiß es besser. Nichts ist mehr, wie es eben noch war. Die Berichterstattung in den Medien über zwei aufsehenerregende Morde in Hamburg in den vergangenen Tagen hat ihn ohnehin schon alarmiert. Ein Mann, der mit einer Armbrust getötet wurde, der andere in der Alster ertränkt: Nicht nur die Medien in Hamburg wie Hamburger Abendblatt, Hamburger Morgenpost, Bild und der NDR, ebenso norddeutsche Blätter wie die Hannoversche Allgemeine, die Landeszeitung für die Lüneburger Heide und die Kieler Nachrichten haben die Verbrechen groß aufbereitet.

Und was über die Identitäten der Opfer durchgesickert ist, die in den Medien erwähnten Vornamen mit den abgekürzten Nachnamen, lässt Steinert das Schlimmste befürchten: Die Mordopfer sind seine damaligen Freunde! Deshalb hat er in den vergangenen Tagen keine Handynachrichten mehr von Michael und Christian erhalten – nachdem sie sich in den Wochen zuvor gelegentlich ausgetauscht hatten, notgedrungen. Matthias, der sich weiterhin als ihr Anführer betrachtet, hat gewollt, dass sie alle sich gegenseitig auf dem Laufenden halten. Und sie haben mitgezogen.

Bis plötzlich an zwei Fronten Stille eingekehrt ist. Tödliche Stille. Jemand hat also zumindest einige der Beteiligten an dem Jahrzehnte zurückliegenden Verkehrsunglück ausfindig gemacht – und geht nun systematisch auf die Jagd nach ihnen. »Er sieht mich«, denkt er panisch. Jetzt sind auch seine Handflächen und der Rücken schweißnass. Dabei fühlt er sich ohnmächtig. Er kennt den Rächer nicht. Aber der Rächer kennt ihn.

Sven Steinert macht sich keine Illusionen: Die beiden Morde in Hamburg sind die Blaupause für das, was ihm wahrscheinlich selbst bevorsteht.

Steinert soll sterben. Der 43-Jährige weiß bloß nicht, ob innerhalb der nächsten Stunde oder vielleicht erst morgen. Und er hat keine Ahnung, welche Todesart sein Verfolger für ihn geplant hat. Unwillkürlich schießen ihm Folterszenen durch den Kopf. Nein, nur das nicht! Lauert der Mörder vielleicht schon an der nächsten Ecke?

Hoffentlich bleibt ihm noch genug Zeit, sich von seiner Frau zu verabschieden. Und dann wird er fliehen. Erst mal weg – irgendwohin, wo der Rächer ihn nicht finden kann. Entschlossen steht Steinert von seinem Schreibtisch auf, schüttelt seinen Arztkittel ab, streift seine Jacke über und greift sich seine Aktentasche, bevor er aus dem Behandlungszimmer stürmt. Im Empfangsbereich seiner Praxis ruft er seiner Angestellten zu: »Anja, bitte sagen Sie für heute alle Termine ab! Ich muss dringend zu einem wichtigen Treffen.«

Im Augenwinkel sieht er, wie seine Mitarbeiterin ihm verdutzt nachblickt. »Aber was ist ...?«

Er hört nicht hin und hetzt aus der Tür. Im Treppenhaus wird ihm schwindelig, trotzdem eilt Steinert weiter in den Innenhof, wo er wie immer sein Mountainbike abgestellt hat. Seine Finger gehorchen ihm kaum, als er das schwere Panzerschloss öffnet.

Nun schwingt er sich auf den Sattel und strampelt durch das Tor hinaus auf die Straße Am Sande, die Rote Straße entlang und Richtung Kurpark. Sein Ziel ist die Schillerstraße, wo er in einem Stadthaus lebt, das in Hamburg wegen seiner hohen, rechteckigen Form und der Fassade aus dunklem Backstein wohl als »Kaffeemühle« bezeichnet würde. Die Lüneburger hingegen haben keine gesonderten Namen für solche Gebäude. Vielleicht würde es als Villa durchgehen. Oder schlicht als Zuhause.

Wie die Kolben eines Motors treiben Steinerts Beine rhythmisch die Pedale an. Den Lärm der Automotoren nimmt er als Geräuschbrei wahr – überlagert von seinem keuchenden Atem. Er beugt sich tief über den Lenker, um dem Wind möglichst wenig Widerstand zu bieten und das Tempo noch ein wenig zu erhöhen. Schnell nach Hause! Im Geiste sieht Steinert das Lächeln seiner Frau vor sich, nach dem er sich jetzt so sehnt.

Doch unvermittelt schiebt sich ein anderes Gesicht davor und beherrscht seine Fantasie. In den Augen steht ein flehender Ausdruck. Und die Lippen formen Worte, die er als »Bitte hilf mir. Bitte!« deutet. Es ist ein schmales, fahles Gesicht. Blut rinnt in tiefroten Spuren aus dem Haar über die Wangen sowie das Kinn und sammelt sich in dem Rollkragen des Pullis, den die Frau trägt. In einer Bewegung wie in Zeitlupe hebt sie die linke Hand und versucht, den Arm nach ihm auszustrecken. Doch dann verlässt sie die Kraft, und der Arm sinkt herab.

In einer unnatürlich gekrümmten Haltung liegt sie auf dem Grünstreifen neben der Elbchaussee, das eine Bein merkwürdig angewinkelt. Neben ihr nimmt er einen weiteren reglosen Körper wahr. Zwei Fahrräder, eins davon teilweise zertrümmert, liegen ein kurzes Stück entfernt. Ein bizarres, beängstigendes Stillleben.

Als hätte er die Geschehnisse in einem Film festgehalten, springt sie ihn wieder an: die Erinnerung an damals, an die Nacht, die alles veränderte.

24 Jahre ist es nun her. Es ist ein Sonnabend im September 1999, und sie sind auf dem Rückweg von einer Feier in Othmarschen. Sie wollen nach Blankenese. Es ist sehr spät geworden, und sie haben alle mehr Alkohol getrunken, als ihnen guttun würde. Er hört den donnernden Bass der Rolling Stones mit »Satisfaction« aus dem Autoradio, das johlende Gelächter seiner Freunde, riecht die von Schweiß und Bier geschwängerte Luft in dem Wagen. Es ist eng zu dritt hinten auf der Rückbank. Aber direkt neben ihm, auf Tuchfühlung, sitzt Paula, und ihre trainierten Beine in der knappen Jeans fühlen sich gut an. Der 19-Jährige rückt wie zufällig mit seinem Kopf ein wenig näher an sie heran und versucht, ihr Parfüm wahrzunehmen. Vielleicht hat sie auch gar keins aufgelegt.

Regen prasselt gegen die Scheiben, und die auf Höchsttempo eingestellten Scheibenwischer des ältlichen Autos geben ihr Bestes, um gegen die Fluten anzukommen. Die Umgebung zerfließt durch die Schlieren auf den Scheiben zu einem verschwommenen Bild. Überhaupt können sie lediglich den kleinen Part erkennen, den die Scheinwerfer als bauchige Ellipsen aus dem Dunkel herauslösen.

Die Elbchaussee, auf der sie unterwegs sind, beschreibt eine weite Kurve. Vor ihnen hat sich in einer leichten Senke der Regen zu einer großen Pfütze gesammelt, in der sich der milchige Schein einer Straßenlaterne spiegelt. Michael muss endlich vom Gas gehen, denkt Sven Steinert noch, als die Reifen des Passat Kombi plötzlich die Bodenhaftung verlieren, das Auto zu schwimmen beginnt und nach rechts vom Asphalt driftet.

»Nun brems doch, du Idiot!«, brüllt Christian vom Beifahrersitz. Zu spät. Der Fahrer versucht hektisch, gegenzulenken. Entgeistert registriert Sven vom Rücksitz aus, wie das Auto auf kleine orange schimmernde Lichter seitlich der Fahrbahn zusteuert. Die Scheinwerfer streifen zwei schattenhafte Gebilde. Es ertönt ein Scheppern, ein Knirschen – und ein markerschütternder Schrei. Sven weiß nicht, ob ihn jemand im Auto ausgestoßen hat oder ob das Kreischen von außen kommt. Der Wagen rollt noch einige Meter weiter, schließlich kommt er zum Stehen, nur Zentimeter entfernt von einem mächtigen Baumstamm.

Glück gehabt?

Einen Augenblick lang herrscht Stille im Auto. Nichts als das Prasseln des Regens ist zu hören und die Scheibenwischer, die mit dezentem Quietschen unverdrossen hin und her gleiten. Dann beginnt jemand stoßweise zu atmen. Michael, der junge Mann am Steuer, hält das Lenkrad so fest umklammert, dass seine Knöchel weiß hervortreten. Er wendet seinen Blick entsetzt zurück, nicht zu seinen Mitfahrern, sondern hinaus ins Dunkel. Sven Steinert und die anderen starren ebenfalls nach hinten und versuchen, durch die von Regen und Dreck verschmierte Heckscheibe etwas zu erkennen. »Da war jemand!« Atemlos stößt Paula die Worte aus. Ihre Stimme ist kaum mehr als ein Flüstern.

Christian auf dem Beifahrersitz löst sich als Erster aus seiner Erstarrung. Er betätigt den Griff, der die Tür öffnen soll, doch irgendetwas hakt. Jetzt nimmt er wahr, dass die Karosserie an der Seite leicht nach innen gedrückt ist. Er zerrt heftiger an dem Griff und stemmt gleichzeitig seinen Oberkörper gegen die Tür. Schließlich gibt sie nach, begleitet von einem Knarren, das entfernt an einen Schmerzenslaut erinnert. Christian steigt aus dem Fahrzeug und öffnet von außen die hintere Tür, um den dreien vom Rücksitz das Herausklettern zu erleichtern. Paula schwankt und sucht Halt an Christian. Michael, der Fahrer, fingert eine Taschenlampe aus dem Handschuhfach und gesellt sich dann zu seinen Freunden. Langsam und zögernd geht das Quintett einige Meter zurück.

Sven ist vor Schreck so betäubt, dass er kaum merkt, wie ihm der strömende Regen in den Kragen seines Pullovers läuft und den Rücken hinunterrinnt. Im fahlen Licht der Taschenlampe schälen sich unförmige Gebilde aus der Dunkelheit. Sven erkennt zwei Gegenstände; vermutlich sind es Fahrräder. Und er sieht zwei menschliche Körper, einer von ihnen in vollkommen unnatürlicher Haltung verrenkt, wie eine Knetfigur, an der jemand seine Wut ausgelassen hat. Die andere Gestalt liegt auf dem Rücken, das Gesicht zur Seite gewandt.

Langsam dreht dieses Geschöpf den Kopf und sieht sie aus Augen an, in denen Angst und Schmerz zu lesen ist. Blut läuft über das Gesicht. Auch auf der Kleidung sind große Flecken auszumachen, die Blut sein könnten.

Hoffentlich ist es nur der Matsch vom Boden, fleht der junge Mann innerlich. Doch er ahnt, dass er sich etwas vormacht. Durch das Prasseln des Regens und den stoßweise gehenden Atem seiner Freunde vernimmt er ein Gestammel, das von der Gestalt auf dem Boden zu kommen scheint. Er beugt sich zu ihr herab und glaubt, das Wort »Hilfe« auszumachen.

Ruckartig richtet er sich auf. »Wir müssen etwas tun! Wir müssen einen Krankenwagen alarmieren!« Er ist selber irritiert, wie schrill seine sonst so tiefe Stimme in diesem Augenblick klingt. Im selben Moment nimmt er im Augenwinkel wahr, wie der Kopf der Schwerverletzten kraftlos zur Seite sinkt. Sie hören kein Stammeln mehr. Nichts – da ist nur noch der Regen und das Rauschen der Blätter von den Bäumen am Straßenrand. Und irgendwo in der Ferne bellt ein Hund.

»Da ist nichts mehr zu machen.« Die energische Stimme von Matthias schneidet durch die Geräuschkulisse aus Regen und Blätterrauschen. »Jetzt ist Schadensbegrenzung angesagt. Oder wie wollen wir erklären, dass wir angetrunken unterwegs waren und einen tödlichen Unfall verursacht haben? Wir müssen die beiden verschwinden lassen.«

Der Rest der Gruppe guckt den Wortführer entgeistert an. »Meinst du echt …?«, stammelt Michael.

Matthias nickt. »Niemand darf sie finden. Ihr müsst mir helfen, sie wegzuschaffen. Ich habe schon eine Idee, wohin. Um die Fahrräder kümmern wir uns später.« Er sieht auffordernd zu Christian, Sven und Paula. Michael ist zu erstarrt, um auch nur irgendetwas zu tun. Das erkennt Matthias. Auch Sven ist wie betäubt. Doch irgendwie kriegt er es hin, die ersten Schritte zu setzen, mit steifen, ruckartigen Bewegungen, die an einen Roboter erinnern. Sein Gehirn scheint wie leergefegt. Er funktioniert nur noch.

Und er hofft, aus diesem Albtraum bald aufzuwachen.

Ein Albtraum! Ja, so erschien es Sven Steinert damals. Und so kommt es ihm heute noch vor, 24 Jahre nach dem Unglück. Er erinnert sich vage an die Fahrt ins Moor, die Dunkelheit. Und an den Tümpel, in dem sie die beiden Körper versenkt haben. Das Versprechen von Matthias, dass sie damit ihr Problem »ein für alle Mal beerdigt« hätten. Sein Kumpel hat sich geirrt.

Die Toten sind wieder aufgetaucht. Und mit ihnen wirft ein Rächer einen tödlichen Schatten auf die, die sich damals schuldig gemacht haben. »Irgendwas muss ich tun, um ihm zu entkommen«, denkt Sven Steinert panisch. »Ich will nicht sterben!«

KAPITEL 42

Fast reglos liegen die Kegelrobben da, dicht an dicht. Es sind mächtige Leiber, die wie geschliffene Felsen aussehen. Nur ab und an zuckt eine Schwanzflosse, oder ein Kopf wird träge angehoben. Ansonsten: Siesta, in aller Gemütsruhe. Dieser Teil des Strandes von Helgoland gehört den Raubtieren allein.

Marleen Krüger hat also gute Gründe, auf Abstand zu bleiben. Die Tierschützerin überzeugen nicht nur die Schilder, die an diesem Strand auf der Düne von Helgoland dazu auffordern, den Tieren nicht zu nahe zu kommen. Es sind zudem die schweren Körper, die in ihrer Masse beeindrucken und eine Art uneinnehmbare Formation bilden. Wer sich mit einem der Tiere anlegen würde, hätte die ganze Kolonie gegen sich. So sieht es zumindest aus. Eine wehrhafte Großfamilie. Und nicht zu vergessen die beeindruckenden Gebisse der Tiere, die sie zu erfolgreichen Jägern machen. Die 32-Jährige hat fasziniert die Forschungsergebnisse studiert, in denen nachgewiesen wurde, dass Kegelrobben nicht nur Fische jagen, sondern sogar Seehunde angreifen. Und die haben noch eine andere, deutlich höhere Gewichtsklasse als die Tierschützerin selber mit ihren 62 Kilo.

Also Vorsicht! Etwa 50 Meter von den Kolossen entfernt stoppt Krüger und lässt den Blick abwechselnd über die aufgewühlte See und den Strand gleiten. Sie schätzt die Stärke des Windes an diesem Tag Ende März auf 5 bis 6, so wie er die Wellen vor sich hertreibt und den Strandhafer in eine heftige Neigung zwingt. Und in das Rauschen des Windes mischen sich die Schreie der Möwen. Immer wieder stoßen sie in das Wasser hinab im Bemühen, einen Fisch zu ergattern. Oft haben sie Erfolg. Manchmal allerdings nicht. Dann klingen sie empört. Oder bildet sich Marleen Krüger das nur ein?

Zum dritten Mal ist die Hamburgerin jetzt auf Helgoland, und jedes Mal hat sie einen Ausflug zur Düne gemacht, wie die »kleine Schwester« der Hochseeinsel auch genannt wird. Düne, das passt. Die sanften, sandigen Hügel, die einen Großteil der Insel prägen, erinnern an die Strände von Amrum, Sylt oder Dänemark. Nur dass die Helgoländer Düne den anderen Regionen voraushat, dass hier seit einigen Jahren die Kegelrobben wieder heimisch sind. Und auf diese hat Marleen Krüger es abgesehen – als Fotomotiv.

Sie streift ihren Rucksack ab und holt ihre Kamera nebst Stativ und Teleobjektiv heraus. 18-fache Vergrößerung, damit hat das Zoom ein ordentliches Gewicht. Aber es wird sich sicher lohnen. Marleen Krüger möchte heute Aufnahmen der Kegelrobben machen, die es hoffentlich sogar in die Zeitschrift National Geographic schaffen. Dazu gehört neben einer gewissen Expertise auch Geduld. Denn die Kolosse am Strand neigen zum Phlegma. Dabei hätte Marleen gern Action. Zumindest jedenfalls Bewegung.

Langsam lässt die Tierschützerin den Sucher ihrer Kamera über die Kolonie der Tiere gleiten, lichtet hier und da einen hochgereckten Kopf ab, eine Hügelkette von Leibern, eine Flosse, ein Maul, das wie zum Gähnen geöffnet ist. Plötzlich zuckt sie zusammen. Zwischen zwei Körpern liegt ein fleischfarbenes Etwas. Sie zoomt heran – und lässt ungläubig die Kamera sinken.

Ist das etwa ein Fuß? Im nächsten Moment ist der Gegenstand wieder verdeckt. Marleen Krüger hofft, dass sie sich getäuscht hat.

Soll sie sich abwenden oder der Sache auf den Grund gehen? Sie entschließt sich zu warten in der Hoffnung, einen präziseren Blick auf das skurrile Gebilde erhaschen zu können.

Ihre Geduld wird belohnt. Wenig später kommt Bewegung in die Truppe. Eine Kegelrobbe schleppt sich die paar Meter zum Meer und taucht dann ein in die Fluten, in denen sie sich blitzartig von dem behäbigen Koloss in ein pfeilschnelles, wendiges Geschoss verwandelt. Andere tun es ihr nach. Fünf, zehn, zwölf Tiere robben zum Wasser und tauchen ab. Die beiden, zwischen denen Marleen glaubt, den Fuß erspäht zu haben, machen sich ebenfalls auf den Weg.

Erneut hebt sie die Kamera ans Auge, justiert den Zoom. Sie hat sich nicht getäuscht. Es ist ein Fuß, ganz sicher. Eindeutig ist auch die blutverkrustete Kante zu sehen, dort, wo früher einmal Knöchel und Unterschenkel gewesen sein müssen. Die Fotografin merkt, dass ihr der Schweiß auf der Stirn steht. Sie will das nicht. Sie will keine Leiche sehen. Aber ihr Pflichtgefühl ist stärker. Sie muss ihre Entdeckung melden. Ein abgetrennter menschlicher Fuß am Strand von Helgoland! Irgendwo ist vermutlich noch der Rest.

KAPITEL 43

Eine Hand mit vier Fingern. Wer weiß, ob sie dazu irgendwo den Daumen finden. Ein Stück Mensch in einem Meer aus Sand. Wenn es überhaupt noch da ist und nicht verwühlt, versunken, verschleppt. Ja, auch das ist möglich. Eine Kegelrobbe könnte mit dem Daumen im Wasser verschwunden sein, oder eine Möwe hat ihn für eine lohnende Beute gehalten und ihn aufgesammelt, mit hoch in die Lüfte genommen und dann vielleicht irgendwo wieder fallen gelassen.

Die unvollständige Hand am Strand wirkt auf Polizist Hauke Schmitt wie ein bizarres Mahnmal. Sie ragt aus einem länglichen Buckel aus Sand hervor, dessen Form und Ausmaße bestimmt nicht nur zufällig an ein aufgeschüttetes Grab erinnern. Sehr wahrscheinlich ist dort ein Leichnam verborgen.

Und es spricht einiges dafür, dass zu diesem Körper der verwaiste Fuß gehört, den die Tierfotografin vorhin entdeckt und daraufhin die Polizei alarmiert hat. Die Vorstellung von einem eingebuddelten Toten auf der Insel ist zugleich alarmierend und auf eine zynische Weise beruhigend. Alarmierend, weil ein am Strand verscharrter Leichnam auf der Düne nun mal per se eine unheimliche Entdeckung ist. Und zugleich ein gutes Zeichen, weil damit ein erstes Rätsel gelöst wäre. Nämlich was es mit dem abgetrennten Fuß auf sich hat.

Mit einem Schaudern betrachtet Hauke Schmitt den aufgeschütteten Hügel und fragt sich, ob er der richtige Mann ist, um der Sache auf den Grund zu gehen. Ja, er ist Polizist und damit nicht ungeübt, wenn es um den Umgang mit Straftaten geht. Bisher hatte er es auf Helgoland allerdings überwiegend mit Diebstahl, Einbruch und Sachbeschädigung zu tun, ab und an mal mit einer Körperverletzung – aber nicht mit Mord und Totschlag. Dafür ist die Kriminalpolizei in Pinneberg zuständig.

Wie also soll er am besten vorgehen? Sicherheitshalber haben der 39-Jährige und seine Kollegin Swantje Koobs mit Absperrband den Zugang zu diesem Teil des Strandes blockiert. Es ist das Areal, das ein Stück hinter dem Abschnitt liegt, wo vor etwa einer Stunde noch die Kolonie Kegelrobben geruht hat. In der Zwischenzeit sind die Tiere im Wasser abgetaucht, sodass das Stück Strand für die Polizei ungefährdet zugänglich ist. Nachdem der Hinweis auf den Fuß eingegangen ist, haben die beiden Beamten die nächste Dünenfähre von der Hauptinsel Helgolands genommen und nach dem Anlegen und dem Marsch zum Strand als Erstes einen etwa 50 Meter großen Umkreis zum Fundort des menschlichen Körperteils abgesucht. Als sie den grabähnlichen Hügel gefunden haben, ist das Absperrband zum Einsatz gekommen.

Zwar ist zu dieser frühen Stunde und zu dieser Jahreszeit auf der Düne üblicherweise ohnehin nicht viel los, aber sicher ist sicher. Es wäre überhaupt nicht gut, wenn ein Übernachtungsgast oder ein Tourist von der Hauptinsel, der frische Luft und Erholung sucht, über einen Toten stolpern würde.

Die Schlagzeilen in den Lokalblättern Schleswig-Holsteins und vielleicht sogar in weiteren Medien, die so ein schockierendes Erlebnis zur Folge hätte, kann sich Hauke Schmitt lebhaft vorstellen. »Helgoland: Urlauber findet Toten am Strand« oder auch »Horror auf der Insel!«

Moment mal! Noch steht gar nicht fest, ob wirklich jemand auf grausame Art zu Tode gekommen ist – obwohl natürlich einiges dafürspricht. Was Schmitt zu der Frage bringt, ob er besser gleich die Kollegen vom Festland benachrichtigen soll oder lieber erst mal selber einen Blick riskiert. Sinnvoll wäre es vermutlich. Bevor er die Kavallerie alarmiert, sollte er eine klarere Vorstellung bekommen, womit sie es zu tun haben. Ob es Hinweise auf ein Gewaltverbrechen gibt. Schmitt korrigiert sich in Gedanken. Ob es weitere Hinweise gibt, muss es wohl heißen. Denn der abgetrennte Fuß und die unvollständige Hand lassen ja definitiv das Schlimmste befürchten.

Passend zu der Szenerie müsste sich jetzt eigentlich der Himmel zuziehen und ein Donnergrollen einem Paukenschlag ähnlich das Unheil verkünden. Doch als Schmitt kurz seinen Blick nach oben richtet, sieht er, wie die Sonne durch die Wolken blinzelt. Als würde sie es ihm leichter machen wollen, sein Werk beherzt anzugehen.

Der Polizist streift seine Handschuhe über und macht sich an die Arbeit. Vorsichtig trägt er die ersten zwei oder drei Zentimeter der obersten graubeigen Schicht vom länglichen Hügel ab, in etwa dort, wo er die Beine des Toten vermutet. Der Sand ist feucht und schwer, durchsetzt mit unzähligen kleinen Kieseln, die das Meer glatt geschliffen hat, und hier und da garniert mit einem Stück Seetang. Eine inhomogene Masse und zugleich das perfekte Abbild dessen, was an diesem Strandabschnitt überall zu finden ist. Die Nordsee formt, verändert, modelliert nach eigenem Gutdünken. Sie lässt sich nicht reinpfuschen in ihr Werk.

Behutsam dringt der Polizist Zentimeter um Zentimeter tiefer in den Sand vor. Da, ein Stück Stoff, offensichtlich von einer Jeans! Er schabt noch ein wenig Sand zur Seite, um das Blickfeld zu vergrößern, tastet ein Stück weiter und meint, etwas auszumachen, was sich wie ein Bein anfühlt. Er hält inne. Das hier ist definitiv ein Fall für die Profis vom Festland.

»Swantje!« Energisch winkt Schmitt seine Kollegin herbei, die einige Meter entfernt stehen geblieben ist. »Komm bitte mal. Wir brauchen Fotos von diesem Fund.«

Die Polizistin nähert sich zögernd, kramt ihr Handy aus ihrer Jackentasche und lichtet den grabartigen Hügel ab, erst in der Totale, danach schießt sie einige Fotos aus der Nähe, von der Jeans im Sand und zuletzt von der Hand ohne Daumen, die weiterhin standhaft aus dem Hügel herausragt. Anschließend wählt Swantje Koobs die Nummer der Kriminalpolizei Pinneberg und berichtet in groben Zügen, was sie entdeckt haben. »Ich verstehe«, meint der Kollege am anderen Ende der Leitung. »Ich schicke Ihnen die Kollegen von der Mordkommission aus Itzehoe und jemanden von der Rechtsmedizin. Fassen Sie bitte nichts mehr an.«

»Natürlich nicht.« Swantje Koobs atmet tief durch.

Tatsächlich liegt ihr nichts ferner. Das will sie sich nicht antun. Nicht diesen Horror.

KAPITEL 44

Dieses Gefühl ist ungewohnt für ihn. Doch es ist eindeutig da und fordert seine Aufmerksamkeit: Kai Plathe fühlt sich einigermaßen ausgelaugt. Kein Wunder. Auf ihn sind in den vergangenen Wochen und Tagen extrem viele Eindrücke und Emotionen eingestürmt. Das gilt insbesondere für sein Privatleben: Das Verhältnis zu seiner Frau ist sehr angespannt. Sein Vater bereitet ihm nach wie vor Sorgen, obwohl die ganz akute Krise mit dessen Demenz etwas abgemildert scheint. Und nun ist da vor allem seine Tochter Annabel. Sie ist mit der Wucht eines Asteroiden in sein Leben eingeschlagen.

Außerdem kreisen seine Gedanken immer wieder um die attraktive Kriminalkommissarin Emma Claasen. Er kann nicht leugnen, dass sein Interesse an ihr die rein beruflichen Aspekte übersteigt. Sie scheint ebenfalls nicht gerade unwillig zu sein, wenn es darum geht, mehr Zeit als unbedingt nötig miteinander zu verbringen. Eigentlich kann Kai keine weitere »Baustelle« in seinem Leben gebrauchen, und er hat zunehmend ein schlechtes Gewissen Corinna gegenüber. Aber Emma ist ein Mensch, den er ausgesprochen gern um sich hat. Er fühlt sich hin- und hergerissen.

Es belastet ihn sehr, dass Corinna und er nicht mehr Zeit füreinander haben. Sie wollen doch beide ihre Ehe erhalten! Oder gilt das für Corinna nicht mehr?

Er fühlt sich zunehmend verunsichert, und das ausgerechnet in dieser sehr intensiven Zeit. Nicht zuletzt wegen der beruflichen Herausforderungen. Inzwischen konnte zumindest die leidige Angelegenheit mit dem verschwundenen Schmuck aufgeklärt werden. Ein besorgter Angehöriger hatte die Ringe an sich genommen – in bester Absicht, allerdings ohne diese Information weiterzugeben. Die Vorwürfe gegen die Rechtsmedizin haben sich als substanzlos herausgestellt. Wirklich ärgerlich, dass das so viel Zeit und Nerven gekostet hat. Aber gut, dass die Rechtsmedizin sich keinen Fehler vorzuwerfen hat. Ein Punkt weniger, mit dem er sich auseinandersetzen muss, denn einerseits muss er sich noch weiter in seine neue Rolle als Institutsdirektor hineinfinden. Andererseits hat er es direkt mit mehreren höchst anspruchsvollen und zugleich pressewirksamen Fällen zu tun. Cold Cases auf der einen Seite, mögliche Serienmorde auf der anderen. Zu beiden Komplexen muss er sich der öffentlichen Diskussion stellen.

Hamburg ist bekannt für seine komplizierte und herausfordernde mediale Landschaft. Manche Journalisten verfolgen die Maßnahmen der Rechtsmedizin auf Schritt und Tritt. Zwei Mitarbeiter haben Plathe mitgeteilt, dass Reporter an sie herangetreten seien, um an interne Informationen zu gelangen. »Ich habe das Gespräch sofort beendet«, hat sein Vize erzählt. Ähnlich hat sich Oberärztin Ulrike Plogmann geäußert. Der Institutsdirektor selbst hat bereits einige offizielle Interviewanfragen abgelehnt. Die Öffentlichkeitsarbeit soll bitte dort bleiben, wo sie hingehört. Also bei der Pressestelle des Universitätsklinikums Eppendorf.

Als hätte er nicht schon mehr als genug zu tun! Deshalb hat Kai Plathe die Reißleine gezogen. Er hat beschlossen, sich einen halben Tag Auszeit zu nehmen. Immerhin ist morgen Sonnabend, da kann er sich ganz gut für ein paar Stunden im Institut ausklinken. Es ist höchste Zeit, den Kopf mal wieder freizubekommen und die Gedanken schweifen zu lassen. Richtig durchpusten lassen, am besten bei einer Tour auf dem Rennrad.

Vielleicht hat Emma einen Tipp, wo er um diese Jahreszeit am besten hinfahren könne? »Jetzt im April? Unbedingt ins Alte Land«, ist der spontane Ratschlag der Kriminalkommissarin, als Kai sie angerufen hat. »Da hat gerade die Kirschblüte begonnen. Ich finde, das ist ein wundervolles, geradezu malerisches Naturschauspiel.« Er hört ein schnelles Klicken, wahrscheinlich, weil sie nebenbei auf ihrer Computertastatur tippt. »Ich habe das schnell gecheckt«, sagt sie jetzt. »Morgen soll es nur leicht bewölkt sein und um die 16 Grad. Nicht schlecht für eine Radtour. Was hältst du davon, wenn ich dir meinen Lieblingsweg auf die andere Seite der Elbe zeige?« Sie lacht. »Mein Vorschlag ist natürlich vollkommen uneigennützig.«

»Selbstverständlich!« Plathe schmunzelt ebenfalls. Er muss sich eingestehen, dass er insgeheim sogar gehofft hat, dass Emma ihn begleiten würde.

»Ich bringe gerne Franzbrötchen und Bananen für ein Picknick mit. Das wäre zumindest eine kleine Revanche für deine Essenseinladung neulich.« Emma klingt richtig gut gelaunt. »Um annähernd mit deinem ›Lachs à la Kai‹ mithalten zu können, müsste ich dich in ein richtig gutes Fischrestaurant einladen. Aber wenn fürs Erste Franzbrötchen reichen: Das kriege ich hin!«

Als Startpunkt haben die beiden den Dammtorbahnhof vereinbart, gleich um 6 Uhr früh. So werden sie noch am Morgen das Alte Land erreichen und damit dem größten Besucheransturm entgehen, der zur Kirschblütenzeit die Region überschwemmt.

Plathe hat sich für sein altes knallgelbes Schauff-Rennrad entschieden. Es ist sein Lieblingsrad, weil mit einem ähnlichen Modell Radfahr-Legende Rudi Altig die Tour de France absolviert hat. Emma, ausgestattet mit einem Rucksack, hat ihr knallrotes Canyon-Rennrad von ihrem Zuhause im Hamburger Westen aus mit in der S-Bahn zum Treffpunkt transportiert. »Lass uns zunächst einen Abstecher an den Alsterlauf machen, von dort entlang der Außenalster bis zur Kennedybrücke«, schlägt Emma vor, nachdem sie einander begrüßt haben. »Jetzt bei Sonnenaufgang ist es dort herrlich! Und wenn du möchtest, kann ich dir von einigen interessanten Tatorten berichten, die am Weg liegen.«

In der Höhe des ehemaligen US-Generalkonsulats rückt Plathe seinen Fahrradhelm zurecht und weist auf die Außenalster. »Das Tötungsverbrechen an dem jungen Mann, der vor Jahren nahe der Kennedybrücke niedergestochen wurde, hat damals sogar Wellen bis nach Essen geschlagen. Wirklich eine erschütternde Tat, finde ich.«

»Genau davon wollte ich dir gerade erzählen.« Emma beschleunigt das Tempo ein wenig. »Der Mord ist ja bis heute rätselhaft, weil man immer noch keinen Täter hat, nicht einmal ein Motiv.« Sie schüttelt den Kopf. »Aber wollen wir das Thema lieber abschließen und uns stattdessen entspannen?«

Als Antwort zeigt Plathe seinen erhobenen Daumen und tritt kräftiger in die Pedale. Er freut sich, den leichten Wind zu spüren, die Sonnenstrahlen auf der Haut. Ihr nächstes Ziel hat Emma bereits vorgegeben. Es ist der Alte Elbtunnel an den Landungsbrücken. Kai ist schon einmal mit seinen beiden Söhnen mit dem Fahrstuhl für Passanten und Fahrräder runter- und später wieder raufgefahren. Er mag diesen besonderen Ort, bei dem ihm der Tunnel durch das abgerundete Dach das Gefühl gibt, als würde er in eine immer schmalere Röhre gleiten. Dabei wirkt das Licht der Lampen, das von den hellen, speziell glasierten Kacheln reflektiert wird, wie breite leuchtende Bänder. Kai hat von

Menschen gehört, die versucht haben, die Kacheln zu zählen oder zumindest hochzurechnen, ob es wirklich rund 400.000 sind, wie es heißt. Er hätte die Geduld dafür nicht. Dazu locken die Eindrücke, die ihn auf der anderen Seite erwarten, viel zu sehr.

Es sind vor allem verschlungene Wege, durch die Emma ihn südlich der Elbe leitet. Immer wieder öffnen sich neue, zum Teil grandiose Blicke auf Hafenanlagen, Schiffe, Lagerhäuser, Container und Kräne. Jetzt, da es richtig hell ist, genießt Plathe vor allem die Sicht auf die mächtige und doch elegante Köhlbrandbrücke. Dort, wo sich unter der Woche die Autos und Lkw dicht an dicht in endlosen Schlangen über die Brücke winden, sind an diesem frühen Sonnabend nur wenige Fahrzeuge unterwegs, ein bisschen wie Ameisen, die über einen gebogenen Ast krabbeln.

Ihr Weg führt sie in westlicher Richtung über Ehestorf und durch die Fischbeker Heide nach Neugraben. Von hier aus geht es weiter ins Alte Land. Schon von Weitem ist Plathe überwältigt von der Vielzahl von Bäumen, die in voller Blüte stehen. Beim Näherkommen erscheint es ihm wie unendlich viele Wolken in zahllosen Nuancen von Weiß bis Himbeerfarben. Diese Pracht! Unwillkürlich hält Plathe an. Emma tut es ihm gleich.

»Na, habe ich zu viel versprochen?« Sie lächelt ihn an.

»Das habe ich wirklich nicht erwartet.« Plathe deutet auf die rosafarbenen Blütenstände der Bäume. »Es erinnert mich an ein Gemälde von Monet.«

»Was hältst du davon, wenn wir in dieses Gemälde eintauchen?« Emma deutet auf ein Fachwerkhaus. »Auf diesem Obsthof bekommen wir alles, was wir für ein ausgedehntes Picknick brauchen, und natürlich gibt es dort ausschließlich saisonale und regionale Produkte. Eine Decke, mit der wir es uns unter den Obstbäumen gemütlich machen können,

habe ich dabei.« Emma holt sie aus ihrem Rucksack hervor. »Mit diesem Thermo-Teil sind wir sogar ausreichend ausgerüstet, wenn der Boden nicht knochentrocken sein sollte.«
Er sieht sie fragend an.
»Ich bin gern für sämtliche Eventualitäten gewappnet«, erklärt Emma achselzuckend.
Plathe geht schnurstracks auf eine Gruppe von Bäumen zu. »Wenn die Eventualität ein Picknick unter einem Blütenhimmel bedeutet, bin ich sofort dabei.«
Zehn Minuten später haben sie es sich auf einem Platz inmitten der Kirschbäume gemütlich gemacht und verzehren die Köstlichkeiten, die sie beim Obsthof erstanden haben. Die Sonne schickt ihre Strahlen durch das Blattwerk, doch noch wärmt sie nicht. »Es hat auch sein Gutes, dass die Temperaturen nicht so hoch sind.« Emma breitet die Arme aus zu einer Geste, die die Umgebung einbeziehen soll. »Bei schönstem Sommerwetter hätten wir hier kaum einen Platz bekommen.« Es sind zwar schon etliche Besucher im Alten Land – mit dem Bus, auf dem Rad oder als Spaziergänger –, aber diese ziehen bei den mäßigen Temperaturen eine Mahlzeit in einem der Gasthöfe vor.
Ein Picknick im Freien im April ist eben nicht jedermanns Sache. Und auch Emma und Kai brauchen trotz ihrer zweckmäßigen Kleidung zusätzlich Wärme von innen. Zum Nachtisch gönnen sie sich zum Kaffee ein Franzbrötchen. »Wie sieht es aus?« Emma wischt sich einen Krümel von der Oberlippe. »Wollen wir weiter die Ruhe dieser Idylle genießen, oder darf ich dich mit ein paar Überlegungen bezüglich meiner Arbeit belästigen?«
»Mir gefällt unsere paradiesische Umgebung gerade sehr gut.« Plathe wechselt von seiner halb liegenden Position in den Schneidersitz und schiebt sich sein letztes Stückchen Gebäck in den Mund. »Aber ehrlich gesagt fällt mir

kein Thema ein, das ich von dir als belästigend empfinden könnte.«

»Ich habe dich gewarnt!« Emma zwinkert ihm zu. »Was mich zurzeit bei unseren Ermittlungen insbesondere beschäftigt, ist die Auswertung der Handys und Computer der Opfer aus dem Duvenstedter Brook und von der Alster. Bei den Geräten von Christian Nessler sind wir noch dran, aber mit denen von Michael Lahn sind wir weitestgehend durch.«

»Michael Lahn, der Mann, der mit der Armbrust erschossen wurde?« Plathe setzt sich aufrechter hin. »Seid ihr da auf verdächtige Aktivitäten gestoßen?«

»Wenn du damit ein geheimes Bankkonto auf den Cayman Inseln meinst oder Verbindungen ins Darknet, dann nein.« Emma zuckt mit den Schultern. »Was irgendwelche Einzelheiten aus der Handyauswertung betrifft, möchte ich mich lieber zurückhalten. Was mir allerdings allgemein im Kopf herumgeht, ist der leichtfertige Umgang von Menschen mit persönlichen Angelegenheiten. Also Dinge, die wahrscheinlich jeder Zweite auf seinem Smartphone hat.«

»Ich verstehe.« Plathe registriert, wie die Schatten der Äste und Blätter über ihnen Muster auf Emmas Gesicht malen. »Du meinst jede Menge Kontaktdaten, Urlaubsfotos, Terminkalender, WhatsApp-Kommunikation, Suchanfragen bei Google ...«

»Genau! Man vertraut wesentliche Teil seines Lebens einem technischen Gerät an.« Emma nimmt ihr eigenes Smartphone in die Hand. »Ich bin aus gutem Grund vorsichtig mit den Einträgen in meinem Handy. Denn ich erlebe es bei Ermittlungen, was man alles für Rückschlüsse auf den jeweiligen Menschen ziehen kann. Familie, Freunde, Hobbys, Vorlieben, wie regelmäßig jemand zum Arzt geht, Geschäftsbeziehungen. Über die Art, wie die Person sich ausdrückt, erfahre ich etwas über ihren Bildungsstand, über Onlinebanking, was sie sich gerade gekauft hat und ob sie Miete zahlt oder einen Kredit abstottert.«

»Nicht zu vergessen Bestellungen im Internet – und natürlich Fotos!« Plathe überprüft, ob der Reißverschluss der rechten Brusttasche seiner Jacke, wo er sein Smartphone verwahrt, verschlossen ist. »Keine angenehme Vorstellung, dass ich durch mein Handy geradezu gläsern bin. Ich werde künftig noch besser auf mein Telefon aufpassen. Und auf meinen Laptop auch.«

Emma trinkt einen letzten Schluck Kaffee. »Das ist auf jeden Fall empfehlenswert. Selbst für jemanden, der eigentlich nichts zu verbergen hat.«

»Ihr werdet ja herausfinden, ob das bei dem Opfer aus dem Duvenstedter Brook der Fall ist«, überlegt Kai. »Obwohl ich mir persönlich vorstellen kann, dass es da etwas in seiner Vergangenheit gibt. Ich bin ja kein Psychologe, aber die Brutalität und Kaltblütigkeit, mit der der Mann getötet wurde, spricht in meinen Augen dafür, dass jemand ihn bestrafen oder sich an ihm rächen wollte.«

»Das ist auch meine Theorie. Uns steht noch jede Menge Ermittlungsarbeit bevor.« Emma richtet sich auf. »Ich fürchte, das ist das Stichwort, dass ich unser gemütliches Picknick beenden und langsam, aber sicher zurück an den Schreibtisch muss. Und wir haben ja noch einige Kilometer vor uns. Für den Rückweg habe ich eine andere Route geplant. Du sollst ja mehr von der Stadt kennenlernen.«

Kai salutiert zum Spaß. »Aye, aye, Mylady!«

Zurück wählt Emma den Weg aus dem Alten Land zum Anleger Finkenwerder, wo sie mit ihren Rädern die HADAG-Fähre besteigen und nach Teufelsbrück übersetzen. Der Wind hat aufgefrischt, die Wolken scheinen nur so über den Himmel zu jagen. Die Elbe ist aufgewühlt, sodass sich auf den Wellen Schaumkronen bilden. Möwen über ihnen scheinen die Fähre zu begleiten. Vielleicht hoffen sie, dass sie etwas Leckeres abstauben können. »Jetzt könnten wir ein paar Bröckchen von unseren Franzbrötchen gebrauchen!« Emma deutet nach oben zu den Vögeln.

»Besser wäre für die Möwen sicher ein Fischbrötchen«, meint Kai. »Das wäre wenigstens eine halbwegs artgerechte Ernährung. Apropos!« Er schmunzelt. »Kirschen haben doch bestimmt jede Menge wichtige Vitamine. Was hältst du davon, wenn wir die Tour wiederholen, wenn die Kirschen reif sind?«

»Eine grandiose Idee!« Emma freut sich sehr.

Nachdem die Fähre in Teufelsbrück angelegt hat, schieben sie ihre Räder an Land, steigen auf und fahren ein letztes Stück gemeinsam auf dem Elbuferweg, teilweise auch auf der Elbchaussee, bis zu den St.-Pauli-Landungsbrücken.

»Ich nehme von hier aus die Bahn nach Sülldorf«, erklärt Emma. »Zu Hause am Schreibtisch weiter Akten wälzen.«

»Und ich will ins Büro.« Plathe klingt nicht gerade enthusiastisch. »Auf mich warten ebenfalls einige Akten.« Er räuspert sich. »Danke für den wunderschönen Vormittag.«

»Ich habe zu danken.« Emmas Stimme klingt ungewöhnlich rau. Spontan nimmt sie ihn in den Arm.

Kai fühlt, wie ihre Haare ihn am Hals kitzeln. Und ist das ihr Herzschlag, den er durch ihrer beider Kleidung spürt?

»Dein Handy!« Emma rückt von Kai ab.

Jetzt merkt er es auch: Das Vibrieren kommt von dem auf stumm geschalteten Smartphone in seiner Brusttasche. Plathe kramt es hervor, wirft einen Blick aufs Display. »Mein Stellvertreter. Da muss ich rangehen.« Er nimmt das Gespräch an und lauscht konzentriert. Emma beobachtet, wie sich die Falten in seiner Stirn vertiefen. »Verstehe. ... Natürlich. ... Ich mache mich sofort auf den Weg.« Die Sätze folgten mit kurzen Abständen aufeinander, abgehackt, ein alarmierendes Stakkato.

»Ein Leichenfund?« Emma ahnt, dass es ernste Nachrichten sein müssen.

»Ja. Es gibt einen Toten auf Helgoland.« Kai schwingt sich auf sein Rad. »Man hat ihn am Strand gefunden, eingegraben. Ich muss sofort los. Bis bald!« Er tritt kräftig in die Pedale.

Emma schaut ihm nach, wie er die Steigung Richtung Reeperbahn hochfährt, bis nur noch seine Silhouette zu erkennen ist. Dann ist auch die verschwunden.

KAPITEL 45

»Noch etwa eine halbe Stunde, dann haben Sie es geschafft!« Besorgt mustert Kai Plathe das Gesicht von Kriminalhauptkommissarin Sarah Körner. Die auffallende Blässe ihres Teints scheint allmählich in ein kränkliches Weiß zu changieren. Sie braucht gar nichts zu sagen. Es ist offensichtlich, dass es ihr schlecht geht. Richtig schlecht. Dabei hat sie vor der Abfahrt in Büsum extra Tabletten gegen Reiseübelkeit eingesteckt und kaut tapfer auf ihnen herum. Vielleicht haben die Pillen ja das Allerschlimmste verhindert – so, dass Körner zwar furchtbar bleich aussieht, aber sich eben immer noch aufrecht hält. Auch wenn es sie sichtlich Mühe kostet.

Der Rechtsmediziner indes genießt den wilden Ritt mit dem Schiff der Küstenwache über die Nordsee. Aufgewühlt durch den kräftigen Westwind wirkt das Meer an diesem Tag Mitte April wie ein brodelndes Durcheinander aus Cyan, Schiefer, Granit, Türkis, Jade, Zinn und Azur und Tausend anderen Schattierungen, mit schäumenden Kronen aus Weiß und Silber.

Er liebt die Wildheit der Elemente und dankt nicht zum ersten Mal einer unbestimmten Macht, dass er seefest ist. Er muss nicht, wie Sarah Körner es tut, krampfhaft auf den Horizont starren. Er kann den Blick nach Lust und Laune über das Meer schweifen lassen, sich dem Wind hingeben, der ihm das Haar zerzaust und an der Kleidung zerrt.

Es stürmt so heftig, dass kaum mehr die Schiffsmotoren

zu hören sind, sondern nur das klatschende Geräusch, wenn der Bug, der sich eben noch wie in einem kühnen Sprung aus dem Wasser gehoben hat, wieder auf der Oberfläche aufsetzt. Hoch, runter, hoch, runter, in einem Rhythmus, den allein die Nordsee und der Wind bestimmen.

Doch die Freude ist getrübt. Denn am Ziel dieses Ausflugs wartet der Tod auf sie.

»Ich hätte es gern, dass Sie mit nach Helgoland kommen«, hat Kommissarin Sarah Körner am Telefon zu Plathe gesagt. Er war vor einigen Stunden im Institut für Rechtsmedizin angekommen, hatte sich kurz mit seinem Stellvertreter Prof. Andreas Herrmanns besprochen und dann die zuständige Kommissarin angerufen. »Am Strand der Düne ist ein Leichnam gefunden worden. Wir kennen bislang keine Details, denn der Tote ist im Sand eingegraben. Gut möglich, dass er vorher verstümmelt wurde.«

Die Hamburger Rechtsmedizin auf Helgoland: ja, Plathe, der eine Kollegin und einen Sektionsassistenten mitgebracht hat, ist auch für Deutschlands einzige Hochseeinsel zuständig, im Team mit der Kriminalpolizei von Pinneberg und gegebenenfalls der Mordkommission aus Itzehoe.

Als Plathe vor rund sechs Monaten nach Hamburg gewechselt ist, war ihm nicht klar, dass er beruflich gelegentlich auch auf hoher See unterwegs sein würde. Es hätte für seine Entscheidung für oder wider Hamburg keine große Bedeutung gehabt, denn in dieser reizvollen und spannenden Stadt an der Elbe zu arbeiten, empfindet er ohnehin als Privileg.

Helgoland ist ein weiterer Bonus. Auch wenn er lieber entspannt und privat herkommt.

Zweimal hat Kai Plathe bislang die Insel besucht. Und wie bei diesen früheren Kurztrips geht ihm nun wieder das Herz auf, als sich in der Ferne die Insel wie eine mystische

Burg aus dem Meer zu materialisieren scheint. Er wirft einen Blick auf Sarah Körner und versucht abzuschätzen, inwieweit ihr wohl eine Unterhaltung zuzumuten ist. Doch, ihr Teint sieht ein kleines bisschen weniger blass aus. Die Tabletten scheinen eine erste Wirkung zu entfalten. Vielleicht hilft es außerdem, sie mit einem Gespräch von der Reiseübelkeit abzulenken. »Ist es nicht herrlich? Ich liebe diesen Anblick! Ein bisschen wie ein Zauberschloss, das da plötzlich aus dem Meer ragt. So ähnlich stelle ich mir Atlantis vor!«

»Da haben Sie ja eine Menge Fantasie«, bemerkt die Kommissarin trocken. »Immerhin weiß niemand, ob Atlantis überhaupt existiert hat, geschweige denn, wie es ausgesehen haben könnte.« Körner merkt wohl, dass Plathe es nur gut mit ihr meint. Sie reißt sich zusammen und zwingt sich zur Andeutung eines Lächelns. »Aber wenn es mit Helgoland Ähnlichkeit hätte, würde es mir gefallen. Wie eine Burg, eingefangen zwischen Meer und Himmel.«

Was bis eben wie ein unbestimmtes kantiges Etwas gewirkt hat, nimmt nun unter dem wolkenverhangenen Himmel zunehmend schärfere Konturen an. »Wirklich ein spektakuläres Panorama«, bestätigt Plathe. »Allein die Farben, dieses viele Grün der Wiesen und die steilen roten Klippen. Vor allem bin ich natürlich immer wieder fasziniert von der Langen Anna. Dieser legendäre Felsen ist ja wohl einzigartig, zumindest hier in Europa. Es ist erstaunlich, wie er seit Urzeiten der See und ihren Brechern trotzt.«

»Wenn man aus der Nähe guckt, erkennt man doch die Spuren der Erosion«, erklärt Körner. »Mit der Zeit nagt das Meer mehr und mehr Stücke aus der Langen Anna heraus, hinterlässt Furchen, Zacken und Narben. Aber ich glaube, eines können wir sicher sagen: Wenn wir schon lange nicht mehr leben werden, wird dieser Felsen immer noch dastehen, stolz, aufrecht, imposant.«

»Wie schön, dass wir diese Begeisterung teilen!« Plathe ist gefangen von dem Anblick, den Helgoland ihm bietet. Allmählich ist der Hafen auszumachen, in dem linker Hand etliche in kräftigen Farben gestrichene Buden aufgereiht sind, ein fröhliches Kunterbunt. Sie bilden einen lebhaften Kontrast zu dem satten Grün der Wiesen und dem sich beständig wandelnden Grau-Blau-Grün der See. Rechts von der Hauptinsel, durch einen schmalen Korridor aus Wasser getrennt, liegt die »kleine Schwester« Helgolands, die mit ihrer mächtigen Verwandten so gar keine Ähnlichkeit hat. Keine imposanten Felsen, keine Weiden, kein Ort mit Einkaufsstraßen, in denen es zu Hauptgeschäftszeiten von Touristen wimmelt. Hier ist alles lieblich, flach, still.

Plathe ist fasziniert von dem Kontrast zwischen den beiden Teilen Helgolands. Doch jetzt gibt es Dringendes mit Sarah Körner zu besprechen. Bisher läuft es nicht besonders harmonisch zwischen ihnen. Das ist allerdings kein Wunder, immerhin ist dies ihr erster Kontakt abgesehen von Telefonaten. Ein bisschen sehnt sich Plathe nach der Hamburger Ermittlerin Emma Claasen. Zu schade, dass sie nicht für Helgoland zuständig ist. Er schätzt den Austausch mit ihr besonders. Emma und er harmonieren in Arbeitsweise, Einstellung, Herangehensweise und Einschätzung von Details, was selten ist. Von der gegenseitigen Sympathie ganz zu schweigen.

Hier jedoch geht es nicht um Befindlichkeiten, hier geht es um die Sache. Plathe stellt sich so an die Reling des Schiffes der Küstenwache, dass er Sarah Körner direkt in die Augen sehen kann. »Ich möchte gern möglichst genau wissen, womit wir es gleich zu tun bekommen.«

»Natürlich.« Die Itzehoer Kommissarin versucht, eine Haarsträhne aus ihrem Gesicht zu streichen, die der Wind im selben Moment wieder erfasst. Sie kramt eine Haarspange aus ihrer Bauchtasche und bändigt damit ihre dunkelblonden Locken. »Wie ich vorhin schon am Telefon sagte: Am Strand der Düne ist eine Leiche entdeckt worden. Sie muss gestern am späten Abend oder in der Nacht dort im Sand vergraben worden sein. Außerdem wurde ein abgetrennter Fuß entdeckt.« Plathe setzt an, etwas zu fragen, doch Körner stoppt ihn mit einer energischen Geste. »Wir wissen noch nicht, ob er zu dem Leichnam gehört. Der Tote ist weiterhin fast vollständig mit Sand bedeckt, vor allem überwiegende Teile des Unterkörpers, sodass die Kollegen vor Ort sich bislang kein klares Bild machen konnten. Sie haben entschieden, auf uns zu warten.«

»Sehr gut! Ich bin gespannt, was genau uns dort erwartet.«

KAPITEL 46

Der Mann sieht völlig durchgefroren aus. Das Gesicht ist gerötet, die Nase tropft. Doch seine Augen leuchten. »Wunderschön, dieser Habicht! Oder?« Mit dem rechten Arm deutet der schmale Typ Richtung Himmel und nach Osten, um seinem Nebenmann die Richtung vorzugeben, dann hebt er sein Fernglas und fokussiert irgendeinen Punkt am Firmament. Das heißt: Natürlich nicht irgendeinen, sondern er folgt einem fernen Etwas, das elegant durch die Lüfte gleitet.

Also offenbar einem Habicht. Der Mann, der erst seit rund 36 Stunden auf der Insel ist, muss sich ja nicht outen, dass er keine Ahnung von Ornithologie hat. »Sie haben recht.« Er nickt dem frierenden Kerl neben sich zu. »Wirklich ein Prachtexemplar!« Der Entschluss, sich als Vogelfan auszugeben, ist spontan gefallen. Die perfekte Tarnung! Ab sofort ist er also angeblich ein begeisterter Vogelbeobachter – und nicht mehr der kaltblütige Mörder, der aus der Ferne den eigenen Tatort im Auge behält.

Die Richtung, in die er starrt, ist jedenfalls dieselbe wie die, in die die Damen und Herren von der Vogelwarte Helgoland äugen. Als er mit dem Fahrstuhl ins Oberland gefahren ist und sich einen Beobachtungsposten gesucht hat, ist es ihm natürlich um die beste Sicht auf die »kleine Schwester« Helgolands, die Düne, gegangen. Also hat er sich, nachdem er aus dem Lift gestiegen ist, rechts gehalten und ist durch die am Steilufer gelegene Kleingartenkolonie gewandert. Obwohl er es eilig hatte, hat er im Vorbeigehen einen schnellen Blick in die Areale auf beiden Seiten des Weges geworfen. So manch einer der Hobbygärtner hat auf seiner Parzelle ein wahres Idyll geschaffen. Ein üppiges Meer an Farben, ein wahrer Wettstreit der Frühblüher wie Tulpen und Forsythien.

Aber der Geruch? Das Blumenaroma kann sich gegen die frische salzige Luft noch nicht durchsetzen, was ihm durchaus willkommen ist. Der Duft nach Meer ist ohnehin unübertrefflich. Genauso wie er sich nicht sattsehen kann an dem Glitzern der See, durch die Wellen und Wogen in Tausende unterschiedliche Farbnuancen gespalten. Mitten in der Bewegung hat er innegehalten, als er an diesen Aussichtspunkt hoch oben über der See gelangt ist – fasziniert von dem Blick, der sich ihm bietet.

Ganz zwanglos hat er sich zu den zwei Männern und der Frau gesellt, die hier, rund 50 Meter über dem Meeresspiegel, ebenfalls auf die See und in den Himmel geschaut haben. »Die Natur ist immer noch die begnadetste Künstlerin«, sagt er mehr zu sich selbst als in die Runde – und nimmt im Augenwinkel wahr, wie die anderen Naturfans zustimmend nicken. »Was sie schafft, ist unvergleichlich.«

Er ist eben doch in tiefstem Herzen ein Feingeist mit viel Sinn fürs Schöne, für die Malerei, die Musik, die Philosophie, die Natur. Auch wenn derzeit seine Prioritäten deutlich woanders liegen.

Ihm geht es um die Kunst des Tötens. Wer es versteht, kann hier ebenso mit einem Sinn für Präzision vorgehen, eine meisterhafte Darbietung abliefern. Geradezu ästhetisch.

Etliche Wochen hat es gedauert, bis er seine Zielobjekte aufgespürt hatte. Jetzt hat er das dritte erlegt. Das dritte von fünf.

Seine Mission ist damit aber nicht erfüllt. Zwei fehlen noch. Erst dann wird er zur Ruhe kommen. Frühestens dann. Vielleicht auch nie.

Sein drittes Opfer auszuspähen, war eine Herausforderung. Nicht an dessen Hauptwohnsitz in Hamburg-Eppendorf, wo dieser Matthias Bornhoff in der Nähe seines Zuhauses als Gymnasiallehrer arbeitet. Das herauszufinden war einfach. Die Schwierigkeiten begannen, als der Kerl sich ausgerechnet in jenen Tagen, als er ihn richten wollte, zu einem Kurzurlaub nach Helgoland absetzte. Klar, dass er selbst sich spontan ebenfalls reif für die Insel gefühlt hat. Allerdings sind sie getrennt gereist; andere Alternativen wären ihm doch zu intim gewesen. Auf engstem Raum in einer Cessna mit dem Typ, den er bald sehr langsam und mit einer gewissen Genugtuung ermorden würde? Nein, alles hat seine Grenzen.

Also hat er lediglich überprüft, ob der andere wirklich per Flugzeug nach Helgoland übergesetzt ist, und hat dann die Fähre genommen. Da konnte er viel besser in der Masse anderer Reisender untertauchen, ähnlich wie später bei den beliebten Touristenattraktionen auf der Insel. Es wäre ihm ein Leichtes gewesen, den Kerl auf dem Höhenweg im Oberland zu erledigen. Ein schneller, kräftiger Stoß, der den Typen ins Wanken bringt und die Klippe hinunterstürzen lässt. Hunderte Meter Land, bei dem es überall nahezu senkrecht bergab geht, hätten jede Menge Gelegenheiten geboten – aber zudem etliche Beobachter, die natürlich sofort dafür gesorgt hätten, dass die Polizei anrückt und er selber im Gefängnis landet. Also kam dieses Szenario nicht infrage.

Schade eigentlich. Die Lange Anna, dieser stolze rote Felsen, der wohl bei jedem Besucher Helgolands auf der Must-see-Liste steht, hätte eine traumhafte Kulisse für seine

Mission abgegeben. Auch wenn die Erosion allmählich ihre Spuren hinterlässt, ist die Lange Anna von einer Symbolkraft, die ihm durchaus gefallen hätte.

Aber es gibt ja noch die Düne. Weniger frequentiert, mit abgelegenen, verschwiegenen Plätzen und nicht zuletzt mit ihren langen, weiten Strandabschnitten ist sie deutlich besser für seine Pläne geeignet. Ein einsamer Spaziergänger, der Kontakt zu einem anderen Spaziergänger sucht. Sie sind ins Gespräch über die Schönheiten der Natur gekommen, er hat seinem Zielobjekt einen Drink angeboten. Den Flachmann und zwei Becher hat er schnell aus seinem Rucksack geangelt. Wie vertrauensselig der Typ ihm zugeprostet hat! Aber wie hätte der Ahnungslose auch vorhersehen können, dass seine neue Bekanntschaft in einem unbeobachteten Moment K.-o.-Tropfen in sein Getränk träufeln würde!

Danach hat er leichtes Spiel gehabt. Seinen Plan B hat er gar nicht gebraucht. Kein Ablenkungsmanöver, keinen Überraschungsangriff, um den anderen hinterrücks zu überwältigen. In diesem Fall wäre eine spanische Garotte sein Mittel der Wahl gewesen, um den Mann durch Strangulieren außer Gefecht zu setzen. Sei's drum. Es ist immer gut, auf sämtliche Eventualitäten vorbereitet zu sein. Er hat ja noch zwei Morde vor sich ...

Hier, auf der Düne, haben ihm also die K.-o.-Tropfen zu einem wehrlosen Opfer verholfen, quasi Wachs in seinen Händen, bis er mit allem fertig war, was er für seine Mission erledigen musste. Sicherheitshalber hat er seinem Opfer zudem Propofol gespritzt und es damit handlungsunfähig gemacht. Zwar ist das Eingraben des Bewusstlosen im Sand ziemlich mühsam gewesen. Aber es hat sich gelohnt. Das Ergebnis kann sich sehen lassen.

So hat er es gestern am späten Abend nach getaner Arbeit empfunden. Es gefällt ihm nach wie vor jetzt, da er von der

Hauptinsel aus, aus mehreren Hundert Metern Distanz und aus luftiger Höhe, sein Werk betrachtet. Sein Beobachtungsposten in der Nähe der Vogelfreunde mit ihren Teleobjektiven und den Spektiven ist ideal für seine Zwecke; viel zu weit weg, um selber in Verdacht zu geraten. Und selbst wenn jemand darauf aufmerksam würde, dass da einer steht und guckt, dann hat er die Ausrede parat, dass er nur den schönen Habicht bewundern wollte.

Er hat ein leistungsstarkes Fernglas mitgebracht, um möglichst gut zu sehen, was am Strand der Düne vor sich geht. Was er nicht erkennen kann, ergänzt er mit seinem Wissen über Polizeiarbeit, das er sich in den vergangenen Wochen angelesen hat. Und die restlichen Lücken füllt seine Fantasie.

»Da haben die Ermittler sicher einiges zu grübeln«, murmelt er vor sich hin. Dafür, dass sie das Handy des Toten nicht finden werden, wird er noch sorgen. Er will es auf der Rückfahrt von Helgoland in die Nordsee werfen. Dann wird es irgendwo in mehreren Dutzend Metern Tiefe liegen. Nicht ganz so unerreichbar wie die Titanic, aber doch fast. Für seine Zwecke genügt es völlig.

Er beobachtet die Gestalten, die sich um jene Stelle gruppiert haben, die er gestern als Todesstätte ausgesucht hat. Zwei halten sich ein Stück abseits, zwei andere, die aus der Ferne in ihren weißen, vom Wind aufgeplusterten Klamotten wie Michelin-Männchen aussehen, untersuchen offenbar den von ihm geschaffenen Hügel. Das sind bestimmt Experten von der Kripo, der Spurensicherung oder der Rechtsmedizin. Er hat genug Krimis geschaut, um in der hellen, wenig stylischen Kleidung, die sie tragen, die Overalls der Tatortermittler zu erkennen. Es geht ja darum, keine Spuren zu zerstören und selber keine zu verursachen. Also hüllen sie sich in diese Einweganzüge, tragen Handschuhe und was weiß Gott noch alles.

Eines der beiden Michelin-Männchen hat offenbar gerade damit begonnen, den Sand abzutragen. Soweit er das erkennen kann, geht der Typ langsam und mit Vorsicht zu Werke, und zwar an dem Ende, wo der Kopf seines Opfers positioniert ist. Er kann dem Kerl im Overall nur wünschen, dass er geschult und erfahren ist und dass dies nicht die erste Leiche ist, die er aus nächster Nähe sieht.

Denn der Anblick dürfte ziemlich grauenvoll sein.

KAPITEL 47

»Sherlock, du Süßer!« Der Kater liegt eingerollt da, den Kopf an den Hinterbeinen. In dieser Haltung erinnert er Emma an eine Zimtschnecke. Und damit auch daran, dass sie mal wieder etwas essen sollte. Ganz anders Watson, der sich auf den Rücken gedreht hat und unmissverständlich klar macht, dass er Streicheleinheiten am Bauch begehrt. Wird erledigt. Wie könnte sie den Wünschen ihrer beiden Katzen widerstehen!

Natürlich hat die 37-Jährige darüber gelesen, dass Stubentiger ihre menschlichen Mitbewohner angeblich als Bedienstete betrachten. Auch der Begriff »Dosenöffner« ist ihr in dem Zusammenhang geläufig. Aber sie ist fest davon überzeugt, dass Sherlock und Watson in ihr mehr sehen als eine bequeme Möglichkeit, an Fressen zu kommen. Die Körpersprache der Katzen, ihr Bedürfnis nach engem Kontakt, das wohlige Schnurren, wenn sie gestreichelt werden, ist deutlich genug. »Wir mögen dich«, heißt das, davon ist sie überzeugt. »Du bist uns wichtig.« Und: »Wie gut, dass es dich gibt!«

Erst nach einigen Augenblicken wird Emma bewusst, dass sie parallel zu den streichelnden Bewegungen mit der linken Hand an Watsons Bauch mit ihrer rechten Hand ähnliche Gesten vollführt. Es ist unbewusst geschehen – und denkbar unpassend, findet sie. Denn das Blatt Papier, das sie nebenbei getätschelt und so knisternde Geräusche verursacht hat, hat keineswegs zarte Berührungen verdient. Es hat vielmehr ein Gefühlschaos in ihr ausgelöst, das sie dringend bewältigen muss. Sie weiß nur noch nicht, wie.

Als sie vorhin im Briefkasten neben den üblichen Wurfsendungen und Rechnungen einen Brief von Emil vorgefunden hat, ist sie zunächst hoch erfreut gewesen. Wie lange hat sie nichts mehr von ihrem vier Jahre jüngeren Bruder gehört? Seit der Trauerfeier für einen Onkel, und die ist eine halbe Ewigkeit her, drei Jahre mindestens. Also ist da endlich ein Lebenszeichen von Emil!

Emma hätte allerdings gleich gewarnt sein müssen angesichts des in Computerlettern bedruckten Umschlags – ein Schriftbild, das sich in dem Schreiben fortgesetzt hat. Zunächst hat sie geglaubt, dass dies Emils berüchtigter Sauklaue geschuldet sei. Fehlanzeige. Vielmehr sollte es offenbar die distanzierte, fast schon feindliche Botschaft unterstreichen, die aus den wenigen Zeilen hervorging.

»Du hättest wissen müssen, wie es um unsere Schwester steht«, wirft Emil ihr darin vor. »Ihr wart doch Zwillinge! Du hättest ahnen müssen, wie schlecht es Laura geht – und ihren Suizid verhindern!« Er habe nach dem ersten Schmerz, den der Freitod von Laura vor 23 Jahren in ihm ausgelöst hatte, versucht, sein Gleichgewicht zurückzugewinnen. Das sei ihm leidlich gelungen, um irgendwie die Schulzeit zu Ende zu bringen, einen Beruf zu ergreifen und schließlich sogar eine Familie zu gründen.

Jetzt, aufgrund einer tiefen Ehekrise, habe seine Frau ihn dazu überredet, eine Paartherapie zu machen, schreibt Emil. »Und dabei ist herausgekommen, dass ich die Trauer von damals noch lange nicht verarbeitet habe. Sie lähmt mich. Und du bist schuld!« Er lasse sich gerade rechtlich beraten, inwieweit er Emma verantwortlich für seine Einschränkungen machen und damit in Regress nehmen könne. »Du wirst demnächst von meinem Anwalt hören!«

Emma kommt es vor, als habe sich die Botschaft dieser Worte langsam und über Hindernisse durch die Nervenbahnen in ihr Hirn vorarbeiten müssen. Dort angekommen, haben sie eine emotionale Explosion verursacht. »Waaass? Emil, du bist ja wohl nicht ganz bei Trost!« Sie hat gebrüllt, zugleich war ihr zum Heulen zumute. Ein Gefühlschaos.

Danach ist sie, vollkommen verstört und noch mit dem Brief in der Hand, auf ihr Sofa geplumpst. Nach wenigen Augenblicken hat sich erst Watson zu ihr gesellt und ein paar Minuten später ebenfalls Sherlock. Die beiden schnurren um die Wette. Dieses sanfte Geräusch hat ihren wilden Herzschlag ein wenig beruhigen können. Doch er ist nach wie vor zu schnell.

Was für eine Drohung, nach all den Jahren, in denen sie selber unter dem Verlust ihrer Schwester zutiefst gelitten hat – und es bis heute tut. Dabei ist es weniger die Ankündigung eines Anwaltsschreibens, das ihr zusetzt. Denn was sollte Emil ihr juristisch vorwerfen können?

Was sie so aufwühlt, ist vielmehr der Hass des Bruders, der in den Zeilen mitschwingt. Schlimm genug, dass ihre Schwester schon so lange nicht mehr da ist. Nun also droht ihr Bruder, sich ebenfalls aus ihrem Leben zu verabschieden. Obwohl: Genau genommen hat er längst einen tiefen Keil zwischen sich und Emma getrieben. Aber jetzt hat dieser Keil für eine Zerstörung gesorgt, der etwas Endgültiges mitschwingt. Sie geht bis tief ins Fundament ihres Beziehungsgebäudes. Ein Wiederaufbau? Vermutlich unmöglich.

Sie muss dringend an die frische Luft! Emma wirft einen prüfenden Blick aus dem Fenster. Ja, es ist trocken. Obwohl in dieser Stimmung auch ein heftiger Regen sie nicht davon abgehalten hätte, laufen zu gehen. Behutsam schiebt Emma Sherlock und Watson zur Seite, bevor sie entschlossen von der Couch aufsteht, die Jeans abstreift und in die Jogginghose schlüpft. Nun geht sie zum Schuhschrank in der Diele und schnürt ihre Turnschuhe. Bevor sie das Haus verlässt, steckt sie Schlüsselbund, Führerschein und Handy ein.

Sie hat sich entschieden, ein Stück Richtung Forst Klövensteen zu fahren und dort am Rande des Rissener Wildgeheges zu parken. Dass sie bei der Route, die sie sich vorgenommen hat, am Ende an dem Tümpel vorbeikommen wird, in dem nach so vielen Jahren die Leichen von Sophia Haferkamp und Carola Fuhrmann gefunden wurden, ist eine unterbewusste Entscheidung gewesen. Doch sie kommt ihr richtig vor. Mal sehen, was die Umgebung in ihr auslösen wird.

Einen Moment lang überlegt sie, wie es Kai Plathe wohl inzwischen ergeht. Was könnte es mit dem Leichenfund auf Helgoland auf sich haben? Noch hat sie nichts von ihm gehört. Es interessiert sie, was da vor sich geht. Andererseits hat sie mit ihren Fällen in Hamburg mehr als genug zu tun. Es tut wirklich gut, jetzt unterwegs zu sein und hoffentlich den Kopf freizubekommen.

Es dauert eine Weile, bis sie ihren Laufrhythmus gefunden hat. Ihre geplante Strecke ist etwa zwölf Kilometer lang, mehr als genug Zeit also, um ihren Gedanken nachzuhängen. Mit einiger Anstrengung gelingt es ihr, die Überlegungen ihre Familie betreffend in eine Ecke ihres Gehirns zu verdrängen und sich stattdessen mit ihren aktuellen Fällen zu beschäftigen. Als Emma klar wird, was das bedeutet, muss sie schmunzeln. Doch es ist ein trauriges Lächeln. Denn dass sie es vorzieht, an ihren Job zu denken und nicht an ihre private Situation, lässt tief blicken. Und dann auch noch an Mordfälle!

Aber warum eigentlich nicht? Sie ist nun mal Ermittlerin mit Leib und Seele. Und ihr ist immer klar gewesen, dass ein Job, in dem es keine normalen Bürozeiten gibt, sondern die Arbeit sich an dem Aufkommen von Verbrechen orientiert, sich nicht ohne Weiteres mit einem soliden Privatleben vereinbaren lässt. Trotzdem hat sie die Hoffnung nicht aufgegeben, dass sie irgendwann Mister Right kennenlernt. Dass allerdings das Verhältnis zu ihrer Kernfamilie, zumindest zu ihrem Bruder, so strapaziert ist, macht Emma erheblich zu schaffen.

Sie reduziert ein wenig ihr Joggingtempo, um die Schönheit der Landschaft in sich aufzusaugen. Vom Wildgehege im Forst Klövensteen aus ist sie lange geradeaus gelaufen, sodass sich nun rechts und links von ihr Wiesen mit dicht mit Nadelhölzern bewaldeten Bereichen abwechseln. Emma atmet tief ein und erfreut sich an dem frischen, jungen Geruch des Vorfrühlings, dem Gesang der Vögel und dem Schnattern der ersten Wildgänse, die aus dem Süden zurückkehren. So ist es eine Lust zu laufen! An einer Abzweigung hält sie sich links, biegt dann erneut ab und joggt weiter, jetzt mit raumgreifenderen Schritten.

Wie beflügelt. So wird der Kopf frei.

Emma befindet sich auf dem Weg ins Butterbargsmoor, einer Landschaft, die wie weichgezeichnet wirkt. Wildes Gestrüpp und Gräser und immer wieder größere Feuchtgebiete, über denen der Nebel schwebt wie ein hauchzartes Tuch. Pittoresk ist das Wort, das ihr bei diesem Anblick durch den Kopf schießt. Oder: verzaubert.

Dieses Attribut könnte ebenso auf das benachbarte Schnaakenmoor, auf das Emma nun zuläuft, zutreffen. Doch sie weiß es besser. Nach dem Fund der Moorleichen dort fällt ihr eher »gruselig« oder »unheimlich« dazu ein. An der Idylle haftet ein gehöriger Makel.

Was ist bloß im Moment los in der Region? Erst die Frauenleichen und dann relativ dicht aufeinander zwei Morde, die sich von allem unterscheiden, was die Kommissarin bisher in ihrem Beruf erlebt hat. Ja, sie kennt Kaltblütigkeit bei Verbrechen, Hass natürlich, Rache – alles Aspekte, die auf die beiden jüngsten Taten zuzutreffen scheinen. Aber dazu die ostentativen Elemente? Das Zurschaustellen des Leichnams im Duvenstedter Brook und das langsame Ertrinken des zweiten Opfers in der Alster in einer belebten Gegend? Das ist eine neue Komponente. Was wollen die Mörder damit ausdrücken?

Bei Michael Lahn, dem Opfer aus dem Armbrustfall, könnte der Täter beispielsweise ein Jagd-»Freund« sein, der sich mit ungewöhnlichen Waffen beschäftigt. Oder jemand, der durch den Finanzmakler und Unternehmer nach einer Firmenübernahme in den finanziellen Ruin getrieben wurde. Dieser Mensch könnte mit der besonderen Inszenierung – der Tote angepflockt an einen Baum – eine Botschaft verbinden. Nur: Welche soll das sein? »Seht her! So ergeht es Heuschrecken!«, zum Beispiel. Emma ist klar, dass sie noch viel mehr über den Toten und dessen Umfeld herausfinden müssen.

Immerhin haben sie mittlerweile sein Handy und seinen Laptop ausgewertet. Beides hat bisher nichts wirklich Verdächtiges ergeben. Vielmehr vor allem Menschliches. Wenn man die WhatsApp-Nachrichten liest, entsteht der Eindruck, dass Michael Lahn ein fürsorglicher Ehemann und Vater war. Immer wieder hat er sich liebevoll mit seiner Frau und seinen Töchtern ausgetauscht. Hat den Mädchen Mut bei Schulproblemen gemacht oder wenn sie Streit mit ihren Freundinnen hatten. Er hat als Finanzmakler offenbar sehr gut verdient, hat im Sportverein Squash gespielt und war mit Kumpels öfter zum Skat verabredet.

Also alles so weit solide.

Doch Emma lässt der Gedanke an seine Mitgliedschaft im Sportschützenverein nicht los. Zwar hat Kenan Arslan da schon mal recherchiert, aber vielleicht lohnt sich ein zweiter Blick. Sie müssen dort tiefer einsteigen. Womöglich gibt es bisher verborgene spannende Erkenntnisse beziehungsweise interessante Verbindungen? Ein dunkler Punkt in der Vergangenheit?

Ebenso müssen sie weiter das Leben von Christian Nessler ergründen, jenes Mannes, der in der Alster ertränkt wurde: Schon am Tatort erinnerte sie das Verbrechen an die Mafia. Hat sich Nessler in die falschen Kreise begeben? Sie wissen nach wie vor nicht viel über den 44-Jährigen. Er lebte nach seinem Coming-out und der Scheidung von seiner Frau mit seinem Partner zusammen in einem Penthouse in Hamburg-Blankenese und war Anwalt mit dem Spezialgebiet Steuerrecht. Es sieht zumindest auf den ersten Blick nicht danach aus, als habe er enge Kontakte zu Ablegern der Cosa Nostra oder 'Ndrangheta gehabt. Aber wer weiß, ob er nicht durch Drohungen der Mafia zur Kooperation gezwungen wurde – und sich dadurch wiederum Feinde gemacht hat. Oder er könnte den Verlockungen des schnellen Geldes erlegen sein. In der Unterwelt soll geradezu fantastisch gezahlt werden.

Rein theoretisch wäre ebenso neben Hass oder Rache ein weiterer Klassiker als Motiv denkbar: Eifersucht! Ob sie nun begründet sein mag, weil die Partnerin oder der Partner fremdgegangen ist, oder ob jemand vollkommen zu Unrecht den anderen der Untreue verdächtigt – Eifersucht kann Menschen zu heftigsten, sogar gewalttätigen Reaktionen treiben. Auch wenn die Umstände am Fundort der Alster-Leiche nicht gerade auf ein solches Motiv hindeuten: Der Täter könnte mit der bizarren Inszenierung bewusst falsche Spuren gelegt haben. Es wäre nicht das erste Mal, dass so versucht wird, die Mordkommission in die Irre zu führen.

Deshalb ist es wichtig, die Richtung der Ermittlungen nicht zu früh zu kanalisieren, den Blick offen zu halten. Unterschiedliche Hypothesen müssen kritisch geprüft werden. Das gilt ebenso für die Frage, ob sie es bei den jüngsten Verbrechen mit zwei voneinander unabhängigen Morden zu tun haben – oder mit dem Werk desselben Täters. Für die erste Variante spricht der extrem unterschiedliche Modus Operandi. Einmal eine Schusswaffe, in dem anderen Fall Ertränken. Da finden sich gar keine Parallelitäten. Andererseits fällt auf, dass die Opfer in etwa dasselbe Alter hatten. Bringt hier jemand beispielsweise seine Ex-Partner um?

Alles ist denkbar, alles ist möglich.

Noch etwa 50 Meter, dann wird Emma zu dem Teich im Schnaakenmoor kommen, in dem die Moorleichen gefunden wurden. Sie verlangsamt ihr Tempo, geht die letzten Schritte mit Bedacht. Zwischen all dem Grün entdeckt sie plötzlich in einem Gebüsch einen kleinen Fetzen rot-weißes Band, übriggeblieben von der Polizeiabsperrung. Ein Fremdkörper, der sanft hin und her schwingt, vom leichten Wind wie von unsichtbarer Hand bewegt.

Der Moortümpel nebenan ist inzwischen in einer konzertierten Aktion von Feuerwehr, Technischem Hilfswerk und Polizei trockengelegt worden. Man hat ihn durch eine behelfsmäßige Spundwand abgeschirmt und ausgepumpt. Es war relativ umständlich, wie man Emma mitgeteilt hat, da das abgepumpte schlammige Wasser zunächst über eine Art Filter aus eng geflochtenem Maschendraht geleitet werden musste. Der schlammige Boden des Tümpels wurde anschließend sorgfältig abgesucht und auch noch 50 Zentimeter tief ausgebaggert.

Immerhin: Ein wenig abseits des Bereichs, in dem man die Frauenleichen geborgen hatte, ist am Boden des Moortümpels ein stark verrosteter Außenspiegel entdeckt und wenig später von einem technischen Sachverständigen aufwendig rekonstruiert worden. Kaum zu glauben, dieser Außenspiegel war einem VW-Passat-Variant zuzuordnen. Die Theorie von Kai Plathe, dass die jungen Frauen Opfer eines Verkehrsunfalls geworden waren, wird hierdurch bestätigt. Nicht, dass Emma je Zweifel an seinen Erkenntnissen gehabt hätte. Aber es ist ein gutes Gefühl, wenn am Ende alle Puzzlesteine nahtlos zusammenpassen.

Emma scannt erneut den Bereich um den Moortümpel. Den bei ihrem Polizeieinsatz aufgewühlten Boden haben der Schnee, der Wind und der Regen der vergangenen Wochen wieder überwiegend glattgeschliffen.

Gleichwohl meint Emma, eine düstere Atmosphäre wahrzunehmen. Vielleicht sind es schlicht ihre Erinnerungen an den grauenvollen Fund, der hier gemacht wurde, und die Gedanken an das Unheil und das Leid, das das Verbrechen an den Frauen ausgelöst hat. Sie sieht, wie sich die Härchen an ihren Unterarmen aufstellen, spürt, wie ihr Herzschlag an Fahrt aufnimmt. Sie ist im Alarmmodus, als würde sie jemand aus dem Hinterhalt beobachten.

Dabei ist sie sicher, dass ihr nur ihre Einbildung einen Streich spielt. An einem Wochenende bei leidlich schönem Wetter so wie jetzt ist im Klövensteen und auch im Schnaakenmoor zu viel Betrieb von Spaziergängern, Reitern, Radfahrern und Joggern, als dass jemand ausgerechnet diese Gegend auswählen würde, um einem potenziellen Opfer aufzulauern.

Trotzdem. Sie müssen auf alles gefasst sein, auf weitere Taten und finstere Entwicklungen. Die Erfahrung zeigt: Es kann immer noch schlimmer kommen.

KAPITEL 48

Die Schicht ist etwa zehn Zentimeter dick und recht stabil. Meerwasser und Wind haben den Sand, den Tang, Reste von Muscheln und feingeschliffene Steine zu einer Masse verdichtet, die den Leichnam eingehüllt haben. Ein entarteter Kokon, der nicht zum Schutz beim Aufbruch ins Leben dient – sondern um den Tod zu bringen. Das Sterben durch systematisches Abschotten von lebensnotwendigem Sauerstoff.

Denn alles, was Kai Plathe hier am Strand bei einer ersten Betrachtung des Verstorbenen feststellen kann, spricht dafür, dass der Mann unter dem Sandhügel erstickt ist. Er findet reichlich Sand in Mund und Nase. Die Verdachtsdiagnose ist allerdings das Ergebnis eines bislang sehr vorläufigen Eindrucks, den der Rechtsmediziner noch nicht mit den Ermittlern teilen möchte – auch wenn sie ein nachvollziehbares Interesse daran haben, möglichst schnell Erkenntnisse zu bekommen. Er registriert, dass die Verletzungen am Abtrennungsrand des linken Fußes völlig avital wirken. Damit ist klar, dass die Amputation erst nach dem Tode geschah, vermutlich durch die Kegelrobben. Denn das Gewebe ist stark zerfetzt, der Knochen unregelmäßig gebrochen. Trotzdem: »Festlegen kann ich mich hier nicht«, vertröstet der Experte die Ermittler. »Genaueres erfahren Sie nach der Obduktion.«

Na großartig! Jetzt klingt er schon wie die Rechtsmediziner aus den Fernsehkrimis, über deren Arbeit er manchmal schmunzelt, über die er sich gelegentlich sogar ärgert. Vor allem, wenn sie nonchalant den Zeitraum, wann ein Opfer wohl getötet worden ist, auf eine Stunde begrenzen. Das ist vollkommener Quatsch und gar nicht möglich. Seinen Tatort-Kollegen stimmt er allerdings insoweit zu, dass es sich verbietet, vorschnelle Rückschlüsse zu ziehen. Übereilte Folgerungen könnten ganze Ermittlungen beeinflussen, indem dadurch in eine falsche Richtung überlegt wird. So geraten Menschen in Verdacht, die es gar nicht gewesen sein können. Weil parallel Spuren erkalten und bis zum Fassen des wahren Täters unnötig viel Zeit vergeht. Es wären katastrophale Folgen, die er mitzuverantworten hätte.

Also gemach! »Sie sind mit dem Fotografieren der Fundsituation fertig?« Plathe wendet sich an die Polizistin Swantje Koobs, die mit der Kamera eifrig Bilder gemacht und dabei gefühlt 30-mal den Leichnam umrundet hat. Eigentlich sollte sie jeden erdenklichen Winkel und jedes Detail abgelichtet haben.

»Moment. Ich brauche noch einmal die Totale!« Sie geht ein paar Schritte von dem Hügelgrab weg hin zum Absperrband der Polizei, das der peitschende Wind in sirrende Schwingungen versetzt hat. Da bleiben sogar die sonst so neugierigen Möwen auf Abstand. Ihre Rufe aus der Luft klingen wie wütendes Protestgeschrei.

»So, ich bin durch.« Wie zur Bestätigung winkt Swantje Koobs mit ihrem Fotoapparat.

»Okay, dann kann der Leichnam vollständig freigelegt und anschließend abtransportiert werden«, bestimmt Ermittlungsführerin Sarah Körner und wendet sich an Plathe. »Ich nehme an, Sie wollen direkt auf der Insel obduzieren?«

»Das wäre mir sehr recht. So erhalten wir am schnellsten Ergebnisse.«

Mit der Situation auf der Insel ist Plathe zumindest theoretisch vertraut. Er hat hier selbst zwar noch nie obduziert, aber der Oberarzt des Instituts für Rechtsmedizin, Dr. Alexander Gehler, hat ihn über die Vorgeschichte des für die Insel vergleichsweise modern ausgestatteten Sektionssaals ins Bild gesetzt. Es war gewissermaßen ein Herzensprojekt des früheren Besitzers der Paracelsus-Nordseeklinik, der ein Faible für Sektionen hatte und deshalb den Obduktionssaal selbst finanziert und sehr großzügig und technisch einwandfrei in einem kleinen Anbau des Krankenhauskomplexes hat bauen lassen.

Die Hamburger Rechtsmedizin ist praktisch die einzige Nutzerin dieses Obduktionssaals, insofern ist die Arbeit dort ein Heimspiel. Von der kleinen Nachbarinsel aus muss der Tote zunächst mit einem Börteboot zur Helgoländer Hauptinsel transportiert werden. Dafür wird der Körper in einem speziellen Leichensack verpackt und anschließend in einem Transportsarg überführt. Vom Hafen aus geht es dann auf dem Anhänger eines Elektrokarrens bis zur Klinik. Eine Stunde später kommt der Tote in dem Sektionssaal an.

Plathe, seine Kollegin Dr. Ann-Sophie Freymann und Sektionsassistent Franz Kobbertin haben diesen Transport begleitet. Unterwegs haben sie einen kleinen Umweg zu den Läden am Hafen gemacht, um sich an einem Imbiss zu stärken. Das Krabbenbrötchen hat gut geschmeckt, und der Kaffee hat die Lebensgeister geweckt. Im weitesten Sinne ein Leichenschmaus, denkt Plathe grimmig.

Als sie den Sektionssaal erreichen, ist der Tote hier schon abgelegt. Gemeinsam heben sie den Körper in dem Leichensack auf den Sektionstisch. Kobbertin reicht Kittel, Plastikschürze, Hauben und Handschuhe an. Außerdem bereitet er aus seinem Sektionskoffer das Obduktionsbesteck und die Utensilien für die Spurensicherung vom Leichnam vor.

Die Kripobeamtin Sarah Körner, die zwischenzeitlich ebenfalls eingetroffen ist, schießt dabei erste Fotos. Sie wird die gesamte Sektion dokumentieren. Um die Spurensicherungsmaßnahmen am Leichnam kümmern sich die Rechtsmediziner selbst.

Tatsächlich befindet sich vor ihnen nur ein unvollständiger Körper. Der linke Fuß des Mannes ist abgetrennt, wohl eher nicht von Menschenhand oder zumindest nicht mit einem Werkzeug, das einen präzisen Schnitt ermöglichen würde wie ein Messer, eine Säge oder eine Axt. Womöglich waren es Zähne. Haben sich wirklich die Kegelrobben an dem Toten zu schaffen gemacht? Plathe hat naturwissenschaftliche Berichte gelesen, nach denen die Raubtiere unter anderem Seehunde angreifen und verletzen.

Aber Menschen? Und sogar Leichen?

KAPITEL 49

Da behaupte noch mal einer, kleinere rechtsmedizinische Institute seien technisch nicht gut ausgestattet! Auf Helgoland sind sie jedenfalls auf relativ neuem Stand. Sogar ein Gerät für Computertomographie steht den Rechtsmedizinern zur Verfügung. Da muss Kai Plathe bei seiner fachlichen Routine nicht abspecken. Gut so! Die Zeitersparnis macht sich in der Regel bezahlt.

Sie nehmen den Leichnam vom Sektionstisch und schaffen ihn mit dem Hubwagen in die Röntgenabteilung des Krankenhauses. Hier ist jetzt am Nachmittag glücklicherweise alles frei. Kein Patient zu versorgen. Die Röntgen-Assistentin fährt den Computertomographen extra neu hoch.

Der Rechtsmediziner lässt den Leichnam in die Röhre schieben. Frakturen oder andere Auffälligkeiten, die das CT abbilden würde, sind nicht zu erkennen – mal abgesehen davon, dass ein Fuß und ein Daumen fehlen. Aber um das zu bemerken, hätte Plathe nun wirklich nicht das Hochleistungsgerät gebraucht.

Wenig später hieven sie den Körper zurück auf den Obduktionstisch. Im kalten Licht der Neonröhren über ihnen wirkt die Haut des Toten besonders fahl, mit einem Touch ins Gräuliche. Aber nichts, was Plathe aufmerken lässt. Vielleicht muss eine der Röhren langsam mal ausgetauscht werden? Dann hört wahrscheinlich auch das leise Sirren auf. Normalerweise lässt er sich bei der Untersuchung eines Leichnams von nichts ablenken. Doch dieser permanente Ton nervt ihn.

Plathe schaut kurz zu Kommissarin Sarah Körner und deutet mit seiner behandschuhten Hand nach oben. Sie nickt und zieht eine kleine Grimasse. Auch sie findet das Sirren offenbar störend. Aber es hilft nichts. Der Rechtsmediziner will vorankommen. Er hält einen Moment inne, sammelt sich und beugt sich noch ein wenig tiefer über den Toten. Da er bei der Sektion nichts übersehen will, gestaltet er die äußere Leichenschau besonders sorgfältig.

Überall am Körper befinden sich Sandanhaftungen, sogar unter der Bekleidung. Offenbar hat sich der Körper des Mannes bewegt, als er eingegraben wurde, sodass die Kleidung teilweise verrutscht war und die feinkörnige Masse am Bauch sowie am Hals einrieseln konnte. Im Bereich der Schulter findet sich ein Tattoo, das einzige des Toten. Es scheint frisch zu sein, ähnlich wie bei dem Leichnam in der Alster.

Plathe registriert dies mit erhöhter Aufmerksamkeit. Tätowierungen sind bei Männern und Frauen weit verbreitet, aber dies ist eine Duplizität, die merkwürdig anmutet.

Vielleicht ist die Tätowierung sogar nur wenige Stunden vor dem Eintreten des Todes gestochen worden? Womöglich von dem Mörder? Ist dies eine heiße Spur? »Fotografieren Sie bitte dieses Areal dort besonders gründlich«, weist Plathe seine Kollegin Ann-Sophie Freymann an. »Ich brauche exakte Nahaufnahmen und den Maßstab.« Sofort nimmt die Rechtsmedizinerin die Kamera zur Hand, und wenige Sekunden später hört er den Auslöser klicken, wieder und wieder und in so schneller Abfolge, als wollte sie eine rasante Bewegung dokumentieren. Dabei liegt der Mann auf dem Obduktionstisch natürlich vollkommen ruhig da. Totenstill.

Plathe schmunzelt über den Eifer der jungen Kollegin, achtet aber darauf, dass sie sein Amüsement nicht bemerkt. Im Grunde genommen braucht er doch genau das: Mitarbeiterinnen und Mitarbeiter, die mit Feuereifer dabei sind, und zwar in jeder Phase der Arbeit.

Genauso engagiert ist Freymann, als sie mit Unterstützung des Sektionsgehilfen mehrere Partien des Leichnams aufs Genaueste untersucht. Die schichtweise Präparation der Weichteile am Hals übernimmt Plathe allerdings selbst. Besonderes Augenmerk richtet er auf Kehlkopf und Zungenbein. So kann er sicher sein, nicht die kleinste blutende Verletzung durch Gewalteinwirkung am Hals zu übersehen. Fehlanzeige. Das ist nichts Auffälliges. Der Bereich der Handgelenke ist ebenfalls unverdächtig. Es ergeben sich keine Anhaltspunkte für eine Fesselung.

Immerhin: Die Präparation in der Ellenbeuge zeigt eine frische Einblutung an der hier verlaufenden Blutader und einen umschriebenen winzigen Venenwanddefekt, den man nur mit der Lupe genau erkennen kann. Dem Mann war offenbar eine Injektion verabreicht worden. Weitere Verletzungen finden sich nicht am Körper.

Allerdings ist der Befund im Bereich von Mund und Nase, im Rachenbereich sowie in der Luftröhre und den Bronchien spektakulär. Feiner Sand hat sich in der gesamten Region verteilt: bis weit in den oberen Nasenrachenraum und die Nasennebenhöhlen, in der gesamten Mundhöhle und im Kehlkopfinneren, in den Bronchien bis in die kleineren Verzweigungen. Es handelt sich eindeutig um eine tiefe vitale Einatmung von feinstem Sand. Der Mann ist daran buchstäblich erstickt. Plathe überlegt, ob er in seinen rund 25 Jahren Rechtsmedizin schon mal einen vergleichbaren Fall auf dem Tisch hatte. Wohl kaum. Daran würde er sich erinnern.

Konzentriert führt Plathe sämtliche weiteren Maßnahmen, die zu einer Obduktion gehören, sehr sorgfältig aus. Die feinsten Stauungsblutungen im Bereich der Augenbindehäute und eine ausgeprägte Blausüchtigkeit des Gesichts sowie der inneren Organe werden ebenso akribisch dokumentiert wie Körperflüssigkeiten, Organteile und zum Beispiel auch Haare für chemisch-toxikologische Untersuchungen asserviert werden. Wer weiß, ob sie nicht noch irgendwelche Giftrückstände finden? Er würde das toxikologische Labor um eine bevorzugte Bearbeitung dieses Falls bitten.

»Lassen Sie mich an Ihren Überlegungen teilhaben?« Rechtsmedizinerin Ann-Sophie Freymann hat gerade das letzte Tütchen für weitere Laboruntersuchungen beschriftet, als sie sich an ihren Chef wendet. »Was denken Sie, Professor? Wie könnte das abgelaufen sein?«

Plathe nimmt seinen Mundschutz ab und streicht sich über seinen Bart. Es ist mal wieder fällig, dass er ihn auf die von ihm bevorzugten drei Millimeter stutzt. Morgen, spätestens übermorgen. »Ein völlig verrückter Fall. Und das auf Helgoland! Das muss eine Vorgeschichte haben. Kein Mensch kommt normalerweise auf die Idee, einen anderen bei lebendigem Leib neben den Kegelrobben im Sand zu verbuddeln.« Er deutet auf ein Foto, das sie vor der Obduktion vom Gesicht des Toten aufgenommen haben. »Sehen Sie hier: Der weit aufgerissene Mund, wie zu einem letzten verzweifelten, stummen Schrei, lässt seine Qualen erahnen. Es war kein sanftes Hinübergleiten in den Tod, sondern langsames Ersticken unter feinem Sand. Das war die reine Folter, bis schließlich der Tod eingetreten ist.« Plathe zögert einen Moment und fährt dann nachdenklich fort: »Da wollte jemand ein Zeichen setzen. Dahinter steckt eine Handschrift. Ich weiß nur noch nicht, welche. Ein echt grauenvoller Mordfall, und schon der dritte kurz hintereinander. Es gibt unterschiedliche Tatorte beziehungsweise Auffindeorte. Und jeder Mord für sich ist mit einer einzigartigen Methodik ausgeführt worden, jeweils ein Modus Operandi, der regelrecht zelebriert wird. Wer tut so was?«

Kommissarin Sarah Körner, die gerade dabei ist, sich nach getaner Arbeit aus ihrem weißen Anzug zu schälen, hört aufmerksam zu. »Professor Plathe, ich denke, es ist klar, dass wir eine große Mordkommission bilden müssen. Und die MoKo wird sicherlich einen Sitz hier auf Helgoland einrichten, um die Ermittlungen auf Hochtouren mit Kräften vor Ort durchzuführen. Haben Sie für meinen Chef in Itzehoe einen Hinweis, in welche Richtung zu ermitteln ist? Das wirkt auf mich schon irgendwie wie ein organisiertes Verbrechen.«

»Jedenfalls ist es ein besonderer Fall.« Plathe nickt. »Da brauchen wir Ihren Kollegen prinzipiell nichts anzusagen. Die werden vermutlich die ganze Insel auf den Kopf stellen.«

Als wollte sie höchstpersönlich und sofort mit anpacken, krempelt Körner ihre Ärmel hoch. »Unter anderem sind speziell Menschen, die nur wenige Tage, scheinbar touristisch, hier waren, unter die Lupe zu nehmen.«

Plathe stimmt zu und streift sich in routinierten Bewegungen die Einmalhandschuhe ab. »Ich meine darüber hinaus übrigens, dass die Beamten aus Itzehoe und Pinneberg sich unbedingt mit der Hamburger Mordkommission in Verbindung setzen sollten. Zuständig ist dort Hauptkommissarin Emma Claasen. Die Hamburger haben gerade auch viel zu tun.«

Der Rechtsmediziner sortiert noch mal seine Gedanken. »Ich habe die Ahnung, dass der Mörder uns mit dem Tattoo an der Schulter etwas mitteilen will. Das ist Teil seiner Handschrift: eine frische Tätowierung auf einem Mordopfer, ähnlich wie ein Kainsmal.« Er registriert, wie ihn Sarah Körner fragend ansieht. »Kürzlich hatte ich bei zwei Sektionsfällen in Hamburg ebenfalls frische Tätowierungen. Eine davon war zwar nur aufgeklebt, aber mir drängt sich der Eindruck auf, dass die Tattoos eine besondere Symbolik haben. Eines der männlichen Opfer wurde mit einer Armbrust erschossen, das andere ertränkt.« Er schiebt die Hände in seine Kitteltaschen, blickt zu dem Leichnam auf dem Sektionstisch und wendet sich wieder der Kommissarin zu. »Ich frage mich, welche Verbindung es zwischen diesen jüngsten Verbrechen in Hamburg und diesem Fall auf Helgoland gibt. Haben wir es trotz der Distanz mit einer Mordserie zu tun?«

KAPITEL 50

»Warum meldest du dich nicht? Ich habe bestimmt schon ein Dutzend Mal bei dir angerufen!!!« Typisch! Diese maßlose Übertreibung, versehen mit drei Ausrufezeichen und einem Emoji, das einem Schreckgespenst ähnelt. Als ginge es um Leben und Tod.

Verärgert starrt er noch einen Moment auf die WhatsApp, die sein langjähriger Freund ihm gesendet hat, dann legt er das Smartphone zur Seite. Er weiß nur zu genau, dass es keine zwölf, sondern gerade mal vier Anrufe waren, die er ignoriert hat. Er hat nun wirklich Besseres zu tun gehabt, als mit seinem alten Kumpel zu sprechen. Wahrscheinlich sollte es einfach um eine Verabredung zum Glas Wein gehen oder ein Gespräch über irgendetwas vermeintlich Weltbewegendes, was sich gerade auf der Erde abspielt. Schönen Dank auch!

Er darf den Fokus nicht verlieren. Ablenkung wäre jetzt das reine Gift für ihn. Für ihn und seine Mission.

Es ist erst ein paar Stunden her, dass er von Helgoland nach Hamburg zurückgekehrt ist. Und noch immer fühlt er sich geradezu beschwingt. Es hat sicher ein bisschen mit der besonderen Atmosphäre der Nordseeinsel zu tun, mit ihrer einsamen Lage im weiten Meer, dem frischen Wind. Vor allem liegt es allerdings daran, dass er auf Helgoland seinen Racheplan weiter hat umsetzen können. Mehr als die Hälfte ist geschafft. Drei von fünf sind ausgelöscht. Und er hat dafür gesorgt, dass es für niemanden aus dem Trio ein gnädiger Tod war – sondern ein schmerzhafter.

Er nähert sich seinem Ziel.

Deshalb ist es an der Zeit, in seinem Computer für Ordnung zu sorgen und seine Datei mit Namen »Meine Rache. Ich sehe dich!« zu aktualisieren. Er gönnt sich ein Glas zwölf Jahre alten Macallan, setzt sich damit an seinen Schreibtisch und nimmt einen Schluck. Die torfige Schärfe, wenn der Whisky seine Kehle hinabgleitet, ist wie immer ein Genuss. Er wirft einen Blick aus dem Fenster, wo sich auf dem Rasen seines Gartens zwei Elstern kreischend um einen Leckerbissen streiten, und schaut den Vögeln einen Moment zu, bis der Unterlegene die Flügel ausbreitet und davonfliegt. Der andere widmet sich ausgiebig seinem Mahl, hält dabei jedoch immer wieder Ausschau, ob nicht doch noch ein anderer Konkurrent auftaucht. Dann macht diese Elster sich ebenfalls davon.

Haftet diesen Vögeln nicht der Ruf des Unheilboten an? Irgendwo hat er das mal gelesen. Doch davon lässt er sich nicht irritieren. Er fährt seinen Laptop hoch und klickt das entsprechende Dokument an. Neben dem ersten Part des Schaubilds, das den Namen von Michael Lahn und das zugehörige Foto mit der Zielscheibe im Bereich des Kopfes zeigt, sind jetzt die beiden Rahmen schräg links und rechts darunter zu seiner Zufriedenheit gefüllt. Christian Nessler und Matthias Bornhoff haben inzwischen ebenfalls das Zeitliche gesegnet. Oder besser gesagt: Hoffentlich schmoren sie in der Hölle!

Er überlegt, wie er die Todesarten, die er diesen zwei Männern zugedacht hat, optisch ansprechend in seinem Schaubild umsetzen könnte. Selbst wenn niemand sonst die Darstellung zu Gesicht bekommen soll: Es ist für ihn eine Frage der Ästhetik, alles möglichst perfekt zu inszenieren – im wahren Leben ebenso wie in der digitalen Welt. Am Ende entscheidet er sich, die einfache, aber wohl überzeugendste Variante zu wählen.

Also wird er die Fotos der Männer ebenfalls mit Zielscheiben versehen. Er schiebt das Bild mit Bedacht über das Gesicht von Christian Nessler. Eine minimale Korrektur mit dem Cursor, bis die Zielscheibe richtig platziert ist, nun speichert er die Darstellung. Er lehnt sich zurück, betrachtet sein Werk und gönnt sich einen großen Schluck von seinem Scotch. Das samtige Aroma, der Geruch nach Eiche und Karamell tun ihm gut. Er hat es sich verdient.

Er nippt erneut an dem Glas, bevor er sich dem dritten Foto widmet und das Einfügen der Zielscheibe wiederholt. Hier also bei Matthias Bornhoff, dem Mann, den er auf der Düne bei Helgoland lebendig begraben hat. Die Anstrengung, immer mehr Sand auf den mit Propofol sedierten Mann zu schaufeln, hat sich wirklich gelohnt.

Die Szenerie später von den Klippen Helgolands aus der Ferne zu betrachten, hat ihm Genugtuung verschafft. Ach was, Genugtuung! Er hat es mit jeder Faser seines Körpers genossen.

Jetzt wendet er sich dem nächsten Zielobjekt zu. Paula Burgstätter, die damals mit im Unfallauto saß, wird ebenfalls ein für sie höchst unerfreuliches Schicksal erleiden. Einen langsamen, schmerzhaften, quälenden Tod. Er hat die heute 43-Jährige ausspioniert, seine Strategie sorgfältig ausgearbeitet, die Vorbereitungen für seine Rache vollendet.

Das Pendant dazu passt er jetzt in seiner Computerdatei an. Er sucht aus den Fotos, die er von der Architektin im Netz gefunden hat, ein geeignetes aus. Es zeigt sie zusammen mit einer anderen Frau, wie sie in einem Strandcafé sitzen, beide mit einem orangefarbenen Getränk vor sich. Wahrscheinlich ein Aperol Spritz, der seit einigen Jahren in Mode ist. Er hat diesem Zeug nie etwas abgewinnen können. Da fehlen die Tiefe und das intensive Aroma, die er an seinem Scotch so schätzt.

Er zoomt das Foto heran, bis er nur noch den Oberkörper von Paula Burgstätter vor sich hat, und verschiebt es in den nächsten Rahmen seines Schaubilds. Wenn alles nach Plan läuft, wird er übermorgen auch diese Frau ausgemerzt haben – und die Zielscheibe auf ihrem Foto platzieren können. Dann sind vier Racheakte von fünf abgeschlossen. Er schließt die Augen, erschöpft und zufrieden zugleich.

Bald ist es vollbracht.

KAPITEL 51

Er ist deutlich in die Jahre gekommen. An manchen Stellen zeigen sich erste Abnutzungserscheinungen. Und doch liebt Carla Schiffbauer ihren Lehnstuhl heiß und innig. Die bequeme Sitzfläche, das weiche Leder, das so gut riecht. Da macht es nichts, dass am Rücken eine Naht nicht mehr perfekt ist und sich ein Fleck nicht rückstandslos beseitigen ließ.

Der cognacfarbene Sessel ist für die Kriminalpsychologin der ideale Ort, um sich außerhalb des Dienstzimmers in Ruhe mit komplizierten Fällen auseinanderzusetzen. Er ist, abgesehen von einem winzigen Beistelltisch, das einzige Möbelstück in ihrem kleinen Wintergarten. Mehr braucht es nicht. Schließlich hat sie von hier aus einen wunderschönen Ausblick ins Grüne eines kleinen Parks. Und abends, so wie jetzt, sickert das Licht einer nahen Straßenlaterne zwischen dem Laub der Bäume und Sträucher hindurch. Ein leichter Wind sorgt dafür, dass die Schatten der Blätter immer neue und wilde Muster auf ihre Terrasse zeichnen.

Carla Schiffbauer dreht sich in ihrem Lehnstuhl ein wenig zur Seite, um einen besseren Blick auf den Vollmond zu haben. Sie hat in der Zeitung gelesen, dass in dieser Nacht der sogenannte Erdbeermond am Himmel steht. Und tatsächlich erscheint ihr der ferne Erdtrabant heute besonders groß und außergewöhnlich rot. Sie nippt an ihrem Glas Grauburgunder und greift sich anschließend aus einem Päckchen ein paar Salzstangen, schiebt sie in den Mund und beginnt, genüsslich zu kauen. Das Knabbern, der Wein und die Abendstimmung fördern ihren Gedankenfluss. Insgesamt eine passende Komposition zum Nachdenken und Resümieren.

Noch einmal lässt sie den Ablauf ihrer bisherigen Operativen Fallanalyse zum Leichenfund der beiden Frauen aus dem Moortümpel vor ihrem geistigen Auge Revue passieren. Die entscheidenden Impulse sind diesmal von der Rechtsmedizin gekommen. Schiffbauer kennt die noch relativ junge Oberärztin aus dem Institut am Universitätsklinikum Hamburg-Eppendorf von mehreren vorangehenden Sektionsfällen. Sie schätzt Frau Dr. Claudia Ehrmann als hervorragende Fachspezialistin, die sich mit großem Einfühlungsvermögen für Rekonstruktionen des Tatgeschehens in die Diskussion einbringt.

In diesem Fall ist es die Aufgabe von Dr. Ehrmann gewesen, die Obduktionsbefunde und Diagnosen, die ihr Chef Kai Plathe erhoben hatte, detailliert in der OFA zu referieren. Ehrmann hatte deswegen vorab fast zwei Stunden lang mit ihrem Boss diskutiert und sich alles haarklein erklären lassen. Sie weiß nun hundertprozentig Bescheid, soweit dies bei zwei Leichen aus einem Moortümpel nach 24 Jahren möglich ist.

Die weiteren Ermittlungsergebnisse, die die Gruppe von Emma Claasen zusammengetragen hat, sowie die kriminaltechnische Begutachtung ergeben für die erfahrenen Mitarbeiter der OFA jetzt ein viel klareres Bild als bei ihrer früheren Analyse. Damals, als man – noch ohne Leichen – auf weitreichende Spekulationen vertrauen musste.

Kriminalhauptkommissar Egon Hummel, ein alter Hase bei der Hamburger Mordkommission, der als unabhängiger Ermittler schon mehrfach an Operativen Fallanalysen mitgearbeitet hat, hat es in der Abschlussbesprechung der OFA auf den Punkt gebracht: »Folgenden Ablauf können wir inzwischen klar rekonstruieren: Die zwei Frauen wurden damals nachts Opfer eines Verkehrsunfalls. Sie wurden, als sie auf ihren Rädern saßen oder diese schoben, angefahren. Das Ausmaß und das Muster der Knochenbrüche ist insoweit eindeutig: touchiert von seitlich hinten, mit höherer Geschwindigkeit. Und der Fahrer, vielleicht zusammen mit Komplizen, hat die Opfer beseitigt und die Spuren des Unfalls verwischt. Vermutlich hat der Platzregen seinerzeit sein Übriges getan.« Es ist typisch für Hummel, die Fakten treffend und nüchtern zusammenzufassen.

Carla Schiffbauer hat ihm zugestimmt. »Wenn man die örtlichen Verhältnisse berücksichtigt, müssen der oder die Täter einen Pkw mit größerem Kofferraum gehabt haben, eventuell sogar einen Kleintransporter.«

Da sie offensichtlich Ortskenntnisse hatten, spricht vieles dafür, dass die Täter aus dem Westen Hamburgs stammten. Wahrscheinlich waren sie, genau wie die jungen Frauen, auf dem Heimweg von einer Feier. Und möglicherweise war der Fahrer betrunken. Aber nicht alkoholisiert genug, um nicht noch kaltblütig die Leichen zu entsorgen.

Carla Schiffbauer gönnt sich einen Schluck Wein, während sie die weiteren rechtsmedizinischen Erkenntnisse in Gedanken noch einmal durchgeht. Was die forensischen Experten zur Todesursache herausgefunden haben, spielt für die Operative Fallanalyse durchaus eine Rolle, denn das Opfer, das im Moor versenkt wurde und dort ertrunken ist, lässt Rückschlüsse auf die Täterpersönlichkeiten zu. Und damit sind die Erkenntnisse für Carla Schiffbauer von großem Interesse.

Nicht, dass sie das Schicksal der beiden jungen Frauen nicht emotional berührt hätte. Der Gedanke an ihren Tod lässt die 61-Jährige erschaudern. Doch ihr Beruf erfordert einen sachlich-kühlen Blick auf die Umstände. Und aus denen lässt sich schließen, dass damals im Moor jemand am Werk war, der skrupellos handelte, hartherzig, brutal. Es ging dem oder den Tätern einzig darum, Spuren zu beseitigen und nicht in den Fokus von Ermittlungen zu geraten. Einen Krankenwagen rufen? Zumindest zu versuchen, Leben zu retten? Das war keine Option.

Die Kriminalpsychologin wirft noch einen Blick auf den rötlichen Vollmond, dann ruft sie Emma Claasen an. Die Kommissarin geht nach dem dritten Klingeln ans Handy. »Frau Schiffbauer! Was kann ich für Sie tun?« Aus der Geräuschkulisse, die Emmas Begrüßung begleitet, schließt die Kriminalpsychologin, dass sie die Ermittlerin im Auto erreicht hat. Offenbar ist sie auf dem Weg vom Büro in ihre Wohnung. Jedenfalls wäre ihr das zu wünschen. Schließlich ist es nach 21 Uhr und damit längst Zeit für den Feierabend. Aber eben nicht in ihrer beider Metier. Da sind lange Nächte am Schreibtisch oder am Tatort fast Normalität.

Trotzdem – oder gerade deshalb: Carla Schiffbauer entschuldigt sich für die späte Störung und schildert kurz die Rekonstruktion durch die OFA. Danach kommt sie zu ihrem Anliegen: »Frau Claasen, wir kennen uns zwar noch nicht besonders lange, aber ich habe großes Vertrauen zu Ihnen. Auch wenn ich stets ausdrückliche Zurückhaltung bezüglich voreiliger Erklärungsversuche von Verbrechen predige ... In diesem Fall gestatte ich mir den inoffiziellen Hinweis, dass ...«

»Warten Sie einen Moment bitte.« Emma hat zwar eine Freisprechanlage, aber hier würde sie gern in Ruhe und konzentriert zuhören können. Wenn die Kriminalpsychologin anruft, muss es etwas Wichtiges sein. Emma lenkt ihren Wagen in eine Parkmulde gegenüber dem Elbe-Einkaufszentrum und stellt den Motor ab. »So, jetzt bin ich ganz für Sie da.«

Carla Schiffbauer räuspert sich und setzt noch mal neu an. »Eigentlich sollte ich nicht am Telefon darüber sprechen, und sicher sollten wir dies sehr sorgfältig überprüfen, bevor die Ermittlungen in eine gezielte Richtung gelenkt werden. Aber Folgendes: Ich persönlich bin davon überzeugt, dass die aktuelle Mordserie, die Sie beschäftigt, mit dem Fund der jungen Frauen im Moor zusammenhängt. Mir scheint, da ist ein Killer am Werk, der es sich zur Aufgabe gemacht hat, die Schuldigen für den Tod der beiden Opfer tödlich abzustrafen.«

Emma nimmt sich einen Augenblick, um sacken zu lassen, was die Kriminalpsychologin gerade gesagt hat. Jenseits der Stille in ihrem Auto rauscht der Verkehr weiter an ihrem Wagen vorbei. Ein Mann, der seinen Schäferhund Gassi führt, wartet geduldig, bis dieser ausreichend an einem Gebüsch am Straßenrand geschnuppert hat. Dann fordert er das Tier auf: »Kassandra, wir müssen nach Hause!«

Was für ein seltsamer Name für einen Hund! Emma muss schmunzeln, und zugleich wird ihr die Bedeutung dieses sehr speziellen Kassandra-Rufes bewusst. Der Legende zufolge kündigt er Unheil an. Doch in diesem Moment präsentiert sich ihr vielleicht gerade die Lösung ihres Falls. Im Team hatten sie bereits darüber nachgedacht, ob der Cold Case mit den Moorleichen und die neue Mordserie zusammenhängen könnten. Und dass jetzt ein Profi wie Carla Schiffbauer diesen Gedanken ausspricht, bestärkt sie in diesen Überlegungen.

»Lassen Sie uns bitte eine Besprechung planen«, meldet sich Emma wieder zu Wort. »Ich glaube, es läuft alles auf ein solches Szenarium hinaus. Ich melde mich sehr bald wieder bei Ihnen!«

KAPITEL 52

»Meine Damen und Herren! Darf ich um Ruhe bitten!« Jens Jürgensen klopft auf sein Mikrofon. Der Hall breitet sich als dunkles Brummen im Raum aus. Plötzlich ertönt ein gellendes Pfeifen. »Sorry, das war eine Rückkopplung.« Der Chefpolizist schaut skeptisch auf das Mikrofon vor ihm, als erwarte er, dass es nun komplett seinen Dienst verweigern würde. Dann lässt der Abteilungsleiter für die Bearbeitung von Kapitalverbrechen seinen Blick über die Journalistinnen und Journalisten gleiten, die ihm in dem Presseraum des Polizeipräsidiums in mehreren Reihen gegenübersitzen.

»Jedenfalls haben Sie jetzt unsere volle Aufmerksamkeit!« Thorsten Olbermann grinst verschmitzt. Der Polizeireporter der Bild-Zeitung sitzt auf seinem angestammten Platz in der ersten Reihe, wie immer mit seiner Lederjacke als treuer Begleiterin, die schon bessere Tage gesehen hat. Der Journalist mustert Jürgensen und die weiteren Protagonisten der Pressekonferenz, Kriminalhauptkommissarin Emma Claasen und Pressesprecher Frank Heinsohn, die der Chef beide um Haupteslänge überragt. Dabei sitzen alle drei aufrecht wie Zinnsoldaten. Und ähnlich unergründlich und angespannt wirkt jeder aus dem Trio auf Olbermann. »Das wird wohl eine super Story heute«, überlegt der Reporter und schielt zur Kontrolle auf sein Handy. Ja, die Aufnahmefunktion ist eingeschaltet. Soweit es ihn betrifft, kann es losgehen.

Jürgensen auf dem Podium hat indes so seine Zweifel. Er schaut nach rechts zu Claasen und links zu Heinsohn, mit denen er sich vorhin noch verständigt hat. Sie haben bisher keine wirklich heiße Spur, sondern allenfalls Verdachtsmomente. Aber vor allem haben sie in den vergangenen Tagen immer drängendere Anfragen von Polizeireportern erhalten, die über die Morde im Duvenstedter Brook und an der Alster berichtet haben und denen der Instinkt – oder eine geheime Quelle aus dem Polizeiapparat – signalisiert hat, dass mehr dahinterstecken könnte. Viel mehr.

Jens Jürgensen spürt eine gewisse Nervosität und hofft, dass niemand es bemerkt. Mit einer schnellen Geste rückt er seine Lesebrille zurecht. Seine Unruhe kommt nicht von ungefähr. Die Polizei tappt noch weitestgehend im Dunkeln. Viel lieber als die Pressekonferenz zu leiten, würde er jetzt am Schreibtisch sitzen, um mit den Ermittlungen deutlich voranzukommen.

Warum tut er es sich also immer wieder an, sich den Journalisten zu stellen? Weil sein Amt als Chef der Abteilung Kapitalverbrechen die Aufgabe nun mal mit sich bringt, wäre eine nüchterne, logische Antwort. Ebenfalls ein Grund könnte sein, dass er es insgeheim möglicherweise doch genießt, die ungeteilte Aufmerksamkeit einer Gruppe Journalisten zu haben, ähnlich einem Spitzenpolitiker. Es spricht viel für die erste Variante. Und überhaupt ist es müßig, darüber nachzudenken. Jetzt sind alle versammelt. Es soll losgehen.

Der Kriminaldirektor strafft die Schultern, streicht sich durch das dichte graumelierte Haar und lässt den Blick über die anwesenden Frauen und Männer schweifen. Seit die Polizei am Vortag um 18 Uhr eine Mitteilung an die Medien herausgegeben hat, dass es eine Pressekonferenz zu jüngsten Entwicklungen bei Kapitalverbrechen geben würde, haben die Telefone kaum mehr stillgestanden. Alle wollen wissen, um was es sich genau handelt. Und die erfahrenen Boulevard-Journalisten Thorsten Olbermann von der Bild sowie Gül Turan von der lokalen Konkurrenz haben offenbar ins Schwarze getroffen. »Es geht doch sicher unter anderem um den versenkten Toten in der Alster!«, hat Turan gemutmaßt.

»Die sind schon wieder erstaunlich gut informiert«, hat Pressesprecher Heinsohn vorhin Jürgensen gemeldet, als sie diesen Termin vorbereitet haben. »Wir sollten darauf gefasst sein, dass zumindest einige von ihnen bereits von dem Mord auf Helgoland Wind bekommen haben.« Wirklich überrascht wäre Heinsohn darüber nicht. Die Journalisten, die lange dabei sind, haben offensichtlich ihre Quellen jenseits der offiziellen Stellen. Eine Fülle von Kontakten, die man immer mal anzapfen kann, mit der gebotenen Diskretion natürlich. Obwohl es Heinsohn brennend interessieren würde, wer aus dem Polizeiapparat manchmal seinen Mund nicht halten kann, weiß er, dass er das kaum herausfinden wird. Die zu mitteilsamen Beamten haben allen Grund, sich unter keinen Umständen zu offenbaren. Und umgekehrt würde kein Journalist jemals preisgeben, woher er seine brandheißen Informationen hat. In diesem Fall sind beispielsweise in manchen Medien die Vornamen der Opfer genannt worden. Das müssen die jeweiligen Reporter über geheime Quellen recherchiert haben.

Ganz offensichtlich giert die Öffentlichkeit nach weiteren Informationen. Und die Medienleute wollen sie ihren Lesern und Hörern liefern, am besten in einer großen Story. Wie üblich heißt es also Obacht bei dieser Pressekonferenz! Das weiß Heinsohn ebenso wie Jürgensen und Emma Claasen. Sie müssen sehr behutsam abwägen, was sie sagen und was sie vorerst noch verschweigen. Zu den beiden jüngsten Morden haben sie die üblichen Pressemitteilungen mit den nötigsten Informationen herausgegeben: wo, wann, was, wer. Wobei es über die Opfer selbstredend keine Details gab, nur das Alter wurde genannt.

Und auch das »Wie« haben sie in den Meldungen ebenfalls vorenthalten, aus gutem Grund. Die Mordmethoden und die daraus sprechende Kaltblütigkeit sollte nicht publik werden. Sie gehören zum Täterwissen und sind unverzichtbar für spätere Vernehmungen. Sobald sie den oder die Täter gefasst haben.

Umfangreichere Berichterstattungen über die jüngsten Morde in der Hansestadt hat es gleichwohl gegeben, vor allem über den Leichnam aus der Alster. Bei diesem Todesfall ließ es sich leider nicht vermeiden, dass es bei der Bergung mehrere Schaulustige gab, darunter natürlich Journalisten. Den Effekt hat die Polizei am nächsten Tag schwarz auf weiß präsentiert bekommen, garniert mit viel Rot. »Toter in der Alster« oder auch »Wer steckt hinter dem Alster-Mord?«, schrie es ihnen in riesigen Lettern von den Titelseiten der lokalen Presse und aus den Online-Ausgaben entgegen. Und darüber hinaus leider: »Alster-Mord: Ist Hamburg noch sicher?«

Ja, möchte Jürgensen darauf am liebsten antworten. Aber kann er das noch guten Gewissens sagen? Nach dem Mord zwei Tage zuvor auf Helgoland, bei dem ja erneut ein Hamburger ums Leben kam, könnte eine eindeutige Antwort schwierig werden.

Und doch wäre ein entschiedenes »Ja« das, was er den Menschen in der Hansestadt gern mitgeben würde. Immerhin sind Jürgensen und seine Mitarbeiter verantwortlich für die Sicherheit der Bevölkerung Hamburgs. Für die tatsächliche – und die gefühlte. Die Erfahrung zeigt, dass diese nicht immer übereinstimmen. Denn auch wenn in manchen Fällen den offiziellen Erkenntnissen zufolge keine Gefahr für die allgemeine Bevölkerung droht, könnten die Menschen sich ungeschützt fühlen. Und umgekehrt.

Wie es um das Sicherheitsempfinden der Menschen bestellt ist, hängt nun mal nicht unwesentlich von den Informationen ab, die sie aus der Presse erhalten. Immer mehr Leute nutzen allerdings zunehmend die sozialen Medien als Informationsquelle neben den traditionellen Nachrichten – oder sogar anstatt.

»Ein sehr beunruhigender Trend«, hat Pressesprecher Heinsohn erst vorhin wieder festgestellt.

»Von wegen ›soziale Medien‹!«, hat er geschnaubt. »Was daran sozial sein soll, erschließt sich mir nicht. Da wird häufig nur das weiterverbreitet, was einem gerade in den Kram passt, abhängig von politischer Gesinnung, den jeweiligen Vorurteilen oder irgendwelchen sozialen Stimmungen. So kann die Welt ganz schnell in eine beängstigende Schieflage geraten!«

Jürgensen hat genickt. »Ich habe einige der professionellen Journalisten schon immer wertgeschätzt. Aber nach dem, was neuerdings in den sozialen Medien so abgeht, steigt meine Anerkennung für die Arbeit der Zeitungs-, Radio- und Fernsehredakteure noch mehr.«

Wollen wir hoffen, dass heute die verantwortungsvollsten Vertreter ihrer Zunft hier sind, denkt der Kriminaldirektor grimmig. Außer Olbermann und Turan erkennt er vier weitere Redakteure, die regelmäßig Termine im Polizeipräsidium wahrnehmen. Einige Kamerateams sind ebenfalls gekommen. Gemessen an den Mikrofonen der unterschiedlichen Radio- und Fernsehsender, die vor dem Chefpolizisten und seinen Kollegen aufgebaut sind, müssen neben den Journalisten der schreibenden Zunft etwa ein Dutzend unterschiedliche Medien vertreten sein. Ein Reporter aus der zweiten Reihe schiebt geräuschvoll seinen Stuhl zurück, läuft zum Podium, rückt sein Mikrofon von der Peripherie des Pulks etwas dichter Richtung Mitte und huscht zurück an seinen Platz.

Dann wird es ganz still im Raum. Die Spannung ist zum Greifen nah.

»Wir haben Sie zu diesem Termin gebeten, um Sie über Kapitalverbrechen der jüngsten Zeit zu informieren«, ergreift Jürgensen das Wort. »Sie alle haben von dem Tötungsdelikt in einem Waldgebiet im Nordosten Hamburgs gehört. Und Sie haben Kenntnis von dem Leichnam, der kürzlich in der Alster entdeckt wurde.« Jürgensen beugt sich weiter vor. »Zunächst möchte ich ein paar allgemeine Hinweise zur Aufklärungsrate bei Mordfällen geben. Die liegt weit über 90 Prozent. Bei Tötungsdelikten setzen wir sämtliches zur Verfügung stehendes Personal und alle technischen Möglichkeiten ein, um die Täter zügig zu ermitteln. Gelegentlich bitten wir die Bevölkerung, die Augen offen zu halten und uns Beobachtungen zu schildern, die sie im Bereich der Auffindeorte der Toten gemacht haben. Was die beiden jüngsten Morde betrifft: Wir arbeiten auf Hochtouren und verfolgen erste Spuren. Es sollte keine Unruhe in der Bevölkerung auftreten. Letztlich leben wir in einer sicheren Stadt. Sie müssen sich keine Sorgen machen.« Jürgensen lehnt sich etwas zurück und nickt Emma zu. »Ich möchte jetzt Kriminalhauptkommissarin Claasen bitten, Sie über den Stand der Ermittlungen zu informieren.«

Emma setzt sich noch aufrechter hin und unterdrückt ein Räuspern. »Wir gehen derzeit davon aus, dass es sich in beiden Fällen um länger geplante Taten handelt«, sagt sie. »Die Getöteten sind nach unserem Ermittlungsstand keine Zufallsopfer. Es spricht im Moment ebenfalls nichts dafür, dass die Täter aus dem allernächsten, also dem familiären Umfeld stammen.« Emma rückt noch einen Zentimeter dichter an die Mikrofone heran. »Es gibt keine Hinweise auf eine Beziehungstat, ebenso wenig ist ein Raubmord wahrscheinlich.« Die Kommissarin wirft einen schnellen Seitenblick zu Jürgensen, schaut dann kurz zu Heinsohn. Die Männer deuten ein Nicken an.

Also gut. Sie soll die Bombe platzen lassen. Emma holt tief Luft. »Wir wissen, dass es zwischen den zwei Opfern eine Verbindung aus ihrer Vergangenheit gibt, haben aber keine konkreten Hinweise, ob die beiden Morde zusammenhängen. Wir können es allerdings auch nicht ausschließen.«

Sofort schnellen mehrere Hände hoch. Gül Turan ist die Erste, die sich gemeldet hat. »Welcher Art sind diese Verbindungen?«

»Das können wir aus ermittlungstaktischen Gründen nicht sagen.« Emma hätte sich gewünscht, dass sie diese häufig strapazierte Formulierung nicht verwenden muss. Viel zu oft müssen sie sich darauf zurückziehen. Aber es ist nun mal wahr, dass sie immer wieder Fakten zurückhalten müssen, um die Polizeiarbeit nicht zu gefährden. Weitere Fragen werden gestellt, die abwechselnd Jürgensen, Heinsohn und Emma beantworten – oder besser gesagt: nicht wirklich beantworten. »Das wird sich in den nächsten Tagen zeigen«, ist ein Satz, der öfter fällt. Oder: »Dazu können wir im Moment noch nicht Stellung nehmen.«

Emma fällt auf, dass Polizeireporter Olbermann erstaunlich still ist. Er strahlt fast so etwas wie eine gewisse Schläfrigkeit aus. Aus Erfahrung weiß sie, dass das bei dem alten Fuchs nichts als Tarnung ist. Manchmal kommt es ihm wohl gelegen, dass man ihn unterschätzt. Doch diesen Fehler würde Emma nicht machen. Olbermann ist immer für eine Überraschung gut, wie sie weiß.

Und sie täuscht sich nicht.

Der Journalist hat offenbar abgewartet, bis seine Kollegen ihre Fragen losgeworden sind. Jetzt streckt er seinen Arm, der sein Handy hält, nach vorn. Emma kann aus der kurzen Distanz erkennen, dass die Aufnahmefunktion läuft. »Was ist mit dem Tötungsdelikt auf Helgoland?«, fragt Olbermann. »Nach meinen Informationen ist dort vor zwei Tagen ein Mann umgebracht worden. Es soll sich dabei ebenfalls um einen Hamburger handeln.«

Jetzt ist es raus. Sie haben gewusst, dass sie damit rechnen müssen, dass die Nachricht über diesen Mord zügig über die Weiten des Meeres bis in die Hansestadt schwappt.

»Das ist korrekt«, bestätigt Emma.

»Dazu wollten wir gerade kommen«, wirft Jürgensen ein. Ob die Journalisten ihnen das abkaufen? Emma hat da ihre Zweifel.

»Das Opfer ist ein 44-Jähriger aus Hamburg«, teilt Jürgensen jetzt mit. »Er hielt sich für einige Tage als Tourist auf Helgoland auf. Sein Leichnam wurde bereits in die Hansestadt überführt.«

»Ein 44-Jähriger, sagen Sie«, hakt Gül Turan nach. »Damit sind in den vergangenen Wochen drei Männer ähnlichen Alters getötet worden, alle drei stammen aus Hamburg. Haben wir es mit einer Serie zu tun?«

»Wir ermitteln in alle Richtungen. Dazu gehört auch die Frage, ob es sich um einen Serienmörder handeln könnte. Aber dafür gibt es bislang keinen konkreten Anhaltspunkt«, erläutert Jürgensen.

Aber, fügt Emma in Gedanken hinzu, es spricht auch nichts dagegen.

Und genau so werden die Journalisten es vermutlich auslegen. Sie kann sich in etwa ausmalen, was den Abend über die Meldungen beherrschen wird. »Serienmörder in Hamburg unterwegs«, wird es heißen. Vielleicht mit Fragezeichen, vielleicht ohne, vielleicht auch mit einem Ausrufezeichen. So oder so ist die Botschaft verheerend.

KAPITEL 53

Sie hat das Gefühl, sie hätten den halben Erdball abgegrast. In der Theorie zumindest. Griechenland, Vietnam, Mexiko, Syrien, Japan, Italien. Indien war ebenfalls dabei. Am Ende haben sie sich auf die deutsche Küche geeinigt, ganz schlicht. Annabel Augustin schmunzelt, wenn sie daran denkt, wie vorsichtig sie und Kai Plathe in ihrem Gespräch am Telefon miteinander umgegangen sind.

»Wenn du nichts dagegen hast ...« Dieser Satz fiel bestimmt viermal. »Aber nur, wenn du wirklich willst ...« Auch diese Worte sind mehr als einmal gesagt worden. Als ginge es um eine Entscheidung fürs Leben – und nicht allein darum, wohin sie zusammen zum Essen gehen. Aber immerhin ist es eine erste Verabredung, ein Treffen von Vater und Tochter. Sie wollen einander überhaupt erst kennenlernen, schließlich haben sie fast 20 Jahre aufzuholen. Das braucht Zeit.

Als erste Gemeinsamkeit ist ihnen aufgefallen, dass sie beide die neue deutsche Küche schätzen.

Und dass Annabel am liebsten ein Lokal mit Blick auf die Elbe besuchen würde.

Da ist für Plathe klar gewesen, dass sie ins Restaurant Engel an Teufelsbrück gehen müssen. Das Essen dort ist richtig gut. Und viel wichtiger: Das Panorama ist unvergleichlich. Mehr Elbe geht in Hamburg kaum, denn das Restaurant befindet sich auf dem Ponton des Fähranlegers. Und das ist genau das, was sie wollen.

Sie haben gemeinsam einen großen gemischten Salat als Vorspeise bestellt und als Hauptgericht jeder eine Portion Garnelen mit Beilagen. Beide greifen beherzt zu. »Köstlich!«, sagt Annabel kauend. »Hundert Mal besser als das Essen in der Mensa. Manchmal ernähre ich mich sogar tagelang nur von Brot, Obst und Joghurt.«

»Nicht das Schlechteste. Jedenfalls gesünder als Pizza und Burger.«

»Absolut!« Annabel hebt ihr Glas. »Lass uns anstoßen auf diesen Abend – und auf dieses wunderschöne Stück Hamburg! Auch wenn ich die Stadt bislang kaum kenne: In diesen Blick auf die Elbe habe ich mich heute Abend spontan verliebt.«

Sie steht auf, geht zu einem der bodentiefen Fenster und tritt so nah an die Scheibe, dass ihr Atem blasse Bilder auf das Glas malt. Plathe glaubt, die Silhouette eines Eisbären zu kennen, schräg darüber eine Wolke. Erstaunlich, wie in seinem sonst so sachlich orientierten Gehirn plötzlich die Fantasie angeregt wird.

Lächelnd registriert er, dass Annabel sich an dem Anblick, den ihr der Fluss bietet, offenbar nicht sattsehen kann. Es ist tatsächlich immer wieder traumhaft schön!

Ein leichter Wellengang zerklüftet die Oberfläche der Elbe zu einem millionenfachen Auf und Ab. Je dunkler sich die Dämmerung über die Elbe senkt, desto mehr Lichter blitzen am gegenüberliegenden Ufer auf, die sich im Sternenhimmel fortzusetzen scheinen. Eine festlich beleuchtete Barkasse fährt vorbei, offenbar mit einer Geburtstagsgesellschaft. Der Wind trägt Musik von dem Schiff herüber, zu leise, als dass eine Melodie herauszuhören wäre. Ein Stück weiter ist ein Frachter zu erkennen, turmhoch beladen mit Containern. Langsam schiebt er sich an dem Lokal vorbei.

Annabel löst den Blick von dem Panorama und sieht ihren Vater unsicher an. »Habe ich zu viel Wein getrunken, oder ist das die Bugwelle des Schiffs, die den Boden zum Schwanken bringt?«

»Kein Sorge. Es ist der Wellengang. Und darüber hinaus ein Teil des Charmes dieses Lokals.«

Kai Plathe mustert seine Tochter, die ihm zugleich fremd und ebenso erstaunlich vertraut vorkommt. So vieles an ihr erinnert ihn an ihre Mutter, mit der er zwar eine nur kurze, aber sehr intensive Zeit verbracht hat: die geschmeidigen Bewegungen, die Stimme, die energische Geste, mit der sie sich eine widerspenstige Haarsträhne aus dem Gesicht streicht. Das Funkeln in den Augen, wenn sie etwas erzählt. Merkwürdig. Er hatte seinen damaligen Kreta-Urlaubsflirt Christina beinahe vergessen. Jetzt wirbeln die unterschiedlichsten Gefühle in seinem Kopf herum. Groll darüber, dass sie ihm nie mitgeteilt hat, dass sie eine Tochter haben. Und Freude darüber, dass Annabel in sein Leben getreten ist.

Sie ist eine echte Bereicherung. Durch sie erlebt er Phasen seiner Vergangenheit neu. Ihretwegen erhält er einen anderen Blick auf die Gegenwart. Und mit ihr hat er einen weiteren frischen Zugang zur Zukunft. Oder ganz simpel gesagt: Es macht Freude, mit Annabel Zeit zu verbringen, sie von ihrem Studium der Kunstgeschichte erzählen zu hören und ihrer Faszination für van Gogh, den er ebenfalls sehr schätzt.

Fasziniert hat sie ihm umgekehrt gelauscht, als er von seiner Arbeit berichtet hat. Jetzt sind sie beim Thema Reisen angekommen. Und Plathe hat allmählich das Gefühl, dass seine Tochter schon einiges mehr von der Welt gesehen hat als er selbst.

»Ich glaube, wenn ich mein sensationellstes Erlebnis benennen müsste, wäre es ein Moment in Südafrika.« Annabel fixiert ihren Vater und vergewissert sich, dass er ihr aufmerksam zuhört.

»Na, schieß schon los! Südafrika also«, fordert Kai sie auf. »Hast du dort Löwen in freier Wildbahn gesehen? Oder sogar Leoparden? So eine Begegnung ist angeblich so selten wie ein Lottogewinn.«

»Wenn das so ist, bin ich gefühlt eine Millionärin!« Annabel strahlt. »Ich habe mehrfach Löwen sehen können, sogar zwei Tiere, die sich paarten. Und bei einer Nachtsafari, als wir den südlichen Sternenhimmel kennengelernt haben, gab es quasi als Bonus dazu, dass wir einen Leoparden beobachten konnten. Er tauchte direkt neben dem Jeep auf, in dem wir mit unserem Guide saßen. Das war ein wenig beängstigend, weil die Raubkatzen ja sehr gut springen und klettern können. Zugleich war es eine unglaublich intensive Erfahrung, dieses geschmeidige Tier zu sehen.«

Plathe beobachtet, wie Annabel in ihre Erinnerungen eintaucht. Ihren Mund umspielt ein Lächeln, während sie von ihren Erlebnissen erzählt. Dann schüttelt sie langsam den Kopf. »Auch wenn diese Erfahrungen absolut fantastisch waren: Eine andere hat es noch getoppt.«

»Wie das denn? Noch besser als der Leopard?« Plathe angelt die letzte Scheibe Brot aus dem Korb, tunkt sie in Knoblauchsoße, beißt ab – und lehnt sich gespannt vor. »Ich bin ganz Ohr.«

»Es war bei einer Safari zu Fuß, in der Steppe.« Annabel nimmt einen Schluck Wein. »Wir sind einen breiten Feldweg entlanggegangen, rechts und links standen hohe Büsche. Plötzlich traten aus dem Buschwerk mehrere Giraffen hervor, bestimmt sieben oder acht, und blieben nur wenige Meter von uns entfernt stehen. Sie waren ganz still, schienen uns zu mustern, geradezu majestätisch, vollkommen ohne Angst. Es war ...« Sie hält inne und sucht nach Worten.

»Magisch?« Plathe hat versucht, sich vorzustellen, was seine Tochter gerade geschildert hat. Es scheint ihm der einzig passende Begriff zu sein.

»Magisch! Das trifft es!« Annabel nickt begeistert. »Du verstehst mich. Ich stand da wie verzaubert, habe es kaum gewagt, mich zu bewegen. Den anderen aus der Gruppe ging es ebenso. Wir standen vielleicht ein, zwei Minuten einfach da, die Giraffen und wir. Dann schritten die Tiere langsam und gemächlich davon. Ich war absolut hingerissen von ihrer Eleganz.«

»Das muss wirklich überwältigend gewesen sein«, stimmt Plathe zu. »Ich wünschte, ich wäre dabei gewesen.« In diesem Moment schießt ihm eine Idee durch den Kopf, und entgegen seiner Gewohnheit spricht er sie aus, ohne länger darüber nachzudenken. »Wie wäre es, mal einen gemeinsamen Urlaub zu machen?«

Annabel wirkt überrascht, aber nicht minder angetan von dem Gedanken. »Das wäre super! Am besten irgendwohin, wo wir beide bisher nicht waren. Hast du einen Vorschlag?«

Kai überlegt kurz. »Nach Island zum Beispiel? Da wollte ich schon immer mal hin. Der August soll ein besonders schöner Monat für eine Reise dorthin sein.« Zufrieden nimmt er wahr, dass Annabel sich über seinen Vorschlag zu freuen scheint. Auch ihm gefällt die Idee immer besser.

Doch plötzlich erstirbt die gute Laune. Was würde seine Frau dazu sagen? Kai hat Corinna noch nichts von seiner Tochter erzählt. Am Telefon erschien es ihm unpassend. Er will den richtigen Moment abwarten. Doch gibt es für so eine lebensverändernde Neuigkeit überhaupt einen passenden Augenblick? »Übrigens, ich habe eine Tochter! Sie ist 20 und total liebenswert. Du wirst sie mögen!«

Nein. So belastet, wie das Verhältnis zwischen ihm und Corinna zurzeit ist, wird diese neue Entwicklung für einen heftigen Streit sorgen, da ist er sich sicher. Auch wenn Annabel das Ergebnis eines Urlaubsflirts aus einer Zeit ist, in der Corinna und er sich noch nicht kannten. Lange vor ihrer Beziehung.

Und er könnte Corinnas Missmut irgendwo verstehen. Eine solche Veränderung steckt man nicht einfach so weg. Schließlich würde sie ja auch das Leben ihrer Familie, mit ihren Söhnen, komplett auf den Kopf stellen.

Plathe schaut einen Moment aufs Wasser, dann fixiert er wieder seine Tochter. »Ich muss, bevor wir irgendwelche Reisepläne schmieden, erst mal mit meiner Familie reden. Es ergab sich bisher keine Gelegenheit, ihnen von dir zu erzählen.«

Annabel hebt die Augenbrauen, lehnt sich zurück und verschränkt die Arme. Man muss kein intensiver Kenner der Körpersprache sein, um hier die plötzliche Distanzierung herauszulesen. Kai kann ihr die Verärgerung nicht verübeln. Annabel bleibt stumm und sieht ihren Vater abwartend an.

»Ich kann mir vorstellen, dass meine Söhne begeistert sein werden, eine große Schwester zu haben. Meine Frau allerdings ...« Er zögert.

»Vielleicht können wir ja Freunde werden. Mit der Zeit?« Annabel greift nach ihrem Glas und nimmt nachdenklich einen Schluck Wein. »Ich fände das schön. Es wird doch bestimmt nicht so werden wie im Märchen – die böse Stiefmutter?«

Plathe zögert einen Moment, dann gibt er sich einen Ruck. »Hoffen wir das Beste!«

KAPITEL 54

Auf dem Konferenztisch liegt ein einzelnes großes weißes Blatt, daneben steht ein Becher mit farbigen Stiften. Rechtsmediziner Kai Plathe ist überrascht. Alles sieht nüchtern aus, überhaupt keine Technik. Ebenso wenig gibt es Fotos, einen Bildschirm oder ein Telefon. Das Besprechungszimmer im Polizeipräsidium in Hamburg, in das Kriminalpsychologin Carla Schiffbauer eingeladen hat, ist sehr schlicht eingerichtet. So bleibt umso mehr Raum für Kreativität, für den Austausch von Erkenntnissen und für Ideen. Plathe gefällt das.

Bunte Fremdkörper sind allein die Kaffeebecher, die jeder von ihnen selber mitgebracht hat – ein Sammelsurium von Motiven mit Glückskleeblatt, einem Nilpferd, einem Oldtimer und seinem eigenen Becher, dem mit dem grün-weißen Werder-Bremen-Logo. Er schenkt sich aus der Thermoskanne, die in der Tischmitte platziert ist, großzügig ein. Es wird ja kein kurzes Treffen werden, wie er weiß. Fallanalytikerin Schiffbauer hat ausdrücklich darum gebeten, für diese Besprechung mit ihm und Kommissarin Emma Claasen etwas Zeit freizuschaufeln. Das gestaltet sich nicht einfach an diesem Mittwoch im April, an dem jede Menge anderes zu tun wäre. Doch Schiffbauer möchte einen Austausch ohne Zeitdruck und ohne Störungen von außen. Auch ohne Protokollführung. Brainstorming – damit die Kriminalpsychologin die aktuellen Entwicklungen bei den Mordfällen besser verstehen und in die Besprechungen der laufenden Operativen Fallanalyse einbringen kann.

Plathe hat bereits bei seinem ersten großen Hamburger Fall um einen Serienmörder mit der Kriminaldirektorin zusammengearbeitet. Abgesehen davon, dass er ihre klugen Analysen schätzen gelernt hat, gilt sie als ausgewiesene Spezialistin für Vernehmungstechnik. Schon mehrfach hat sie in schwierigen Situationen für das Landeskriminalamt verhandelt, zum Beispiel bei Geiselnahmen und Entführungen. Sie hat zudem mit den Tätern Kontakt aufgenommen und wiederholt dazu beigetragen, dass die Situation nicht eskaliert.

Mit von der Partie bei der Besprechung ist außerdem Schiffbauers Vertreterin Dr. Anette Kliemann, eine jüngere Psychologin, die eine sehr gute Masterarbeit über Serienmörder in Norddeutschland geschrieben hat. Inzwischen waren einige der Verbrecher tot, beispielsweise der »Schlächter von St. Pauli«. Und der »St.-Pauli-Killer« hatte sich selbst gerichtet, im alten Polizeipräsidium mit einem Showdown, dessen Schockwellen noch lange nachhallten.

Als Erstes ergreift die Chefin das Wort. »Lieber Prof. Plathe, schön, Sie bei der Besprechung dabei zu haben!« Bevor der Rechtsmediziner antworten kann, kommt die Kriminaldirektorin direkt zu ihrem Anliegen: »Lassen Sie mich fortfahren. Die aktuelle Fallserie bereitet mir einerseits Kopfzerbrechen, andererseits fordert sie uns alle sehr heraus, denke ich.« Schiffbauer schnappt sich einen der Stifte und hält ihn so, als würde sie mit einem Florett einen Angriff parieren. Ein arg kurz geratenes Florett, aber immerhin. »Wir versuchen gerade, eine weitere Operative Fallanalyse zu gestalten, auch wenn die Geschehnisse noch ganz frisch sind und obwohl wir parallel erneut den Fall der jungen Frauen aus dem Moor aufbereiten.«

Plathe hebt die Hand, ein bisschen wie ein eifriger Schüler. Doch es erscheint ihm das effizienteste Mittel, um den Redefluss von Carla Schiffbauer zu stoppen. »Nach meiner Überzeugung haben wir es bei den drei Toten aus dem Duvenstedter Brook, der Alster und von Helgoland mit einer Serie zu tun. Dafür sprechen die frischen und sehr ähnlich gestalteten Tätowierungen, die den Opfern jeweils beigebracht wurden. Auch wenn eine nur aufgeklebt war.« Plathe tippt sich nacheinander auf Arm, Bauch und Schulter, wo die drei Toten jeweils »gezeichnet« waren. »Außerdem, um das an dieser Stelle einmal klar hervorzuheben: Ich denke, wir müssen davon ausgehen, dass der Täter ein Mann ist, und zwar ein kräftiger. Ich schließe das daraus, dass bei den Tötungen und beim Transport der Opfer erhebliche Kraft aufgewendet werden musste. Möglicherweise hatte er auch einen Komplizen.«

Die anderen aus der Runde nicken. Das klingt plausibel. Aber Plathe ist noch nicht fertig. »Darüber hinaus vermute ich, dass der Mörder zumindest über medizinische Grundkenntnisse verfügt. Er kennt sich mit Medikamenten und Drogen aus. Und er kann Injektionen setzen, sogar intravenös. Natürlich könnte man das alles in einem medizinischen Praktikum lernen. Vielleich sogar bei Kursen im Internet. Das Netz hält ja mittlerweile eine erstaunliche Vielfalt an Weiterbildungsmöglichkeiten bereit.«

Plathe macht eine kurze Pause. »Unsere Toxikologen werden noch feststellen, ob bei dem Toten von Helgoland wie bei dem Leichnam aus der Alster das Narkotikum Propofol nachzuweisen ist. Das wäre eine weitere Parallele.«

Der Rechtsmediziner trinkt einen Schluck. »Für eine Serie spricht das jedenfalls aus rechtsmedizinischer Sicht. Mir ist bewusst, dass man mit einer solchen Klassifikation vorsichtig sein sollte. Man muss einräumen, dass der Modus Operandi im Hinblick auf die einzelnen Tötungsmechanismen sehr unterschiedlich erscheint. Aber die sonstige Handschrift des Täters spricht eine eindeutige Sprache. Speziell die Symbolik mit den Tätowierungen und die äußeren Abläufe halte ich für richtungsweisend.«

»Ich schätze das ähnlich ein.« Die junge Kriminalpsychologin Anette Kliemann hat es Plathe gleichgetan und ebenfalls die Hand gehoben, bevor sie das Wort ergriffen hat. »Unsere Sichtweise ist folgende: Es scheint ein Einzeltäter hinter den Morden zu stecken. Er geht äußerst sorgfältig vor. Zwar sind die Todesursachen unterschiedlich – also Pfeilschuss mit der Armbrust, Tod im Wasser und Ersticken im Sand. Aber zugleich gibt es in allen Fällen eine appellative Komponente. Und zwar müssen die Opfer ihrem Ende bewusst entgegengesehen haben, wenn auch nur kurze Zeit. Sie haben sozusagen ihrem eigenen Sterben zuschauen müssen.«

»Das ist ein Aspekt, dem wir ebenfalls große Aufmerksamkeit geschenkt haben.« Emma Claasen ist aufgestanden, hat sich wie Carla Schiffbauer einen der Stifte gegriffen und malt damit wie mit einem zu kurz geratenen Zeigestock in die Luft. »Parallel war ein wichtiger Schritt, den Toten von Helgoland zu identifizieren.«

»Die zahnärztlichen Befunde waren sicherlich hilfreich«, wirft Plathe ein.

»Stimmt.« Emma nickt dem Rechtsmediziner zu. »Bei dem Toten handelt es sich um Matthias Bornhoff, 44 Jahre alt, Gymnasiallehrer aus Hamburg und offenbar Single. Aber es gab schon eine Vermisstenanzeige, aufgegeben von seinen Eltern. In sein privates und berufliches Umfeld müssen wir noch genauer eintauchen.« Emma geht halb um den Konferenztisch herum, sodass sie jetzt an der Fensterfront des Besprechungsraums steht. Sie hat das Bedürfnis nach Bewegung. »Vor allem haben wir in unserer Mordkommission zusammen mit den Kollegen aus Itzehoe inzwischen etliche Spuren verfolgt. Um nur einzelne zu nennen: Wir haben auf Helgoland sämtliche Passagiere für die Überfahrt namentlich erfasst, hin und zurück, jeweils einige Tage bevor der Mord sich ereignete und danach.«

Bei diesem ersten Punkt hat Emma den Zeigefinger gehoben, nun reckt sie den Mittelfinger ebenfalls in die Höhe. »Wir haben uns darüber hinaus alle Namen von Hotelgästen beschafft. Jetzt arbeiten wir noch die kleinen Pensionen ab. Abgesehen von den Bäderschiffen aus Cuxhaven und Büsum haben wir außerdem sämtliche Sonderrouten und die Flugverbindungen geprüft. Wir arbeiten da intensiv mit den Kollegen aus Itzehoe zusammen, die ja hier in erster Linie für die Mordermittlung zuständig sind. Ich bin gespannt, ob es einen Treffer gibt und in welche Richtung der dann zeigt.« Die Kommissarin wirft einen Blick aus dem Fenster. Der Himmel ist grau, es regnet in Strömen. Sie schaut zurück in die Runde.

Ihr gehört die volle Aufmerksamkeit der anderen Besprechungsteilnehmer. Sie holt tief Luft, bevor sie fortfährt: »In spurenkundlicher Hinsicht verspreche ich mir eventuell etwas von der Untersuchung zweier Becher, die wir nicht weit entfernt vom Leichenfundort auf einer Düne gesichert haben. Sie standen an einem Platz, von dem aus normalerweise Kegelrobben beobachtet werden, und werden jetzt auf DNA-Spuren untersucht.«

Carla Schiffbauer hebt die Hand. Wie die anderen hat sie offenbar die gute Sitte aus Schulzeiten übernommen. »Wie lange werden wir auf die Ergebnisse warten müssen?«

»Zwei Tage?« Emma zuckt mit den Schultern. »Vielleicht geht es auch schneller. Darüber hinaus haben wir in beiden Bechern Flüssigkeitsreste gefunden. Die befinden sich derzeit im toxikologischen Labor der Rechtsmedizin. Wenn man dort etwas herausgefunden hat, wird man uns umgehend benachrichtigen. Außerdem brauchen wir sehr eilig die chemisch-toxikologischen Untersuchungsbefunde der

Leiche von Helgoland.« Die Kommissarin fixiert Plathe. »Kai, ist euer Labor bereits dran?«

»Wir sind dabei. Zumindest sollten die Experten erste Voruntersuchungen durchgeführt haben, die die gängigen Medikamente und Drogen erfassen.« Plathe schnappt sich ebenfalls einen Buntstift, mit dem er nun imaginäre Punkte in die Luft zeichnet. »Wir haben diesen Untersuchungen im toxikologischen Labor höchste Priorität eingeräumt. Ich denke, dass ich über die ersten Ergebnisse noch heute oder spätestens morgen berichten kann.«

Emma nickt. Also läuft alles. Wenn auch nicht so schnell, wie sie es gern hätte. Aber sie weiß, dass bestimmte Analysen nun mal länger brauchen. »Bei uns im LKA arbeitet die Kriminaltechnik auf Hochtouren«, fährt sie fort. »Es geht zum Beispiel um die ballistische Untersuchung der Pfeile. Wir versuchen herauszubekommen, was für ein Typ Armbrust eingesetzt wurde. Außerdem testet unser Labor, ob an den Pfeilen DNA nachzuweisen ist. Das könnte klappen, wenn die Person, die die Pfeile eingelegt und abgeschossen hat, keine Handschuhe getragen hat.« Die Kommissarin sucht Blickkontakt mit Carla Schiffbauer. »Ferner sehen wir uns alle Schützenvereine in Hamburg und Umgebung an. Es geht speziell um Clubs, die eine Abteilung haben, in der mit Pfeil und Bogen beziehungsweise mit der Armbrust geschossen wird. Davon gibt es nur wenige Vereine. Dort werden wir sämtliche Mitgliederlisten durchforsten und prüfen, ob wir einen Namen wiederfinden, den wir schon kennen. Unsere Ballistiker sagen, dass der Täter ein guter Schütze gewesen sein muss. Vielleicht war er sogar im selben Schützenverein wie das Opfer.«

Plathe tippt sich an die Brust – jene Körperregion, in die das Opfer mit dem ersten Pfeilschuss getroffen wurde. »Ein sehr guter Schütze!«

»Außerdem muss der Täter sich mit der Funktionsweise einer Armbrust sehr gut auskennen«, ergänzt Emma.

»Davon können wir getrost ausgehen.« Carla Schiffbauer hat zwischen den Sprechenden hin- und hergesehen, wie die Zuschauerin eines Tennismatches. Jetzt rückt sie sich die Brille zurecht. »Ich denke ständig über den besonderen geistigen Horizont des Täters nach. Er muss alle Opfer genau ausspioniert haben. Und ich gehe davon aus, dass er einen ganz bestimmten Zweck damit verfolgt, dass er gerade diese Menschen auf diese Art und Weise getötet hat.«

Schiffbauer und Emma tauschen einen Blick aus. Dies scheint der richtige Zeitpunkt zu sein, um ihre jüngsten Überlegungen mit den anderen zu teilen. Die Kriminalpsychologin lehnt sich demonstrativ zurück. Das hier soll Emmas Bühne sein. Diese tritt zurück an den Konferenztisch, streckt sich halb über ihn rüber, schnappt sich ein DIN-A4-Blatt und legt es quer. Darauf malt sie eine waagerechte Linie, unterbrochen von drei Strichen, auf die sie jeweils ein Datum schreibt. »Wir sollten darüber hinaus der zeitlichen Schiene mehr Aufmerksamkeit schenken. Womöglich ist das sogar ein sehr wichtiger Aspekt.« Sie fixiert jeden aus der Runde der Reihe nach. Alle hören ihr gespannt zu. »Die Morde sind jeweils mit wenigen Tagen Abstand voneinander verübt worden. Durchaus möglich, dass jemand die Opfer nacheinander ausspioniert und dann zur Strecke gebracht hat«, fährt Emma fort. »Ebenso denkbar ist meiner Meinung nach – und Frau Schiffbauer sieht das ähnlich –, dass es zwischen dem Fund der Moorleichen und der neuen Mordserie einen direkten Zusammenhang gibt. Dass die alten Fälle sozusagen der Auslöser für die neuen gewesen sind.«

»Ihr vermutet einen späten Racheakt?« Plathe umfasst nachdenklich seinen Kaffeebecher. »Das halte ich durchaus für möglich. In dem Fall stellt sich mir die Frage, ob wir bereits am Ende der Serie angelangt sind. Oder ob es noch weitere Opfer geben wird.«

»Ich hoffe sehr, dass das nicht der Fall ist.« Emma setzt sich wieder. »Und falls doch: Wir müssen dringend die Hintergründe herausfinden, um gegebenenfalls andere Menschen warnen zu können. Übrigens: Wir haben das Vorleben der ersten beiden Opfer Michael Lahn und Christian Nessler sorgfältig durchforstet. Von ihnen wissen wir bereits, dass sie sich von früher kannten. Sie sind auf dieselbe Privatschule in Hamburg-Blankenese gegangen.«

Emma kommt in den Sinn, was Max Vollertsen ihr berichtet hat: dass es damals Gerüchte über einen Autounfall gab, den es in der Region etwa zur Zeit des Verschwindens von Carola und Sophia gegeben haben soll – und um den an dem Internat im Westen Hamburgs offenbar ein großes Geheimnis gemacht wurde. Ihr Kollege hat versucht, der Sache nachzugehen. Aber es gab keinerlei Dokumentation, keine offizielle Meldung bei der Polizei, die sie einsehen und von ihr weitere Ermittlungsansätze hätten ableiten können. Und bei den Gesprächen, die Emmas Team im Umfeld der Schule mit möglichen Zeugen geführt hat, war nichts herauszubekommen. Das Gerücht blieb das, was es war: ein Gerücht.

Trotzdem sollten sie diesen ominösen Autounfall im Hinterkopf behalten. Immerhin wäre er eine denkbare Erklärung für die neue Mordserie. Vielleicht ist das der Missing Link.

Sind sie hier auf der richtigen Spur? Ist das die Lösung? Die Reaktion von Carla Schiffbauer auf die neuesten Erkenntnisse ermutigt.

Die Kriminalpsychologin pfeift anerkennend. »Das dritte Opfer, Matthias Bornhoff, stammt auch aus den Elbvororten? Womöglich kennen sich alle drei von der Schule. Da hätten wir also die Verbindung! Das könnte eine heiße Spur werden.«

KAPITEL 55

»Hast du einen Augenblick Zeit?« Emma ist gerade in eine Recherche vertieft gewesen. Aber Lisa Nguyen, die ihren Kopf in die Tür steckt, wirkt, als habe sie ein wichtiges Anliegen. Da muss die Akte einen Moment warten. Emma lächelt ihre Kollegin an und deutet auf ihren Besucherstuhl.
»Setz dich doch! Was gibt es?«
Lisa nimmt Platz und schlägt die Beine übereinander. Trotz der lässigen Haltung wirkt die Kollegin nervös. In der Hand hält sie ein Blatt Papier, das sie zusammenknüllt. Am Ende ist es ein reichlich ramponierter Ball. Lisa betrachtet ihr missglücktes Werk und wirft es ihn Richtung Papierkorb. Volltreffer.
»Also, von deinen Wurfqualitäten hast du mich schon mal überzeugt. Und sonst?« Emma will mit der lockeren Bemerkung etwas von Lisas Anspannung vertreiben. »Soll ich uns einen Kaffee oder einen Tee holen?«
»Nein, nein!« Lisa winkt ab. »Weshalb ich hier bin: Ich möchte dich auf eine Beobachtung hinweisen, die mir sehr wichtig erscheint. Vielleicht bringt sie unsere Ermittlungen sogar deutlich voran?«
Emma sieht ihre junge Kollegin interessiert an. »Was für eine Beobachtung?«
Lisa Nguyen hebt das Kinn. Es wirkt fast ein bisschen trotzig, doch Emma nimmt an, dass ihre Mitarbeiterin damit eine Unsicherheit verbergen möchte. Schließlich ist sie gerade dabei, eine ziemlich steile These aufzustel-

len. Die junge Kommissarin scheint diesen Moment als Bewährungsprobe zu empfinden. Sie streckt den Rücken durch, ihre Augen blitzen. »Ich kann mir das bisher selbst nicht richtig erklären. Es ist … Also, seit einiger Zeit ist mir bewusst, dass ich über ein sehr exaktes fotografisches Gedächtnis verfüge. Das hilft mir bei meinen Ermittlungen in einigen Situationen sehr. Insbesondere wenn es darum geht, mir Gesichter zu merken und später wiederzuerkennen, zum Beispiel auf Fotos oder auf Filmen von Überwachungskameras. Sogar wenn ich das Gesicht aus einer anderen Perspektive sehe.«

Emmas Gedanken überschlagen sich. Was Lisa da erzählt, klingt sehr vielversprechend. Erst neulich hat Emma wieder über eine Initiative der Polizei gelesen, die in ihren Reihen sogenannte Super-Recognizer sucht. Das sind Menschen, die schon nach einer kurzen Begegnung oder sogar nach einem flüchtigen Blick Personen noch Jahre später wiedererkennen – selbst, wenn diese sich stark verändert haben. Mit diesen speziellen Fähigkeiten ist die Trefferquote dieser Menschen bei der Wiedererkennung von Gesuchten viel besser als die jedes Computers. Und ganz nebenbei erledigen sich damit sämtliche Vorbehalte, die Datenschützer erheben könnten. Denn wer will schon in den grauen Zellen eines Polizisten irgendeinen Missbrauch vermuten? Absurd.

Diese Super-Recognizer verfügen also über großartiges Potenzial und können wichtige Impulse für die Ermittlungsarbeit liefern. Befindet sich mit Lisa genau so jemand jetzt vor Emma? Und welchen Zusammenhang gibt es zu ihrer Mordserie? »Wie meinst du das?«, hakt sie nach. »Das hört sich so an, als seist du einer dieser sogenannten Super-Recognizer.« Sie betrachtet Lisa intensiv und registriert, dass diese jetzt eher zweifelnd wirkt. Sogar ein wenig verzweifelt? Dazu besteht nun wirklich kein Anlass.

»Was soll ich sagen?« In diesem Moment klopft es an die Bürotür von Emma, und Max Vollertsen tritt ein.

»Du kommst gerade richtig!« Emma lächelt ihn an. »Lisa ist gerade dabei, mir etwas Interessantes zu erzählen. Magst du dich zu uns gesellen?«

Max nickt gespannt und lehnt sich so an die Wand, dass er gewissermaßen zwischen Emma und Lisa steht.

»Super-Recognizer«, sagt Lisa nachdenklich. »Das könnte wirklich auf mich zutreffen.« Sie blickt Emma offen an. »Als wir an der Außenalster die Szenerie mit dem ertrunkenen Mann in Augenschein genommen haben, habe ich sehr sorgfältig die gesamte Umgebung beobachtet. Unter anderem habe ich alle Schaulustigen auf der Kennedybrücke gemustert. Ganz vorn am Brückengeländer stand ein Mann mit Bart, der genau verfolgt hat, wie die Taucher den Leichnam geborgen haben. Diese Situation hatte ich schon fast vergessen. Bis vorhin. Da durchzuckte es mich wie ein Blitz. Oder ich sollte vielleicht besser sagen: Es war ein Herzklopfmoment.«

In einer salopp anmutenden Geste zeigt Lisa mit dem Daumen rückwärts über ihre Schulter. Damit könnte die Kollegin alles meinen, überlegt Emma: die Tür, den Flur – oder den Konferenzraum? Die Erklärung folgt prompt. »Es war vorhin in der Dienstbesprechung«, führt die junge Kommissarin aus. »Da hast du ein Bild dieses Anton Fuhrmann angepinnt, des Bruders von Carola Fuhrmann, ebenso wie Fotos weiterer Angehöriger. Er war es. Er hat bei der Bergung von Nesslers Leiche zugesehen!«

Max Vollertsen, der die Schilderung seiner Kollegin aufmerksam verfolgt hat, ist einen halben Meter nähergetreten. »Was sagst du da, Lisa? Wenn du recht hast, könnte das bedeuten, dass Anton Fuhrmann ein besonderes Interesse an dem Fall hat. Und damit würde sich die Frage stellen, ob er noch eine ganz andere Rolle hat als die des trauernden Angehörigen. Das müssen wir natürlich mit der gebotenen Vorsicht abklopfen.«

Auch Emma ist skeptisch. »Bist du sicher?« Sie mustert Lisa und nickt ihr dann zu. »Berichte mal bitte, was genau du an der Alster beobachtet hast. Damals kam er dir ja sicher unverdächtig vor?«

»Genau so war es«, bestätigt Lisa Nguyen. »Aber in der Rückschau stellt sich natürlich die Frage: Was hat Anton Fuhrmann auf der Kennedybrücke zu suchen, exakt in dem Moment, als die Leiche dort aus dem Wasser geborgen wird? Woher wusste er davon? Der Leichenfund war doch noch gar nicht öffentlich. Fuhrmanns Gesichtsausdruck kann ich schwer erklären. Er sah aus wie jemand, den der Leichenfund besonders aufwühlt.«

Emma überlegt. »Theoretisch kann es eine harmlose Erklärung für Fuhrmanns Anwesenheit geben. Er könnte zufällig an der Alster spazieren gegangen sein, beobachtet haben, dass die Polizei kommt, und neugierig geworden sein. Oder er hat irgendwo aufgeschnappt, was an der Alster los ist, und ist hingegangen, weil die Situation ihn an den Tod seiner Schwester erinnert hat. Wir dürfen keine voreiligen Schlüsse ziehen. Obwohl deine Beobachtung durchaus sehr wichtig sein kann. Da müssen wir uns richtig reinhängen, ob wir daraus Rückschlüsse ziehen können.«

Emma betrachtet ihre Kollegin nachdenklich. »Und noch etwas gilt es auszutesten. Damit meine ich dich, Lisa! Wir müssen herausfinden, ob du über dieses besondere Talent einer Super-Recognizerin verfügst.«

»Und wenn das so ist«, führt Max Vollertsen Emmas Gedankengang fort, »dann sollten wir besprechen, wie wir deine Fähigkeiten künftig gezielt einsetzen.«

Das kommt bei Lisa nicht gut an. Emma registriert, wie

sich eine steile Falte auf der Stirn der jungen Kollegin bildet. »Ich will nicht auf mein fotografisches Gedächtnis reduziert werden!« Es fehlte nicht viel, und Lisa hätte mit der Faust auf den Tisch geschlagen. Aber so ein Gefühlsausbruch würde kaum zu ihrer zurückhaltenden und überlegten Art passen. Stattdessen verschränkt sie die Arme. »Ich bin Ermittlerin und möchte das bleiben!«, betont Lisa. »Allerdings will ich gerne meine Möglichkeiten und Grenzen kennenlernen. Es würde mich wirklich interessieren, ob ich zu den ein bis zwei Prozent der Menschen gehöre, die ein herausragendes Talent für das Wiedererkennen von Gesichtern haben.«

Sie lächelt schelmisch, als sie die Verblüffung von Emma und Max registriert. »Ihr seht, ich habe durchaus mitgekriegt, dass man dieses Phänomen der Super-Recognizer erstmalig vor nicht allzu langer Zeit an der Harvard-Universität erforscht hat.«

Emma ist hin- und hergerissen. Einerseits möchte sie höchst ungern auf Lisas besonderes Engagement in ihrem Team verzichten. Andererseits spürt sie, dass Lisas Eifer für dieses Thema allenfalls akademisch geprägt ist, aber nicht von persönlichem Interesse.

Trotzdem möchte Emma nicht so schnell lockerlassen. Es wäre geradezu fahrlässig, nicht zumindest zu versuchen, Lisa Nguyen zum Bildertest zu schicken. Diese Testuntersuchungen bietet die Kripo neuerdings zweimal im Jahr an, um Super-Recognizer-Talente herauszufinden. »Ich denke, du kannst diese Eigenschaft beruflich sehr gut nutzen, Lisa«, versucht sie, ihre Kollegin zu ermutigen. »Die Frage ist, ob du sie nicht doch gezielt weiterentwickeln willst. Du wärst dann eine Kriminalkommissarin mit ganz besonderen Einsatzmöglichkeiten.«

Kürzlich hat Emma selbst an einer Fortbildungsmaßnahme bei der Firma »Dermalog« teilgenommen, die in

Hamburg eng mit der Polizei und der Rechtsmedizin kooperiert. Die softwarebasierte Gesichtserkennung ist von dieser Firma entscheidend weiterentwickelt worden; zuvor hatte die Firma Fingerabdruckscanner entwickelt und hier die inzwischen sehr bewährte Life Detection eingebaut. Damit können sie sicher unterscheiden, ob es sich bei dem gescannten Finger um einen lebendigen durchbluteten Finger handelt – oder um einen abgeschnittenen. Diese Scanner werden inzwischen in allen Behörden, zum Beispiel im Einwohnermeldeamt, eingesetzt, um Fingerabdrücke in Personalpapiere, speziell den Personalausweis, zu übernehmen.

Es ist erstaunlich, wie sich die Technik stetig weiterentwickelt – und damit gleichzeitig Details der Arbeitsweise von Ermittlern verändert, gelegentlich sogar revolutioniert. Gleichwohl findet Emma es tröstlich, dass es weiterhin zahlreiche Bereiche gibt, in denen der Mensch immer noch der Maschine überlegen ist. Tröstlich – und motivierend. Gerade jetzt können sie im Team weitere Erfolge für ihre Ermittlungen gut gebrauchen.

Es geht schließlich um Leben und Tod.

KAPITEL 56

Sie hat die Seite schon umgeblättert, doch dann hält Emma inne. Wie war das noch genau? Sie versucht sich zu erinnern, was sie gerade gelesen hat. Aber da ist – nichts. Der Inhalt der letzten Absätze ist quasi an ihr vorbeigerauscht, sie hat sie gelesen und doch wieder nicht. Dabei ist das Buch, mit dem sie es sich auf der Couch gemütlich gemacht hat, ein Krimi ihrer Lieblingsautoren. Üblicherweise verschlingt sie die tiefgründigen, spannenden Romane der beiden Schweden Hjorth und Rosenfeldt. Und deren neuer Krimi um den Kriminalpsychologen Sebastian Bergman ist nicht weniger fesselnd als die vorangegangenen Bände. Aber in Emmas Kopf ist alles wie in einer Nebeldecke eingehüllt. Die Konzentration ist gleich null.

Kein Wunder eigentlich. Obwohl das Team nach einem ereignisreichen, langen Arbeitstag vor Stunden endlich Feierabend gemacht hat, schwirrt Emma der Fall ihres Serienmörders noch im Kopf herum. Und dazu der heftige Streit mit ihrem Bruder Emil. Da ist für einen spannenden Krimi kein Platz mehr.

Emma richtet sich vom Sofa auf, legt das Buch beiseite und blickt auf das Dokument, das sie vorhin beim Nachhausekommen im Briefkasten gefunden hat. Sie hat versucht, sich davon nicht zu sehr aus dem Tritt bringen zu lassen. Das Vorhaben war allerdings zum Scheitern verurteilt. Natürlich.

Wie könnte sie dieses Schreiben auch ignorieren! Es ist ein

Brief ihres Bruders – oder präziser gesagt von seiner Anwältin. Wenn Emma es richtig verstanden hat, fordert ihr Bruder von ihr einen finanziellen Ausgleich für das Scheitern seiner Ehe, für seine stockende Karriere und eine nachträgliche Bezahlung einer anderthalbjährigen privaten Psychotherapie, die er durchlaufen hat. Ohne Emmas Versagen in ihrer beider Jugend hätte es all diese Krisen in seinem Leben nicht gegeben, behauptet Emil.

Ist der Typ denn noch zu retten? Will er sie tatsächlich dafür verantwortlich machen, dass er nichts gebacken bekommt? Ja, sie hat damals nicht erkannt, dass ihre Zwillingsschwester lebensmüde war. Aber er selbst und die Eltern haben es ebenfalls nicht gemerkt! Woher hätte sie, selber erst 14 Jahre alt und völlig überfordert mit den Irrungen und Wirrungen eines Teenagerlebens, wissen sollen, dass es ihrer Schwester nach dem folgenschweren Fahrradunfall so schlecht ging?

Ja, es heißt immer, dass Zwillinge sich ganz besonders nahestehen. Und so ist es mit ihr und Laura auch gewesen. Trotzdem reicht ein sehr, sehr enges Verhältnis nicht, um dem anderen in die Seele schauen zu können. Vor allem dann nicht, wenn die Schwester so bemüht ist, ihre Traurigkeit und ihre Sorgen zu verbergen.

Alle, wirklich alle in Emmas Umfeld waren beeindruckt, wie scheinbar mühelos ihre Schwester Laura ihr neues Leben im Rollstuhl annahm und meisterte. Niemand hatte geahnt, dass Laura hinter ihrem Lächeln pure Verzweiflung verbarg – und dass sie nur auf eine Gelegenheit wartete, ihr Leben zu beenden. Dass ihr Bruder Emma nun also den Schwarzen Peter zuzuschieben versucht, ist ein leicht durchschaubarer Schachzug. Der angebliche Zusammenhang zwischen dem nicht verhinderten Suizid von Laura und seinen Misserfolgen im Beruf und im Privatleben ist nach Emmas Überzeugung schlichtweg an den Haaren herbeigezogen. Das Phlegma, unter dem Emil leidet, ist doch viel eher daher begründet, dass er jahrelang gekifft hat, glaubt sie. Und dass jemand, der den Hintern nicht hochbekommt, bei Beförderungen übergangen wird, versteht sich wohl von selbst. Nicht derjenige kommt beruflich am besten voran, der das stabilste Sitzfleisch hat, sondern derjenige, der Leistung bringt.

Also: Anstatt Emma die Schuld zu geben, soll Emil mal schön den Ball flach halten und lieber vor der eigenen Haustür kehren! Emma strafft die Schultern, schnappt sich den Anwaltsbrief vom Couchtisch und reißt ihn langsam in der Mitte durch. Verblüfft stellt sie fest, wie gut das tut. Zufrieden halbiert sie beide Teile erneut, macht immer weiter, bis sie nur noch kleine Schnipsel hat, die auf dem honigfarbenen Tisch wie große Schneeflocken wirken.

Mit der Anzahl der Stückchen wächst ihr Gefühl der Erleichterung. Auch wenn eine leise Stimme in ihrem Hinterkopf sie warnt, dass mit dem Zerstören des Briefes das Problem natürlich nicht gelöst ist. Es ist zumindest nicht mehr so drängend.

»Gar nicht ignorieren!« Emma muss lächeln, als ihr plötzlich dieser Satz durch den Kopf schießt. Es ist eine Art Mantra ihrer Mutter Angelika gewesen, das diese irgendwann einmal aufgeschnappt hatte. Denn anders als dies im Wortsinn zu verstehen gewesen wäre, soll das Zusammenziehen von »Gar nicht ernstnehmen« und »ignorieren« bedeuten, dass man sich von etwas eben gerade nicht beeinflussen lassen sollte. Auch wenn ein Problem erdrückend scheint. Wann immer ihre Mutter diese Redewendung benutzt hat, hat Emma sich schon besser gefühlt.

Spontan greift Emma zum Handy und ruft ihre Mutter an. »Ich wollte nur mal hören, ob es euch gut geht«, fragt sie zur Begrüßung. Die Eltern mit den Schwierigkeiten zu belasten, die sie mit ihrem Bruder hat, erscheint ihr als müßig. Sie weiß, dass es Angelika und Malte am liebsten wäre, wenn sie und Emil großartig miteinander auskämen. Dass seit sehr vielen Jahren Disharmonie herrscht, hat die Eltern schon seit Langem traurig gestimmt. Am besten, Emma reißt diese Wunde nicht wieder auf.

Sie plaudern eine Weile über eine neue Inszenierung von Theodor Storms »Schimmelreiter«, die Angelika und Malte vergangenen Woche im Theater gesehen haben, und über das Fischrestaurant auf einem Ponton direkt an der Elbe im Hamburger Westen, wo sie schon ewig mal gemeinsam hingehen wollen. »Zurzeit ist es bei mir terminlich schwierig«, windet sich Emma. »Ihr wisst, der neue Fall ... Ich bin wirklich sehr eingespannt.«

»Ein Euro für jedes Mal, wenn du diesen Satz sagst!« Emma stellt sich vor, wie ihre Mutter bedauernd den Kopf schüttelt. »Dann wäre ich inzwischen eine vermögende Frau.« Angelika überlegt einen Moment. »Weißt du was? Papa und ich kommen am Wochenende vorbei. Sag einfach, ob es dir Sonnabend oder Sonntag besser passt. Du brauchst nur einen Tee zu kochen. Und ich backe einen Apfelkuchen und bringe außerdem Schlagsahne mit.«

Sofort fühlt sich Emma an die vielen Male erinnert, bei denen ihre Mutter sie mit ihren wunderbaren Backkünsten verwöhnt hat. Wenn der herrliche Duft von gedünsteten Äpfeln, Teig und viel Zimt aus der Küche strömt. Ihre Mutter hat immer ein bisschen mehr Teig zubereitet, als das Rezept es erfordert, damit Emma die Reste aus der Schüssel löffeln konnte. Und dann erst der fertige Kuchen! Schon der Gedanke an die saftigen, mit Äpfeln überladenen und zimtigen Stücke lässt ihr das Wasser im Mund zusammenlaufen.

»Gern am Sonnabend!« Emma muss lachen. »Obwohl ich nicht viel Zeit haben werde. Aber du weißt, dass ich solchen Verlockungen einfach nicht widerstehen kann.«

»Apropos Verlockungen.« Angelika nimmt die Steilvorlage auf. »Ich bringe natürlich ausreichend Kuchen mit. Genug für vier Leute, mindestens. Falls du noch jemanden einladen möchtest?«

Emma ist sofort bewusst, dass hinter diesem Angebot die pure Neugier steckt. Ihre Mutter möchte wissen, ob es wieder einen Mann im Leben ihrer Tochter gibt. Sofort muss sie an Kai Plathe denken. Bestimmt mag der Rechtsmediziner Apfelkuchen. Ihn würde sie gern an dem Nachmittag dabei haben. Vielleicht danach noch eine Weile? Womöglich für länger?

Emma beißt sich auf die Lippen. Der Gedanke verbietet sich eigentlich. Schließlich ist Kai verheiratet und hat Kinder. Auch wenn es in der Beziehung zu kriseln scheint: Sie kann da unmöglich hineingrätschen.

Aber man darf doch träumen?

KAPITEL 57

Eine kühn geschwungene Linie und mehrere Striche, die einander kreuzen: Nüchtern betrachtet sieht das, was Kai Plathe gerade ans Whiteboard im Konferenzraum der Polizei gemalt hat, aus wie ein verunglückter Stern. Als sei der Rechtsmediziner reichlich verkatert und würde es nicht hinbekommen, halbwegs gerade Striche zu ziehen.

Der nächste Versuch gelingt schon eher: zwei waagerechte Linien, die von einer senkrechten jeweils in der Mitte geschnitten werden. Nun hebt Plathe zu einer weiteren Zeichnung an, die vage einem Strichmännchen ähnelt. Doch auch hier sind künstlerische Mängel offensichtlich. Das scheint ihn allerdings nicht zu stören. »Nun, Kollegen«, meint er und dreht sich um, damit er den Ermittlern von Angesicht zu Angesicht gegenübersteht. »Hat jemand eine Idee, was das sein könnte?«

Er wirkt gut gelaunt. Die mokkafarbenen Augen unter den dichten Brauen scheinen Funken zu sprühen. Seinen Mund umspielt ein leichtes Lächeln. Emma kennt diesen Ausdruck, der sich immer zeigt, wenn Plathe eine besondere Entdeckung gemacht hat. Sie hat ihn schon von Beginn an für seine Begeisterungsfähigkeit bewundert, für sein Engagement und für seine Kombinationsgabe. Als er jetzt darum gebeten hat, dass das Team sich mit ihm zu einer Besprechung trifft, hat sie alle zusammengetrommelt.

»Eine Spinne, eine Ameise und ein dreibeiniger Hund!«,

scherzt Kenan Arslan über die drei Zeichnungen am Whiteboard und lacht. Die Kollegen fallen fröhlich mit ein. Auch wenn der Fall an ihnen allen zehrt und die menschlichen Schicksale sie berühren, ist es befreiend, mal für einen Moment locker sein zu können.

Plathe schmunzelt ebenfalls. »Ja, ich weiß, dass ich in künstlerischen Angelegenheiten vollkommen talentfrei bin. Aber!« Er hebt in Lehrermanier den rechten Zeigefinger und hat sofort wieder die Aufmerksamkeit aller. »Was Sie hier sehen, sind keine Tiere, sondern die Tattoos, die unsere Mordopfer aufweisen.« Erneut huscht ein Lächeln über sein Gesicht. »Oder zumindest, was ich mit größter Mühe als solche zeichnen kann. Worauf ich hinauswill: Es gibt definitiv zwischen den Morden einen Zusammenhang. Ich zeige Ihnen, was ich meine.«

Als Nächstes heftet Plathe an das Whiteboard Fotos, auf denen jeweils ein Tattoo abgelichtet wurde. »Die habe ich bei den drei getöteten Männern entdeckt. Das hat zwar definitiv meine Aufmerksamkeit geweckt, aber diese Parallelität hätte theoretisch ebenso ein Zufall sein können. Immerhin sind Tätowierungen mittlerweile gang und gäbe. Es würde mich nicht wundern, wenn sogar meine Tante eins hätte.« Erneut schmunzeln die Kollegen.

Plathe sieht jeden aus der Runde einen Augenblick herausfordernd an, winkt dann aber ab. »Nein, ich will hier niemandem ein Bekenntnis entlocken, ob und wenn ja wo jemand aus unserer Runde tätowiert ist – und mit welchem Motiv. Keine Sorge! Mir geht es um Folgendes: Es sind alles drei chinesische Schriftzeichen.«

»Kennen wir die Bedeutung?« Lisa Nguyen beugt sich interessiert vor. »Mein vietnamesischer Vater hat mir ein paar Schriftzeichen beigebracht, aber wenn diese wirklich chinesisch sind, muss ich passen.«

»Ja, ich habe gecheckt, wofür sie stehen: Dieses hier«, der Rechtsmediziner deutet auf das ungelenk gemalte Strichmännchen, »bedeutet Holz. Es war ein unechtes Tattoo, das auf den linken Unterarm unseres Mordopfers aus dem Duvenstedter Brook aufgeklebt wurde. Das hat mich zwar aufmerken lassen, aber der tiefere Sinn hat sich mir da noch nicht erschlossen. Dann aber«, er zeigt auf das nächste, den Stern mit den leicht geschwungenen Linien, »kam dieses Schriftzeichen. Es steht für Wasser. Und dieses war dem Mann, der in der Alster ertränkt wurde, in die Bauchhaut tätowiert. Außerdem war das Tattoo frisch, wie ich anhand von mikroskopischen Untersuchungen feststellen konnte. Maximal einen Tag alt, eher wenige Stunden.« Plathe registriert zufrieden, dass die anderen ihm hoch konzentriert lauschen. »Und jetzt zum dritten Symbol. Es steht für den Begriff Erde.«

Emma Claasen ist fasziniert. Sie ahnt, was die nächste Botschaft sein wird und kommt Plathe zuvor. »Das ist die Tätowierung des Toten von Helgoland! Das ist also ihre Bedeutung: Erde! Also ähnlich dem Material des Grabes, in dem er verbuddelt wurde.«

»Und die Tätowierung war wahrscheinlich ebenfalls relativ frisch?«, ergänzt Max Vollertsen.

»Ganz genau«, antwortet Plathe angetan von der Kombinationsgabe der Ermittler. »Alle Tätowierungen beziehen sich auf die Art, wie die Männer ermordet wurden. Das bedeutet: Nach meiner Überzeugung haben wir es nicht nur definitiv mit einem Serienmörder zu tun.« Plathe holt einmal tief Luft, bevor er weiterspricht. Doch er muss seinen schlimmen Verdacht äußern. »Ich fürchte sogar, er plant, noch zwei weitere Menschen umzubringen.«

Einen Augenblick herrscht Stille im Raum. Die Ermittler starren Plathe verblüfft an. »Wie jetzt?« Emma Claasen ist ehrlich verwirrt.

»Ja, noch zwei weitere Morde.« Plathe nickt langsam. »Er wird vorher keine Ruhe geben. Und wir müssen ihn stoppen.«

KAPITEL 58

»Moment! Was haben Sie da gesagt?« Max Vollertsen hat wie die anderen für einen Augenblick wie versteinert gewirkt, doch nun hat er sich gefangen. »Ich kann Ihnen nicht ganz folgen, Prof. Plathe«, meint der Ermittler mit bedächtiger Stimme. »Ist das nicht eine sehr steile These, die Sie da vorbringen?«

Vollertsen tritt zu Plathe an das Whiteboard und zeigt auf die Fotos der Tattoos. »Was sich mir durchaus erschließt, ist die Parallelität, dass die Mordmethoden und die Bedeutung der chinesischen Schriftzeichen zusammenhängen. Der Mörder will offenbar eine Botschaft übermitteln.« Er tippt nacheinander auf die Bilder. »Holz, Wasser, Erde. Das leuchtet ein. Der Täter hat sich gewissermaßen auf den Opfern verewigt, indem er ihnen die Schriftzeichen eintätowiert hat – im Einklang mit den Mordmethoden wie beispielsweise dem Ertränken im Wasser. Aber woraus folgern Sie«, er macht eine Pause und sieht Plathe durchdringend an, »dass der Täter noch mehr Menschen umbringen wird? Und wieso ausgerechnet zwei?«

»Ich will sogar noch weitergehen.« Plathe greift erneut zum Stift und zeichnet ein paar Striche ans Whiteboard. »Ich gehe davon aus, dass wir an einem nächsten Opfer dieses Symbol finden werden.« Mit ein bisschen Fantasie ähnelt die Figur, ähnlich wie vorher das Strichmännchen, einem stilisierten Menschen.

Emma tritt näher an die Zeichnung heran. »Wenn ich das alles zugrunde lege, was du eben erklärt hast, dann ist das hier sicher ein weiteres chinesisches Schriftzeichen«, überlegt sie. »Für mich sieht es allerdings aus wie ein Mann, der eilig nach rechts geht. Und der einen Rucksack oder etwas Ähnliches trägt.«

Plathes Augen blitzen amüsiert auf. »Wer hätte gedacht, dass man so viel in meine laienhaften Malversuche hineininterpretieren kann. Vielleicht sollte ich doch noch eine künstlerische Karriere anstreben.« Sofort wird er wieder ernst. »Das hier ist in der Tat ein weiteres chinesisches Schriftzeichen – diesmal das für Feuer. Einen kleinen Moment bitte!« Er bückt sich und greift in seine Aktentasche, die er neben sich abgestellt hat. Im nächsten Augenblick zieht er eine Klarsichthülle hervor, in der mehrere DIN-A4-Blätter stecken. Der Rechtsmediziner fingert das erste Papier heraus und heftet es mit einem Magneten an das Whiteboard. »So sieht das Schriftzeichen offiziell aus.« Er zwinkert Emma zu. »Wenn ich es recht betrachte, ist mir mein Gemälde gar nicht so schlecht gelungen.« Plathe greift zu den nächsten beiden Blättern aus der Klarsichthülle. »Und hier haben wir das chinesische Zeichen für Luft und ein weiteres für Metall.« Auch diese Zettel fixiert er am Whiteboard.

»Vielleicht ist meine Theorie ein bisschen weit hergeholt«, erklärt Plathe. »Aber ich möchte sie trotzdem darlegen. Dafür muss ich ein wenig ausholen und in die ostasiatische Philosophie eintauchen.«

»Die Bühne gehört Ihnen!« Kenan Arslan beugt sich neugierig vor. »Dass eine Mordserie mit Buddha oder so was zu tun haben soll, hatten wir jedenfalls noch nie.«

»Mit Buddha liegen Sie gar nicht so verkehrt«, räumt der Rechtsmediziner ein. »Vielleicht fange ich am besten so an: In der fernöstlichen Philosophie gibt es den Buddhismus und ebenso den Taoismus.«

»Mit Buddhismus kann ich etwas anfangen. Mit Taoismus ebenfalls.« Lisa Nguyen nickt nachdenklich. »Aber ich müsste trotzdem meine Kenntnisse noch mal durch eine Internetrecherche aufpeppen. Prof. Plathe, Sie haben uns allen da wohl was voraus. Ich bin gespannt!«

»Grob gesagt sind beides Weltanschauungen, in denen es ums Werden geht, um Wandlung und Vergehen, um den Umgang mit dem Leben.« Plathe macht drei Schritte zur Seite, nimmt sich einen Stuhl und setzt sich rittlings darauf, sodass er den Ermittlern im wahrsten Sinne des Wortes auf Augenhöhe begegnet. »Sowohl im Buddhismus als auch im Taoismus heißt es, der Mensch solle sich nicht gegen den Lauf der Dinge stemmen, sondern sich ihnen anpassen. Und in beiden Philosophien spielen die Elemente eine Rolle, die sich ergänzen und miteinander verschmelzen. Wir reden hier konkret von Holz, Wasser, Erde und Feuer, die bei beiden Weltanschauungen eine entscheidende Rolle spielen. Beim fünften Element unterscheiden sich Buddhismus und Taoismus. Im Buddhismus ist es der Äther, also die Luft. Im Taoismus ist es das Metall.«

Max Vollertsen schaltet als Erster. »Ich glaube, ich ahne, worauf Sie hinauswollen: Jede der bisherigen drei Todesarten passt zu drei Elementen in der Philosophie sowohl des Buddhismus als auch des Taoismus. Und zwei Elemente sind noch offen!«

»Genau das ist meine Überlegung.« Plathe zeigt Vollertsen seinen erhobenen Daumen. »Wir haben bisher drei Opfer, die wir den ersten drei Elementen im Buddhismus und im Taoismus zuordnen können. Man kann also sagen: Drei von fünf Schriftzeichen dieser Philosophien wurden bereits genutzt, nämlich Holz, Wasser und Erde. Wenn ich mit meiner Theorie recht habe, fehlen zwei weitere Signaturen des Serienmörders. Mit anderen Worten: Es werden vermutlich noch zwei grausame Tötungen verübt!«

Für einen Moment ist es still im Raum. Die Ermittler scheinen das Gehörte erst mal verdauen zu müssen. Dann räuspert sich Emma. »Eine wirklich interessante Theorie. Ich kann nur hoffen, dass sie nicht zutrifft. Denn zwei weitere Morde in einer Serie will hier natürlich niemand!« Sie sieht sich in der Runde um, die anderen nicken zustimmend. »Wieso kennst du dich so gut in fernöstlicher Philosophie aus?«

Plathe zuckt verlegen mit den Schultern. Eine solche Zurückhaltung hat Emma bei dem Rechtsmediziner bisher noch nie erlebt. Eine neue, bisher gut verborgene Seite an ihm?

»Nicht, dass hier der Eindruck entsteht, ihr hättet einen Experten in eurer Mitte«, wiegelt Plathe ab. »Mein Wissen ist nur rudimentär. Aber ich habe viele Jahre lang Karatesport betrieben und mich in dem Zusammenhang ein wenig mit der fernöstlichen Kultur auseinandergesetzt. Dabei bin ich über den Buddhismus und den Taoismus gestolpert, die mich einigermaßen fasziniert haben. Ich fand das zugleich fremd und doch naheliegend.«

Er blickt für einen Moment auf das Whiteboard, als müsse er sich vergewissern, dass dort noch alles so illustriert ist, wie er es vorhin zusammengestellt hat. »Es geht um Harmonie und Einklang mit den Elementen und der Natur, eine Einstellung, die uns Europäern meist fremd ist. Leider, muss ich sagen. Mir hat manches, was im Buddhismus beziehungsweise im Taoismus gelehrt wird, gefallen. Obwohl mein wissenschaftliches Ich da eher protestiert. Frei nach Goethes Faust: ›Zwei Seelen wohnen, ach, in meiner Brust.‹«

»Hört, hört!« Emma zwinkert Plathe zu. »Wir haben also

nicht nur einen verkannten Künstler, sondern auch einen unterschätzten Literaten unter uns?«

Der Rechtsmediziner deutet eine Verbeugung an, die in seiner Haltung, rittlings auf dem Stuhl, leicht verunglückt wirkt. »Endlich werden meine Qualitäten angemessen wahrgenommen.«

Er reibt sich am Kinn. »Scherz beiseite! Um zu meinen Überlegungen bezüglich unserer Morde zurückzukommen: Ich will bestimmt nicht dazu ermutigen, irgendwelchen wilden Theorien nachzujagen. Ich möchte aber anregen, dass wir unseren Blick erweitern. Lässt man sich darauf ein, kann man ein mögliches Muster erkennen. Ein tödliches Muster. Ich rate also dazu, wachsam zu sein und explizit nach den nächsten Zeichen Ausschau zu halten.«

»Und das wäre dann nach Ihrer Theorie das Feuer?« Lisa Nguyen streicht sich eine schwarze Haarsträhne zurück, die sich aus ihrem Zopf gelöst hat, und deutet gleichzeitig mit der anderen Hand auf die Darstellung am Whiteboard. »Wir müssten also damit rechnen, dass demnächst jemand bei einem Brand stirbt – einem Brand, für den unser Serienmörder verantwortlich ist?«

Plathe nickt. »Ja, sollte ich mit meiner Theorie recht haben, ist das zu befürchten. Oder gab es womöglich bereits ein solches Verbrechen, das nicht als Mord erkannt wurde?«

Emma wird blass. »Ausgeschlossen ist es nicht. Ich frage bei der zuständigen Abteilung des LKA nach. Ich erinnere mich an ein Feuer vor wenigen Tagen, bei dem in einem Haus irgendwo im Umkreis eine bislang nicht identifizierte Tote gefunden wurde.«

»Noch nicht identifiziert?« Vollertsen sieht Emma durchdringend an. »Also ist es keiner der Bewohner?«

Emma schüttelt den Kopf. »Ich stecke da wirklich nicht drin. Aber so weit ich das am Rande mitbekommen habe, schien zunächst nichts auf Brandstiftung hinzudeuten. Und demnach hat bislang offenbar keiner in Richtung Mord ermittelt.«

Plathe klopft auf das Whiteboard, in der Höhe, wo er das Bild des chinesischen Zeichens für Feuer festgeheftet hat. »Ich habe großen Respekt vor der Expertise der Fachleute von der Sonderabteilung Brandermittlung. Die kennen sich wirklich hervorragend aus und übersehen üblicherweise nichts.« Der Rechtsmediziner macht eine kleine Pause, bevor er weiterspricht. »Aber ich würde mich sicherlich wohler fühlen, wenn bei dem Haus, das in Flammen stand, noch mal alles genau angesehen würde, am besten mit der Lupe. Und ich werde mich darum kümmern, dass ich den Leichnam persönlich untersuchen kann.«

»Sehr gut!« Emma steht von ihrem Stuhl auf, sie will keine Zeit verlieren. »Außerdem müssen wir unbedingt im Auge behalten, dass nicht nur die ersten beiden bisherigen Opfer, sondern nach jüngsten Erkenntnissen auch Matthias Bornhoff, der Tote von Helgoland, auf demselben Internat waren. Möglicherweise ist der Mörder ebenfalls auf diese Privatschule gegangen. Und es gibt potenzielle Opfer, die wir eventuell warnen können. Wir brauchen unbedingt die Listen sämtlicher Schüler und Lehrer der damaligen Zeit.« Die Kommissarin nickt zwei ihrer Ermittler zu. »Kenan, Lisa, kümmert ihr euch darum? Konzentriert euch fürs Erste auf die Schüler, die damals in der Oberstufe waren!«

Sie wartet die Antwort nicht ab und ist bereits auf dem Weg zur Tür, als sie sich noch mal umdreht. »Und ich lasse die Umstände des Feuers sofort überprüfen. Wer weiß? Vielleicht hat unser Serienmörder schon ein viertes Mal zugeschlagen. Und wir haben die Zeichen nicht erkannt …«

KAPITEL 59

Das Haus am Ende des Gartens ähnelt einem stählernen schwarzen Gerippe. Wie verfaulte Reißzähne in einem schadhaften Gebiss ragen die verkohlten Träger aus dem Erdreich in die Höhe und bieten kaum noch Halt für den verbrannten Rest der Grundmauern. Das Feuer hat vor fast nichts Halt gemacht. Es hat sich mit zerstörerischer Kraft in das Gebäude gefressen, es niedergebrannt, vernichtet.

Alles ist voller Glassplitter. Die Fenster haben wohl nur kürzeste Zeit der Hitze standhalten können, ehe sie geborsten sind. Hier und da ragt etwas aus den mit Asche überzogenen Trümmern, das Emma mit Mühe als das Überbleibsel eines Möbelstücks identifiziert, als Reste der Badewanne, von Backofen und Spüle.

Die Kriminalkommissarin hält erschüttert inne. Dieses Gebäude, das vor drei Tagen zum Raub der Flammen geworden ist, befindet sich auf einem etwa tausend Quadratmeter großen Grundstück in Quickborn, und damit nicht allzu weit entfernt von dem Bauernhaus in Hamburg-Sülldorf, in dem sie eine Wohnung gemietet hat. Ihr wird bewusst, wie nah das Grauen erneut an ihr privates Nest herangerückt ist.

Doch trotz der geringen Entfernung von Quickborn zur Stadtgrenze nach Hamburg waren die bürokratischen Wege in diesem Brandfall eher kompliziert. Erst hat Emma mit den Brandermittlern aus Hamburg telefoniert, ihnen dargelegt, wonach sie Ausschau hält, und so die Information bekommen, dass es im südlichen Schleswig-Holstein zu einem rätselhaften Feuer gekommen war. Ein Tatort? Es hat einiger weiterer Anrufe und E-Mails bedurft, bis sie den zuständigen Kollegen von der Kripo Pinneberg überzeugen konnte, sich das abgebrannte Haus mit ihr gemeinsam anzusehen. Doch schließlich hat er eingewilligt.

An einer konstruktiven Zusammenarbeit dürfte ihnen allen gelegen sein. Es geht ja um die Sache – oder, besser gesagt: um die betroffenen Opfer. Um Wahrheit und Gerechtigkeit. Also um Werte, die wichtiger sind als Stadtgrenzen und Zuständigkeiten.

Jedenfalls sieht Emma das so – und fühlt sich bestärkt durch den Anblick der rußgeschwärzten Gebäuderuine. Die Flammen haben sich tief in ihr Innerstes hereingenagt.

Von der Straße aus gesehen war das Haus im hinteren Teil des Gartens angesiedelt. Der Qualm muss sich weit ausgebreitet haben, über die Nachbargrundstücke und über das Feld gegenüber. Trotzdem dauerte es, bis ein Anwohner den Brand endlich bemerkt und die Feuerwehr alarmiert hat. Da war es bereits zu spät; nichts konnte gerettet werden. Keine Möbel, keine Unterlagen, keine Kleidung. Und kein Leben.

»Die Tote lag in einem Raum, der das Wohnzimmer gewesen sein muss.« Hartmut Langer vom Dezernat Brandermittlung des Landeskriminalamts, mit dem sich Emma am Ort der Geschehnisse verabredet hat, zeigt vage geradeaus. Außerhalb der Überreste einer Grundmauer sind sie beide stehen geblieben. Das gemeinsame Innehalten ist nicht bewusst geschehen, sondern dem Anblick geschuldet, der sich ihnen bietet: eine beinahe vollständige Verwüstung in Weiß und Grau und Schwarz.

An manchen Stellen liegen angekokelte Überbleibsel von Gegenständen herum, die wie durch ein Wunder nicht vollkommen zerstört wurden. Etwas rot Gemustertes ist zu sehen, vielleicht ein Stück von einem Sofa. Ein Rest flauschiger Stoff, der von einem Teddybären stammen könnte. Ein zu einem Gerippe verschmortes Möbelstück. Mehrere verkohlte Balken, die das innere Gerüst des Hauses gewesen sein mögen, jetzt aber wirken wie brüchige Zweige.

Die Gegend ist merkwürdig still. Kein Vogel ist zu hören, nur der Wind. »Das wirkt ja geradezu feindselig«, meint Emma nachdenklich. »Als würde uns das ganze Umfeld warnen, dass man ihm bloß nicht zu nahekommen soll.«

»Für uns kein ungewöhnlicher Anblick.« Hartmut Langer zuckt mit den Schultern. »Bei den Temperaturen, die bei einem Brand entstehen, bleibt leider nicht viel übrig. Auch von einem menschlichen Körper nicht.«

Das ist sicherlich wahr. Trotzdem ist es für Emma ein beruhigendes Gefühl, dass Plathe die Unterlagen aus Kiel über die Obduktion des Leichnams, die chemisch-toxikologischen Asservate und die mikroskopischen Präparate einer persönlichen Nachuntersuchung unterzieht. Es hat bereits eine Sektion durch die Experten in Kiel gegeben, sehr erfahrene, hoch respektierte Fachleute. In ihrem Protokoll beschreiben die Rechtsmediziner einen verkohlten Brandtorso.

Keine Chance, von dem zusammengeschmorten Körper viel abzuleiten. Immerhin war eine Geschlechtszuordnung möglich, anhand der inneren Geschlechtsorgane: eindeutig weiblich. Was außerdem bestimmt werden konnte: Die Frau hatte ein mittleres Lebensalter.

Und sie war bei lebendigem Leib verbrannt. Sie hatte Ruß eingeatmet, und in ihrem Blut hatte sich Kohlenmonoxid angereichert. Es war keine tödliche Konzentration, aber es gab eine eindeutig vitale Reaktion – also ein klares Zeichen dafür, dass sie gelebt hat, als das Feuer auf sie übergriff.

Emma schaudert. So ein grausamer Tod!
Was hat sich hier abgespielt?

Die Familie, deren Zuhause diese Ruine gewesen ist, war fast 1.200 Kilometer entfernt im Skiurlaub, als das Gebäude in Flammen aufging. Die späten Frühjahrsferien der schleswig-holsteinischen Schüler hatten das Ehepaar und deren zwei Kinder in die österreichischen Berge gelockt. Und weil die Bewohner ohnehin nicht in das Karge, was von ihrem Heim übriggeblieben ist, zurückkehren können, haben die zuständigen Kommissare sie überredet, ihre Reise nicht abzubrechen. »Bleiben Sie am besten in den Alpen«, hat man ihnen geraten. »Sie können aktuell ohnehin nichts ausrichten.«

Es hat eine Weile gedauert, bis die Familie Garbers eingesehen hat, dass es keinen Sinn ergibt, sofort zurückzukehren. Auch in Quickborn müsste sie vorübergehend im Hotel wohnen oder bei Verwandten oder Freunden unterkommen. Überzeugen ließen die Garbers sich erst, als man dem Ehepaar Fotos von dem niedergebrannten Haus auf ihre Handys geschickt hat. Heike Garbers hat hemmungslos angefangen zu weinen, als sie die verstörenden Bilder sah.

Doch ihr Mann hat sie offenbar trösten können – indem er ihr verdeutlicht hat, dass sie Glück im Unglück hatten. »Wie gut, dass wir nicht zu Hause gewesen sind. Wir leben!«

Aber wer, überlegt Emma, ist die Frau, die in dem Feuer umgekommen ist? Und was hat sie hier zu suchen gehabt? Die Besitzer haben ausgesagt, dass sie niemandem Zutritt zu ihrem Haus gewährt haben. Es muss sich also um eine Person handeln, die unberechtigt in das Gebäude gelangt ist. Freiwillig? Hat die Frau eventuell sogar selbst das Feuer gelegt? Oder wurde sie verschleppt? Und hat in den Flammen den Tod gefunden?

Nach der Theorie der Mordkommission könnte es sich tatsächlich um ein von dem Serienmörder eingefädeltes Verbrechen handeln. Der Täter entführt sein Opfer, bringt es in das Haus, von dem er aus irgendwelchen Gründen weiß, dass es leer steht. Und dann er sorgt dafür, dass alles niederbrennt.

Halt! Stopp! Emma ruft sich innerlich zur Ordnung. Voreilige Schlüsse sind nicht angebracht. Sie wissen ja nicht einmal, wer die Tote ist, geschweige denn, warum sie in dem Gebäude war. Und im Moment spricht nichts dafür, dass das Haus vorsätzlich in Brand gesetzt wurde. Bisher ist man bei den Ermittlungen davon ausgegangen, dass eine Gasleitung gebrochen ist oder dass ausgetretenes Gas eine Explosion ausgelöst hat – und damit den verheerenden Brand.

Vorerst haben sie keine Erkenntnisse, die dagegensprechen, dass es sich um ein tragisches Unglück handelt. Was Emma ebenfalls noch zögern lässt, dieses tödliche Feuer ihrem Serienmörder zuzuschreiben: Bisher hat er ja alles unternommen, um seine Tatorte möglichst auffällig zu inszenieren, jeder eine aufwendig dekorierte Bühne für seine Verbrechen.

Und hier? Sollte es ihm plötzlich darauf angekommen sein, dass dieser Leichnam ihm gar nicht erst zugeordnet wird? Das passt nicht zu dem Bild, das sie sich bislang von dem Mörder gemacht haben. Es wäre eine ganz neue Signatur. Nein! Emma korrigiert sich insgeheim. Hier gäbe es eben gerade keine Signatur.

Doch genau deshalb ist sie hergekommen. Sie hat sich vorgenommen, die Theorie von Rechtsmediziner Plathe zu überprüfen und nach dem chinesischen Schriftzeichen für Feuer zu suchen. Auf dem Leichnam wäre die Tätowierung verkohlt. Es müsste also eine andere Spur sein, sozusagen vom Feuer abgeschottet, irgendwo in diesem Chaos aus Schutt und Asche.

Emma holt ihr Smartphone aus ihrer Jackentasche hervor, auf dem sie ein Foto gespeichert hat, das das entsprechende Schriftzeichen zeigt. Sie selber hat sich die Linien genau eingeprägt. Jetzt hält sie das Bild Brandermittler Langer hin. »Würden Sie mir helfen, nach diesem Zeichen zu suchen? Ich habe Ihnen ja schon am Telefon erklärt, dass es wichtig für unsere Ermittlungen in einem Mordfall sein könnte.«

Besser gesagt in drei oder vier Mordfällen, fügt sie in Gedanken hinzu. Aber bevor sie und ihr Team sich nicht ihrer Sache sicher sind, möchte sie keine Kollegen in ihre Überlegungen einweihen. »Ich kann leider nicht eingrenzen, wie dieses Zeichen möglicherweise hinterlassen wurde oder auch nur in welcher Größe. Wir sollten einfach die Augen offen halten. Würden Sie hinten links in der Ecke anfangen, ich vorne rechts? Und wir bewegen uns langsam aufeinander zu.«

»Wird gemacht«, antwortet Langer im zackigen Ton. Es hört sich an, als folge er dem Befehl eines Vorgesetzten bei der Bundeswehr.

Eine Weile arbeiten sie schweigend und konzentriert. Ein Stück entfernt hört Emma den schleswig-holsteinischen Kollegen rumoren. Sie selber setzt eine Taschenlampe ein, um Details besser erkennen zu können. Auf ihrem Weg durch den Brandort muss sie immer wieder Trümmern ausweichen oder über verschmorte Gebilde steigen. Der Geruch von Qualm hängt in der Luft.

Jetzt ist sie in den Überresten jenes Raumes angekommen, der die Küche gewesen sein muss. Was von den Wänden übriggeblieben ist, ist schwarz verkohlt. Küchenschränke, die die Kommissarin inspizieren könnte, gibt es nicht mehr. Sie sind zu trostlosen Trümmern geschrumpft. Die Kühlschranktür hält sich gerade noch schräg in den verrußten Angeln. Emma wirft einen Blick in das Gerät und leuchtet hinein. Nichts, nur Verbranntes.

Ein paar Meter weiter kann sie den Herd mit Backofen identifizieren, vermutlich ein stylisches Gerät eines englischen Herstellers. Ohne große Hoffnung öffnet sie die Ofenklappe. Diese hat tatsächlich dem Brand standgehalten. Die Scharniere sind durch die Hitzeeinwirkung verbogen. Im Inneren des Herdes befindet sich eine Hartholzplatte mit einem eingeritzten Bildnis. Mit ihren behandschuhten Fingern befreit sie es von angehaftetem Ruß und zieht es vorsichtig heraus. Spielt ihr die Fantasie einen Streich, oder ist das hier wirklich …?

Sie richtet den Strahl ihrer Taschenlampe darauf. Tatsächlich, da ist es! Das chinesische Zeichen für Feuer. Sie kann es kaum fassen. Was für eine Entdeckung! Also ist das hier mitnichten ein durch unglückliche Umstände ausgelöster Brand. Es ist ein Mord, kaschiert durch ein absichtlich gelegtes Feuer. Der Täter, der schon drei Menschen auf dem Gewissen hat, hat ein viertes Mal zugeschlagen.

In Emmas Kopf überschlagen sich die Gedanken. Dass sich die Theorie von Kai Plathe bestätigt hat, ist in höchstem Maße alarmierend. Denn das bedeutet, dass der Täter aller Wahrscheinlichkeit einen weiteren Mord plant. Wer soll sein nächstes Opfer sein? Hat er es schon ausgespäht? Sie müssen alles dransetzen, um dieses Verbrechen zu verhindern. Ein Leben steht auf dem Spiel!

Emma reibt sich die Schläfen. Trotzdem muss sie einen kühlen Kopf bewahren. Wer ist die Tote? Sie müssen schnellstmöglich prüfen, ob es eine passende Vermisstenanzeige gibt. Je eher sie herausbekommen, um wen es sich bei dem Brandopfer handelt, desto schneller können sie etwaige Querverbindungen zu den anderen Opfern feststellen. Und dann über deren Handy- und Mail-Kontakte Hinweise erhalten, wen der Serienmörder als Nächstes töten will. »Na warte! Du kannst was erleben!«, raunt sie. »Wir werden dich stoppen.«

Emma wendet sich dem Backofen zu, macht ein Handyfoto von dem chinesischen Schriftzeichen, schickt es per WhatsApp an Kai Plathe, ergänzt mit den Worten. »Du hattest recht!« Wie sie den Rechtsmediziner kennt, wird er, sobald er die Nachricht gesehen hat, bei ihr anrufen.

Es dauert keine vier Minuten, bis ihr Mobiltelefon klingelt. Emma schmunzelt, während sie das Gespräch annimmt.

»Volltreffer! Darauf soll mal einer kommen!«, sind Kais erste Worte. »Damit haben wir die Gewissheit, dass ein philosophisch angehauchter Serienmörder am Werk ist. Ich gehe davon aus, dass der Täter sein Opfer wieder betäubt hat. Vermutlich hat er der Frau was gespritzt, um sie in das Haus in Quickborn zu transportieren, dort in Ruhe sein Zeichen zu setzen und sie dann im Feuer elendiglich umkommen zu lassen.« Einen Augenblick ist es still in der Leitung. Wahrscheinlich überlegt der Rechtsmediziner, was sie an weiteren Erkenntnissen beisteuern können. »Es sollten sofort chemisch-toxikologische Untersuchungen anlaufen: entweder in Kiel oder in Hamburg. Wenn sie im Labor wieder Propofol finden, haben wir seine Handschrift beziehungsweise seinen Modus Operandi, um sein Ziel zu realisieren. Fragt sich nur, was er uns zeigen und sagen will.«

»Das finden wir raus.« Emma klingt entschlossen. »Ich habe da so eine Ahnung, möchte mir aber gern dabei noch Unterstützung von den Kriminalpsychologen holen.«

»Das halte ich für eine gute Idee«, stimmt Plathe zu. »Eine sehr gute sogar. Aber ich will dir natürlich nicht deinen Job erklären.«

Emma hält ihr Handy dichter an ihr Ohr. Der Wind hat aufgefrischt und bringt die Blätter an den Bäumen zum Rascheln. »Doch, so machen wir es«, sagt sie entschieden.

»Die neuesten Erkenntnisse sollen unbedingt in die laufende OFA einbezogen werden. Trotzdem!« Die Kommissarin geht während des Telefonats im Garten des niedergebrannten Hauses auf und ab. »Wir dürfen uns nicht in etwas verrennen. Rein theoretisch könnte ein Nachahmungstäter am Werk sein. Allerdings wurde von den Tattoobotschaften in der Öffentlichkeit bisher kein Sterbenswörtchen bekannt. Zumindest nicht offiziell. Es sei denn, jemand hat sich verplappert. Diese Möglichkeit möchte ich für mein Kernteam gerne ausschließen. Das sind ja alles Profis, und die gehen mit Täterwissen mit der gebotenen Sensibilität um.« Emma scannt erneut die niedergebrannten Mauern des Wohnhauses, die ihr wie ein düsteres Mahnmal vorkommen. »Das Täterwissen müssen wir für Vernehmungen und für die Bewertung von Geständnissen schützen. Das bleibt top secret!«

»Auf mich kannst du dich da absolut verlassen.« Plathe hat unbeabsichtigt leiser gesprochen, obwohl er allein in seinem Büro ist und niemand zuhören kann. Doch die konspirative Note dieses Telefonats hat auf seine Stimmung abgefärbt. »Bisher haben wir erst vier Elemente identifiziert, die in Mordfantasien umgesetzt wurden. Ihr habt herausgefunden, dass es zwischen den ersten drei Opfern zumindest die Verbindung gibt, dass sie auf dieselbe Schule gegangen sind. Gilt das auch für die vierte Tote? Gibt es womöglich weitere Parallelen? Und wer ist als Nächstes dran?«

»Das sind genau die Fragen, die ich mir stelle. Viel Arbeit für die Mordkommission! Und eine große Verantwortung.« Emma holt tief Luft. »Wir müssen das potenzielle Opfer Nummer fünf warnen und schützen!«

KAPITEL 60

»Ich hatte mir das einfacher vorgestellt.« Oliver Neumann verschränkt die Arme und runzelt die Stirn. »Tätowieren! Ich dachte, das ist ein bisschen wie Zeichnen. Nur dass man halt statt eines Stifts eine Art Spritze benutzt, aus der Tinte herauskommt. Und man sollte sicher gewisse Hygieneregeln beherrschen. Aber sonst ...«

Kenan Arslan bedenkt den älteren Kollegen mit einem Blick, der teils nachsichtig, teils mitleidig wirkt. »Mensch, Oliver! Ich wusste ja, dass du in manchen Bereichen ein bisschen hinterm Mond lebst. Aber Tattoos? Das ist eine echte Kunstform. Sie zu stechen, das muss man richtig lernen!«

Max Vollertsen sieht zwischen seinen Kollegen hin und her. Da Emma Claasen unterwegs ist, um das abgebrannte Haus zu inspizieren, hat er die Leitung der Teambesprechung im Konferenzraum des Hamburger Polizeipräsidiums übernommen. Und gerade überlegt er, ob der verbale Austausch zwischen Oliver Neumann und Kenan Arslan noch als kreatives, zielführendes Gespräch durchgeht – oder ob hier Ärger droht. Die drei Kollegen, die das Team seit Kurzem unterstützen, wirken bei der Diskussion eher wie interessierte Zuschauer und halten sich zurück.

Auch Lisa Nguyen ist unsicher, wie sie die Unterhaltung zwischen Neumann und Arslan einschätzen soll. Es liegt weniger an der Wortwahl als an der Körperhaltung, die die beiden Diskutierenden eingenommen haben. Oliver Neumann mit seinen verschränkten Armen und dem verkniffenen Zug um den Mund und Kenan, der sich vorgebeugt und belehrend die Hand erhoben hat. Sein Ton ist ebenfalls alles andere als zugewandt, sondern eher ungeduldig.

Sollte er dazwischengehen? Nein, Vollertsen entscheidet sich für die subtilere Variante, um die Gemüter ein bisschen zu beruhigen. »Möchte jemand einen Kaffee?« Er blickt in die Runde. »Ich denke, wir können alle eine kleine Pause gebrauchen.«

Kenan Arslan lehnt sich zurück. »Immer gern!«

»Ich auch bitte!« Oliver Neumann ringt sich ein Lächeln ab. »Du weißt ja: Für mich mit zwei Stückchen Zucker.«

Lisa Nguyen steht auf und folgt Vollertsen in die Küche. »Ich helfe dir tragen.« Eine Minute später kehren sie zurück in den Konferenzraum. Vollertsen balanciert gekonnt ein Tablett mit dampfenden Bechern, seine Kollegin trägt zwei weitere Kaffee.

»Wo waren wir stehen geblieben?« Lisa reicht ihren Kollegen jeweils einen Becher. »Ach ja, ihr wolltet uns darlegen, wie es in der Welt der Tätowierer vor sich geht.« Sie schiebt ihren linken Ärmel nach oben, wodurch ein Tattoo ein Stück oberhalb ihres Ellbogens sichtbar wird. Es zeigt einen Delfin. »Meine Lieblingstiere«, erklärt sie knapp und lächelt kokett. »Jetzt wisst ihr also, dass ich nicht vollkommen ahnungslos bin, was die Szene betrifft. Und vor allem: Das Klischee, dass vorzugsweise Seemannsleute, Kriminelle oder Gangmitglieder Tätowierungen tragen beziehungsweise stechen, trifft schon lange nicht mehr zu, wie ihr hier blau auf weiß sehen könnt. Man findet Tattoos bei Menschen aus nahezu jeder Bevölkerungsschicht.« Sie blickt herausfordernd in die Runde. »Zum Beispiel also bei Polizistinnen.«

»Das ist wirklich wunderschön!« Oliver Neumann rückt näher an die Kollegin heran und betrachtet das filigrane, kunstvoll gearbeitete Motiv. »Binnen Sekunden hast du mich von sämtlichen Vorurteilen befreit!« Der 56-Jährige lächelt. »Wer weiß, vielleicht sollte ich selbst mal ... Obwohl, wenn ich darüber nachdenke: Das passt ja wahrscheinlich nicht zu jedem. Und meine nicht mehr makellos straffe Haut wäre wohl eine echte Herausforderung für den Tätowierer.«

Kenan Arslan muss sichtbar reichlich Selbstdisziplin aufbringen, um nicht laut vor Lachen loszuprusten. Der Kollege Neumann, der Inbegriff an Spießigkeit mit seiner Cordhose und der ewigen Strickkrawatte, plötzlich ganz hipp mit einer Tätowierung? Das passt ungefähr so gut zusammen wie ein Rhinozeros und Seiltanzen. Doch Kenan entschließt sich, diese Gedanken lieber nicht auszusprechen.

Stattdessen räuspert er sich und erzählt, was er erfahren hat, als er sich in drei Tattoostudios auf St. Pauli schlaugemacht und zudem das Internet befragt hat. »Das Tätowieren zählt zu den ältesten Kunstformen der Menschen«, doziert er. »Derartige Körperkunst findet man bereits an Mumien. Heute haben Tattoos einen festen Platz in der Gesellschaft.« Er deutet auf seinen Laptop, als habe er dort entsprechende Seiten aufgerufen. Aber alles, was zu sehen ist, ist ein Bildschirmschoner. Lisa ist fasziniert von der wilden Schönheit der Landschaft, die sie dort erkennt. Wahrscheinlich die schwedischen Schären? Da wollte sie schon immer mal hin ...

Kenan holt sie schnell in die Realität zurück. »Auf Instagram und Youtube sind jede Menge Infos zu finden, wie man das Tätowieren online erlernen kann«, erzählt er. »Fast jeder beginnt auf Früchten, zum Beispiel Orangen oder Zitronen, und auf Kunsthaut. Man wird angeleitet, wie man eigene Motive entwirft, weiterentwickelt und in der Praxis umsetzt. Die Tattoo-Community ist bunt – im wahrsten Sinne des Wortes.« Er trinkt einen Schluck Kaffee. Aus seiner Jackentasche kramt er eine Tüte Studentenfutter, reißt sie auf, schüttet den Inhalt auf eine ausgebreitete Serviette und bedient sich. Er bedeutet den Kollegen, ebenfalls zuzugreifen. Dann nimmt er seinen Gedanken wieder auf. »Es gibt regelrechte Online-Tätowier-Akademien, die sehr professionell ausbilden. Um einen Fernlehrgang zu absolvieren, muss man etwas Geld bereithalten und sich die entsprechenden Gerätschaften anschaffen. Ich habe diverse private Tattoo-Gemeinschaften im Netz gefunden, die ihre persönlichen Erfahrungen teilen. Theoretisch ist das ein Safe Space für die Teilnehmer. Man kann Tipps, Tricks, Motive und Inspirationen untereinander austauschen.«

Oliver Neumann beugt sich vor. »Lass mich mal versuchen, im Internet möglichst viel Infos über die Community aufzustöbern. Ich bin ja nicht ganz unbedarft, was Computer anbetrifft.«

»Klar, nur zu!« Kenan nickt und sieht überrascht, wie Oliver sich vor Tatendrang die Hände reibt. Dass der Kollege so engagiert ist, hat Seltenheitswert. Auch Max Vollertsen hebt erstaunt die Augenbrauen. Aber keiner käme auf die Idee, den Eifer von Neumann bremsen zu wollen. Wenn der Senior im Team richtig loslegt, kann er tatsächlich einiges bewegen, hat die Vergangenheit gezeigt.

Kenan Arslan fährt mit seinen Darstellungen fort. »Ich habe mich so manches Mal gewundert, wer so alles den Status eines Tattookünstlers anstrebt. Aber wir müssen jeden noch so kleinen Anhaltspunkt verfolgen: Also, Oliver, bitte durchforste neben deinen sonstigen Bemühungen das Internet im Hinblick auf Tattoostudios hier im Norden. Vielleicht hat ja unser Künstler mit den Motiven aus dem Taoismus oder Buddhismus eine Spur hinterlassen.«

In diesem Moment hören sie Schritte auf dem Flur. Unverkennbar der dynamische Gang von Emma Claasen. Einen Augenblick später steht die Kriminalhauptkommissarin in der Tür. Ihr Blick wandert zu den Kollegen und dann zu den Kaffeebechern auf dem Tisch. »Das kommt jetzt sehr gelegen«, sagt sie. »Ich hole mir auch schnell was, dann bringen wir uns gegenseitig auf den neuesten Stand, okay?« Schon ist sie wieder verschwunden, kehrt nach einer halben Minute zurück ins Konferenzzimmer und lässt sich auf den Stuhl neben Oliver Neumann fallen. »Soll ich anfangen?«

Max Vollertsen lehnt sich zurück und breitet die Arme aus, als wolle er ihr die Bühne bereiten. »Immer gern!«

Also erzählt die Team-Chefin von ihrem Zusammentreffen mit Brandermittler Hartmut Langer und wie sie tatsächlich das chinesische Zeichen für Feuer in der Brandruine entdeckt hat. Ihre Schilderungen unterstreicht sie mit so schwungvollen Gesten, dass Vollertsen befürchtet, jeden Moment könnte der Kaffee in dem Becher in ihrer Hand überschwappen. Dort irgendwie gelingt es Emma, das gerade eben so zu verhindern. »Wir können also sehr wahrscheinlich davon ausgehen, dass die Frau unserem Serientäter zum Opfer gefallen ist«, fasst sie zusammen.

»Ich habe von unterwegs bereits Kontakt mit der Vermisstenstelle aufgenommen. Es gibt da eine Meldung, die vorgestern Abend eingegangen ist und die zumindest nach ersten Erkenntnissen zu dem Brandopfer passen könnte. Ein gewisser Pascal Burgstätter macht sich Sorgen um seine Frau Paula. Er ist dienstlich im Ausland und kann sie seit drei Tagen nicht erreichen, weder zu Hause noch im Büro. Sie arbeitet als Architektin in Othmarschen, ist 43 Jahre alt.«

»Wie ernst zu nehmen ist denn die Vermisstenmeldung?« Kenan Arslan lässt die Finger über seiner Computertastatur schweben, bereit, weitere Informationen zu checken.

»Pascal Burgstätter sagt, dass seine Frau überaus zuverlässig ist und niemals unentschuldigt bei der Arbeit fehlen würde«, fährt Emma fort. »Geschweige denn, nicht an ihr Handy gehen. Deshalb befürchtet er das Schlimmste.«

»Drei Tage ist die Frau unerreichbar, sagst du?« Vollertsen lässt wieder mal seine Brille zwischen den Fingern baumeln, seine spezielle Eigenart. »Das passt zu dem Brand, der liegt auch drei Tage zurück. Jemand muss den Ehemann nach besonderen Kennzeichen seiner Frau fragen, zum Beispiel nach früheren Operationen. Wir müssen außerdem Material besorgen für einen DNA-Abgleich. Ich bleibe dran. Das Alter der Vermissten und die Wohnadresse sind auffällig. Beides wäre ähnlich wie bei zwei der bisherigen Opfer unseres Serientäters.«

»Absolut. Das ist ein guter Punkt.« Emma nickt und blickt in die Runde. »Aber bevor wir weitere Rückschlüsse ziehen, müssen wir erst mal sehen, ob die Brandleiche wirklich diese Paula ist. Und was habt ihr?«

Kenan fasst zusammen, was er vorhin den anderen Kollegen dargelegt hat. »Außerdem müssen wir uns weitergehend mit der Frage auseinandersetzen, wann und wie die Körper der Getöteten die Tattoos erhielten«, schließt er seinen Bericht.

»Und inwieweit dies einen Ansatz zur Ermittlung des Täters darstellt«, ergänzt Lisa Nguyen. »Außerdem wird Oliver prüfen, ob es in der Tattoo-Community Hinweise auf unseren Täter gibt.«

»Ich werde versuchen herauszufinden, ob sich jemand insbesondere für das Stechen von Motiven mit asiatischen Schriftzeichen interessiert hat«, ergänzt Neumann.

»Vielleicht hat der Täter sogar eines der angebotenen Zertifikate erworben. Und darüber gibt es vermutlich Auflistungen mit Namen und Adressen oder zumindest mit E-Mails oder Telefonnummern«, überlegt Kenan. »Tätowieren ist ja nicht etwas, was man von heute auf morgen lernt. Man braucht Spezialwissen über die Arbeitsweise, die Motive, die Farben und die Eigenschaften der menschlichen

Haut. Angesichts der klaren Linien der Tattoos, die sich bei stärkerer Vergrößerung unserer Fotos zeigen, gehe ich davon aus, dass unser Täter mit Schablonen gearbeitet hat.«

Emma lauscht dem Austausch ihres Teams. Auch wenn sie, als sie vorhin in die Sitzung hereingeplatzt ist, eine gewisse Spannung zu spüren glaubte: Jetzt funktioniert die Zusammenarbeit reibungslos, ein guter, kreativer Schub für die Ermittlungen. »Die Frage ist, ob wir einen professionellen Tätowierer suchen, einen Kunstschützen, einen erfahrenen Killer oder sonst einen Typ mit spezieller Berufserfahrung«, überlegt sie laut. »Also beispielsweise einen Kripomann oder auch Detektiv oder …«

»Wenn wir die Beobachtung von Lisa in unsere Überlegungen einbeziehen, steht Anton Fuhrmann, der Bruder von Carola, ziemlich weit oben auf der Liste unserer Verdächtigen«, folgert Kenan Arslan. »Schließlich hat er sich dafür interessiert, wie die Leiche aus der Alster geborgen wurde. Aber er ist weder Polizist noch Tätowierer oder sonst irgendetwas von alledem, was wir gerade überlegt haben. Sondern Sinologe.«

»Außerdem hat er sich bisher als friedlicher und sensibler Mensch präsentiert und nicht gerade als Killertyp«, ergänzt Max Vollertsen. »Trotzdem könnte er theoretisch als Verdächtiger infrage kommen. Immerhin hätte er ein Motiv: Rache für den Tod seiner Schwester Carola. Und mit seinen Kenntnissen der fernöstlichen Sprache und Kultur ist er bestimmt auch mit dem Taoismus oder Buddhismus in Berührung gekommen.«

Emma spinnt den Faden fort. »Ein ziemlich starkes Motiv hätte ebenfalls der Vater von Sophia Haferkamp.« Sie deutet auf das Whiteboard, wo ein Foto von Fred Haferkamp hängt. »Er ist bis heute nicht über den Verlust seiner Tochter hinweggekommen, ebenso wenig wie seine Frau. Ihr geht es offenbar noch schlechter als ihm. Sie ist sogar psychisch erkrankt. Da die Ereignisse das Paar gründlich aus der Bahn geworfen haben, liegt es nahe, dass Haferkamp wegen des Todes seiner Tochter auf Rache sinnen könnte. Und mit seinen Kenntnissen als Internist und im Bereich der Akupunktur könnte er sich durchaus mit Taoismus oder Buddhismus auskennen. Er muss ja kein Fan der Ideologie sein. Es reicht, dass er mit ihr vertraut ist.«

»Dann ist da noch der Chemielehrer, der seinerzeit mit Carola Fuhrmann ein Verhältnis gehabt haben soll«, schaltet sich Lisa Nguyen in die Diskussion ein. »Auch wenn dieser Kerl, dieser Günter Friedrichs, das vehement bestritten hat. Bei ihm liegt uns allerdings bislang kein Hinweis darauf vor, dass er einen besonderen Bezug zur fernöstlichen Philosophie hat. Nach allem, was Kenan Arslan und ich bei der Begegnung mit ihm erlebt haben, scheint es sich eher um einen sehr spröden Typen zu handeln.«

»Das könnte eine Fassade sein, die er bewusst kultiviert, damit man ihm nicht auf die Schliche kommt«, überlegt Kenan. »Intelligent genug dafür ist er sicher. Er könnte durch das, was über den gewaltsamen Tod von Carola und Sophia bekannt wurde, aufgewühlt worden sein und auf Rache sinnen.«

»Für ihn als möglichen Täter spräche, dass er als damaliger Lehrer an der Blankeneser Schule sicher über das Umfeld der Schule hinaus gut vernetzt ist.« Max Vollertsen sieht Lisa und Kenan an, die bestätigend nicken. »So könnte er an Informationen gelangt sein, wer möglicherweise für den Tod von Carola und Sophia verantwortlich war«, überlegt Max. »Informationen, an die man als Insider unauffällig herankommt, die für Außenstehende aber nur schwer oder gar nicht zugänglich sind. Und die schroffe Art, wie er euch neulich des Hauses verwiesen hat mit der Aufforderung, ihr müsstet euch zukünftig an seinen Anwalt wenden, lässt ihn in meinen Augen verdächtig erscheinen.«

Emma steht auf und ordnet die Fotos am Whiteboard um. Die Bilder von Anton Fuhrmann, Fred Haferkamp und des Lehrers Günter Friedrichs bekommen einen neuen Platz, auf der rechten Seite und relativ dicht nebeneinander. Sie überlegt kurz und hängt noch ein viertes Foto dazu. »Der hier kommt ebenfalls als Täter in Betracht: Carsten Greinert, Sophias Freund.«

»Absolut!« Max zeigt seinen erhobenen Daumen. »Als ich zu Greinerts Leben recherchiert habe, hat Henriette Karlson, Sophias beste Freundin damals, erzählt, dass der Mann unendlich verliebt in Sophia gewesen sei. Greinert sei regelrecht aufgeblüht, nachdem er und Sophia ein Paar wurden. Auch Sophia habe in der Beziehung sehr glücklich gewirkt.«

Vollertsen hat während seiner Ausführungen seine Brille geputzt, jetzt setzt er sie wieder auf. »Die Aussage von Henriette wurde von zwei weiteren Frauen aus dem damaligen Umfeld der 19-Jährigen bestätigt – ebenso, dass Greinert nach dem plötzlichen Verschwinden von Sophia am Boden zerstört gewesen sei. Später hat er offenbar angefangen, intensiv Kung-Fu zu betreiben und ist wohl schon einige Male nach Asien gereist. Hier gäbe es also einen Bezug zum Taoismus.«

»Und damit zu der aktuellen Mordserie.« Emma rückt die Fotos der vier Verdächtigen näher zusammen und verbindet sie mit Linien mit den Opfern. »Vier mögliche Täter also, alle mit mehr oder weniger starkem Motiv, sich auf einen Rachefeldzug zu begeben, um die Verantwortlichen für den Tod von Carola und Sophia zur Strecke zu bringen.« Emma geht zu ihrem Platz zurück, bleibt aber neben ihrem Stuhl stehen. »Damit sind wir ein ganzes Stück vorangekommen«, bilanziert sie. »Doch bis zur Zielgeraden ist es noch weit. Und die Zeit drängt.«

Sie macht eine kurze Pause, bevor sie fortfährt. »Ich habe noch einen Spezialauftrag. Der geht an den Kollegen Oliver Neumann und unsere IT. Von dem Opfer Matthias Bornhoff brauchen wir unbedingt sämtliche Verbindungsdaten, also Mobiltelefone, WhatsApp, Kontakte in sozialen Medien. Sobald wir bestätigt bekommen haben, dass die Leiche aus der Brandruine die vermisst gemeldete Paula Burgstätter ist, gilt das Gleiche für sie. Insbesondere interessieren natürlich Querverbindungen untereinander und ob sie Kontakte zu den ersten beiden ermordeten Männern hatten. Und bitte dafür sorgen, dass die Netzbetreiber sämtliche entsprechende Daten speichern, damit nichts verloren geht!«

Es fehlt nicht viel, und Neumann hätte sich entgeistert an den Kopf gefasst. Er kann die Geste gerade noch bremsen, sodass es aussieht, als wolle er sich an der Nase kratzen. Nicht schick, aber wenigstens brüskiert er damit die Kollegen nicht. Trotzdem kann er sich eine spitze Bemerkung nicht verkneifen. Immerhin ist das sein spezielles Terrain. »Die Auswertung der Handydaten funktioniert besser, als ihr offenbar denkt. Den Handyverkehr der drei ersten Toten haben wir natürlich schon gecheckt. Die meisten Daten sind banal. Persönliches und Geschäftliches eben, kein Hinweis auf Feindbilder. Aber …!« Neumann macht eine Kunstpause und schmunzelt. Alle sehen ihn erwartungsvoll an.

»Was, aber?« Kenan Arslan knufft seinen Kollegen sanft mit dem Ellbogen in die Seite.

Der Senior im Team versteht den Wink. Er hat sich diese Enthüllung ganz bewusst für den Schluss aufbewahrt. Er lässt sich Zeit. Diesen Augenblick will er auskosten. »Wir hatten bisher die Verbindungsdaten der einzelnen Opfer isoliert betrachtet. Aber jetzt wissen wir: Michael Lahn,

Christian Nessler und Matthias Bornhoff sind nicht nur auf dieselbe Schule gegangen. Sie haben außerdem in letzter Zeit wiederholt miteinander telefoniert beziehungsweise per WhatsApp kommuniziert. Ganz offensichtlich gibt es eine intensive Verbindung zwischen ihnen!«

»Bingo!« Emma hält ihren Daumen hoch. »Jetzt müssen wir abwarten, ob es sich bei der vierten Leiche um die vermisste Paula Burgstätter handelt, und sehen, wie wir danach weiter verfahren. Wie ist es bei den anderen Opfern übrigens mit weiteren gemeinsamen Kontakten?«

»Daran arbeiten wir gerade.« Neumann faltet die Hände über dem Bauch. Offenbar meint er mit »wir« die Kollegen von der IT. »Wir sind dran.«

Die Chefermittlerin fixiert jeden im Team. Sie hofft, dass sie allen noch mal einen Motivationsschub geben kann. »Die Frage aber bleibt: Wer ist unser Serienmörder? Was will er uns sagen? Die Theorie von Kai Plathe, dass es einen vierten und wahrscheinlich auch einen fünften Mord gibt, scheint sich ja auf unheilvolle Weise zu bestätigen.« Sie fährt sich durchs Haar. »Wir sind ganz nah dran!«

Max Vollertsen nimmt den Ball auf. »Wen hat sich der Täter also als Nächstes und wohl gleichzeitig letztes Opfer ausgeguckt? Los, Leute, denkt nach! Wir müssen alles erdenklich Mögliche tun, um dieses Verbrechen zu verhindern.«

KAPITEL 61

Unerschütterlich stehen die Felsen da. Eine geheimnisvolle Landschaft, wild und bizarr, als hätte ein Filmemacher am Computer seine Fantasie ausgelebt. Immer wieder staunt Emma über die steinernen Wunder, die wie riesige Tierkörper oder gigantische Stalagmiten aus der Erde ragen, jedes von ihnen ein Unikat in der Wüste.

Seit vier Jahren schon hat die Kommissarin dieses Foto vom Monument Valley als Bildschirmschoner auf ihrem Dienstcomputer. Und dass sie diese atemberaubend schöne Landschaft im Südwesten der USA selber in einem Urlaub mit ihren Eltern und ihren Geschwistern gesehen hat, liegt bereits fast 25 Jahre zurück. Trotzdem lässt die Faszination, die dieses Panorama auf sie ausübt, nicht nach. Da will sie unbedingt noch mal hin! Solche Landschaften zu sehen, hilft, demütig zu sein für die Wunder der Natur. Diese steinigen Gebilde werden auch in Millionen Jahren noch dort stehen, vielleicht in ihrer Form geringfügig verändert, und doch standhaft. Felsenfest, im wahrsten Sinne des Wortes.

Und die Menschheit?

Von Berufs wegen sollte Emma Pessimistin sein. Als Kommissarin bei der Mordkommission erlebt sie immer wieder, was Menschen imstande sind, anderen Menschen anzutun. Im Streit oder kaltblütig geplant bringen sie einander um. Von den Opfern von Kriegen, Hungersnöten oder Umweltkatastrophen ganz zu schweigen. Es sieht nicht gut aus für den Homo sapiens.

Und doch möchte sie an die vielversprechenden Fähigkeiten der Menschen glauben. Empathie, Warmherzigkeit, Produktivität, Klugheit, Durchsetzungsvermögen, Fantasie, Resilienz, Kreativität. Die Gabe, wunderschöne Dinge zu erschaffen wie Monets »Impression Sonnenaufgang« oder Gemälde von Canaletto, zauberhafte Musik wie »Die vier Jahreszeiten« von Vivaldi und Verdis »Aida«, Bücher wie Dantes »Göttliche Komödie« oder Jane Austens Roman »Stolz und Vorurteil«. Diese ikonischen Werke aus Malerei, klassischer Musik und Literatur sind nur einige wenige Beispiele dafür, dass Menschen fähig sind, Objekte von langlebiger Schönheit zu gestalten. Und diese wiederum können für unvergleichliche Momente und herrliche Erinnerungen sorgen.

Oder man muss einfach nur die Augen und die Ohren offen halten, die kleinen Wunder eines gemeinsamen Spaziergangs, eines Konzertbesuchs oder eines vertrauensvollen Gesprächs wahrnehmen und würdigen. Die besonderen Eindrücke einer Reise.

Erneut blickt Emma auf ihrem Bildschirm auf das Panorama des Monument Valley. Spätestens übernächstes Jahr, nimmt sie sich vor, möchte sie wieder dorthin reisen. Dieser Urlaub steht ebenso ganz oben auf ihrer Wunschliste wie Reisen auf die Lofoten, ins Elbsandsteingebirge und in die Bretagne.

Auf ihrem Computer dreht sich das Panorama von Monument Valley gerade langsam um seine eigene Längsachse und gleitet dann zurück in seine ursprüngliche Form. Emma weiß nicht, wie oft sie in den vergangenen Minuten diesen Wechsel des Bildschirmschoners beobachtet hat. Sie strafft die Schultern. Anstatt auf den Screen zu starren und von anderen Ländern zu träumen, sollte sie die Ermittlungen vorantreiben. Max Vollertsen hat vorhin gesagt, dass er über einen möglichen neuen Ansatz mit ihr sprechen möchte.

Emma will gerade aufstehen und ihrem Kollegen einen Besuch abstatten, als es an ihrer Tür klopft. »Immer hereinspaziert!« Die Aufforderung klingt dynamischer, als die Kriminalhauptkommissarin sich gerade fühlt.

Schwungvoll öffnet Lisa Nguyen die Tür und durchmisst mit energischen Schritten den Raum, um im Besucherstuhl vor Emmas Schreibtisch Platz zu nehmen. Die Kommissarin nimmt einen dezenten Hauch von Zitrone wahr, offenbar von einem Shampoo oder einem Duschgel, das Lisa benutzt. Der Geruch passt zu der jungen Kommissarin, findet Emma. Frisch, dynamisch, sportlich.

»Ich weiß, dass ich neu in unserer Truppe bin«, beginnt Lisa und wirkt verlegen.

Wieder einmal, findet Emma. So wie neulich, als Lisa ihre erstaunliche Beobachtungsgabe offenbart hat und dabei ebenfalls sehr unsicher wirkte. Was hat sie diesmal auf dem Herzen?

»Nur zu.« Emma lächelt ihrer Kollegin aufmunternd zu. »Ich bin ganz Ohr.«

Lisa seufzt, dann gibt sie sich einen Ruck. »Ich sollte mich also erst mal zurückhalten, zuhören und mir in der Routine meine Sporen verdienen. Aber ich habe eine Idee, wie wir eventuell die Spur unseres Phantoms aufnehmen könnten. Möglicherweise etwas gewagt, doch ich finde, wir sollten nichts unversucht lassen.«

»Schieß los, was hast du dir überlegt?«

Lisa Nguyen fingert nervös an ihrem Zopf. »Eigentlich muss ich damit bis ins Alte Testament ausholen.«

Emma hebt skeptisch eine Augenbraue. »Ich bin alles andere als bibelfest«, bekennt die Chefin. »Aber das wenige, das ich weiß, sagt mir, dass es eine längere Geschichte wird. Ich bin gespannt.«

Lisa beugt sich eifrig vor. »Na ja, ich mache es möglichst

kurz. Im Grunde genommen geht es um Adam und Eva sowie ihre Nachfahren. Vielleicht hast du schon mal gehört, dass die Vietnamesen ein großes staatliches wissenschaftliches Projekt aufgelegt haben. Sie wollen versuchen, die Überreste der Toten aus dem Vietnamkrieg gegen die USA zu identifizieren. Dafür haben sie tatsächlich das notwendige Know-how eingekauft, zum einen in Deutschland und zum anderen in Schweden.«

»Okay …?« Emma hebt die Stimme, sodass es weniger nach Bestätigung klingt als nach einer Frage. »Da musst du mich erst mal aufklären.«

»Sie wollen versuchen, alle Knochen aus diesem verlustreichen Krieg zuzuordnen«, erklärt Lisa. »Und sie finden immer noch neue Knochen. Dafür legen sie riesige Datenbanken an.«

»Moment!« Emma hebt die Hände. »Eben waren wir noch bei Adam und Eva, jetzt sind wir bei Datenbanken, also im 21. Jahrhundert. Da liegen Welten dazwischen. Oder denke ich zu umständlich?«

»Wir haben doch darüber diskutiert, ob es zwischen den toten jungen Frauen aus dem Moor und den Verbrechen des Serienmörders einen Zusammenhang gibt und ob eventuell ein Verwandter der Täter sein könnte.«

Emma nimmt den Ball auf. »Stimmt, wir haben durch deine Beobachtung an der Alster ja schon den Bruder von Carola Fuhrmann auf dem Zettel. Dann gibt es ja noch drei weitere Verdächtige, die wir in den engeren Blick nehmen. Aber wenn wir uns nur auf Verwandte konzentrieren würden, kommt neben Anton Fuhrmann noch Fred Haferkamp als Täter infrage.«

Die Kommissarin beobachtet, dass Lisa während ihrer Zusammenfassung immer lebhafter nickt. Ein bisschen erinnert die 28-Jährige die Chefin an sich selbst, als sie relativ neu bei der Kripo war. Begeistert, eifrig, wissbegierig, aber auch vorsichtig. Nur ja nicht besserwisserisch wirken und bei den Vorgesetzten anecken! Doch sie hat über die Jahre erfahren, dass Initiative in den meisten Fällen gut ankommt – vorausgesetzt, die Ideen sind ausreichend durchdacht. Und Emma schätzt ihre jüngste Mitarbeiterin so ein, dass sie sich genau überlegt hat, was sie vorbringen will.

»Deswegen mein Vorschlag«, setzt Lisa nun an. »Wir lassen prüfen, ob bei den Moorleichen noch ihre DNA ermittelt werden kann. Und die gleichen wir mit sämtlichen spurenkundlichen Ergebnissen ab, die unsere DNA-Analytiker gefunden haben. Entsprechende Nachweise gibt es meines Wissens beispielsweise von den Armbrust-Pfeilen sowie von den beiden Trinkbechern, die auf der Düne von Helgoland gefunden wurden.«

Emma lehnt sich zurück, verschränkt die Hände und denkt einen Moment nach. Dann nimmt sie ihr Handy, scrollt zu einer gespeicherten Nummer und drückt das Anruf-Symbol.

»Moin! Was gibt es?« Kai Plathe hat seine ersten Worte am Telefon also schon an die norddeutschen Gefilde angepasst. Ein kurzes »Moin« passt zu jeder Tageszeit – und klingt so viel zugewandter als »Hallo« oder »Guten Tag«, findet Emma. Sie schildert in wenigen Sätzen, was Lisa Nguyen sich überlegt hat.

»Gute Idee!« Plathes sonst eher raue Stimme klingt geradezu euphorisch. »Möglicherweise muss in diesem Fall auch die sogenannte mitochondriale DNA überprüft werden, kurz mtDNA«, erklärt der Forensiker. »Die wird allerdings nur auf der weiblichen Linie vererbt. Hier wird es also eher keine Treffer geben, da wir vom Täterprofil her ja von einem Mann ausgehen.«

Plathe macht eine kurze Pause, wohl um seine Gedanken zu sortieren. »So oder so«, fährt er fort, »DNA-Untersuchungen bei Moorleichen sind sehr komplex. Die Säure im Moor zerstört normalerweise strukturell alle DNA-Ketten. Wir sollten aber nochmals prüfen, ob nicht in der damaligen Vermisstensache der jungen Frauen bereits das DNA-Profil ermittelt wurde oder ob man geeignetes Untersuchungsmaterial vorsorglich asserviert hat. Meist besorgen sich die Kollegen doch entsprechende Spurenträger aus dem persönlichen Umfeld der vermissten Person, zum Beispiel Zahnbürste, Kamm, Haar, Kleidungsstücke. Wie dann weiter zu verfahren ist, können am besten meine beiden Spezialisten für solche Fälle beantworten.«

Natürlich! Emma hat die forensische Anthropologin Beate Wellmann und den Biologen Otto Krabbe bereits in einem vorherigen Fall kennengelernt, als sie einen Leichnam exhumieren und untersuchen lassen mussten. Wellmann und Krabbe beschäftigen sich speziell mit Abstammungsfragen. Gemeinsam sind sie zuständig für Leichen im fortgeschrittenen Zersetzungszustand, alte Knochen und Ausgrabungen. Dabei ist Krabbe vor allem als Tüftler bekannt.

Obwohl Emma weiß, dass andere Kollegen ihn in Anspielung auf seine Initialen nur »OK« oder auch »Okay« nennen, ist sie bislang beim förmlicheren »Herr Krabbe« geblieben. So hält sie es auch, als sie nach ihrem Telefonat mit Plathe und einem Anruf in der KTU als Nächstes den Biologen per Handy kontaktiert. Der Wissenschaftler ist sofort Feuer und Flamme, als ihm Emma Claasen ihre Fragen erklärt.

»Prof. Plathe hat uns in der Dienstbesprechung von den beiden Toten aus dem Moor berichtet. Wir waren etwas traurig, dass es keine echten historischen Moorleichen sind. Das wäre eine wissenschaftliche Sensation! Bei den bekannten Moorleichen in Schloss Gottorf und Oldenburg haben wir übrigens schon viele Analysen durchgeführt. Darauf sind wir regelrecht spezialisiert.« Krabbe redet sich geradezu in einen Rausch. »Wir haben eine kleine und sehr effektive Arbeitsgruppe zur forensischen Archäologie und Anthropologie. Prof. Plathe hat sich da sofort mit eingeklinkt. Er sprüht geradezu vor Ideen und bekommt glänzende Augen und spitze Ohren, wenn es uralte Leichenfunde gibt. Je älter, desto besser! Wir haben da in kurzer Zeit schon einige Publikationen produziert.«

Emma mag es, wenn Leute für ihren Beruf brennen, aber nun muss sie den Biologen in seiner Begeisterung bremsen »Zur Sache, bitte ... Es geht um die Frage, ob es eine verwandtschaftliche Beziehung zwischen den toten Frauen aus dem Moor und unserem jetzigen Serienmörder geben könnte. Wir gehen inzwischen davon aus, dass es sich um eine gezielte Verbrechensserie handelt.« Sie schildert Krabbe, was ihre Nachfrage in der KTU ergeben hat. Dort hat man ihr bestätigt, dass man seinerzeit vorsorglich den DNA-Code von Sophia Haferkamp und Carola Fuhrmann analysiert hat. Dafür hat man Haare aus ihren Kämmen genutzt. Außerdem, hat Emma erfahren, soll es noch damals hergestellte Probenreste geben, die man jetzt neu analysieren kann.

Mit diesen Informationen ist OK bestens ausgerüstet für weitere Nachforschungen. »Ich kümmere mich unverzüglich um alles hier bei uns im Institut für Rechtsmedizin«, versichert der Biologe. »Außerdem werde ich mich mit der KTU in Verbindung setzen. Wir kooperieren sehr eng mit dem dortigen DNA-Labor. Mal sehen, was sich machen lässt. Vielleicht müssen wir noch einige DNA-Systeme zusätzlich analysieren. Die Untersuchung hat sich in den letzten zwei Jahrzehnten da doch ein Stück weiterentwickelt.«

Emma weiß, dass ihr Fall bei dem Biologen in guten Händen ist. Gleichwohl schadet es sicher nicht, die Dringlichkeit ihrer Anfragen herauszustellen. »Wir hoffen natürlich auf baldige Ergebnisse«, gibt sie Krabbe mit auf den Weg. »Das können Sie sich ja denken. Der Fall brennt uns auf den Nägeln.«

OK scheint am Telefon regelrecht zu salutieren: »Natürlich. Sofort. Darauf können Sie Gift nehmen ...« Er hält inne. Gift nehmen? In seinem Metier ist so eine Formulierung heikel. »Oder besser nicht«, verbessert er sich. »Sie können sich darauf verlassen. Bei DNA-Untersuchungen sind wir wirklich zackig. Das kriegen wir innerhalb von ein bis zwei Tagen hin, wenn wir es außerhalb der üblichen Laborroutine einschieben. Prof. Plathe will bestimmt, dass wir alles andere zurückstellen, um diesem Killer auf die Spur zu kommen. Ich fange sofort an.«

KAPITEL 62

Es hat Vorteile, ein Einzelkämpfer zu sein. Niemand redet einem in den Plan rein, und keiner ist da, um die eigene Vormachtstellung anzuzweifeln. Vor allem: Es gibt keine Mitwisser, die zu einer Gefahr werden können. Niemand wird ihn bei der Polizei verraten. Denn die, die über seine Identität und seine Mission Bescheid wissen, können nicht mehr reden. Nie wieder.

Also alles gut? Nur bedingt. Die Vorbereitungen für seinen Rachefeldzug werden immer aufwendiger. Er hätte es sich doch besser verkneifen sollen, seinem fünften – und letzten – avisierten Opfer Sven Steinert einen Brief zu schicken. Als er ihn in Lüneburg ausfindig gemacht hatte, schien es ihm folgerichtig, den Mann anzuschreiben. Er wollte den Kerl, der als treusorgender Gatte und Kieferorthopäde ein sorgloses Leben als Biedermann führt, mal so richtig aus seiner Komfortzone herausholen, ihn in Angst und Schrecken versetzen.

Es scheint geklappt zu haben. Er hat sich an dem Tag, an dem Steinert den Brief mit der Todesdrohung erhalten hat, in der Nähe von dessen Praxis positioniert und abgewartet. Es hat ihm große Freude bereitet zu beobachten, in welcher Eile der Typ abgehauen ist, und das zu einer Zeit, zu der er eigentlich Sprechstunde hat. Steinert ist mit dem Rad losgehetzt, wie vom Teufel gejagt.

Und so ähnlich ist es ja auch. Nur dass nicht der Teufel hinter Steinert her ist, sondern er, der eine Rechnung offen hat und mit ausgeklügeltem Konzept und kühlem Kopf ganz nah dran ist, die Schulden einzutreiben.

Es ist bislang alles nach Plan verlaufen. Vier Elemente des Taoismus hat er mittlerweile genutzt, und er ist ein wenig stolz darauf, wie er Holz, Wasser, Erde und Feuer im Sinne seiner Vergeltung eingesetzt hat. Auch sein Schaubild der Rache hat er auf den neuesten Stand gebracht. Von seinem üblichen Muster ist er abgewichen. Anders als bei den ersten drei seiner Todeskandidaten hat er das Foto von Paula Burgstätter nicht mit einer Zielscheibe auf dem Gesicht versehen, sondern mit einem Kranz aus Feuer. Es gefällt ihm gut und befriedigt seinen Sinn für Ästhetik. Vielleicht sollte er die anderen Bilder überarbeiten?

Doch die Feinjustierung am Computer kann warten. Priorität hat definitiv, seinen Todesplan sehr bald zu vollenden. Es fehlt lediglich der letzte Streich. Mehr als vier Wochen ist es inzwischen her, dass er Sven Steinert den Brief geschrieben und sich sowohl dessen berufliches als auch privates Umfeld intensiv angesehen hat. Sein Kalkül ist aufgegangen. Der Kerl ist aufgewühlt und nervös und hat zusätzliche Schlösser an seiner Praxis und an seinem Haus angebracht. Vor den Fenstern seiner Villa hat er außerdem Sicherheitsgitter installieren lassen.

Als ob ihn das aufhalten könnte!

Er muss sein Konzept geringfügig verfeinern, hier und da ein wenig umorganisieren. Dann ist er bereit für seinen finalen Rachefeldzug. Für den Mord an Sven Steinert hat er das fünfte Element des Taoismus vorgesehen. Das Metall.

Es war die naheliegendste Überlegung, eine Waffe aus Metall zu benutzen. Da kommt beispielsweise ein Schwert infrage – und damit das Enthaupten. Er malt sich aus, wie er die schwere Waffe über seinen Kopf hebt und sie auf den Nacken des gefesselten Opfers niedersausen lässt. Steinert würde natürlich fixiert sein, er würde stillhalten müssen. Keine Chance, sich zu wehren oder zu entkommen. Auch eine Hamburgensie, wie bei dem sagenhaften Piraten Störtebeker. Aber es würde keine Legende entstehen.

Und die Show gehört allein ihm.

Der Rächer lächelt bei dem Gedanken. Auch der finale Teil seiner Vergeltung gefällt ihm ausgesprochen gut. Er würde sich an den Ängsten des 43-Jährigen weiden. Den Augenblick auskosten, sich Zeit lassen. Und dann zuschlagen, wenn Steinert vielleicht schon Hoffnung schöpft, dass er womöglich doch verschont wird.

Das ist der Plan. Es gibt allerdings Hindernisse. Nicht die Waffe. Er hat sich mittlerweile eine im Internet bestellt, kein Schwert, sondern eine Machete. Er hat sich für ein Exemplar mit 60 Zentimeter langer Klinge aus geschliffenem Karbonstahl entschieden. Das Gewicht der Waffe von knapp drei Pfund ist gut zu händeln. Mit dieser Machete hat er an jungen Bäumen geübt und dabei erleichtert festgestellt, dass er mühelos einen Besenstiel starken Ast mit einem Hieb durchtrennen kann. Das würde also locker auch für eine Wirbelsäule reichen – und damit für seine Zwecke.

Bislang ist er jedoch nicht zufrieden mit seinem Machetenschwung. Und natürlich ist es einfacher, auf einen Ast einzuschlagen als auf den Nacken eines Menschen. Es wird ihn Überwindung kosten, trotz allem. Einen so engen Kontakt hat er bei seinen bisherigen Morden vermieden. Er hat die Tötung aus der Distanz gewählt oder sein Werk vollenden lassen, einfach, indem er abwartete, bis der Tod eintrat.

Diesmal, mit der Machete, würde es anders sein. Unmittelbar, rabiat. Einschneidend. Es wird Blut spritzen, viel Blut. Er muss sich eine Strategie überlegen, wie er dem roten

Schwall entkommt. Er braucht Gummistiefel und einen Umhang oder einen Regenmantel, die er hinterher entsorgen kann.

Und nach dem Racheakt? Wenn er den Kerl umgebracht und ihm das für seine Zwecke stimmige Tattoo verpasst haben wird? Der Alte Kran kommt ihm in den Sinn, dieses historische Wahrzeichen Lüneburgs am ehemaligen Ilmenau-Hafen. Jeder, der mal durch die Altstadt der Hansestadt geschlendert ist, kennt ihn. Er und das historische Zentrum Lüneburgs würden die perfekte Szenerie für seinen Plan bieten: die Gemäuer der Altstadt mit ihrem besonderen Charme, das Kopfsteinpflaster, die Fachwerkhäuser.

Früher diente das Wahrzeichen der Stadt ja dem Heben vielerlei Waren, vor allem des in der Saline produzierten Salzes. Sogar eine tonnenschwere Dampflokomotive hing einmal im Jahr 1840 an seinem Haken! Das war damals sicher ein Ereignis, das viele Schaulustige angelockt hat.

Und jetzt, wenn er sein letztes Opfer an dem Kran fixiert hat und dort baumeln lässt? Auch diese Aktion wird für Furore sorgen. Und sie wird zugleich das liebliche Stadtbild stören. Er lächelt. Je brutaler der Anblick, desto besser.

Damit er nicht in flagranti erwischt wird, muss es eine Nacht- und Nebelaktion werden. Und wenn am Morgen die Stadt erwacht, wird seine Tat schockieren. Sie wird genau die Symbolkraft haben, die er für seinen finalen Mord braucht.

Und dann will er verschwinden. Das Ticket für seine Reise in die Ferne liegt schon bereit. Für später. Wenn er mit allem fertig ist.

KAPITEL 63

»Das flutscht!« So, wie sich die Dinge in den vergangenen dreieinhalb Stunden entwickelt haben, kommt Emma als Erstes diese Formulierung in den Sinn. Nicht gerade die offizielle zurückhaltende Dienstsprache, aber die Kommissarin hofft, dass Staatsanwalt Alexander Koblin darüber hinwegsieht. Der Jurist hat sich in der Vergangenheit als Mann gezeigt, dem es um die Sache geht und der sich bei Formalitäten zwar korrekt verhält, aber sich nicht bis aufs letzte i-Tüpfelchen genau in Regularien verstrickt.

Tatsächlich sieht die Kommissarin, wie der Staatsanwalt angesichts ihrer Bemerkung den Mund verzieht, nicht säuerlich, sondern er schmunzelt.

»Es flutscht also?« Koblin fasst an seinen Krawattenknoten, als müsse er in Ordnung gebracht werden. Dabei sitzt der Binder tadellos. Jetzt grinst der Staatsanwalt sogar breit. »Wenn das alle in Polizei und Justiz sagen könnten, wären wir viele unserer Sorgen los!«

Emma hat eine Weile gezögert, ob sie dem zuständigen Staatsanwalt jetzt schon darüber Bericht erstatten soll, wie sich ihr Fall gerade entwickelt. Doch dann hat sie um einen Gesprächstermin gebeten. Nun ist alles ganz schnell gegangen. Eine halbe Stunde später schon hat sie in seinem Büro gesessen und ihn auf den neuesten Stand gebracht.

Dieser Aufriss ist zugleich eine Gelegenheit gewesen, die Erkenntnisse und die Möglichkeiten, die sich daraus ergeben, für sich selber zusammenzufassen.

Nachdem sie das Telefonat mit dem Biologen Otto Krabbe beendet hat, hat die Kriminalhauptkommissarin weitere Anrufe getätigt, unter anderem in der Kriminaltechnik. Sie hat den dortigen Leiter, Dr. Jürgen Wassermann, ins Bild gesetzt. Und Wassermann hat ihr sofort versprochen, seine eigenen Leute zu instruieren. Die Idee der jungen Kommissarin Lisa Nguyen fand er unbedingt beachtenswert.

Emma hat nach ihren Gesprächen ein gutes Gefühl gehabt. Einfach super, wie die Biologen und Kriminaltechniker sofort die Idee ihrer Kollegin aufgegriffen haben! Das macht durchaus Mut. Vielleicht würden sie hier den Missing Link zwischen den toten Frauen im Moor und dem Serienmörder finden.

Sie müssen unbedingt die Vergangenheit der aktuellen Mordopfer weiter aufhellen! Theoretisch kann es sich ja um ein rein zufälliges Kreuzen der Lebenswege handeln. Doch Emmas Bauchgefühl sagt ihr, dass es kein Zufall ist.

Wie kann es sein, dass der Mörder, der mittlerweile vier Menschen aufgespürt und getötet hat, der Polizei einige Schritte voraus ist? Was weiß er, was sie noch nicht ermittelt haben? Einerseits hat er offenbar einige Kenntnisse über den Tod der Frauen, die für die Polizei so viele Jahre später schlicht nicht mehr herauszufinden sind. Andererseits hat er eine Verbindung zu den vier Mordopfern hergestellt, die die Polizei bisher ebenfalls noch nicht entschlüsseln konnte. Es fehlt weiter an belastbaren Erkenntnissen.

Vielleicht gibt die nächste Besprechung die entscheidenden Denkanstöße? Der Staatsanwalt hat ihr aufmerksam zugehört. Allerdings kommen von ihm keinerlei Impulse für die weiteren Ermittlungen. Priorität hat jetzt für Emma erst mal, sich das Zuhause des vierten Opfers genauer anzuschauen. Das frühere Zuhause, genauer gesagt. Denn die Frau, die dort gelebt hat, wird nie wieder zurückkommen.

KAPITEL 64

Lilien, eindeutig! Schon von der Tür aus schlägt Emma dieser intensive Geruch entgegen. Unverwechselbar, dominant. Betörend. Und in diesem Fall zugleich verstörend. Der Duft von Lilien passt nicht hierher, ebenso wenig wie die Pracht der Blüten, die in einer Vase auf einem kleinen Tisch in der Diele stehen. Schon ein wenig angewelkt sind sie, aber immer noch Schönheiten. Als wollten sie sich gegen das Unvermeidliche stemmen. Gegen den Tod und die Leere, die sich neuerdings in diesem Haus eingenistet haben.

Wie so oft, wenn Emma den engsten Bereich von Menschen inspiziert, die nicht mehr da sind, kommt sie sich wie ein Eindringling vor. Doch sie muss sich einen Eindruck verschaffen von jenem Haus, das zugleich ein Tatort sein könnte. Ist Paula Burgstätter hier, in ihrem Zuhause, überwältigt worden und verschleppt?

Das gilt es herauszufinden. Die Kommissarin und ihr Team müssen ermitteln, wie die letzten Stunden im Leben der 43-Jährigen abgelaufen sind. Wie sie in die Gewalt ihres Mörders geraten ist, der sie nach Quickborn in das leerstehende Haus gebracht hat, das er in Flammen aufgehen ließ.

Ja, sie wissen mittlerweile mit Gewissheit, dass es sich bei dem Leichnam, der drei Tage zuvor in der Brandruine entdeckt wurde, tatsächlich um Paula Burgstätter handelt. Emma hätte sich gewünscht, dass sie dem Ehemann das Schlimmste hätten ersparen können. Doch sie mussten dringend in Erfahrung bringen, wer das Opfer aus dem Feuer ist. Die vierte Tote aus einer Serie. Je mehr sie über die Personen herausfinden, die der Mörder auserkoren hat, desto größer die Chance, dass sie ein fünftes Verbrechen verhindern können.

Also haben sie Pascal Burgstätter angerufen. Sofort ist dem 47-Jährigen klar gewesen, dass das Entsetzlichste, das er sich vorstellen kann, womöglich wahr ist: dass seine Frau tot sein könnte. Er war ohnehin alarmiert, weil sie sich nicht gemeldet hatte, hatte seine Dienstreise in Chile abgebrochen und sich auf den Rückflug nach Deutschland gemacht. Und dann, bei einer Zwischenlandung in Amsterdam, hat Emma ihn erreicht und nach besonderen Kennzeichen seiner Frau gefragt.

»Weil Sie eine Tote gefunden haben?« Die Stimme des Hamburgers hat gebebt. Natürlich. Die Sorge um seine Frau muss überwältigend gewesen sein. Doch er hat sich zusammengerissen und hat Emma mit Informationen versorgt, die essenziell für eine Identifizierung gewesen sind. Sie haben erfahren, dass die Architektin als junge Frau einen komplizierten Bruch des rechten Handgelenks erlitten hat, der mit einer Titanplatte stabilisiert worden ist.

In der Computertomographie, die die Kieler Rechtsmediziner vom Leichnam gemacht haben, ist genau eine solche Titanplatte zu erkennen gewesen. Nun, da Kai Plathe sich mit Kenntnis der Operation die CT-Aufnahmen noch mal angesehen hat, hat er die Übereinstimmung deutlich ausmachen können. Die Finger und die übrige Hand sind zwar hochgradig verkohlt. Aber die kleine Metallplatte und die vier Schrauben sind eindeutig zu erkennen. Auch die Knochenstrukturen in Bezug auf die Struktur der Speiche sind identisch mit den Angaben, die sie nach dem Hinweis von Pascal Burgstätter den damaligen Krankenhausunterlagen entnommen haben.

Gewissheit also. Und nun steht Emma hier im Haus des Paares in Hamburg-Othmarschen, mit dem Schlüssel, den sie von einer Nachbarin erhalten hat, und dem Einverständnis des untröstlichen, aber tapferen Ehemanns. Jeden Moment wird die Spurensicherung eintreffen. Auch Pascal Burgstätter müsste bald in Hamburg landen. Die Kommissarin will die paar Minuten, die sie noch allein ist, nutzen, um ein Gespür für die Szenerie zu bekommen.

Für einen Moment ist sie in der Haustür stehen geblieben, hat den prägnanten Duft der Lilien eingesogen und die Umgebung auf sich wirken lassen. Dann ist sie in die Diele gegangen, immer an der Wand lang, obwohl sie die Überschuhe trägt und den weißen Schutzanzug der Spurensicherung. Doch sie weiß, dass der Chef der Spusi, Manfred Grünering, es überhaupt nicht schätzt, wenn sich jemand vor ihm an einem potenziellen Tatort zu schaffen macht – und damit in seinem Allerheiligsten. Also bewegt sie sich durch den Raum in einem möglichst schmalen Korridor, den nach ihr sehr wahrscheinlich auch die Experten von der Spurensicherung nutzen werden. Alles soll möglichst wenig kontaminiert werden und im besten Fall sogar unangetastet bleiben, bis es fachmännisch untersucht worden ist.

Von der Diele biegt Emma in die Küche ab. Der Kühlschrank brummt unverdrossen, die Arbeitsflächen sind blank poliert. Sie ist auf der Suche nach einem Bereich, der verdächtig aussieht, umgeworfenes Mobiliar beispielsweise, kaputte Gläser, auf dem Boden verstreute Lebensmittel. Irgendetwas, das auf einen Kampf schließen lässt. Denn freiwillig, davon ist Emma überzeugt, ist Paula Burgstätter nicht mit ihrem Peiniger mitgegangen. Er muss sie überwältigt, sie betäubt haben.

Aber nicht in der Küche. Hier wirkt alles ordentlich und sauber. Emma geht zurück in die Diele und nun ins Wohnzimmer. Und da sieht sie es: die Terrassentür, deren Glasscheibe eingeschlagen wurde und vor der jede Menge Splitter liegen. Die heruntergerissene Tischdecke neben dem Couchtisch, zwei umgeworfene Kerzenständer und Sofakissen, die auf dem Fußboden liegen. Daneben ein Handy, vermutlich das von Paula Burgstätter, das ihr entglitten sein muss. Die Spurensicherung wird es sicherstellen, und Emma wird darauf drängen, dass es zügig ausgewertet wird. Sie brauchen Daten für weitere Erkenntnisse.

Unterdessen sprechen mehrere Blutflecke, die Emma auf dem Teppich entdeckt, für sich. Hier muss es passiert sein. Der Verbrecher ist offenbar über die Terrasse in das Haus eingedrungen, hat die Hausherrin überrascht und überwältigt. Die Spuren zeugen von einem Kampf. Emma ahnt, wo das Opfer auf dem Boden aufgeschlagen ist. Wovon allerdings keine sichtbaren Spuren bleiben: die Ängste, die die 43-Jährige ausgestanden hat, die Schmerzen, die sie erlitten hat. Vielleicht hat die Frau auf dem Teppich liegend ihren Peiniger angefleht. Wahrscheinlich hat sie versucht, sich gegen den Übergriff zu schützen. Sie wird sich ausgemalt haben, was auf sie zukommt, eine Vergewaltigung vielleicht, Erniedrigung, Schläge. Sie wird in Panik gewesen sein, zutiefst verstört und verängstigt.

Es sind diese Empfindungen, die oft viel nachhaltiger wirken als körperliches Leid. Oft, aber nicht immer. Hier, im Fall von Paula Burgstätter, ist der Täter mit maximaler Grausamkeit vorgegangen. Er hat sie niedergerungen, vermutlich betäubt und mit dem Auto zum Haus in Quickborn gebracht, wo er sie wie eine unnütze Puppe entsorgt und später ihrem Sterben von Ferne zugesehen hat. Das Feuer hat sie eingekesselt, ihre Kleidung entzündet, dann ihren Körper vereinnahmt. Ob sie gefesselt war? Oder eventuell bewusstlos? Jedenfalls waren in ihrem Blut Spuren von Propofol nachgewiesen worden.

Was treibt den Täter an? Und wonach wählt er seine Opfer aus? Es gibt ganz sicher einen Plan, einen Zusammenhang und eine Vorgeschichte, die sie als Ermittler noch nicht kennen. Die Zeit drängt. Es muss ihnen gelingen, dass der Serienmörder ihnen nicht mehr zwei Schritte voraus ist. Sie müssen ihn einholen, ihn durchschauen, ihm zuvorkommen. Bevor er das fünfte Opfer in seine Gewalt bringt.

KAPITEL 65

»Ein Brainstorming in der Rechtsmedizin!« Wie üblich hat Kai Plathe sich kurz gefasst. Aber der Inhalt, den Emma aus der WhatsApp des Chef-Forensikers gedeutet hat, ist um einiges vielsagender als die fünf knappen Worte. Sie hat zwischen den Zeilen herausgelesen, dass es kein Gespräch unter vier Augen sein würde, sondern dass es in größerer Runde stattfinden soll. Und dass es um Signifikantes gehen wird, um Ansätze, die sie in ihren Ermittlungen entscheidend voranbringen werden.

Dass sie mit ihrer Einschätzung recht hat, erkennt Emma, als sie Plathes Dienstzimmer betritt. Am Konferenztisch sitzen schon fünf Personen. Sie alle dort zu platzieren, jedem von ihnen ein Stück Arbeitsfläche freizuräumen und auch noch ein Eckchen für Emma übrig zu lassen, ist wohl eine organisatorische und logistische Meisterleistung von Plathe gewesen – unterstützt von seiner Sekretärin Nadja Fährmann. Die Aktenstapel wurden so zusammengeschoben, dass sie ein zentrales Gebirge auf dem Tisch bilden, über das man leidlich gut hinwegblicken kann. Emma fühlt sich mit etwas Fantasie an die Tibetische Hochebene erinnert. Na ja, mit sehr viel Fantasie.

Das Massiv in Plathes Büro hat zwei Bergausläufer, an dessen einem Ende der Rechtsmediziner selber Platz genommen hat. Der Biologe Otto Krabbe hat den Stuhl an dem anderen Höhenzug gewählt. Wie selbstverständlich er sein Notebook und seinen Kaffeebecher auf dem Hochplateau platziert hat, lässt Emma vermuten, dass OK öfter mit vergleichbaren Schwierigkeiten konfrontiert ist.

Neben Krabbe ist dessen Chefin Dr. Merle Septem mit an Bord sowie Dr. Friedhelm Mahnke aus dem LKA. Außerdem erkennt Emma den routinierten Rechtsmediziner Dr. Alexander Gehler. Dass er dabei ist, wertet Emma als ein Zeichen dafür, dass es um alte Fälle und Befunde gehen soll, die Gehler mit seinen fast 35 Jahren Erfahrung in der Hamburger Rechtsmedizin am besten in Erinnerung hat. Außerdem ist er stets gern mit von der Partie, wenn es um kriminalistische Rekonstruktionen geht.

Zunächst erteilt der Institutsdirektor nach einem kurzen »Moin« in die Runde dem Biologen Krabbe das Wort. »Ich schlage vor, dass OK berichtet. Die Labore und die Statistiker haben ganze Arbeit geleistet.«

Krabbe schnappt sich sein Notebook vom Aktenstapel, wischt mehrfach über den Screen, bis er die Darstellung gefunden hat, die er gesucht hat. »Ich will Sie nicht mit zu viel Theorie langweilen«, setzt er an. »Zum Glück gibt es seit Perfektionierung der DNA-Analysen auch supergute, ausgefeilte Statistikprogramme, die unsere Labordaten mittels Künstlicher Intelligenz analysieren und abgleichen. Wir brauchen das unter anderem für Verwandtschaftsanalysen und Stammbäume. Diese Biostatistik funktioniert sogar über mehrere Generationen ...«

Beim letzten Satz schaut Krabbe prüfend in die Runde. Emma ahnt, dass er über dieses Thema stundenlang sprechen könnte. Doch er fasst sich kurz. »Aber das haben wir hier letztlich nicht gebraucht. Es war eigentlich ganz einfach. Der Mörder hat sich vermutlich sehr sicher gefühlt oder es war ihm letztlich egal, dass er irgendwann enttarnt wird. Jedenfalls haben wir eindeutige DNA-Muster am gefiederten Ende der Bolzen gefunden, die mit der Armbrust abgeschossen wurden. Und genauso war es bei einem der beiden Trinkbecher, die auf der Düne von Helgoland sichergestellt wurden.«

Krabbe merkt, dass drei der Anwesenden etwas ratlos aussehen. »Sie wissen schon, dort in der Nähe, wo das dritte Mordopfer im Sand vergraben wurde«, hilft er nach. »Die Muster sind identisch. Es ist ein Mann. Hier bei uns in Hamburg und auch beim BKA ist er bislang nicht registriert, insofern ein unbeschriebenes Blatt. Kein Gewalttäter, der schon mal auffällig geworden ist.«

Plathe unterbricht den Monolog von OK. »Das wussten wir ja eigentlich vorher. Kommen Sie zum entscheidenden Punkt.« Der Rechtsmediziner hat offenbar keine Zeit zu verschwenden. Emma geht es genauso. Schließlich gehen sie davon aus, dass es einen weiteren Mord geben soll. Und es gilt, diesen Super-GAU unbedingt zu verhindern. Da kann jede Minute entscheidend sein.

OK holt tief Luft. »Unsere Biostatistik ist da eindeutig. Der Mann, der die Spuren an den Armbrustbolzen und am Trinkbecher hinterlassen hat, ist der Vater der toten Sophia Haferkamp aus dem Moor.«

»Habe ich das richtig verstanden? Fred Haferkamp ist definitiv unser Serienmörder?«, ruft Plathe. Er nickt Emma mit einer undefinierbaren Mischung aus Anspannung und Faszination zu. Als wollte er sagen: »Na, habe ich nicht gewusst, dass wir das Rätsel lösen können?«

Emma selbst ist überrascht – und auch wieder nicht. Haferkamp war immerhin einer der Top-Verdächtigen auf ihrer Liste!

»Bingo!« OK antwortet nun kurz und bündig. »Kein Zweifel!«

Emmas Herz schlägt schneller. Ein Bauchgefühl zu haben und dieses durch einige Ermittlungsstränge bestätigt zu sehen, ist das eine. Nun allerdings haben sie die unumstößliche, wissenschaftlich nachgewiesene Gewissheit. Emma kommt eine Melodie aus »Also sprach Zarathustra« in den Sinn. Bläser, Pauken, Trommelwirbel und fulminante Streicher. Diese Wucht! Das passt.

Doch jetzt muss sie einen kühlen Kopf bewahren. Ihr Job ist noch lange nicht erledigt. Sie muss sofort den gesamten Polizeiapparat in Gang setzen. Sie haben den Mörder zwar enttarnt. Aber nun müssen sie ihn auch festnehmen.

Erst danach ist die Mordserie beendet.

Die Kommissarin merkt, dass die Blicke der anderen Besprechungsteilnehmer auf ihr ruhen. Wohlwollend. Und ebenso erwartungsvoll. Wie nebenbei registriert sie, dass ihr Becher unberührt geblieben ist. Inzwischen ist der Kaffee sicherlich allenfalls noch lauwarm. Es ist ihr selten so egal gewesen.

»Wir müssen schnell und gezielt handeln und dürfen keinen Fehler machen. Er darf uns nicht entkommen«, warnt sie. »Ich trommele sofort die Mordkommission zusammen. Und wir versetzen das Hamburger MEK in Alarmbereitschaft. Entscheidend ist, unverzüglich Haferkamps Spur aufzunehmen. Sein Haus muss so umstellt werden, dass keine Maus rauskommt. In Richtung der Nachbarn muss alles abgesichert werden. Und dann schnappen wir ihn uns! Damit hat der Spuk endlich ein Ende!«

KAPITEL 66

»Der Vogel ist ausgeflogen.«

Irgendwie hat Emma befürchtet, dass sie diesen Satz hören würde. Oder einen ähnlichen mit derselben Bedeutung. Tatsache ist: Sie sind zu spät gekommen, um Fred Haferkamp in dessen Haus zu stellen.

Der Einsatzleiter des MEK hat die Kommissarin in knappen Worten informiert, nachdem seine Truppe das Haus des mutmaßlichen Serienmörders beobachtet und umstellt hat. Als man anderthalb Stunden lang keinerlei Bewegungen registriert hat, ist klar gewesen: Haferkamp ist weg. Sein Pkw steht noch vor der Garage, demnach ist er offensichtlich mit einem anderen Fahrzeug unterwegs. Was also plant der Rächer?

»Er ist sehr wahrscheinlich auf dem Weg nach Lüneburg!« Emma zwingt sich, Ruhe zu bewahren, obwohl die Zeit drängt. »Dort lebt der Mann, den er vermutlich als Nächstes umbringen will. Wir müssen versuchen, Haferkamps Handy zu orten, um zu sehen, wie weit er schon zu dem potenziellen Opfer vorgedrungen ist. Sofort!«

Es muss jetzt schnell gehen. Dabei hatten sie eigentlich erst mal planen und die nächsten Schritte durchgehen wollen und eine Eilbesprechung anberaumt, an der Staatsanwalt Alexander Koblin, Emma und ihr Abteilungsleiter Jens Jürgensen gerade teilnehmen. Auch die Leitung des LKA ist informiert.

Die wesentlichen Ermittlungsschritte sind besprochen

worden, vor allem die Erkenntnis, wen Haferkamp als fünftes Opfer auserkoren hat. Die Auswertung der sichergestellten Smartphones der bisherigen Opfer hat ihnen den Weg gewiesen. Auch wenn das Handy des auf der Insel Helgoland getöteten Matthias Bornhoff nicht aufzufinden war: Die Daten der Geräte von Michael Lahn, Christian Nessler und Paula Burgstätter waren aufschlussreich. Sie standen zuletzt laut Verbindungsnachweis in einem mehr oder weniger regen Austausch miteinander.

Und es gibt einen weiteren Mann, mit dem sie in engem Kontakt waren: Sven Steinert. Paula Burgstätter und der Lüneburger haben einander oft WhatsApp-Nachrichten geschrieben; die anderen müssen die Chats gelöscht haben. Der Inhalt insbesondere eines der letzten Chats ist mehr als aufschlussreich gewesen:

»Das Leben mit unserer schweren Schuld macht mich fertig!«, formulierte Burgstätter.

»Mir geht es genauso«, antwortete Steinert.

»Hätten wir damals doch bloß den Notarzt gerufen! Stattdessen der Weg ins Moor. Wie konnten wir nur!!!!«

Die Ermittler wissen mittlerweile ebenfalls, dass Sven Steinert zusammen mit den vier anderen auf dem Blankeneser Internat war. Es passt alles zusammen. Die nächsten Schritte sind nur folgerichtig gewesen, unter anderem erste Nachfragen bei Steinert in der Praxis. Demnach hat der Mann in den vergangenen vier Wochen wiederholt geäußert, er wolle seine berufliche Niederlassung in Deutschland aufgeben und angesichts der unsicheren Weltlage in sein Traumland Kanada auswandern. Aber er wird doch wohl noch im Land sein? Derzeit ist der 43-Jährige jedenfalls nicht erreichbar. Keine Spur von ihm, weder am Arbeitsplatz noch zu Hause. In seiner kieferorthopädischen Praxis läuft ein Anrufbeantworter. Und auf seinem Mobiltelefon meldet sich nur die Mailbox. Sie haben eine Nachricht hinterlassen, dass er sich dringend bei der Polizei in Hamburg melden soll. Doch er hat noch nicht reagiert. Parallel haben sie die nötigen Schritte eingeleitet, um sein Handy orten zu können.

Emmas Kollegen haben inzwischen diverse weitere Ermittlungsergebnisse zusammengetragen. Das Puzzle ist praktisch gelöst. Der Name des mutmaßlichen Serienmörders Haferkamp tauchte in der Passagierliste des Helgoland-Katamaran auf, der täglich zwischen dem Hamburger Hafen und der Hochseeinsel verkehrt – und zwar Highspeed, mit höchstem Komfort. Der Mann war am Tag vor dem Mord auf der Helgoländer Düne zur Insel unterwegs. Außerdem hat Kenan Arslan viel über die Tätowierer herausgefunden. Dabei haben ihm insbesondere die Internetrecherchen von Oliver Neumann geholfen. Haferkamp hat unter seinem echten Namen wiederholt an Tattoo- und Piercing-Seminaren für Fortgeschrittene teilgenommen.

Viele Aktivitäten einerseits also. In seinem beruflichen Leben andererseits herrscht verdächtiger Stillstand. Seine internistische Praxis führt Haferkamp seit mehreren Wochen nicht mehr. Er hat vielmehr seinen Geschäftspartner um Unterstützung gebeten und alle eigenen Termine abgesagt. Die Begründung, die er seinem Kollegen genannt hat: Burnout im Zusammenhang mit dem Auffinden des Leichnams seiner Tochter und der Erkrankung der Ehefrau.

Ja, die Ergebnisse ihrer Ermittlungen deuten alle in dieselbe Richtung. Sie sind definitiv auf der richtigen Fährte. Staatsanwalt Koblin zitiert eine frühere Bemerkung Emmas, nicht ohne einen vielsagenden Seitenblick auf sie: »Das flutscht!« Er richtet seine Krawatte, bevor er fortfährt. »Ich nehme sofort Kontakt mit der Staatsanwaltschaft Lüneburg auf. Sie sollten ihre dortigen Kripokollegen informieren. Die Polizei muss unverzüglich Streifenwagen zum Haus des Kieferorthopäden und zu seiner Praxis schicken und diese absichern. Außerdem müssen die Zuständigkeiten zwischen dem Hamburger MEK und den Lüneburger Kollegen geklärt werden.«

Emma kann sich gerade eben verkneifen, entnervt aufzustöhnen. Natürlich ist korrektes Arbeiten erforderlich. Und Zuständigkeiten müssen eingehalten werden. Aber gibt es nicht auch Umstände, in denen es vorrangig darum geht, kompetent zu handeln – unabhängig vom Bundesland? Wenn es um Leben und Tod geht? So wie jetzt.

Sie müssen den Mann unbedingt fassen! Obwohl Emma jetzt seit 21 Stunden ununterbrochen auf den Beinen ist, ist sie hellwach. Es ist das Adrenalin, das durch ihren Körper gepumpt wird. Es wird sie noch eine Weile aufputschen.

Ihr Handy klingelt erneut. »Wie schätzen Sie die Lage ein?« Wieder ist der Einsatzführer des Mobilen Einsatzkommandos am Apparat. Er wartet auf Rückmeldung, wo sie als Nächstes hinfahren sollen, um den Serienmörder festzunageln – wobei sie dank bester Ausbildung und maximaler Vorbereitung ein möglichst geringes Risiko für die Einsatzkräfte eingehen werden.

»Müssen wir damit rechnen, dass der Täter bewaffnet ist und bei einer Festnahme Widerstand leistet?«

»Eher nicht!« Emma ist sich ziemlich sicher, dass Haferkamp niemanden aus der Polizei gefährden wird. »Der Mann schießt nach meiner Einschätzung nicht auf die Polizei oder Unbeteiligte«, sagt sie. »So, wie er sich bislang verhalten hat, geht es ihm ausschließlich um seine Mission. Und das bedeutet, dass er unbedingt sein letztes Opfer stellen und töten will. Sobald wir sein Handy oder das von Sven Steinert geortet haben, gebe ich Ihnen

Bescheid und komme dann selber so schnell wie möglich zum Einsatzort.« Sie überlegt kurz, was Haferkamp weiter geplant haben könnte. »Möglicherweise denkt er an Suizid.«

KAPITEL 67

Fast tut ihm der Kerl ein wenig leid. Aber eben nur fast. Denn tatsächlich hat Sven Steinert sein Schicksal, das er ihm zugedacht hat, herausgefordert. Irgendwann kommt die Strafe dafür, dass man jemanden umgebracht und sein Leben auf einer Lüge aufgebaut hat. Auf einer gigantischen Lüge – und auf dem Rücken von Toten.

Das soll jetzt endlich vorbei sein, dafür wird er sorgen. Deshalb hat er sein letztes Opfer in dessen Heimatstadt Lüneburg sorgfältig ausgespäht. Und er hat seinen teuflischen Plan weiter nuanciert. Natürlich ist der Typ in extreme Unruhe geraten, als ihm durch den Drohbrief vor einigen Wochen klargeworden ist, dass er der Nächste auf der Liste des Rächers ist. Der Nächste und der einzig Übriggebliebene. Die Botschaft in dem Schreiben hat ihm bestimmt den Verstand geraubt. Seine Gedanken sind vermutlich nur noch darum gekreist, seine Haut zu retten.

Eigentlich hat dieser miese Kerl mehrere Optionen gehabt, so viel ist klar. Die vielleicht naheliegendste wäre es gewesen, zur Polizei zu gehen, alles über den damaligen Unfall und den Tod der Frauen zu gestehen – und um Polizeischutz zu bitten.

Aber Fred Haferkamp hat das letzte Opfer auf seinem Rachefeldzug anders eingeschätzt. Der Mann ist feige. Steinert hat wie erwartet nicht reinen Tisch gemacht und sich gestellt. Sondern er hat sich dafür entschieden, sich Urlaub zu nehmen, seine Praxis einer Vertretung anzuvertrauen, um sich zu Hause abzuschotten. Vermutlich, um seine Flucht aus Deutschland zu organisieren.

Wie Haferkamp herausgefunden hat, hat Steinert viele berufliche Auslandskontakte. Er hat eine Zeitlang in Schottland gelebt und gearbeitet, auf der Insel Skye. Dort hat er bei der Whisky-Brennerei Talisker gejobbt. Welch ein Zufall! Er selber trinkt zwar wenig Alkohol, gelegentlich aber genehmigt er sich ein gepflegtes Glas Whisky.

Für Gedanken an weltliche Genüsse hat er jetzt allerdings keine Muße. Seine Rache zu vollenden, hat absoluten Vorrang. Er muss sich konzentrieren, um dem Feigling Steinert die Flucht zu vereiteln. Er hat sich auf diesen finalen Streich gut vorbereitet, diesmal mit einer Garotte, um seinen Widersacher unschädlich zu machen – bevor er ihn endgültig niederstreckt. Es passt alles, ganz so, wie er es in seiner Computerdatei »Meine Rache. Ich sehe dich!« angedacht hat. Nun kann er zur Tat schreiten, zu seiner letzten. Damit hat er seine Mission erfüllt.

Er beobachtet mithilfe seines Fernglases durch das Küchenfenster der Steinerts, dass der 43-Jährige Vorbereitungen trifft, das Haus zu verlassen. Womöglich für Einkäufe?

Was auch immer es ist: Er wird es nicht zulassen.

Das hier ist seine Chance. Jetzt muss er zuschlagen!

Als Steinert vor die Tür geht und sie hinter sich schließen will, tritt Haferkamp blitzschnell von hinten an sein Opfer heran. Er wirft dem verhassten Mann die Drahtschlinge einer Garotte um den Hals und zieht sie sofort energisch zu. Das Überraschungsmoment ist wie erwartet auf seiner Seite. Steinert verharrt einen Augenblick in einer Schreckstarre. Dann greift er sich mit beiden Händen an den Hals, um den Draht abzustreifen. Das kann ihm nicht gelingen. Dazu hat der Rächer zu kräftig zugezogen. Die Waffe schneidet in Steinerts Haut ein und gräbt sich darin ein.

Nun versucht der Verzweifelte, sich umzudrehen, um den Angriff abzuwehren. Zu spät. Seine Halsschlagadern sind schon mehr als zehn Sekunden abgeklemmt. Das Gehirn ist umnebelt, Bewusstlosigkeit setzt ein. Steinerts Knie werden weich. Er sackt zu Boden.

Haferkamp hält den Zug mit der Schlinge noch etwa eine Minute aufrecht, bis er sicher ist, dass Steinert eine Weile komplett außer Gefecht gesetzt ist. Anschließend greift er zu einer vorbereiteten Spritze und setzt seinem Opfer eine intramuskuläre Injektion in den Oberschenkel. Die Dosis wird reichen. Er kann mit seinem Werk fortfahren.

Er zieht den Mann in den Hausflur, macht das Licht an und schließt die Tür hinter sich. Steinert liegt nun lang ausgestreckt auf den Fliesen. Als Nächstes schiebt er den Pulli seines Opfers hoch und knöpft dessen Oberhemd auf. Diesmal will er die Tätowierung großflächig gestalten, oben an der Brust, bis hinauf an den vorderen Hals und ans Kinn und damit für jedermann sichtbar. Sein letztes Zeichen: das für Metall. Das fünfte Element jener Philosophie, die ihm selbst das Überleben ermöglicht hat – nachdem die fünf gnadenlosen Unfallfahrer ihm das Liebste genommen haben, was er hatte: seine Tochter, die einzige. Das Licht seines Lebens.

Er ist mittlerweile gut geübt im Arbeiten mit der Tätowiermaschine. Beim ersten Opfer war er noch zurückhaltend und hat das Tattoo nur aufgeklebt. Es war der mangelnden Zeit geschuldet, die er damals hatte, bis ein Frühaufsteher in den Wald kommen und ihn und das Opfer entdecken würde. Außerdem wollte er, dass das Motiv klar erkennbar ist. Inzwischen gelingt ihm das auch mit der Nadel. Da Haferkamp ausschließlich schwarze Farbe verwendet, dauert es nur etwa 20 Minuten, bis er sein Werk vollendet hat. Er tupft die Haut noch einmal mit einem

Papiertuch ab. Dann schließt er das Hemd mit Ausnahme der oberen drei Knöpfe wieder. Jetzt muss er warten, bis in der Stadt Ruhe einkehrt. Für die abschließende Hinrichtung will er sein Opfer mitten in die Altstadt von Lüneburg schaffen, auf den Platz mit dem Alten Kran an der Ilmenau. Dort soll die Machete zum Einsatz kommen. Endlich.

Leider wird er nicht miterleben, welche Reaktion seine Inszenierung hervorrufen wird. Er muss und wird sich rechtzeitig zurückziehen. Seine Mission ist erfüllt. Er kann gehen, dorthin, wo ihn keiner finden wird, auch nicht die Polizei.

Er hat bereits alle Brücken hinter sich abgebrochen, seine Frau in eine Klinik gebracht, wo sie gut versorgt sein wird, wahrscheinlich besser, als er es je leisten könnte. Er hat zudem dafür gesorgt, dass Beate genug Geld auf ihrem Konto hat, um später in ein Pflegeheim gehen zu können. Es soll seiner Frau an nichts fehlen.

Das ist die eine Ebene, um die er sich kümmern musste. Das ist erledigt. Er hat außerdem vorsorglich einen zweiten Mietwagen am Parkplatz beim Kran abgestellt. Darin liegen seine sämtlichen Papiere, ein zweites Mobiltelefon, die Festplatte mit all seinen Daten und genug Bargeld. Die Polizei würde in seinem Haus nichts finden, was sie auf der Suche nach seinem Zufluchtsort weiterbringt, auch wenn sie möglicherweise schon dicht an ihm dran ist.

Vorsichtshalber hat er noch einen Plan zur Ablenkung entwickelt und dafür die Eingangstür zum Haus seines Opfers präpariert. Er hat dort ein großes Schild mit Leuchtbuchstaben deponiert. Darauf hat er gut lesbar geschrieben: »Absolute Vorsicht! Bombengefahr!« Das soll die Polizei im Fall der Fälle zunächst einmal verwirren. Natürlich würde es sie nicht ewig aufhalten können. Aber die Polizei würde überlegen, Sprengstoffexperten hinzuzuziehen, bevor sie das Haus stürmt. Das verschafft ihm einen gewissen Vorsprung.

Trotzdem hat er keine Zeit zu verlieren. Er wuchtet Steinerts Körper auf die Ladefläche eines Transporters, den er für diese Zwecke gemietet hat. Der Kerl ist größer und damit schwerer als die anderen vier, die er bereits erledigt hat. Es kostet Haferkamp Mühe und seine ganze Kraft, doch schließlich ist es geschafft. Die Machete platziert er neben dem Körper. Er will sie griffbereit haben.

Gerade als Haferkamp aus Steinerts Grundstückseinfahrt herausgefahren und in die nächste Straße Richtung Lüneburger Innenstadt eingebogen ist, sieht er im Rückspiegel in der Ferne zwei Streifenwagen herannahen. Ihr Ziel scheint klar: die Villa der Steinerts. Nur eine Minute früher, und sie hätten ihn erwischt. Es ist denkbar knapp. Er muss sich also noch mehr beeilen.

Er fährt in schnellem Tempo durch die Straßen der Stadt, die zu dieser nächtlichen Zeit nahezu menschenleer sind. Auf dem Weg zum geplanten Henkersort zögert er. Seine Rache bis zum letzten Detail vollziehen und sich selber außerdem in Sicherheit bringen – beides wird er zeitlich nicht schaffen. Nicht jetzt, da ihm die Polizei auf den Fersen ist. Er muss Prioritäten setzen.

Einen Moment lang ringt er mit sich, dann fasst er den Entschluss, kein Risiko einzugehen.

Er fährt mit dem gemieteten Transporter zum Alten Kran. Dort parkt er den Wagen. Nach dem Aussteigen wirft er einen Blick auf die Ladefläche und seine noch lebendige Fracht. Verschnürt wie ein Paket, mit halb geöffnetem Hemd, das den Ansatz der neuen Tätowierung zeigt. Er wirft dem Bewusstlosen einen Blick zu, bei dem Hass und Wut um die Oberhand kämpfen. Nein, eher Verachtung. Mehr hat dieser Mörder und Lügner nicht verdient.

Er folgt einer Eingebung: Er wird diesen verdammten Mistkerl am Leben lassen, einem Leben, das sich für Sven Steinert böse fortsetzen wird. Durch das Tattoo ist er ein für immer Gezeichneter.

Und der Mann wird damit leben müssen, dass die verbrecherische Tat der verfluchten Fünf in den Medien ausgebreitet wird. Sie wird die Schlagzeilen beherrschen, bestimmt über Wochen. Möglicherweise kommt Steinert sogar vor Gericht. Immerhin war er beteiligt an einem Mord. Und Mord verjährt bekanntlich nie.

Wenn dem Mann aber doch nicht der Prozess gemacht werden sollte? Zumindest der soziale Tod wird ihm blühen. Darüber hinaus wird die Todesangst seine ständige Begleiterin bleiben, ihn ausbremsen, einengen, ihn paralysieren.

Er muss damit rechnen, dass der Rächer die Jagd auf ihn nicht aufgibt. Dass er sein Werk vollenden will, irgendwann, irgendwo. Er wird sich nie mehr sicher fühlen. Hoffentlich ist das für ihn schlimmer als der sofortige Tod.

KAPITEL 68

Als dunkles Band liegt die Ilmenau da. Unzählige Lichter spiegeln sich im Fluss und wirken in dieser dunklen Nacht wie ein zweiter, flimmernder Sternenhimmel. Die historischen Häuser scheinen sich dem Wasser zuzuneigen. Und über allem thront der Alte Kran.

Doch Sven Steinert hat keinen Sinn für die Schönheiten der Lüneburger Altstadt. Wie auch? Eben hat er noch dagelegen, verschnürt auf der Ladefläche eines Transporters, ohne Bewusstsein. Es hat einen Moment gedauert, bis er seine Augen einen ersten Spalt hat öffnen können. Doch um ihn herum bleibt es dunkel, nur einige Schemen kann er wahrnehmen. Als Nächstes bewegt er vorsichtig die Finger, und es gelingt ihm mit Mühe, seine Fesseln zu lösen. Nun betastet er die verkrusteten Strangverletzungen an seinem Hals durch den Draht der Garotte. Schließlich befühlt er seine trockenen Lippen. Seine Kehle kommt ihm vor wie mit Sandpapier bearbeitet. Er versucht zu schlucken. Dieser quälende Durst!

Und noch etwas irritiert ihn: ein merkwürdiger Schmerz an seiner Brust und an seinem Hals. Die Haut fühlt sich wund an, und es kommt ihm vor, als trete Blut aus mehreren winzigen Wunden aus. Was ist da los? Er versucht zu erkennen, ob er verletzt ist und wie das passiert sein kann. Doch dazu bräuchte er Licht.

Langsam dreht er seinen Kopf zur Seite, strengt sich an, seinen Blick zu fokussieren und zu verstehen, wo er sich befindet und was mit ihm geschehen ist. Was ihm bevorsteht. Allmählich sickert die Erinnerung in sein Bewusstsein. Da war dieser Kerl, der ihn angegriffen und überwältigt hat. Lauert der noch in der Nähe? Steinert horcht angestrengt, ob er Schritte wahrnehmen kann, ein schweres Atmen vielleicht oder andere Geräusche, die darauf hindeuten, dass sein Peiniger noch in der Nähe ist. Das Klicken, wenn der Hahn einer Pistole gespannt wird?

Bitte nicht das! Um Himmels willen keine Bedrohung durch eine Waffe! Fast fühlt es sich an, als würde eine Kugel in seinen Körper eindringen, ein explodierender Schmerz, viel Blut, Bewusstlosigkeit. Und schließlich das Ende. Er sieht es schon kommen.

Tatsächlich geschieht – nichts. Er hört lediglich das Plätschern des Flusses, das Rauschen der Blätter über ihm, das Brummen eines Automotors, das sich immer weiter entfernt. Irgendwo zwischen den Häusern vernimmt er plötzlich ein durchdringendes Kreischen. Doch dann erkennt er, dass dies keine menschlichen Laute sind, sondern zwei Kater, die sich vermutlich einen Revierkampf liefern.

Vorsichtig hebt Steinert den Kopf und linst aus dem Fenster über der Ladefläche des Transporters. Er sieht in die Dunkelheit, nur unterbrochen von den Straßenlaternen, deren Schein sich im Fluss spiegelt, von den Lichtern in den Fenstern der umstehenden Häuser und abgemildert durch den Mond, der als üppige Sichel am Himmel steht. Steinert braucht eine Weile, bis sich die lähmende Müdigkeit verflüchtigt. Mehrere Minuten vergehen, in denen sich hin und wieder eine Wolke vor den Mond schiebt, weiterzieht und den Blick erneut freigibt.

Die Zeit ist also nicht stehen geblieben, das Leben geht weiter. Er spürt seinen Atem, den Schweiß auf seiner Haut. Sein Herz klopft schnell, aber rhythmisch. Am liebsten würde Sven Steinert vor lauter Dankbarkeit und Erleichterung ein Stoßgebet sprechen.

Er richtet sich auf und versucht, die Tür des Transporters von innen zu öffnen. Das gelingt allerdings nicht. Er zieht fester an dem Griff, immer heftiger. Vergebens. Er sitzt fest.

Plötzlich sieht er durch das Fenster der Hecktür, wie sich dunkle Gestalten dem Fahrzeug nähern. Sie tragen Helme und haben Waffen im Anschlag. Steinert spürt, wie sein Herzschlag in einen unruhigen Galopp beschleunigt. In seinen Augen steht die Panik. Sind diese Männer in der martialischen Aufmachung eine Bedrohung, mit der sein Leben nun wirklich ausgelöscht werden soll? Ist jetzt doch alles vorbei?

Die düsteren Typen umringen das Fahrzeug. Er hört, wie von außen an der Hecktür gerüttelt wird. Er kriecht von ihr weg, duckt sich in die vordere rechte Ecke der Ladefläche. Gleichzeitig wird ihm bewusst, wie sinnlos das ist. Er kann sich vor den schattenhaften Gestalten weder verstecken noch vor ihnen fliehen. Er hat es gewusst.

Das ist das Ende.

»Herr Steinert, sind Sie da drin?«

Träumt er? Die Stimme, die da zu ihm ins Innere des Fahrzeugs dringt, klingt nicht wie das unheilvolle Grollen eines Rächers.

Es ist eine Frau, und sie hört sich nicht bedrohlich an, sondern besorgt. »Keine Angst! Wir holen Sie da raus.«

Ihm wird klar, dass die Schatten keine Widersacher sind, sondern dass sie hier sind, um ihn zu befreien. Wie haben sie ihn gefunden? Sind sie dem Rächer gefolgt? Dann fällt es ihm ein. Sein Handy! Sie haben es vermutlich geortet. Das ist seine Rettung. Er kriecht über die Ladefläche, tastet herum, findet nichts. Wahrscheinlich liegt es vorne im

Auto? Was für ein Segen, dass sein Peiniger das Mobiltelefon nicht irgendwo weggeworfen hat!

Er hört ein Röhren, vielleicht der Motor einer Säge oder einer Flex. Das Gerät fräst sich in die metallene Außenhaut des Fahrzeugs, schneidet eine Öffnung in sein Gefängnis. Steinert krabbelt zu dem Spalt, hockt sich davor und wartet, bis sich die Luke so weit öffnet, dass er sich herauswinden kann. Vor ihm stehen die dunklen Gestalten, ganz vorn eine schlanke, attraktive Frau. Offensichtlich ist sie es, die zu ihm gesprochen hat. Seine Befreierin.

Dann glaubt er, seinen Ohren nicht trauen zu können. »Herr Steinert«, sagt sie. »Wir nehmen Sie fest wegen Mordverdachts.«

KAPITEL 69

Freiheit! Es ist nicht einfach gewesen, diesen Gemütszustand zu erlangen. Und so richtig losgelöst fühlt er sich auch jetzt noch nicht. Dazu ist die Flucht zu mühsam gewesen, die Reise über mehr als 15.000 Kilometer zu beschwerlich. Doch es ist notwendig gewesen, weit weg zu kommen, fast bis ans andere Ende der Welt.

So kommt es ihm zumindest vor.

Von Lüneburg aus hat er es zunächst mit dem Wagen über die Grenze in die Niederlande geschafft, ist in Amsterdam in eine Linienmaschine nach Dubai gestiegen und von dem Wüstenstaat aus nach Johannesburg und schließlich nach Kapstadt geflogen. Und hier ist Fred Haferkamp an Bord eines Kreuzfahrtschiffs gegangen, mit Kurs nach Osten. Der Sonne entgegen.

Jetzt muss er erst mal durchatmen. Ganz allmählich breitet sich ein neues Gefühl in seinen Sinnen aus, eine lange nicht gekannte Leichtigkeit. Er kann loslassen.

Er hat eine Kabine mit Balkon gewählt, dort mit Hängematte. Doch die Ruheposition ist nicht das Richtige für ihn. Er lehnt sich auf das Geländer, blickt aufs Meer. Der Indische Ozean schimmert und leuchtet, eine unendliche Weite aus Türkis, Azur, Saphir und Kobalt. Die Sonne steht als gleißendes Rund am makellos blauen Himmel und lässt ihre Strahlen wie Milliarden glitzernde Sterne auf dem Wasser tanzen.

Er wünschte sich, er könnte diese Idylle gemeinsam mit Sophia genießen. Es ist ein Teil der Welt, den er seiner Tochter immer hat zeigen wollen, bei einer gemeinsamen Reise. »Irgendwann mal, Papa, auf jeden Fall!«, hat sie vor einer halben Ewigkeit gesagt und ihn angelächelt. Damals, als sie noch glaubte, sie hätte alle Zeit der Welt, um neue Erfahrungen zu machen, zu reisen, zu leben. Sie hat ja nicht ahnen können, dass alles so bald vorbei sein würde und dass sie nie wieder ...

Nie wieder!

Auch 24 Jahre nach ihrem Tod hat er sich nicht daran gewöhnen können, dass sie nicht mehr da ist. Das Licht seines Lebens, das nicht mehr leuchtet. Aber vielleicht wird er jetzt endlich so etwas wie seinen Frieden finden, da er die Menschen, die für ihren Tod verantwortlich sind, zur Strecke gebracht hat. Vier von ihnen, indem er sie umgebracht hat, und einen, weil er ihn am Leben gelassen hat. Denn was ist das für ein Dasein: als Geächteter, als Verfolgter?

Fred Haferkamp nippt an dem Talisker, den er sich an einer der Bars hat einschenken lassen und den er mit auf seine Kabine genommen hat. Eigentlich ist es zu früh für einen Single Highland Malt, aber diese Freiheit nimmt er sich. Er hat schließlich keine Verpflichtungen mehr, keine Termine, kein durchgetaktetes Leben.

Er greift sein Glas, verlässt seine Kabine, verschließt sorgfältig die Tür. Nun geht er den langen Flur entlang, zum nächsten Treppenhaus und steigt die Stufen von seiner elften Etage hinauf zum Sonnendeck. Er geht an vielen Liegestühlen und einer Bar vorbei bis zum Heck und schaut über das Meer. Er hört das Gelächter von Menschen, das Grollen der Schiffsmotoren. Und von irgendwoher weht Musik zu ihm herüber.

Da, ein Wal! Gemächlich schiebt sich der Koloss ein Stück aus dem Wasser, lässt eine Fontäne aus Wasser in die Luft spritzen, taucht ab, taucht wieder auf. Der Gedanke an Moby Dick schießt Haferkamp durch den Kopf, dieser große Roman von Herman Melville, den er geradezu verschlungen hat, als er elf Jahre alt war. Doch hier und jetzt ist der Hamburger nicht auf den Spuren von Captain Ahab, der den Meeressäuger erlegen will – sondern ganz und gar in Harmonie mit der Natur.

Er bewundert die Kraft und die Geschmeidigkeit des Wals, wie dieser scheinbar mühelos dahingleitet. Genauso hat Fred Haferkamp es damals Sophia vorgeschwärmt: dass sie diese Giganten zusammen beobachten wollen. Jetzt aber starrt er allein auf das Meer, in dem der Wal wieder verschwunden ist, blickt nun hinauf zum Himmel und dann erneut auf das von den Schiffsschrauben aufgewühlte, brodelnde und schäumende Wasser unter ihm. Er schätzt, dass es von seinem Standort bis zu den Wellen etwa 50 Meter sind.

Soll er springen, oder soll er weiterreisen, in die Ferne und in die Freiheit? Er trinkt noch einen Schluck Scotch.

Er hat reichlich Zeit, darüber nachzudenken. Er kann jederzeit loslassen.

EPILOG

Weiße Fliesen, kaltes Licht und linker Hand eine Reihe großer Türen. Kai Plathe kann beim besten Willen nicht behaupten, dass der Keller der Rechtsmedizin eine heimelige Atmosphäre bietet. Alles ist kühl, steril, funktionell. Und gerade deshalb ein Platz, der ein angemessenes Maß an Sicherheit bietet. Die Toten, die hier gelagert und im Obduktionssaal untersucht werden, sind in diesem asketischen Umfeld gut aufgehoben. Unbehaglich, aber ganz sicher nicht seelenlos. Hier will man ihnen gerecht werden, im wahrsten Sinne des Wortes.

Zwar ist es Plathes Team gelungen, die Todesursachen der vier Mordopfer zu entschlüsseln, und das Team hat damit entscheidende Grundlagen für die Überführung des Täters geschaffen – und den Angehörigen der Opfer zur Gewissheit verholfen. Damit hat die Rechtsmedizin alles geleistet, was ihr möglich ist. Doch der Mann, der für vier Morde und eine Entführung verantwortlich ist, kann dennoch nicht zur Rechenschaft gezogen werden. Fred Haferkamp ist die Flucht gelungen, seine Spur verliert sich im Ausland, wie Plathe von Emma erfahren hat. »Er ist nach Südafrika entkommen und von dort offenbar auf dem Weg nach Malaysia beziehungsweise Bangladesch«, hat die Kommissarin dem Rechtsmediziner erzählt. »Diese Staaten haben, wie einige weitere, kein Auslieferungsabkommen mit Deutschland. Damit ist er für die hiesigen Behörden nicht mehr erreichbar. Clever!« Plathe hat sich vorgestellt, wie Emma während des Telefonats in ihrem Büro am Fenster gestanden hat, das Handy am Ohr, in der anderen Hand einen Becher Kaffee. Die unendliche Enttäuschung darüber, dass sie den Mörder nicht festnehmen konnten, hat in ihrer Stimme mitgeschwungen.

Kai hat versucht, Emma zu trösten. »Du und dein Team haben fantastische Arbeit geleistet!«, hat er ihr versichert. »Glaub mir, ihr wart großartig!«

»Wenn du das sagst …« Sie hat sich tatsächlich ein wenig fröhlicher angehört, aber noch lange nicht überschwänglich. »Zum Feiern ist mir im Moment jedenfalls nicht gerade zumute«, hat sie deutlich gemacht. »Aber bei Gelegenheit komme ich gern mal mit einer schönen Flasche Wein bei dir vorbei.« Nun hat es geklungen, als würde sie lächeln.

Kai freut sich darauf. »Abgemacht! Und am liebsten sehr bald!«

Ihre Bilanz kann sich wirklich sehen lassen, findet Plathe. Immerhin haben sie Sven Steinert stellen können. Und dieser muss jetzt einen sehr hohen Preis für das zahlen, was er vor mehr als zwei Jahrzehnten mit zu verantworten hatte. Für ihn hat ein Sterbeprozess der anderen Art begonnen. Nach der Festnahme ist gegen ihn ein Haftbefehl erlassen worden. Der Vorwurf lautet auf Mord. Das Motiv beziehungsweise Mordmerkmal ist im Haftbefehl klar herausgearbeitet: Verdecken mehrerer Straftaten, nämlich Fahren unter Alkoholeinfluss, fahrlässige Tötung sowie fahrlässige Körperverletzung. Da die damals am Unfall Beteiligten die Atemzüge der schwerverletzten, jungen Frau wahrgenommen haben müssen und ihren Körper dennoch im Moor versenkten, ist diese Tat also ein Verdeckungsmord.

Plathe würde dies in einem Prozess vor dem Schwurgericht als rechtsmedizinischer Sachverständiger exakt rekonstruieren, so wie er es auch schon während der polizeilichen

Ermittlungen dargelegt hat. Emma wird als Ermittlungsführerin ebenfalls eine zentrale Zeugenrolle zufallen, in der sie darstellen wird, wie sie diesen Cold Case aufgeklärt haben. Die öffentliche Hauptverhandlung wird für Sven Steinert zu einem Spießrutenlaufen werden. Da nützt es auch nichts, dass der 43-Jährige rückhaltlos geständig ist.

Doch bis der Prozess beginnt, wird es noch Monate dauern. Das kommt Kai ziemlich gelegen.

Nach dem Fall des Serienmörders, der die Polizei und ebenso ihn über viele Wochen beansprucht hat, ist der Chef der Rechtsmedizin dankbar für ein wenig Routine. Obwohl: Langeweile gibt es nie in seinem Metier. »Kein Fach ist so lebendig wie die Rechtsmedizin«, ist ein Credo, das er immer wieder Studenten gegenüber predigt. »Rechtsmedizin ist dynamisch, überraschend und faszinierend.«

Mit dieser Überzeugung und getreu seinem Anspruch an präzise Arbeit will er sich heute einem aktuellen Fall widmen. Eine 78-Jährige ist gestorben, auf dem Totenschein ist »Todesursache unklar« angekreuzt. Der Hausarzt, der von den Angehörigen hinzugerufen wurde, ist bei seinem Urteil vorsichtig gewesen. Die Seniorin hatte allem Anschein nach seit Längerem Herzbeschwerden, dennoch ist ein genaueres Hinschauen offenbar angebracht. Der kritische Blick eines Profis.

Plathe rekapituliert, was er über die Frau in den Akten gelesen hat. Sie hieß Marianne Gebauer, war Hamburgerin, Witwe und sehr vermögend, hatte zwei Kinder und drei Enkel. Das klingt nach einem zugewandten, soliden Umfeld. Gestorben ist sie im eigenen Bett in ihrem Haus in Blankenese, womöglich friedlich im Schlaf, wie die Angehörigen versichern.

Aber man weiß ja nie …

Plathe hat Fälle erlebt, bei denen an einem Menschen, der angeblich eines natürlichen Todes gestorben ist, bei der Obduktion Stich- oder sogar Schussverletzungen festgestellt wurden. Und es gibt ja noch viele weitere, weniger offensichtliche Methoden, unliebsame Personen aus dem Weg zu räumen. Es ist wichtig, ganz genau hinzuschauen.

Und das wird er jetzt bei der 78-Jährigen tun. Sollte er etwas Verdächtiges entdecken, würde er bei Emma anrufen und ihr den Fall melden.

Plathe geht im Keller der Rechtsmedizin den Flur mit den Kühlfächern entlang, in denen die Toten ruhen. Er hört das gewohnte Brummen der Kühlaggregate sowie Stimmen aus dem benachbarten Obduktionsraum, in dem gerade eine Sektion vorgenommen wird. Die ganz normale Betriebsamkeit also.

Vor der achten Tür bleibt Plathe stehen. Dahinter, so steht es in seinen Unterlagen, soll die verstorbene Hamburgerin liegen. Mit einem routinierten Griff zieht er an dem Hebel, öffnet das Kühlfach, späht hinein. Er stutzt. Was ist hier los? Von den vier metallenen Liegen sind nur drei besetzt. Das zweite Fach von unten ist – leer. Keine Tote!

»Verflucht noch mal!« Plathe kann nicht an sich halten. Er muss seinem Ärger Luft machen. Wer hat sich hier heimlich zu schaffen gemacht? Wurde etwa ein Leichnam geklaut? Eine Tote, um die es womöglich ein besonderes Geheimnis gibt?

Nur der Zettel, der üblicherweise am großen Zeh der Verstorbenen baumeln sollte, liegt noch da. Statt der Daten, die auf dem Papier verzeichnet sein sollten, stehen dort fünf Worte. Sie klingen wie Hohn. »Beste Grüße aus dem Jenseits.«

NACHWORT UND DANKSAGUNG

Moorleichen haben eine gruselige Faszination. Sie regen immer wieder unsere Fantasie an. Wir stellen uns vor, wie die Menschen vor Tausenden von Jahren ins Moor geraten sind, wie sie in dieser düsteren und doch reizvollen Landschaft umgekommen sind. Und welche Geheimnisse sie mit in ihr feuchtes Grab genommen haben.

Wissenschaftlich stellen Moorleichen eine Art »Zeitkapsel« dar. Sie geben uns über die Menschen früherer Zeit und deren Lebensgewohnheiten Auskunft – wenn man die Untersuchungsmethoden beherrscht, um Moorleichen ihre Geheimnisse zu entlocken.

Wissen, was wirklich wa(h)r: Unter diesem Motto und mit diesem Anspruch haben wir unseren Thriller »Totenmoor – ich sehe dich!« geschrieben. Einerseits soll er den Leserinnen und Lesern einen höchst spannenden Lesestoff bieten. Andererseits ist es uns als Gerichtsreporterin und als Rechtsmediziner wichtig, dass sich die von uns erfundene Geschichte tatsächlich so ähnlich in der Realität hätte ereignen können. Wir wissen, dass Mordmethoden vielfältig sind und die Fantasie der Täter unbegrenzt. Alles ist möglich.

Glücklicherweise werden allerdings in der Realität nicht so viele und nicht so blutige Verbrechen verübt wie im Krimi.

Wir haben aus den unterschiedlichen Perspektiven, die unsere Berufe bieten, sehr, sehr viele Tötungsverbrechen untersucht und begleitet: aus der Sicht von Polizei, Justiz, Rechtsmedizin, Medien – und Angehörigen. Und wir haben über die unterschiedlichsten Verbrechen sehr viel publiziert: wissenschaftlich, in der Tagespresse, im Fernsehen, im Podcast sowie in True-Crime-Büchern – und mittlerweile als Thriller. Auch hier gilt für uns: Die Wahrheit ist der beste Krimi.

Deshalb sind die Darstellungen der Tötungsverbrechen in unserem Buch vergleichsweise realistisch erfolgt. Methodische Details nehmen einen relativ breiten Raum ein. In diesem Buch werden zudem bei der Kriminalpolizei die Arbeitsmethoden der Mordermittler auf eine Person fokussiert, allerdings stets unter dem Gesichtspunkt der speziellen Talente anderer im Team.

Unsere Schauplätze in Norddeutschland entsprechen dem Arbeitsgebiet der Hamburger Rechtsmedizin. Der Einzugsbereich reicht bis nach Helgoland und Niedersachsen. Unsere thematischen Schwerpunkte entsprechen ebenfalls gewissen Schwerpunktbildungen der Rechtsmedizin am Universitätsklinikum Hamburg-Eppendorf. Um Kai Plathe, eine der beiden Hauptfiguren in unserem Roman, zu zitieren: »Kein Fach ist so lebendig wie die Rechtsmedizin.«

Wir richten ein großes Dankeschön an alle, die uns bei »Totenmoor – ich sehe dich!« unterstützt haben, sei es mit fachlichen Ratschlägen, konstruktiver Kritik von ersten »Testlesern« oder Szenekenntnis.

Unser Dank gilt insbesondere dem Gmeiner-Verlag und dort vor allem unserer Lektorin Frau Katja Ernst, die das Manuskript mit viel Sensibilität, notwendiger Genauigkeit und großem Sachverstand für kriminalistische Fragen überarbeitet hat. Wir fanden das sehr bereichernd.

*Weitere Titel finden Sie auf den
folgenden Seiten und im Internet:*

WWW.GMEINER-VERLAG.DE

Jill Kaltenborn
Königinnensonntag
Kriminalroman
448 Seiten, 12,5 x 20,5 cm,
Broschur
ISBN 978-3-8392-0706-2

Das beschauliche Lopautal bereitet sich auf das traditionelle Heideblütenfest vor, als ein Fund die Gemeinde erschüttert: 20 Jahre nach dem mysteriösen Tod der schönen Frederika taucht ihr verschollenes Tagebuch auf. Der Lehrer Johanning gerät unter Mordverdacht. Nur die junge Ärztin Nina ist von der Unschuld ihres Mentors überzeugt und beginnt zu ermitteln. Sie findet sich in einem Geflecht aus Lügen wieder, das ein ganzes Dorf um jene schicksalhafte Nacht gesponnen hat, und zweifelt bald an ihren eigenen Erinnerungen …

GMEINER SPANNUNG

WWW.GMEINER-VERLAG.DE
Wir machen's spannend

Klaas Kroon
Akte Wendland
Kriminalroman
320 Seiten, 12,5 x 20,5 cm,
Broschur
ISBN 978-3-8392-0670-6

In einem Wald bei Gartow wird eine tote Frau gefunden. Erdrosselt. Die Dorfpolizistin Sabine Langkafel identifiziert das Mordopfer als Journalistin Martina Breesen aus Salzwedel. Zunächst geraten ominöse Umweltschützer ins Visier der Polizistin und ihrer Kollegin Melanie Gierke von der Kripo Lüneburg. Bei ihren Ermittlungen stoßen die beiden außerdem auf ein Unfallopfer aus der Nacht der Grenzöffnung 1989. Ein verwirrendes Spiel rund um Täuschungen und verschwundene Akten beginnt – und bringt Sabine in tödliche Gefahr.

GMEINER SPANNUNG

WWW.GMEINER-VERLAG.DE
Wir machen's spannend

Anja Eichbaum
Inselbrise
Kriminalroman
448 Seiten, 12,5 x 20,5 cm,
Broschur
ISBN 978-3-8392-0701-7

So hatte sich Susan Ophoven ihren Neustart als Schreibcoach auf Norderney nicht vorgestellt. Trotz Sonne, Strand und Meer machen ihr widerspenstige Handwerker, überambitionierte Kursteilnehmer und missgünstige Internetbewertungen das Leben schwer. Doch es kommt noch schlimmer. Als ihre Schwiegermutter mit Pfeil und Bogen erschossen wird, gerät sie unter Verdacht. Ist sie etwa das Opfer eines Komplotts? Oder hält sie den Inselpolizisten Martin Ziegler und die Kripo zum Narren? Noch während der ersten Ermittlungen wird der Bogen neu gespannt …

GMEINER SPANNUNG

WWW.GMEINER-VERLAG.DE
Wir machen's spannend

Hardy Pundt
Memmertsand
Historischer Roman
384 Seiten, 13,5 x 21 cm,
Klappenbroschur
ISBN 978-3-8392-0712-3

Als der Volksschullehrer Otto Leege 1888 die Juist vorgelagerte Sandbank Memmertsand betritt, ahnt er noch nicht, dass ihn dieser Ort sein Leben lang begleiten wird. Fasziniert von der Ruhe und Weite fasst er den Plan, Memmertsand dem Vogelschutz zu widmen. Jede freie Minute opfern er und seine Familie der Entwicklung der Dünen mit dem Ziel, die entstehende Insel gegen alle Widerstände unter Schutz zu stellen. Ein Roman über den Vorreiter des Nationalparks Wattenmeer und seinen Weg vom Lehrer auf Juist zum engagierten Naturschützer und international anerkannten Wissenschaftler.

WWW.GMEINER-VERLAG.DE
Wir machen's spannend